LES PAS DE CÔTÉ

76, boulevard Pasteur
75015 Paris – France
www.editionscharleston.fr

ISBN : 978-2-38529-419-9
Maquette : Patrick Leleux PAO

Pour suivre notre actualité, rejoignez-nous sur Facebook (Éditions.Charleston), sur Instagram (@editionscharleston) et sur TikTok (@editionscharleston) !

Charleston s'engage pour une fabrication écoresponsable ! Amoureux des livres, nous sommes soucieux de l'impact de notre passion et choisissons nos imprimeurs avec la plus grande attention pour que nos ouvrages soient imprimés sur du papier issu de forêts gérées durablement.

Marie-Haude Mériguet

LES PAS DE CÔTÉ

Roman

CHARLESTON

Le printemps reviendra et le ciel bleu s'étale,
Pour qu'un oiseau se pose au bord de notre mal,
Pour que dans l'ombre immense une clarté s'installe
Et que le cœur, enfin, sente un bonheur total.

Anna de Noailles, « L'Espérance »,
in Les Forces éternelles

1

ZOLA ATTEND QU'ON VIENNE la chercher. À l'accueil, on lui a dit de patienter. Elle est retournée dans le sas d'entrée, sous l'air chaud que souffle une bouche incrustée dans le faux plafond. C'est agréable, une caresse, elle pourrait s'endormir si les portes restaient closes. Mais il suffit d'un geste pour qu'elles s'ouvrent. Une respiration, une pensée, rien du tout, vraiment, et les baies vitrées se décollent l'une de l'autre dans un bruit de succion.

Alors Zola sent l'hiver poser sur ses joues sa griffe gelée. Les flocons de neige tombent dru du ciel flou, et leur rencontre avec le sol les froisse comme des miettes de soie.

J'ai du souci à me faire, songe-t-elle.

C'est vendredi, il n'est pas midi, et elle est ici. Elle ne prend pas encore la pleine mesure de ce qu'elle a fait. Elle *sait* que c'est grave, mais elle ne le ressent pas physiquement. Lorsque enfin elle sera sortie du curieux engourdissement qu'elle a ramené de Paris, la situation lui apparaîtra, trop claire, criarde, problématique. Elle n'est pas pressée.

Les deux pans de verre se rejoignent à nouveau et la chaleur remplit l'espace. Zola est en apnée. Ne pas bouger, pour que les portes restent l'une contre l'autre. L'oxygène vient à lui manquer alors elle prend une grande goulée d'air et les vitres s'ouvrent sur la longue allée d'érables qui ont donné leur nom à l'établissement.

L'Ehpad des Érables. Il y en a quinze de chaque côté du chemin qui mène à l'accueil, immenses, et l'été, leurs feuillages copieux s'entremêlent comme s'ils appartenaient au même arbre gigantesque à quinze troncs. À présent, Zola ne distingue qu'eux. Quinze colonnes sombres décapitées par un nuage géant venu embrasser la terre. Les arbres l'ont toujours calmée. C'est peut-être leur majesté tranquille. Sûrement leur âge. Ils n'ont pas besoin de s'agiter pour prouver qu'ils existent, comme le font les humains. Les arbres sont immobiles et ça ne les empêche pas d'être ce qu'ils sont voués à être, avec puissance, avec grâce. Ces érables sont là depuis longtemps, ils lui survivront. En les observant, Zola a l'impression que ses erreurs sont insignifiantes.

Elle devrait être à son travail. Il n'y a pas une heure, elle le quittait, un peu honteuse, impatiente de se soustraire aux regards médusés de ses collègues. Elle n'a pas eu la force de retrouver les murs de son appartement en pleine journée : cela aurait attesté de l'accident. Paris l'a tentée deux secondes. C'est une journée d'hiver sans ciel, et la ville, ce matin, était lasse. Même les lumières de Noël échouaient à l'extirper de sa somnolence. Il régnait un calme pur, comme souvent juste avant la neige. Cela aurait pu être un bon jour pour se perdre dans la capitale, mais Zola a laissé ses pieds choisir. Ils ont marché jusqu'à la station de RER. Elle s'est retrouvée dans le train, à la fois fière et troublée, les idées en vrac. Au huitième arrêt, elle est descendue, puis elle a marché jusqu'aux Érables pour aller voir son père. Une autre chose incompatible avec les vendredis normaux.

Dans sa poche, son téléphone vibre. Zola n'y touche pas. À cette heure-ci, elle ne voit que deux possibilités : c'est sa sœur, Victoire, ou ses collègues qui, à l'agence, sont encore sous le choc et s'affolent d'ignorer où elle est partie. Zola ne veut avoir aucune de ces conversations pour l'instant.

Dans son dos, une voix douce qu'elle connaît bien l'appelle.

— C'est une bonne surprise de vous voir un jour de semaine ! se réjouit Léa Nakache, médecin responsable de l'Ehpad des Érables.

— J'ai pris ma journée, ment Zola.

Le Dr Nakache la félicite, le repos en fin d'année, c'est précieux.

Elles échangent un sourire.

— Ça fera du bien à votre papa de vous voir, la matinée a été un peu rude.

Zola se demande si son père souffre. Lorsqu'on est atteint d'Alzheimer, on ne raconte pas. D'après son docteur, l'état d'Antoine est stable, comme la dernière fois. Géraldine, l'infirmière, attend Zola dans la salle télé. Cette dernière se guide toute seule dans le couloir, elle sait où aller, elle vient tous les samedis depuis un an.

Sauf qu'aujourd'hui, c'est vendredi. Le dernier avant Noël. Antoine n'en a aucune idée. Zola se demande à quand remonte la dernière fois que son père a su quel jour on était.

Quand Maman était vivante.

Avant le départ de Quentin.

Quand j'avais encore un travail.

Il vaut mieux penser à autre chose.

Géraldine l'accueille au bout du couloir chargé des relents de cantine moite. Géraldine sourit, Géraldine est gentille, toujours accueillante, elle fait à Zola l'effet d'un gros édredon dans lequel on s'enfonce par une nuit glaciale. Voir Géraldine, rien que la voir, c'est toujours réconfortant. C'est elle qu'Antoine préfère.

— Vous pouvez y aller, chuchote l'infirmière en désignant la salle télé.

Avant d'entrer, Zola s'arrête et fouille la pièce du regard pour y trouver son père. C'est un grand salon aux murs roses que les années ont rendus gris. Dans le coin gauche, un poste de télévision est suspendu au plafond et, devant lui, des fauteuils en faux cuir vert olive, aussi fatigués que les murs, sont disposés par rangées de quatre ou cinq. Quatre pensionnaires y sont installés, dont deux que le sommeil fait pencher un peu plus à chaque expiration. L'autre moitié de la pièce est occupée par quelques tables vides, à l'exception d'une seule, où une infirmière fait face à deux femmes recroquevillées. De derrière, on ne distingue que deux dos sans têtes. Elles sont en train d'assembler un puzzle.

Antoine est assis dans l'un des fauteuils verts mais, au lieu de lever les yeux vers la télé, il fixe le vide devant lui. Ses joues semblent plus creuses que la dernière fois, elles tombent, comme ses épaules avachies dans son grand pull en laine. Un tout petit papa, pâle résidu d'un homme qui s'évapore. Zola est contente de le voir, Zola a mal de le voir. Sa gorge se serre, elle respire difficilement. Son espèce d'asthme vient encore la tourmenter.

Elle incline la tête à l'attention de Géraldine pour lui signifier qu'elle se débrouillera à partir de là. À pas feutrés, comme dans la chambre d'un bébé qu'on ne veut pas réveiller, elle avance jusqu'à son père et d'une main qu'elle fait aussi légère qu'une plume, elle effleure le bras d'Antoine.

— Papa, c'est moi, Zola… Ta fille.

C'est con, se dit-elle à chaque fois qu'elle prononce cette phrase. « Zola », répète-t-elle comme un point final. Lorsqu'il est arrivé aux Érables, il la reconnaissait. À l'époque, il y a à peine plus d'un an, il restait à Antoine un socle de souvenirs qui survivaient à tous ceux qui, déjà, s'étaient envolés : il identifiait ses filles, il se rappelait son épouse, et le métier qu'il avait exercé.

— J'ai eu envie de te rendre visite, Papa, murmure-t-elle.

Ce à quoi Antoine, candide, répond « Ah, oui ». Il a l'air d'attendre la suite.

Zola répète :

— Je suis ta fille, et celle de ta femme, Aline.

Il faut être explicite quant aux liens qui unissent ses proches à Antoine. Sans quoi il peut s'inquiéter et même, parfois, être gagné par la panique.

— Ah ! exhale-t-il, intéressé par cette nouvelle.

Ses yeux retrouvent un peu de la vigueur des bons jours.

— C'est très gentil, dit-il en posant sa main sur celle de Zola.

Un silence, puis :

— Et alors, tu as quel âge maintenant ?

Il lui tapote le dos de la main.

— Trente-deux ans, répond Zola.

Chaque jour où elle est de service, Antoine demande son âge à Géraldine et ne le retient jamais. Il le demande à Victoire et il le demande à Zola, comme on le fait avec les enfants qu'on n'a pas vus depuis longtemps.

— Et toi, tu as quel âge, Papa ?

Antoine observe le plafond, à droite, à gauche, promène l'ambre de son regard dans les recoins de la pièce et le ramène sur sa fille. Il hausse les épaules, il ne sait pas, et quand leurs yeux se rencontrent, ils se sourient. Dans le silence qui suit, Zola observe son père. Il lui fait le même effet que les arbres. Son immobilité est inéluctable, il est hors d'âge et hors de portée des tracas humains. Plus rien n'est grave lorsqu'on oublie tout. À part le vide, car il est devenu la seule promesse d'Antoine.

— Elle est où ? interroge-t-il.

— Qui ça ?

— Aline.

C'est l'autre question favorite d'Antoine. Zola sent sa poitrine se comprimer. Elle lui en veut un peu, quand même, de lui demander une chose pareille. À chaque fois, il faut répéter « Maman est morte ». À chaque fois, il faut revivre cette réalité-là. Alors Zola n'y répond pas à tous les coups. Parfois elle s'épargne, et lui avec, à qui elle n'a pas envie de rendre ce souvenir qui n'est que douleur. Elle le contemple, se laisse attraper par ces yeux qui la regardent depuis qu'elle a vu le jour. *N'empêche, Papa, tu as de la chance d'avoir oublié,* pense-t-elle.

— J'ai perdu mon travail, Papa.

Antoine garde sur le visage la même expression, c'est-à-dire aucune. Sa lèvre inférieure s'est désolidarisée de la supérieure et son menton parsemé de picots blancs tombe, puis se relève, il va dire quelque chose, mais se tait.

— Ah là là..., finit-il par souffler en baissant les yeux.

La diversion a opéré, il a oublié sa question.

— J'ai tout fait foirer, continue Zola. Si tu savais… C'est la merde. Victoire va me passer un savon.

— Victoire, répète Antoine.

Zola hésite, puis elle précise :

— Victoire, c'est ma grande sœur, ton autre fille. Tu en as trois, l'aînée c'est Marthe.

Il la regarde un instant, puis il lui passe un bras autour des épaules et l'attire contre lui. Surprise, mais cédant au réflexe, Zola enfouit sa tête dans le creux du cou de son père. Elle se love dans la chaleur rassurante, se laisse rattraper brutalement par l'enfance. C'est comme avant, comme toujours, quand toujours existait encore. Les bras de son père l'enveloppent, comme au temps de ses déboires d'adolescente, comme lorsqu'il consolait la petite fille. Comme deux ans plus tôt, lorsque Antoine était encore suffisamment lui-même pour recueillir dans le creux de sa clavicule toute la douleur qu'Aline laissait derrière elle.

Il ne sent plus du tout la clope, pense Zola. Contre la peau de son père qui la réconforte comme pour de vrai, ça sent l'aigre et la lessive, là où autrefois Antoine portait une odeur tenace de cigarette froide. C'était son parfum, sa patte, sa signature. Il clopait comme un cowboy, Antoine. Il en connaissait le danger et ne le minimisait jamais, interdisait à ses filles de commencer, arguant que s'il pouvait revenir en arrière il ne s'y mettrait pas lui non plus, mais qu'il était dedans depuis trop longtemps, et que décrocher après toutes ces années c'était si dur que, dommage, mais c'était comme ça, il n'y arrivait pas. « Tu vas finir par avoir un cancer ! » se plaignait Aline, rongée par l'angoisse.

— Ah là là, répète Antoine.

— Je ne sais pas trop si je peux te raconter…

— Bah, soupire Antoine.

Les mots se bousculent contre les lèvres de Zola comme des prisonniers tâtant le mur de leur cellule pour trouver un moyen de s'évader.

J'aimerais réussir ma vie, merde, pense-t-elle. *Voilà ce qui se passe aujourd'hui.*

J'aimerais mettre la main sur un plan qu'on déplierait, comme ces cartes que tu étudiais, Papa, lorsque nous partions en vacances. Tu les scrutais longtemps, les yeux plissés, en te grattant le menton. Tu disais toujours qu'il y avait une route pour aller partout et que, dans la vie, la seule chose importante, c'était de trouver cette route. Une fois qu'on l'avait, on était sûr d'arriver là où on le voulait. Tu traçais des croix sur les étapes à franchir, tu entourais l'arrivée au feutre rouge.

J'ai besoin de tracer mes croix et de trouver mon arrivée, Papa. Je crois que je ne sais pas conduire.

Elle sort la tête de la nuque de son père pour lire son visage. Elle y trouve l'absence et l'opacité. C'est ainsi, désormais. Il est là, il n'est pas là, on ne sait jamais trop. Ils n'auront pas la conversation dont elle a besoin. Alors Zola fait simple.

— Ce matin, j'ai traité mon patron de sac à merde.

2

Le soir, Zola traîne sa morosité sur les trottoirs brillants de la banlieue. Sous ses pieds, la neige n'est plus qu'une flaque triste qui dessine en zigzag le reflet des lampadaires. Elle a du mal à respirer. Son espèce d'asthme. Diagnostiquée par personne, simple observation personnelle, sa difficulté respiratoire est un phénomène récent. Ce n'est pas véritablement de l'asthme, au sens médical du terme. C'est donc une espèce d'asthme.

Il s'est manifesté pour la première fois il y a trois ans. Zola s'en rappelle sans mal parce qu'à l'époque Aline était déjà malade. Elle peut dater les événements à partir de la maladie de sa mère. Si, dans ses souvenirs, Aline est en pleine forme, cela date de plus de cinq ans. Si Aline est malade, moins de cinq ans. Si Aline n'est plus là, moins de deux ans. Lorsque Zola a commencé à traverser ces épisodes d'essoufflement pendant lesquels sa poitrine s'écrase, Aline était toujours vivante, dans son fauteuil, pas encore alitée. C'était donc il y a trois ans, trois ans et demi, pas davantage.

Quand Zola peine à respirer, elle pense à sa mère. Le reste du temps, elle y pense aussi.

« Êtes-vous de la famille de Mme Aline Prioux ? » avait demandé la voix au téléphone sans dire bonjour. C'était un mois de septembre, la première fois qu'Aline était tombée. La première fois qu'elle s'était retrouvée à l'hôpital. L'infirmier des urgences avait trouvé le numéro de Zola dans le téléphone de sa mère, qui s'était écroulée au supermarché, au rayon mouchoirs et papier toilette.

« Tu parles d'une mise en scène ! avait plaisanté Aline. C'était pour vous faire rire ! On dit "tomber dans les pommes" mais moi, j'ai du style, je tombe dans l'essuie-cul ! »

En arrivant à l'hôpital, Zola avait trouvé Victoire agrippée à la main molle d'une Aline blême, malgré ses tentatives d'humour. « Te voilà, ma vilaine », avait murmuré cette dernière en apercevant sa benjamine. Et Zola avait souri à sa mère, comme pour poser un masque facile sur son anxiété. Ce jour-là, les choses n'étaient pas allées plus loin. On avait détecté un manque de potassium et conseillé à Aline de se rendre chez son médecin traitant pour faire des analyses supplémentaires. On n'était pas inquiet. Il fallait surveiller, et qu'elle mange des bananes. Beaucoup de bananes. Aline était tombée dans le papier toilette : une expérience hors du commun, sans doute, mais qui n'avait rien de dramatique.

Mais une autre chute avait suivi, dans la cuisine, qui n'avait plus fait rire personne. Aline lâchait des objets, ses jambes peinaient à la porter. Elle s'était reposée, elle avait mangé des bananes, beaucoup de bananes. Elle était retournée voir son docteur.

Les trois sœurs avaient été convoquées chez leurs parents. Un appartement en proche banlieue parisienne, où Zola se réfugie ce soir. Elle y avait trouvé sa mère, assise à la table de la cuisine avec Victoire et Marthe. Debout à côté d'elles, un Antoine mutique, auquel l'angoisse tordait le visage.

Si Marthe était venue, c'est que c'était grave.

Les mots s'envolèrent de la bouche d'Aline, tout de suite, comme on remet une épaule dans son axe, sans attendre, d'un coup sec. La maladie de Charcot. Crac.

Après cela, Zola n'avait rien écouté. *Charcot.* Voilà ce qui renversait sa mère au rayon papier hygiénique. Voilà ce qui faisait glisser les tasses et les casseroles de ses mains, et la faisait trébucher souvent. *Lorsque l'on donne à une maladie le nom d'un homme, c'est qu'elle est redoutable,* s'était dit Zola. Elle avait observé son père : en quatre mots, il était devenu un vieillard. Marthe avait promis qu'on se battrait et Victoire s'était levée pour préparer du café. Mais Zola, elle, était restée sur sa chaise, interdite, pendant que dans sa tête tournait ce nom terrible, cette maladie qui faisait tomber sa mère et, avec elle, toute sa famille.

Elle passe le seuil. L'appartement de ses parents n'est pas le lieu dans lequel elle a grandi. Ils vivaient du côté de Rungis, dans une maison petite, confortable, pratique, au milieu d'une rue où s'en alignaient cinquante autres, identiques à la leur.

Elle était bordée d'un jardin où rouillait le portique de la balançoire qui avait fait le bonheur des trois sœurs, puis des enfants de Marthe et de Victoire. À dix-neuf ans, Zola était partie et ses parents avaient voulu vendre. C'était trop grand pour deux et loin de tout. Aline aimait l'idée de vieillir dans un centre-ville, où elle pourrait faire ses courses à pied, aller au marché, et prendre le RER si elle voulait voir Paris. La vente couvrirait le prix d'un appartement. Et s'il restait de l'argent, ce serait pour partir en vacances.

Ils ont trouvé ce trois-pièces. Il contenait une chambre pour eux, et une seconde, pour leurs petits-enfants. Lorsque c'était nécessaire, on dépliait le canapé du salon pour caser tout le monde.

Pendant des années, Aline a fait à pied ses courses, son marché, et ses virées dans Paris. Elle a reçu parfois ses petits-fils et son unique petite-fille. Elle est partie en vacances. Ensuite, elle s'est mise à tomber.

L'appartement est vide à présent, comme celui de Zola, le week-end, depuis que Quentin l'a quittée. Elle est restée, paye seule le loyer. Elle n'a pas voulu chercher autre chose. Quentin est parti si vite. Au début, elle attendait qu'il revienne, comme on le fait après une dispute. Ça fait six mois, il n'est pas rentré, Zola est fauchée.

Comme elle rend visite à Antoine tous les samedis et qu'elle n'est jamais pressée de retrouver sa solitude parisienne, Zola a pris l'habitude de se rendre chez ses parents en rentrant des Érables, qui se situe dans la même ville parce qu'avec Marthe et Victoire elles pensaient que c'était mieux pour Antoine.

Son téléphone vibre. C'est Victoire.

Avant de parler à sa sœur, Zola s'accorde le temps d'ôter ses chaussures et de lâcher son sac sur la moquette usée de l'entrée. Dans la cuisine, elle s'immobilise et frissonne, sa bouche fume comme si elle était dehors. Il n'y a rien à faire. La gardienne, Emilia, le lui a réexpliqué il y a deux semaines : c'est un vieil immeuble. Dans la cuisine, un trou rectangulaire couvert d'une grille inutile perce le mur, ça se faisait, avant, pour évacuer le gaz. Et comme il est derrière le meuble évier, on ne peut pas l'atteindre, on ne peut pas le fermer, il faut donc laisser rentrer l'hiver la moitié de l'année et avoir froid dans la cuisine, en veillant à garder la porte fermée afin de ne pas réfrigérer le reste de l'appartement.

Zola rejoint l'évier et se réchauffe les mains sous un jet d'eau brûlante, quitte la cuisine vers le salon, où elle décide d'oublier de rappeler sa sœur. Que lui dirait-elle, de toute manière ?

« Aujourd'hui j'ai traité mon patron de sac à merde. » ?

Victoire est la dernière personne à qui elle a envie de le raconter. « Tu as recommencé ! » lui reprochera-t-elle avant de réciter la liste des emplois que Zola a quittés de manière soudaine. Il y en a eu trois. Sa sœur lui dira qu'elle ne tient pas en place, qu'elle manque de maturité, et d'ambition, qu'elle a un *schéma*, mot puisé dans les livres de psychologie que Victoire dévore afin d'en imposer les théories aux personnes qu'elle n'a de cesse d'éclairer sur elles-mêmes. Victoire est juriste dans une ONG. La psychologie, c'est pour le loisir, une passion dont elle fait profiter tout le monde.

Zola aimerait éviter que Victoire explore ces trois « sac à merde » à la loupe de son savoir. Qu'elle les traduise en *faille narcissique* ou en *crise d'individuation*, ce genre de termes dont on ne sait jamais s'il faut les prendre avec optimisme.

Chez Antoine et Aline, Zola range un peu chaque semaine. Elle fait la poussière sur les meubles du salon, elle se raconte que c'est pour se rendre utile qu'elle traîne dans l'appartement vide de ses parents. Ses sœurs ne sont pas au courant. Zola leur raconte qu'il lui arrive de venir pour nettoyer un peu, elle ne leur dit pas qu'elle reste dormir. Et que c'est tous les samedis. Depuis six mois.

Ce soir, elle n'y voit que grâce au lampadaire de la cour de l'immeuble, qui fait entrer son halo rougeâtre par la porte-fenêtre du balcon. Elle allume chaque lampe de l'appartement. Celle du salon, celle du couloir, celle de la chambre où elle dort, et enfin celle de la salle de bains, où elle ouvre le robinet de la baignoire. Zola n'aime pas que cet appartement soit plongé dans le noir, il a vu assez d'heures sombres comme ça. Dans l'armoire de la chambre, qui est devenue la sienne puisque plus personne n'y dort, elle a laissé quelques affaires. Elle attrape un pyjama, une paire de chaussettes, les dépose sur le lit. Elle se glisse ensuite dans le bain chaud, où sa peau picote au contact de l'eau.

Sac à merde.

C'était mérité, pense-t-elle. Était-ce mérité ? Existe-t-il de bonnes raisons de traiter son patron de sac à merde ?

Quand même, avec ce que je sais de lui…

Elle brasse une montagne de mousse, la fait exploser d'un revers. On balaye, on efface.

Elle enfonce la tête dans l'eau.

Zola se couche tôt, le dos calé contre trois oreillers empilés, et accoudée à la pile de bandes dessinées qu'elle a posée à côté d'elle sur le lit. Antoine en possède une collection qu'il a complétée toute sa vie. Avant, Zola ne lisait pas de BD.

Alors qu'elle ouvre un premier album, une clameur éclate sous son lit. Chaque samedi soir, dans l'appartement du dessous, la voisine allume la télévision ou la radio et pousse le volume de l'appareil à son maximum. Le cœur de Zola trébuche, s'affole et ne retrouve plus son rythme.

Elle ne connaît pas cette femme. Elle la croise parfois, c'est tout. Aline bavardait avec elle. Aline aimait discuter avec les gens, elle aurait rendu un ermite sociable, la conversation était l'un de ses talents les plus remarquables. Depuis qu'elle vient, Zola s'est acheté des bouchons pour les oreilles. Elle n'est pas très « voisinage ».

Ce soir, pourtant, c'est différent. Parce que c'est le soir d'aujourd'hui, et qu'aujourd'hui, Zola a déjà contredit plusieurs de ses habitudes.

Une voix d'homme fait trembler le mur, dans son dos. Au ton déclamatoire qu'elle distingue sans mal, elle comprend qu'il s'agit d'un documentaire.

Elle agite les jambes pour chasser sa couette et bondit hors de son lit. En un éclair, elle est sur le palier et descend. Sur le marbre usé, le froid chatouille la plante de ses pieds nus. Et voilà Zola, devant l'appartement de la dame du dessous. En pyjama.

Derrière la grosse porte en bois foncé, on ne distingue qu'un pâle filet sonore. Presque rien. Zola comprend pourquoi personne dans l'immeuble ne semble se plaindre du bruit que fait cette femme. On ne l'entend nulle part aussi bien que depuis sa chambre, chez Antoine et Aline. Une lassitude brusque l'agrippe, qui lui ramollit le dos et alourdit ses paupières. Le silence, la nuit et l'absurdité de parler aux gens. Zola veut son lit, le froid lui glace les chevilles, tant pis. Puisqu'elle est là, elle donne trois coups à la porte, persuadée qu'elle n'obtiendra aucune réponse. Après quelques secondes elle reproduit le geste. Au moins, elle aura essayé.

Le choc de ses phalanges sur le bois creux résonne dans tout l'immeuble et elle craint qu'un voisin se plaigne de son bruit à elle. Enfin, la serrure grince. Elle retient sa respiration. La porte s'ouvre mais si peu… Elle plisse les yeux, pour mieux y voir à travers la fente obscure d'où s'élève un « Ouiiiiiii ! » très long, dépourvu de contrariété et, même, enjoué.

Zola n'a pas envie d'une dispute qui la piégerait sur ce palier qu'elle est pressée de quitter.

Alors, en approchant ses lèvres de l'embrasure, elle cherche une formulation cordiale pour en finir vite et obtenir de sa voisine que… Pour obtenir quoi ? Elle a oublié, elle ne pense qu'au froid qui lui crispe désormais tout le corps.

— Je… euh… hmm… Je suis votre voisine du dessus, hésite-t-elle en veillant à parler assez fort pour que la dame l'entende, mais suffisamment bas pour que les voisins n'aient aucun reproche à lui faire.

Avant qu'elle ait le temps de balbutier autre chose, la femme lâche un « Oh ! » enthousiaste et referme aussitôt la porte sur le nez de Zola. Au terme d'un tripatouillage appliqué, la porte s'ouvre, pour de bon cette fois. Zola découvre une petite dame âgée, dont elle ne voit d'abord que le vaste regard bleu. On lui donnerait tous les âges. Son visage dit cent ans, ses yeux n'en annoncent pas vingt. Ils sont d'un bleu fou, un bleu lumière, un océan qui épouse un ciel d'été, et immenses. De grosses boucles de poupée posent leurs virgules blondes sur le haut de son front. La femme est en pyjama, elle aussi. Un ensemble crème et froissé, décoré de violettes. Le haut est une chemise et le pantalon, de travers.

La voisine s'écarte pour laisser passer Zola, comme si elle avait attendu sa visite.

— Entrez, entrez ! lance-t-elle.

Elle n'a pas l'air surprise, mais *contente.*

Elles se font face, en pyjama et en silence. Zola tente de rattraper le fil des reproches qu'elle est venue déposer et que l'hospitalité de la femme a désamorcés. Du coin de l'œil, elle devine l'appartement agencé à l'identique de celui de ses parents. La cuisine à droite en entrant, le salon à gauche, donnant sur le balcon qui surplombe la cour. En face, un petit couloir distribue tout le reste. Les toilettes, la salle de bains et, à gauche, les chambres, d'où vient le bruit qui l'a précipitée jusqu'ici.

— Votre télé est très forte, dit-elle.

Le son, précise-t-elle alors en pointant son index vers son oreille droite, comme pour clarifier que c'est par là que s'entendent les bruits.

Mais comme la femme n'exprime rien d'autre qu'une joie muette face à cette visite inopinée, Zola ajoute :

— Je l'entends depuis mon lit.

Sans rien dire, la voisine lui tourne le dos et s'engage dans le couloir. Zola en profite pour étudier la décoration. Elle remarque quelques meubles de facture classique, du bois clair, des tissus doux, des piles de livres à même le sol, près du canapé, et un buffet massif lui aussi chargé d'ouvrages.

Elle attend, hésite, rejoint la femme dans la semi-obscurité du couloir. *On ne se connaît même pas,* songe-t-elle lorsqu'elle retrouve le sourire vivace qui l'attend à l'entrée de la chambre. Sur une table si large qu'elle mange la moitié de la pièce, un écran plat débite en hurlant un documentaire sur la ville sainte de Jérusalem.

Il y a contre le mur un lit défait, dont les draps semblent avoir été jetés à la hâte. Zola pense au sien, qui l'attend juste au-dessus, à ses trois oreillers, à sa pile de bandes dessinées. Tout de suite, ce serait ça, sa Terre promise.

— J'entends votre télé, très fort, répète-t-elle.

— Ah, oui.

La femme hoche la tête avec son sourire indélébile. Un silence laisse place à une prière, probablement en hébreu, que leur chante l'écran.

— Peut-être que si vous mettiez un casque…, tente Zola. D'ailleurs, si ça se trouve, vous entendriez mieux.

Mais déjà sa voisine la frôle pour ressortir de la chambre. Elles rejoignent l'entrée et l'inutilité de sa démarche accable Zola de sommeil.

— Bon, je vais me coucher, annonce-t-elle.

La petite dame lui tend alors une main si fine que Zola a peur de la briser en la serrant.

— Moi, c'est Yvonne.

Zola hoche la tête, lâche la main délicate, mais les yeux bleus la fixent. Elle a l'impression qu'elle leur doit une réponse.

— Zola.

3

Yvonne avait prévu d'envoyer le message ce soir. Elle l'avait noté sur le calendrier en carton accroché au mur, au-dessus du radiateur de sa cuisine, là où elle inscrit toujours ses rendez-vous : « vendredi 22 décembre, envoi mail ». Sans autre précision. L'affaire était clandestine.

Elle voulait le faire avant Noël.

C'est une idée qui est venue jusqu'à Yvonne, elle ne sait plus comment. On se rencontre avec les idées, parfois longtemps après qu'elles ont germé. Certaines s'envolent, comme si elles n'avaient aucune prise sur la réalité. Celles qui restent sont celles que l'on doit écouter.

Cette idée-là, Yvonne compte n'en parler à personne. Ce n'est pas qu'elle en doute, ni qu'elle en a honte. C'est le genre de projet qui se pèse, s'explore et se laisse maturer. Elle a enquêté, elle s'est renseignée, elle a fouillé jusque dans des endroits où l'on ne voulait pas de ses questions.

Et ce courrier, ce soir, devait être un coup d'envoi qui n'était pas loin de lui faire un coup au cœur. C'était tout de même quelque chose, elle en avait bien conscience.

Sa décision était prise, mûre, sûre, Yvonne savait ce qu'elle faisait. Surtout, elle savait pourquoi elle le faisait, alors elle n'hésitait plus, mais cela n'était pas encore tout à fait du soulagement non plus. C'était quelque chose entre les deux, un mélange de sentiments qui, tout à l'heure, lui tenaillait le ventre.

Au moment d'allumer son ordinateur, elle a compris. *J'ai peur*, s'est-elle dit, *c'est imbécile comme j'ai peur.* Elle a presque ri. *La peur, à mon âge, avec mon caractère. Tu as peur, Yvonne, tu as peur et c'est sot*, s'est-elle répété, les yeux plantés sur l'écran bleu néon. Et puis ça l'électrisait, aussi. Cette peur-là était une petite décharge de vie qui diffusait dans le vieux corps d'Yvonne sa délicieuse ironie.

Elle avait choisi le soir, pour sa quiétude franche. Elle n'aurait jamais pu envoyer un tel courrier à la lumière du jour.

La nuit, on ne peut plus mentir.

Le ventilateur de la machine commençait à mouliner quand, à sa porte, quelqu'un a frappé.

Il était 23 heures passées, jamais on ne lui rend visite aussi tard. Surtout, elle venait tout juste d'allumer son ordinateur, et cette pression de l'index portait un but dont elle n'avait pas envie qu'on la détourne.

Mais il y avait quelqu'un à sa porte. Ce soir, entre tous les soirs ! À cette seconde-là, précisément. Si c'était un signe, Yvonne refusait d'en lire la signification. Si c'était un hasard, elle ne le laisserait pas la divertir.

L'écran affichait maintenant la photo d'un paysage de montagnes aux sommets rosis par le soleil. D'une main tremblante Yvonne tenait le papier sur lequel elle avait noté ces mots qui, dès qu'elle y pensait, et plus encore lorsqu'elle les lisait, faisaient galoper son cœur. *Attention à la crise cardiaque*, se dit-elle en songeant que mourir ainsi, maintenant, serait d'une exubérance fantastique.

L'ordinateur a émis un gargouillis et on a frappé encore, plus fort que la première fois.

Redoutant que l'on insiste, elle est allée ouvrir.

C'était la fille des Prioux, les voisins du dessus. Elle ne s'était jamais présentée à Yvonne. Zola. Sa carrière de professeure a offert à Yvonne de découvrir les prénoms les plus surprenants, mais celui-là, elle ne l'avait jamais croisé. Elle n'a pas assez connu Mme Prioux pour qu'elles en discutent. Yvonne aurait pu lui demander si c'était la littérature qui le lui avait inspiré.

Mme Prioux est décédée, la pauvre femme. Son mari est malade. L'appartement est inoccupé, si ce n'est pour les week-ends que la jeune femme y passe, chaque semaine depuis le printemps dernier.

Yvonne aime bien l'espionner. Une gamine, elle n'a pas trente ans. Avec ses denims près du corps, ses bottines épaisses qui lui font des pieds gros comme des pattes d'éléphant et son manteau en laine bleue ajusté, elle a une allure d'étudiante. Toujours la même tenue, sous une cascade de boucles d'un châtain foncé, irisé de reflets roux. Discrète, polie, quasi invisible : le genre de voisine pas contrariante. Le samedi, Yvonne la regarde remonter l'allée de la résidence à 17 h 30. Ses pas résonnent dans la cage d'escalier jusqu'au troisième, là où logeaient les Prioux.

La voir arriver ce soir à 19 h 22 était inhabituel, d'autant que la jeune femme ne vient jamais le vendredi.

Yvonne n'était pas fâchée de l'interruption. De près, Zola était charmante. Plus grande. Un visage rond, un nez franc. Quelques taches de rousseur à peine visibles, des yeux doux où pointait un feu sauvage d'animal impatient de se carapater dans son terrier. La petite était avare de mots, ça tombait bien. Leur échange a été suffisamment bref pour être plaisant, sans décourager Yvonne de reprendre les choses là où elle les avait laissées.

Une fois seule, elle a ouvert sa main sur le papier froissé. Il était humide à force d'avoir macéré dans sa paume. Ses yeux sont allés trouver les mots griffonnés dessus. Une cohésion de lettres sans gravité apparente, dépourvues de sens, dépassées par l'ampleur de ce qu'elles signifiaient.

Une promesse. Une transgression. Ces mots, curieusement, sont son avenir.

— Ignacio Pepe de la Rosa, a-t-elle lu à voix haute, son épaule effleurant encore la porte qu'elle venait de refermer sur Zola Prioux.

Sa dernière et, sans doute, sa plus grande liberté viendra donc de cet homme-là. Yvonne a répété le nom quatre fois en regagnant sa chambre, comme une chanson, pour se donner du courage.

Ignacio Pepe de la Rosa. C'est sûrement un pseudonyme, le type aura pris toutes les précautions pour ne pas se faire prendre.

Dans sa chambre, la télévision diffusait un documentaire. Comme tous les soirs à la même heure, Yvonne avait allumé le poste et choisi n'importe quelle chaîne.

Elle a besoin de ce bruit. La nuit, le silence la consterne.

En reprenant sa place devant l'ordinateur, elle a pensé à Robert.

Elle a pensé à Margaux.

Elle a pensé à Edmond.

Alors elle s'est donné l'ordre de ne plus penser.

Elle a relu le nom et l'adresse e-mail. *Je suis libre, je suis libre quoi qu'il arrive, même après ce message, et tout ce qui suivra, je pourrai aller au bout de ma décision, je pourrai aussi changer d'avis et ne rien faire, mais je dois envoyer ce courrier car ainsi j'aurai le choix. Le choix,* s'est-elle répété, *c'est la plus grande des richesses, c'est encore mieux qu'être milliardaire.*

Enfin… Le mieux c'est d'être libre *et* milliardaire.

« Bonjour monsieur de la Rosa » a-t-elle commencé, avant de lui dire dans quelles circonstances on lui avait transmis ses coordonnées, et qu'elle voulait lui passer commande. « Vous n'aurez pas à préciser, il saura pourquoi vous lui écrivez », avait-on expliqué à Yvonne.

Elle a hésité à donner son nom, ce n'était peut-être pas très malin.

Finalement, elle a cliqué sur « Envoyer » sans signer.

Il est presque minuit maintenant, Yvonne envisage de se servir un verre. Mais avant de rejoindre la cuisine, elle attrape son stylo-plume et le carnet à couverture noire rigide, imitation cuir, qu'elle a toujours à portée de main.

4

« Il serait peut-être excessif de prétendre que je ne souhaite pas, à de certaines heures… y aller de mon petit voyage. »
Colette, *La Retraite sentimentale*

Vendredi 22 décembre

J'ai envoyé mon e-mail.

C'est ainsi qu'un vendredi de décembre juste avant Noël, à 16 h 52 à Tijuana au Mexique, un homme qui, en ces circonstances très particulières, répond au nom d'Ignacio Pepe de la Rosa, a reçu ma demande.

Ce soir, je me couche étrangement calme.

Cet homme, si même il s'agit d'un homme, me fournira l'outil de ma dernière liberté.

J'ai choisi de mourir.

À bon entendeur,

Yvonne Grabowski-Grall

5

ZOLA A GARDÉ SON VOLET OUVERT. L'idée d'être réveillée au hasard du jour naissant lui paraissait romantique, mais une ondée glacée douche ce morne samedi de décembre. Des milliers d'aiguilles sont venues frapper à sa fenêtre et couper court à sa grasse matinée. Sous sa couette, bien au chaud, elle songe qu'elle ferait aussi bien de se rendormir.

Son téléphone sonne. Elle attrape l'appareil pour l'éteindre mais ses gestes, encore confus, lui font répondre à l'appel. C'est Victoire qui a besoin d'une terrine. Un petit plat en terre qui ne vaut pas plus de dix euros et qui appartenait à leur mère, précise-t-elle. Elle ne le trouve plus, en a besoin pour Noël, c'est sûrement Zola qui l'a, elle passe le prendre.

— Chez moi ? lance Zola en se redressant dans son lit.

— Bien sûr, chez toi, idiote ! s'amuse sa sœur.

— Non, tu ne peux pas, répond Zola d'une voix rendue presque inaudible par le ronflement de la pluie.

Victoire hoquette, indignée. Elle est peu entraînée à recevoir des refus. D'ailleurs, elle ne l'acceptera que si Zola peut lui dire où elle est, ce qu'elle fait, tout ce qui justifie ce « non » qu'elle ose lui opposer.

— Je suis déjà dans le métro, insiste Victoire.

— Alors, sors du métro, répond Zola. Ce matin, je ne peux pas.

— Je suis en bas de chez toi.

Victoire ne demande jamais si elle peut venir, elle l'annonce. Et lorsqu'elle le fait, en général, elle est déjà devant l'immeuble.

— Allez, j'arrive, bisous !

— Non, attends ! s'écrie Zola. Je ne suis pas là, je suis à la salle de gym.

— Tu fais de la gym, toi, maintenant ?

Non. Mais Zola ne veut pas dire à Victoire qu'elle est chez leurs parents. Elle a fourni le premier mensonge qu'elle a trouvé.

— Tu as ta clé ? demande-t-elle à Victoire.

— Oui.

— Entre et fouille, mais je ne suis pas sûre que tu trouves ta terrine.

Le trousseau appartenait à Quentin mais, quand il a quitté Zola, Victoire a demandé à le récupérer. Il fallait que quelqu'un ait accès à l'appartement de sa sœur en cas de problème, et qui d'autre aurait pu se proposer ?

Zola se rallonge, prête à mettre fin à l'appel pour retrouver son matin.

— Bon, eh bien, à plus tard !

— Attends, attends ! s'exclame Victoire. Et ton travail ? Qu'est-ce qui se passe ?

Une décharge étreint la colonne vertébrale de Zola.

— Mon travail ?

Avant d'ajouter « Comment tu le sais ? », elle se ravise. Victoire ne peut pas être au courant. L'incident s'est passé hier, et la seule personne à qui Zola en a parlé, c'est Antoine. Leur père aurait-il eu un soudain regain de mémoire ? Au point de tout raconter à Victoire ? Déjà ? Mais quand ? Zola décolle son téléphone de son oreille pour consulter l'heure. Il est 8 h 30. Un samedi matin ! Elle a envie d'engueuler sa sœur, mais là encore elle se retient. Victoire risquerait d'avoir des soupçons à propos de son histoire de salle de gym. Zola ne sait même pas s'il y en a une dans son quartier. Il n'y a que Victoire pour croire qu'on puisse se lever si tôt le premier matin des vacances pour une séance de sport.

— Comment tu le sais ? se résout-elle finalement à demander.

— On en a tellement parlé ! rétorque Victoire, qui se met à rire.

— …

— Arrête de faire la nouille, Zo ! Ton augmentation !

— Ah, oui.

Ah, oui.

Une augmentation. C'était le plan. Ce vendredi était le dernier jour de Zola avant ses vacances, et elle devait avoir un entretien avec Pascal, le directeur de l'agence de communication qui l'emploie. Faber Lang, Paris.

Pascal, son patron.

Pascal, qu'elle a traité de sac à merde.

Stéphane, son beau-frère, et Victoire avaient dédié deux dimanches à la conseiller afin qu'elle sache quoi dire lorsqu'elle se présenterait devant lui. D'ailleurs, l'idée est venue d'eux. Un jour, Victoire a demandé à Zola quelles étaient ses perspectives. Zola n'a pas saisi, lui a fait préciser, pensant que sa sœur la pressait, comme souvent, d'essayer de rencontrer quelqu'un.

« Se remettre en selle », l'expression préférée de Victoire. Mais cette fois-ci, Victoire parlait de la vie professionnelle de Zola.

Des *perspectives,* Zola n'en avait pas. Si ce n'est cet ennui gluant qui, avec les mois, s'était insinué dans son quotidien chez Faber Lang et dont elle ne savait comment se défaire. Zola travaillait dans cette agence de communication depuis quatre ans, son record. La plupart du temps, elle se contentait de bien faire ce qu'on attendait d'elle et y trouvait une satisfaction suffisante pour tromper la monotonie. Elle ne s'était donc pas demandé quelles étaient ses *perspectives,* jusqu'à ce que Victoire lui en souffle une : prétendre au poste de cheffe de projet. Un nouveau défi, que Zola avait fini par envisager comme un antidote à sa lassitude. Endosser des responsabilités la valoriserait, la réveillerait, lui donnerait un « super coup de fouet ». C'était en tout cas ce que Stéphane et Victoire lui avaient répété à l'envi.

Elle tourne la tête d'un côté, puis de l'autre, comme la victime d'un canular de caméra cachée qui chercherait le piège. Dehors, la neige succède à l'épisode pluvieux, ses flocons brouillent le décor et font tinter leur grésillement humide contre les vitres.

— J'attends que tu rentres de la gym, si tu veux, propose Victoire. Comme ça tu me raconteras tout.

Zola décline, Victoire insiste, Zola tient bon, Victoire persiste. Elle a raison d'essayer car, le plus souvent, ça marche. Mais cette fois Zola n'en démord pas et Victoire ouvre les hostilités.

— Avant, on ne te voyait jamais parce que tu étais avec Quentin, mais maintenant ? Qu'est-ce que tu fais de ton temps libre ? Ce n'est pas le moment de te terrer dans ta solitude, Zo. Cette rupture a dû salement raviver ta blessure d'abandon. Et puis avec Noël qui arrive…

— Pour mon travail, je te raconterai plus tard, tranche Zola. Je suis arrivée, je te laisse. Bisous !

Elle raccroche sur une dernière protestation de Victoire.

L'écran de son téléphone affiche un message d'Éric, un autre de Fadila et un appel de Margaret. Ses collègues. Zola se demande s'ils veulent la féliciter pour hier. À l'agence, personne n'aime Pascal. Zola, ni plus ni moins que les autres, mais elle avait toujours réussi à se contenir. Jusqu'à hier. Lorsque tout le monde se sera remis de ses insultes, elle pourra leur expliquer. Pourquoi de cette manière, pourquoi à ce moment-là. Ce matin, elle n'a pas encore envie d'en parler.

Elle traverse le couloir, plus légère qu'elle ne l'aurait cru. Pour l'instant, l'agence est fermée. Il n'y a rien d'autre à faire qu'attendre janvier pour faire face aux conséquences de décembre. Elle apprécie ce répit.

« Sac à merde », quand même, s'épate-t-elle *in petto* en rejoignant la cuisine polaire.

D'où lui vient cette expression ? Zola est certaine de n'avoir jamais traité quiconque ainsi et voilà qu'hier elle l'a éructé trois fois. Elle entend encore l'écho de sa grossière irruption se cogner aux parois en verre de la salle de réunion qui, dans un dernier sursaut collectif avant les vacances, était comble.

Les trois coups d'une adjudication aux enchères.

Sac à merde, une fois !

Sac à merde, deux fois !

Sac à merde, trois fois !

Adjugé !

Félicitations, chère madame, vous avez gagné un ticket pour le chômage.

Pendant quelques secondes, elle doit mobiliser toutes ses capacités de concentration sur son thorax et, le corps tendu dans cet effort, elle prend une longue et lente inspiration pour faire entrer l'air dans ses poumons jusqu'à ce qu'ils soient pleins. Cette espèce d'asthme…

Zola étouffe, elle doit quitter cette cuisine frigo. D'un bond, elle est dans sa chambre, elle oublie son café, remplace son pantalon de pyjama par un jean et passe par la salle de bains pour s'asperger le visage d'eau froide. Pieds nus dans ses bottes, tant pis pour l'hiver, elle cache son haut de pyjama sous son manteau. Le samedi, c'est jour de marché, elle pourra s'y changer les idées.

Lorsqu'elle atteint le centre-ville elle ne sent déjà plus ses orteils. Elle s'oblige pourtant à s'attarder sur le premier étal, celui du primeur. Elle tâte un chou, mais elle ne sait pas le cuisiner, alors elle demande trois pommes à la vendeuse, une jeune fille enveloppée dans une écharpe épaisse dont émergent sa queue-de-cheval ébouriffée et ses joues rougies par le froid. Ensuite, Zola rentre déjà, le pas ralenti par ses pieds aussi incapables que deux blocs de glace. Elle a oublié d'acheter du pain.

Dans le hall de l'immeuble, elle tombe sur la voisine, cette petite femme sourde à qui elle n'avait jamais adressé davantage qu'un « bonjour » jusqu'à hier soir. Postée devant les boîtes aux lettres, Yvonne barre le chemin qui mène à l'escalier. Leurs regards se croisent. Par-dessus son épaule, Zola guette la sortie, mais elle ne peut plus faire demi-tour.

— Eh bien, bonjour, Zola ! lance Yvonne d'une voix catégorique, un peu gouailleuse, qui contraste avec la délicatesse enfantine de ses grands yeux bleus.

Zola bafouille quelque chose qui ressemble à un « bonjour » mais avec la conviction d'un « au revoir ».

— J'ai été heureuse de faire votre connaissance hier soir, lance Yvonne.

— Ah, euh, oui, répond Zola en glissant une œillade vers l'escalier.

— Revenez quand vous voulez, ça me fera plaisir ! ajoute sa voisine.

Zola hoche la tête. L'instant s'étire, les yeux d'Yvonne retiennent les siens.

— Bon, eh bien, bonne journée ! lance cette dernière en s'engageant dans l'escalier, une main pincée sur les trois enveloppes qu'elle a trouvées dans sa boîte aux lettres et l'autre tenant un filet rempli de légumes.

Après le repas, Zola a lu, ensuite elle a voulu trier leurs photos de famille. Elle a perdu un temps fou à scruter, sur chacune d'elles, le visage de sa mère au fil des ans. Aline aimait faire des blagues, elle en avait toujours de bonnes et adorait surprendre les gens avec cet humour qu'elle prononçait d'un air sérieux. Pourtant, sur les images, on ne trouve pas trace de cette espièglerie : ni dans ses yeux hésitants, ni dans ses sourires timides.

Lorsqu'elle en a eu assez, Zola a fouillé parmi les disques de ses parents pour y dénicher de quoi propulser autour d'elle une musique qui occuperait le vide. Fleetwood Mac, Creedance Clearwater Revival, et Michel Berger.

La musique s'est arrêtée, l'après-midi touchait à sa fin. Une pensée que Zola avait réussi à écarter s'est empressée de lui revenir. Comme si la nuit, au moment de tirer sa couverture sur le monde, tenait à une franchise jusqu'alors préservée par le jour.

Je ne fais que régresser.

Elle a repoussé les mots, comme si elle avait une petite pelle et une balayette pour faire le ménage dans son esprit.

Elle se couche maintenant, et ça ne loupe pas, une liste tourne dans sa tête : *Plus de mec, plus de mère, plus de taf, plus de mec, plus de mère, plus de taf, je régresse, je régresse, j'ai bientôt trente-trois ans, je régresse.*

— Et bientôt plus de chez moi, du coup, ajoute Zola à voix haute.

Elle regarde autour d'elle. Elle se demande si maintenant qu'elle a saboté sa source de revenu elle va devoir s'installer ici, dans l'appartement déserté de ses parents, lorsqu'un bruit sourd la tire de ses réflexions. Des onomatopées étouffées, juste sous elle.

Zola écoute. Bientôt, c'est une véritable symphonie, si forte que ses notes semblent venir directement de sa chambre. Il est hors de question qu'elle y retourne. Elle ne veut pas avoir froid, elle ne veut pas sympathiser, elle préfère rester dans son lit à… Que faisait-elle avant que la musique impose son tumulte ?

— Je parlais toute seule, dit-elle.

Et je continue, ajoute-t-elle en songe. Les notes explosent et Zola leur est reconnaissante, finalement. N'importe quel bruit lui semble soudain préférable à celui de ses tourments. Elle change d'avis. Rabat sa couette. Se lève.

En pyjama, comme la veille, elle frappe à la porte d'Yvonne. Cette fois, elle a pensé à enfiler des chaussettes.

— Ah, c'est vous ! Bonsoir ! s'exclame Yvonne en lui ouvrant.

Avant que Zola ait pu répondre, sa voisine s'est échappée vers la cuisine. Seule dans l'entrée, Zola se demande si elle doit rester plantée là ou suivre Yvonne. Dans son dos, la porte est encore grande ouverte et la nuit de décembre projette son air froid sur l'arrière de ses jambes. Alors elle penche pour la seconde option. À l'autre bout du couloir, dans la télé d'Yvonne, l'orchestre hurle.

— Venez ! l'invite cette dernière en s'installant à une table carrée en Formica bleu pâle collée au mur de la cuisine. Alors, dites-moi, vous êtes en vacances ?

Une conversation. Zola regrette. Il ne lui reste déjà plus rien de la conviction qui l'a menée dans cette cuisine.

— Vous m'espionnez ? elle rétorque, surprise de son ton défensif.

— Je ne vous espionne pas, je vous vois, lui répond Yvonne. Je suis là, et vous aussi, je n'y peux rien.

La vieille femme emballe ces phrases dans son grand sourire d'enfant gracieuse, d'une simplicité désarmante. Elle ajoute quelque chose mais, au même moment, dans la chambre, les cuivres redoublent et piétinent le son de sa voix.

— Est-ce qu'on peut baisser le volume ? demande Zola.

Yvonne l'interroge du regard, comme s'il n'y avait d'autre musique dans cet appartement que celle des mots qu'elle vient de prononcer. Elle se lève et disparaît. Après quelques secondes, le son décline, mais très peu. Puis soudain une bouteille et un papier blanc atterrissent sur la table, juste devant Zola. Elle n'a pas entendu arriver Yvonne, qui a repris sa place et fixe désormais sur elle son éternel sourire.

« Bushmills. Single Malt. 10. » annonce la bouteille. Les yeux de Zola voyagent de l'étiquette verte et blanche à sa voisine.

— Vous m'attrapez deux verres ?

Yvonne désigne le buffet du même Formica bleu que celui de la table. Zola y trouve les verres, rangés près d'un alignement de tasses désassorties.

— Il y a une planche sur le côté, signale Yvonne depuis sa place.

Une planchette en bois et un couteau sont en effet suspendus au côté gauche du meuble par un crochet en plastique. Zola dépose le tout sur la table et se rassied.

Lorsque Yvonne leur sert du whisky, Zola n'ose pas lui dire qu'elle déteste ça. Sa voisine déroule le papier blanc. Ses gestes sont calmes, organisés. Un saucisson entamé apparaît sous les pans froissés, et Yvonne en découpe quelques tranches.

Dans la chambre, la musique s'est arrêtée pour laisser place au ton survolté des publicités.

— D'habitude, c'est pour après minuit, explique Yvonne en avalant une gorgée, mais ce soir, pour vous, je fais une exception.

Elle gobe une rondelle et lance un clin d'œil à Zola, ignore sa sidération, puis d'un signe de tête elle l'invite à boire. Zola obéit. Le whisky lui brûle la gorge, le palais, la glotte, la langue et l'estomac, tandis qu'Yvonne avale une deuxième rondelle et pousse la planche dans sa direction.

— Allez-y, mon petit ! Le saucisson fait descendre le whisky, et vice versa.

Quelque chose cloche.

Au-delà de la manière surprenante dont sa voisine fait couler l'alcool sans ciller dans sa frêle silhouette d'octogénaire, à 23 heures, en enrobant le tout de charcuterie bien grasse, un détail intrigue Zola.

Yvonne, agrippée à son verre et à son couteau, dévore avec la sérénité du contentement. *Je vais devoir me rebrosser les dents,* pense Zola. Dans la chambre, la musique reprend, des tambours soulignent la clameur des cuivres.

Zola saisit enfin ce qui la trouble depuis tout à l'heure.

Elle désigne la bouteille de whisky et demande, tout bas :

— Ce n'est pas un peu fort ce truc-là, à une heure pareille ?

Elle a soufflé les mots devant sa bouche, du bout des lèvres, sa voix à peine audible à ses propres oreilles.

Pourtant, Yvonne répond.

— Foutaises, mon petit ! Il ne se passe pas un soir sans que je me serve mon whisky et mon saucisson. J'ai quatre-vingts ans et je suis en pleine forme, comme vous le voyez. Alors si on ne peut pas se permettre ce genre de choses à mon âge, eh bien…

Elle abandonne sa phrase ici. Zola l'observe.

— Vous n'êtes pas du tout sourde, triomphe calmement cette dernière.

Yvonne ouvre plus grand ses yeux.

— Bien sûr que non, je ne suis pas sourde ! s'exclame-t-elle, à la limite de l'hilarité. Voilà une drôle d'idée, dites donc. Je ne suis plus toute jeune, mais la machine fonctionne encore, mon petit !

— On peut baisser le son ? tente Zola comme si c'était la première fois qu'elle le demandait.

Yvonne, le nez dans son verre, hausse les épaules, attrape une tranche de saucisson qu'elle se jette dans la bouche en se levant, et disparaît. À l'autre bout du couloir, la musique s'estompe enfin et Yvonne revient. En se rasseyant, elle lève un sourcil vers Zola, comme pour déclarer « Voilà ! ».

Il n'y a pas, dans ce silence, le soulagement que Zola espérait. Il libère ses oreilles, mais il fait trop de place. Maintenant, il va falloir vraiment parler. Elle examine son whisky et sent sur elle le regard d'Yvonne. Cette dernière plaque ses deux mains à plat sur la table et lui demande :

— Alors, c'est quoi votre histoire ?

Son histoire ? On n'a jamais posé une telle question à Zola.

— Ben…, bredouille-t-elle.

Yvonne attend, et il doit y avoir quelque chose dans ses yeux, à cause de leur couleur, ce bleu fabuleux. Peut-être… Ils ont de quoi faire boire du whisky et avaler du saucisson à Zola, qui n'en voulait pas, à 23 h 30. Ces yeux ont le pouvoir de lui ôter le réflexe de détaler, même face à une question aussi vaste que « C'est quoi votre histoire ? ».

Alors Zola répond :

— Je n'aurais jamais dû naître.

6

DES TROIS SŒURS, Zola est la plus jeune. Une particularité les rapproche toutes les trois, bien davantage que ce qui rapproche les sœurs en général : aucune d'elles n'aurait dû naître.

Aline et Antoine Prioux se sont mariés le 10 avril 1971. Elle avait vingt ans, lui vingt-trois, et ils désiraient avoir un enfant. Aline n'était pas très pratiquante mais elle s'était mise, chaque soir, à demander à Dieu qu'il lui donne un garçon.

Elle ne voulait qu'un seul enfant, un fils, *parce que les filles,* pensait-elle, *c'était compliqué.* Aline avait eu trois frères et elle avait accepté que la préférence manifeste que leur mère leur avait toujours témoignée devait être le fruit du bon sens.

Les mois et les tentatives se succédèrent en vain, alors Aline et Antoine consultèrent un docteur. Attendri par leur impatience, il les renvoya au lit conjugal, arguant qu'il fallait continuer d'essayer et, surtout, ne pas se décourager. Aline et Antoine se montraient assidus et volontaires, tout ce qu'il fallait, pensaient-ils, pour arriver à leurs fins. Leurs corps se retrouvaient chaque soir, parfois même certains matins et les après-midi, pour créer, dans l'ivresse et leur fougue de jeunes époux, cette vie qu'ils espéraient mettre au monde. Deux années pleines s'écoulèrent ainsi, sans qu'aucun bébé ne naisse.

Ils retournèrent chez le docteur qui, cette fois, leur prescrivit quelques examens. Rien de méchant, de quoi se rassurer. Le verdict, pourtant, fut sans appel : ils ne pouvaient pas concevoir.

« Il faut oublier », avait conclu l'homme. Il était obstétricien, mais pas psychologue.

Huit années passèrent ainsi dans la vie sans enfants d'Aline et Antoine Prioux. Comme ils s'étaient mariés très jeunes, ils l'étaient toujours suffisamment lorsque Aline découvrit qu'elle était enceinte.

Ils sollicitèrent l'avis du même docteur, qui, désormais, n'était plus très loin de la retraite. La médecine et ses explications irréfutables, voilà qui aiderait à calmer leur tournis. Car ils étaient très inquiets : un jour, on ne pouvait pas avoir d'enfant, et voilà que l'autre, on en attendait un pour l'hiver suivant. Antoine craignait que ce bonheur lui échappe aussi brusquement qu'il lui était tombé dessus.

« Ce sont des choses qui arrivent », avait avancé le docteur. D'un point de vue scientifique, c'était maigre. Aline et Antoine insistèrent, réclamèrent des examens. Mais elle était enceinte, en bonne santé, à quoi bon chercher plus loin ?

Puisqu'il ne leur restait que ça à faire, Aline et Antoine se réjouirent. Le bonheur grossissait avec le ventre d'Aline, qui avait gardé sa préférence pour les garçons. Alors, après huit ans de trêve, elle se remit à prier.

Le bébé vint au monde le cordon autour du cou, le 18 février 1981. Une fille. Mais en la découvrant, Aline oublia le désir qu'elle avait eu d'avoir un fils, exaltée d'être soudain maman alors qu'elle s'était efforcée de renoncer à ce souhait. Elle tenait dans ses bras ce bébé au visage encore un peu bleu, mais qui était le sien, et elle le trouva magnifique. Il lui parut incroyable d'avoir été capable de fabriquer un tel être. C'était un miracle, et le couple Prioux se promit de gâter cette petite sans compter. Marthe était leur cadeau du ciel, à qui Aline pardonna de ne pas lui avoir accordé un garçon.

Elle serra sa fille contre sa poitrine et posa des lèvres émues sur son front tout plissé. Aux trois cheveux bruns que Marthe arborait sur le dessus de son crâne, elle murmura : « Mon miracle. »

Le miracle avait un peu plus d'un an et commençait tout juste à marcher lorsque Aline perdit connaissance et s'écroula sur la moquette grise du cabinet d'avocats qui l'employait comme secrétaire à Clamart, près de Paris. C'était le vendredi 2 juillet 1982. Et Aline était de nouveau enceinte. Le docteur ne savait que dire. Il ne comprenait pas, c'était un miracle. Aline intervint, forcée de le contredire. Le miracle, c'était Marthe. Quant à ce nouveau bébé, on ne l'expliquerait pas davantage que le premier. *Le voilà, mon fils,* pensa Aline, gourmande de ce bonheur que la vie lui offrait pour la seconde fois.

L'enfant se présenta par le siège, le soir du 25 février 1983. On expliqua à Aline, le lendemain de l'accouchement, qu'elles auraient pu en mourir toutes les deux. C'était encore une fille. Le visage baigné de larmes, Antoine se pencha sur ce nouveau bébé dont il détailla de sa voix tremblante la perfection de sa petite bouche, et la perfection de son tout petit nez, et puis son menton si rond, sa peau chaude, ses mains miniatures. « Regarde ses mains, Aline ! s'émerveilla-t-il. Elle a de minuscules mains, si parfaites ! » Aline regarda la bouche, le nez, le menton rond et les toutes petites mains. Du bout des lèvres elle caressa le velours tiède des joues de sa fille qui, c'est vrai, était parfaite. Un amour puissant liquéfia son cœur incrédule. Voilà qu'elle tenait contre elle une autre enfant. Ce n'était pas une fille, c'était bien plus que ça. Son mari avait raison, et si leur Marthe était un miracle, cette petite sœur était parfaite. Ainsi, Victoire fut surnommée « la parfaite ».

Un soir d'août 1990, Antoine suggéra à sa femme que, peut-être, et quoique l'idée pût paraître folle, il était probable qu'elle fût de nouveau enceinte. Aline maigrissait, elle était prise de vertiges et d'une aérophagie qui lui tiraillait les entrailles. Ses deux grossesses lui avaient causé les mêmes symptômes. « De toute manière, c'est soit ça, soit un cancer », avait tranché Antoine, qui n'y connaissait pas grand-chose en médecine. Aline n'en dormit pas de la nuit. « J'ai quarante ans ! » avait-elle protesté, comme si l'âge était une contraception. « Non, avait rétorqué son mari. Tu en as trente-huit, on peut encore avoir des enfants à cet âge-là. » Mais pas elle, impossible, puisqu'elle ne pouvait pas en avoir au départ, et que son corps avait déjà défié le sort à deux reprises.

Ils consultèrent un nouveau docteur, car le précédent avait depuis longtemps pris sa retraite.

Ce n'était pas un cancer.

Marthe avait neuf ans, bientôt dix. Victoire en avait sept, bientôt huit, et Aline était enceinte. À l'annonce du diagnostic, cette dernière répondit : « Je n'ai voulu aucune de mes enfants. » Les yeux ronds comme des bouchons de bouteille, le médecin la considéra en silence. Avant qu'il n'objecte à son tour que ce nouveau bébé était un miracle, Aline s'empressa de déclarer, une main sur son ventre et en ravalant la nausée qu'il lui causait : « C'est une très grande surprise, docteur. »

Dans un regain de religiosité, elle imagina que le ciel avait décidé de lui donner enfin son garçon, et qu'il avait pris un temps fou pour le faire. À cette pensée, elle sentit son visage se détendre et, sans s'en apercevoir, elle offrit un sourire sincère au docteur, qui s'en trouva rassuré.

Elle n'avait pas encore eu le temps de se sentir vieille, mais cette troisième grossesse lui rappela chaque jour ses trente-huit ans. Elle la traversa essoufflée, courbaturée, affamée, et exténuée jusqu'au dernier instant. Davantage que pour les deux précédentes. Mais peut-être était-ce parce qu'il fallait beaucoup d'énergie pour produire un garçon, rêvait-elle sans rien en dire pour ne pas décourager le destin.

À l'aube du 15 avril 1991, Antoine fut réveillé par sa femme qui, à ses côtés, avait perdu les eaux et s'agitait dans leurs draps tièdes et trempés. Deux heures après exactement, le bébé était né, en arrivant par la tête et sans cordon autour du cou. Une petite déjà rose et au cri robuste. Aline avait convaincu son époux de ne pas chercher d'autre prénom de fille, certaine que ce bébé serait le fils tant espéré. Elle voulait le nommer Stanislas. Mais Aline et Antoine Prioux furent pris au dépourvu par cette enfant qu'ils n'avaient vraiment, vraiment pas attendue, qui était une autre fille, et puisque l'hôpital se trouvait rue Émile Zola, ils eurent l'idée de ce prénom qui devint donc le sien.

Le jour de sa naissance et durant plusieurs mois, Zola fut, de l'avis général, très laide. Son front avait un pli simiesque, l'acné suintait sur sa peau rouge et ses traits restèrent longtemps épais.

« Qu'elle est vilaine ! » s'était écriée Aline en la découvrant.

Et ainsi Zola devint « la vilaine ». Ce surnom s'installa aussi sûrement que ceux de ses sœurs. Pour tout, tout le temps, si elle avait besoin de les rapatrier à son côté, ou de formuler une quelconque exclamation à leur égard, Aline Prioux appelait ses filles « mon miracle », « ma parfaite », et « ma vilaine ».

— Vous n'auriez pas dû naître, répète Yvonne lorsque Zola termine son récit. Moi, je crois au contraire qu'on ne naît jamais par hasard. Vous étiez inattendue, c'est tout.

7

« Le véritable amour est une lumière
qui éclaire tout ce qu'il touche. »
Madeleine de Scudéry, *Clélie, histoire romaine*

Mercredi 27 décembre

Dimanche nous étions le 24. En fin de matinée, j'ai pris le train pour Bordeaux. Je suis allée passer Noël avec Margaux, Yanis et Rafael.

J'étais contente de les voir. Yanis est un jeune homme à présent, tout en jambe, il me semble que sa voix a plongé d'une autre octave. À dix-huit ans, il me dépasse de trois têtes. Rafael, comme à son habitude, s'est montré adorable, c'est lui qui a cuisiné et nous nous sommes régalés.

J'avais apporté des cadeaux pour chacun. Quant à moi, je me remplissais les yeux du spectacle de leur bonheur et ne demandais pas meilleur cadeau que de goûter à cette pensée simple et parfaite : « Margaux va bien, elle est heureuse, elle a tout ce qu'il faut. »

Je pensais à Robert. Évidemment, son souvenir me revient toujours plus fort lorsque je vois Margaux. Il faut dire qu'elle a son regard sépia, dans lequel je retrouve le même mélange de douceur et de fermeté. Je crois que c'est ce regard qui m'a donné envie d'épouser Robert. Quand j'observe Margaux, j'ai le sentiment que la vie a souhaité que Robert me la donne pour que son regard me plaise encore, même lorsqu'il ne serait plus là. Ce sont de beaux yeux.

Rafael m'a déposée à la gare mardi, après le déjeuner. « C'est dommage, m'a-t-il dit avec cet accent rapporté de son Espagne natale. J'aurais été ravi de vous avoir un peu plus longtemps avec nous, et Margaux aussi. »

J'ai dû lui assurer, comme je l'avais déjà fait plusieurs fois depuis le matin, que j'avais passé un merveilleux moment avec eux. Ils ont tous tellement insisté pour que je reste. Du côté de Margaux, on frôlait le reproche. « C'est Noël et tu n'es passée qu'en coup de vent. C'est toujours pareil, tu ne prends pas le temps de te poser ! »

Je ne prends pas le temps de m'imposer, c'est différent.

J'ai songé à plusieurs reprises à lui parler de mon secret. L'idée ne m'a pas quittée du séjour : je me suis demandé ce qui était le mieux. Ce que je lui devais. Si je le lui devais.

En les observant tous les trois, j'ai pensé : « Ma famille est là. » Et puis, tout de suite, j'ai ajouté : « Ils sont leur propre famille. »

C'était Noël. Qui annonce à Noël qu'il a décidé de mourir ?

J'ai préféré les laisser tranquilles. Je suis donc repartie avec mon choix.

Tout ce dont j'ai besoin, c'est de pouvoir me dire que si Robert me posait la question, je serais en mesure de lui répondre avec certitude : « Elle va bien. Margaux va bien, Rafael va bien, Yanis va bien. Ils sont ensemble. »

Désormais je sais que ce choix est le mien, et que tant qu'il le reste il n'est que liberté.

Si je le partageais, il deviendrait leur fardeau, et je veux leur épargner cela.

En revanche, je crois qu'il faudra que j'écrive à Margaux. Pour après. Lui laisser quelque chose qui puisse peut-être apaiser son chagrin ou sa colère, ce serait mieux, tout de même. Je ne peux pas partir sans rien dire. Ne pas comprendre mon choix, c'est un autre poids que je ne veux pas lui laisser. Je l'entends presque, elle me dirait : « Je croyais que nous pouvions tout nous dire ! » C'est vrai. À elle je voudrais tout dire. C'est Margaux. Je le ferai, je dois juste sélectionner mon moment.

Il est tard, j'ai des fourmis dans les doigts à force d'écrire. C'est l'heure d'aller dormir.

À bon entendeur,

Yvonne Grabowski-Grall

8

CHEZ YVONNE, CE SOIR, le concert d'un orchestre vient frotter ses notes magistrales dans la nuit de l'entre-deux-fêtes.

Zola écoute, enroulée dans sa couette, la joue blottie dans son oreiller. C'est agréable. La musique faiblit, une voix résonne. Il s'agit sûrement d'un de ces grands classiques du cinéma que les chaînes de télévision diffusent à chaque Noël. Elle a envie de descendre plutôt que de rester dans son lit à superposer sa solitude à celle de sa voisine.

— Ah ! Entrez ! s'écrie Yvonne en l'accueillant quelques minutes plus tard.

Dans la cuisine aux meubles bleu pâle, Yvonne lui propose un porto. La gardienne, Emilia, l'a reçu de sa sœur et a refourgué la bouteille à Yvonne, qui arrivait tout juste de Bordeaux. « Ces trucs-là, j'y ai un peu trop touché, si vous voyez ce que je veux dire, a expliqué Emilia. Un verre et je pourrais tomber morte. Je n'y touche plus et il ne faut pas qu'il y en ait chez moi. »

— Sa sœur lui offre du porto alors qu'elle est alcoolique ? remarque Zola.

— Elle ne le sait peut-être pas, envisage Yvonne. Elles vivent à des centaines de kilomètres l'une de l'autre, Emilia ne lui a peut-être rien dit. Il y a des sœurs à qui on dit tout, et d'autres avec lesquelles on choisit d'être sélective.

Zola hoche la tête. Les sœurs à qui on ne dit pas tout, elle connaît.

— Alors, vous êtes encore chez vos parents ces temps-ci ? lui demande Yvonne.

— Je suis en vacances, répond Zola. J'en profite pour faire du rangement.

Hormis pour le repas du 25 chez Victoire et Stéphane, Zola n'a pas quitté l'appartement d'Aline et Antoine. Noël est passé, comme une case que l'on coche sur une liste des choses à faire.

Ce n'est pas qu'elle n'aime pas Noël. Mais les gens s'en vont, et ce qui en leur présence constituait une fête devient autre chose. Les mots changent, c'est comme s'ils erraient dans le dictionnaire pour se chercher une nouvelle définition.

Chez les Prioux, Noël signifiait : un enchevêtrement de guirlandes colorées et de cacophonies familiales. On se réunissait à Beaune, chez la tante d'Aline, avec des cousins que Zola oubliait d'une année sur l'autre car elle était encore petite. Après le décès de sa tante, qu'elle adorait, Aline ne sut plus retrouver Beaune avec la même joie. Ensuite Marthe et Victoire se sont mariées, à deux ans d'intervalle. La famille a ainsi eu la taille de se suffire à elle-même, d'autant qu'elle s'est vite agrandie. Zola a une nièce et trois neveux. Enfin, il y a eu Quentin. Aline et Antoine étaient encore là et, à eux douze, cela faisait assez de lumières, de tintements foutraques de vaisselle et de débats idiots chez les Prioux pour que Noël corresponde à son historique définition. Dans le dictionnaire de la vie on le trouvait à la lettre *e* : Noël, nom d'un genre neutre, qui signifie « ensemble ». Exemple : *Invariablement, à Noël, nous étions tous ensemble.*

Zola a passé trente Noëls si identiques qu'elle n'a jamais songé à ce qu'il puisse en être autrement. Et puis le 29 novembre, il y a deux ans, Aline est morte. Les semaines qui ont suivi ont été englouties par les funérailles, la paperasse, les vêtements à trier, les crèmes antirides à jeter, qui rappelaient combien disparaître était absurde et définitif, quand hier on était vivante et qu'aujourd'hui, un pot de crème nous survivait.

Lorsque l'on fut prêt à penser à Noël, on était déjà le 20 décembre, et Zola espérait qu'on oublierait de le fêter : pour quoi faire ? *Noël* avait perdu son enchantement, il était lugubre comme la nuit d'hiver, il s'était déplacé dans le dictionnaire. Pour le trouver, désormais, il fallait chercher à la lettre *a*. Aberration. Accablement. Anomalie. Absurde. Après.

Absence.

Finalement, le 21 décembre, Victoire avait offert de recevoir tout le monde chez elle, et depuis c'était devenu une nouvelle tradition.

Mais cette année, ni Antoine, entré aux Érables, ni Marthe, qui passait la semaine à New York avec Aymeric et les enfants, n'étaient là.

Zola a joué avec la possibilité de rester cachée dans l'appartement de ses parents, et d'esquiver le repas de Noël chez Victoire. Mais au moment de trouver de bonnes excuses à son désistement, elle s'est sentie accablée d'une écrasante lassitude. Faire entendre à Victoire qu'elle ne viendrait pas demanderait davantage d'efforts que de s'y rendre.

Le 25, elle est arrivée chez sa sœur essoufflée d'avoir couru pour réduire son retard de quelques minutes. Victoire l'a accueillie la mâchoire serrée et le regard rembruni par de sourds reproches. Avant de s'entendre dire qu'elle n'était pas arrivée à l'heure demandée, Zola a trouvé habile de parler vite, et du premier sujet qui lui venait à l'esprit.

— C'est quand même dommage que Marthe ne soit pas là, a-t-elle dit en suspendant son manteau dans le placard qui l'attendait. Mais bon… Je suis sûre qu'ils s'amusent beaucoup. New York à Noël, ça fait rêver.

Victoire a fait rouler ses yeux, elle a haussé les épaules, a pincé ses lèvres, puis elle a tourné le dos.

— Tu saurais me faire une mayonnaise ? a-t-elle lancé en se hâtant vers la cuisine. En entrée, j'ai prévu des œufs mimosa pour les enfants, ils n'aiment pas la truite fumée.

À sa suite, Zola allait répondre lorsque Victoire a ajouté :

— Ça doit être surtout très confortable de ne pas avoir besoin de gagner sa vie et de passer ses vacances à New York.

Marthe prodigue des soins énergétiques et elle enseigne le yoga. Elle loue un appartement en rez-de-chaussée, au cœur de Luxembourg-Ville, dans lequel elle a installé son cabinet. C'est un espace aux couleurs pastel, aux tissus doux, et parfumé d'encens. Victoire tient à appeler cela *une activité*, qu'il ne faut pas confondre avec *un travail* – distinction fine mais cruciale, apparemment. D'après Victoire, si son mari n'était pas radiologue au Luxembourg, Marthe devrait se trouver un *vrai travail*.

Au repas de Noël, il y avait aussi Françoise et Jean-Paul, les parents de Stéphane. Lorsque Victoire et Stéphane se sont rencontrés, Zola avait neuf ans. Il lui semble que la famille de son beau-frère fait partie de sa vie depuis toujours. Jean-Paul est un homme silencieux. Françoise parle beaucoup, principalement pour livrer son avis. Le 25, elle n'avait que Quentin à la bouche. Et où était-il cette année ? Et était-il toujours journaliste ?

— Quentin est parti lorsque Zola avait le dos tourné, Françoise, je vous l'ai déjà raconté, est intervenue Victoire.

Mais Françoise avait oublié l'anecdote, alors Victoire lui a rappelé que c'était en mai dernier, que Zola était à un congrès à Cannes, pour le travail. À son retour, Quentin était parti.

— Quel enfer ! s'est écriée Françoise en pressant sa paume sur sa poitrine.

Zola comptait préciser qu'il n'était pas journaliste et qu'il ne l'avait jamais été, mais il n'y avait plus de place pour cette information, entre les exclamations catastrophées de Françoise et ses questions sur leur rupture. Est-ce que Zola se remettait ? Est-ce qu'elle avait eu d'autres contacts avec lui ? Il ne fallait pas qu'elle traîne trop pour « se trouver » quelqu'un d'autre, à son âge.

Lorsqu'elle en a eu fini avec Quentin, Françoise a déploré que le foie gras de Victoire contienne du miel et s'est plainte du début de moustache que Stéphane n'avait pas pensé à raser. Sur ce point, Victoire était d'accord avec sa belle-mère. Ensuite, Stéphane a demandé, déjà enthousiaste :

— Et alors, Zola ! Ton boulot ?

Mais Françoise l'a interrompu pour demander à Sybille, la fille de Victoire et de Stéphane, quinze ans, de sourire, parce que c'est « plus joli pour une fille ». Gaston, le petit frère, a boudé parce que même en étant un garçon, il avait bien le droit de sourire, lui aussi. Alors on a oublié la situation professionnelle de Zola. Un miracle.

Pour finir, Françoise a trouvé que le repas manquait de sel, ce qui était vrai, Victoire ne sale jamais assez. Personne n'ose le lui dire. À part sa belle-mère.

Voilà ce qu'a été Noël, cette fois-ci. Pour Zola, un soulagement. Celui de n'avoir contrarié personne par son absence et d'être rentrée sans avoir eu à raconter ce qui s'est passé à son travail.

Maintenant elle observe Yvonne, et soudain, elle aimerait savoir ce que cette dame aux grands yeux et aux boucles rondes a fait de son Noël. Si elle a une famille, des enfants. Mais au moment où Zola ouvre la bouche pour poser ses questions, Yvonne déclare :

— Je me souviens bien de votre maman.

Elle s'empare du saucisson, le même qu'elles ont entamé l'autre soir, et en découpe quatre rondelles.

— Souvent, je la croisais en bas, alors nous discutions, elle était gentille.

Zola hoche la tête en goûtant au porto d'Emilia.

Les ronronnements mats du frigo habillent leur silence. Zola pense aux paroles d'Yvonne. Aline était gentille, c'est vrai. Vive, sérieuse, drôle sans en avoir l'air. La maladie a effacé tout cela. Mais ce n'est pas tout. Zola pense à la photo de sa mère avec elle et ses deux sœurs, qu'elle a extraite de son dernier tri et placée sur sa table de nuit. Le cliché a plus de trente ans. Pourtant, Aline y porte déjà son masque morne. Si ce n'était pas une maladie fatale, alors qu'est-ce qui rendait sa mère si grave, déjà, à l'époque ?

— Ce n'est pas seulement le ménage, affirme Yvonne, le regard en point d'interrogation.

— Je ne comprends pas, rétorque Zola en fronçant les sourcils.

— Vous ne venez pas seulement pour nettoyer l'appartement de vos parents, reprend sa voisine. Il y a autre chose. Je me trompe ?

— Qu'est-ce qui vous fait dire ça ?

— J'étais prof de français.

— Pardonnez-moi, Yvonne, déclare Zola en tentant de contenir son agacement, mais je ne vois pas le rapport.

Yvonne plisse les yeux, comme pour mieux se concentrer.

— Il y a un je-ne-sais-quoi, chez vous, dit-elle. J'ai enseigné à des adolescents pendant près de cinquante ans, mon petit. Trente-sept dans un lycée, et les dix autres sous la forme de cours de soutien. Des jeunes, j'en ai côtoyé des centaines. Si on observe les gens assez longtemps, on apprend à voir sur eux la joie comme le tracas, de manière aussi nette que la couleur de leurs yeux.

Ses élèves franchissaient le seuil de la salle de classe, continue Yvonne, et elle pouvait dire si c'était un bon ou un mauvais jour, qui avait des parents violents, des sœurs pesantes, ou qui au contraire était suffisamment choyé. Les peines de cœur, les disputes, les coups de foudre, les révisions oubliées et les devoirs bâclés : rien n'échappait à son radar.

— Et sur moi, vous voyez quoi ? l'interroge Zola.

— Une attente ou une question, c'est encore flou, répond Yvonne. Et puis, un éclat impatient.

— Vous avez raison, bougonne Zola, c'est flou.

Elles laissent retomber cette remarque comme la balle d'un jeu interrompu. Après quelques secondes, Yvonne demande :

— Ça ne vous dérange pas que je vous parle de votre maman ?

— Non. Au contraire. Dans ma famille plus personne n'en parle. On ne veut pas se blesser, je ne sais pas…

À ces mots Zola sourit, ça lui rappelle quelque chose.

— Après la mort de notre mère, Victoire nous a offert, à Marthe, à mon père et à moi, un livre sur le deuil. D'après Victoire et son bouquin, il y avait sept étapes à traverser pour se remettre de la mort d'un être aimé, et il fallait un an pour en faire le tour. Un an, pas une minute de plus. Un jour où je pensais à ma mère, j'avais particulièrement le bourdon et j'ai appelé Victoire. J'avais besoin de parler de Maman. Nous nous téléphonons tous les jours, ma sœur et moi, nous sommes très proches. Vous savez ce qu'elle m'a répondu ? Qu'il fallait que je fasse attention à ne pas trop me regarder le nombril. Maman était morte depuis un an et demi, j'étais en retard sur mon deuil.

— Ah oui, dites donc ! murmure Yvonne.

— D'ailleurs, comme d'habitude, ajoute Zola, je n'ai pas fait comme tout le monde. Lorsque ma mère est morte, la première étape de mon deuil à moi, ça a été le soulagement.

Elle retient sa respiration, elle vient d'entendre ce mot qui claque à ses oreilles, elle en sursauterait presque. Elle ne l'avait jamais dit à personne.

— Le soulagement, répète-t-elle, il n'était pas dans le bouquin de Victoire.

Soulagée que la souffrance cesse enfin, soulagée de ne plus avoir à m'inquiéter pour elle, soulagée parce qu'elle ne pouvait plus bouger ni respirer, qu'elle ne vivait déjà plus, depuis longtemps, soulagée de la culpabilité que je portais à la voir périr en me demandant constamment si j'en faisais assez pour elle. La mort a libéré ma mère, et nous tous avec elle.

Sauf que la mort lui a aussi pris sa mère. Et qu'après le soulagement, il y a eu la douleur, ce monstrueux abysse qui ne s'est pas contenté d'une année pour disparaître.

Zola maintient son regard dans celui d'Yvonne.

— Vous ne répondez rien, remarque-t-elle.

— Je devrais ? demande Yvonne.

Zola laisse le bourdonnement du frigo avaler la question.

— Dites, Yvonne, reprend-elle après si longtemps que sa voix se fraye un chemin timide dans sa gorge. Je peux vous appeler Yvonne ?

— Comment voulez-vous m'appeler, sinon ?

— C'est vrai, pouffe Zola, le nez plongé dans son verre. Pourquoi mettez-vous la télé aussi fort ? Vous ne la regardez même pas.

— Je n'ai pas de poste de radio.

Zola plisse les yeux.

— Vous avez absolument besoin de vacarme ?

— De vacarme ?

— Ben, Yvonne, quand même ! Quand je me couche le soir, mon lit tremble !

— Ça me fait du bien, confie Yvonne d'un ton simple, en avalant une gorgée de porto. C'est silencieux, un appartement de vieille dame, vous savez. Ce son m'enveloppe, il m'accompagne, c'est comme un meuble qui décore bien mon intérieur.

À ces mots, Yvonne pointe son index sur sa tempe, agite la tête et roule des yeux, puis elle se met à rire comme on rit d'une blague irrésistible, qui fait danser ses épaules menues dans son pyjama à papillons violets. Une fois calmée, elle ajoute :

— Mais je suis peut-être un peu folle, n'excluons pas cette hypothèse.

— Pas du tout, proteste Zola. Je trouve ça très sensé. Vous remplissez le vide. Je fais la même chose, là-haut.

Zola pointe le nez vers le plafond.

— Je m'installe dans les affaires de mes parents pour combler leur absence.

— À votre âge, mon petit, vous pourriez mieux vous entourer, déclare Yvonne. Être vraiment avec les gens.

Mais ils s'en vont tous, pense Zola.

Elles laissent les minutes s'écouler, sirotant le porto du bout des lèvres et dégustant les tranches de saucisson. Zola se dit qu'il fait bon se taire en compagnie d'Yvonne. Elle ne prête même plus attention aux bruits de la télévision. Elle est contente d'être revenue.

— Et vous ? finit-elle par demander.

— Moi, quoi ? l'interroge sa voisine.

— C'est quoi votre histoire à vous, Yvonne ?

— Mince, alors ! J'ai quatre-vingts ans. Si je me mets à vous raconter mon histoire on n'a pas fini, ma pauvre !

— Vous n'avez qu'à commencer quelque part.

— Bien. Dans ce cas…

Yvonne s'interrompt et son regard bleu ciel navigue d'un bord à l'autre de la table. L'instant d'après, elle déclare :

— J'avais une sœur, elle s'appelait Raymonde.

9

— Je parle peu de ma sœur. Car si je parle de Raymonde, il faut dire, à chaque fois, qu'elle est morte.

— Que s'est-il passé ? demande Zola.

— Elle avait huit ans, explique Yvonne, j'en avais treize. La grippe.

— C'est triste.

— C'est la vie.

D'un même geste, elles descendent une nouvelle gorgée de porto. Yvonne poursuit.

Elle s'appelait Raymonde, Wanda, Marie. Le père d'Yvonne, Józef, était polonais, et sa mère, Geneviève, bretonne. Ils avaient choisi pour chacune de leurs deux filles les prénoms des deux grands-mères de Geneviève : Yvonne et Raymonde. Józef avait ensuite décidé de donner à l'une celui de sa mère et à l'autre, celui de la grand-mère qui l'avait presque élevé. Pour conclure, Geneviève avait voulu offrir à ses filles la coquetterie d'un troisième prénom qui n'appartiendrait qu'à elles.

Résultat : Yvonne, Apollonia, Edmonde. Et Raymonde, Wanda, Marie.

Six années séparaient Yvonne de sa cadette. Raymonde était une petite fille blonde, ronde et rose, qui riait de tout. Le souvenir des mille grelots de son rire se rappelle à Yvonne. Elle sourit.

La grippe lui a pris sa sœur un soir de mars. Yvonne raconte à Zola le lapin gris que sa petite sœur serrait contre son cœur depuis qu'elle était tout bébé, et avec lequel leur mère a tenu à l'enterrer. Elle raconte le visage poupon et le velours de sa peau d'enfant éternelle. Puis le silence cruel que Raymonde a laissé derrière elle.

Soudain, elle semble lasse. Fatiguée par la parole, ou par le souvenir.

— J'ai appris à éviter de parler d'elle, reprend-elle après un silence. Je ne voulais pas accabler davantage mes parents. La mort de Raymonde a emporté une part de joie et des notes de musique que leurs voix n'ont jamais retrouvées. Cela a changé le cours de mon existence. Pour ne pas m'éteindre, comme eux, je me suis promis de bien mener ma vie, de la choisir autant que possible plutôt que de la subir. Sans doute parce que cette chance a été refusée à ma sœur.

Zola penche le visage et ses yeux interrogent les derniers mots d'Yvonne.

— Et comment on fait ça, « bien mener sa vie » ? demande-t-elle.

— C'est une question intéressante, rit Yvonne. Je viens de passer quatre-vingts ans à essayer d'y répondre. Je vous parle de ma sœur et, justement, poursuit-elle, la mort est une rencontre qui nous change. On devine en vous voyant que vous en avez fait la découverte, Zola.

La jeune femme baisse les yeux. Du bout des doigts elle tourne son verre en faisant glisser le reflet ambré que le plafonnier fait ricocher sur son porto.

— Et vous avez réussi ? demande-t-elle. Votre vie ?

Yvonne rit à nouveau.

— Parfois oui, et parfois j'ai fait de sacrées conneries. Je n'en suis pas fière, mais je les garde toutes. Elles sont le luxe de celles et ceux qui restent.

Il est tard, Zola peine à porter ses paupières. Pourtant elle reste assise et joue encore avec son verre quelques instants. Elle ne sait pas très bien pourquoi, mais elle n'a pas envie que ce moment s'arrête.

— Parfois, j'ai l'impression de ne pas savoir faire comme tout le monde, dit-elle enfin. Ma vie, je n'arrive pas bien à la mener, moi. Je ne sais pas si je suis capable d'être une adulte comme tout le monde.

— Comme tout le monde, comme tout le monde ! chante Yvonne. Ma parole, quelle drôle d'idée ! Pour quoi faire ? Vous n'arrivez pas à être comme tout le monde ? Quelle chance ! Il ne vous reste plus qu'à être une adulte comme personne.

10

« Attendre est terrible. Ne plus attendre est pire.
Tes yeux sont si profonds qu'en me penchant pour boire
J'ai vu tous les soleils y venir se mirer.
Il est plus facile de mourir que d'aimer. »
Louis Aragon, *Les Yeux d'Elsa*

Dimanche 31 décembre

Il est tard.

Je n'ai rien reçu de cet Ignacio Pepe. Tous les soirs, depuis onze jours, je relis le papier désormais bien froissé sur lequel son e-mail était inscrit. Je n'ai pas fait d'erreur pourtant, c'est bien à lui que j'ai adressé ma requête.

J'attends.

Et je n'attends pas, non plus.

J'espère et je redoute. Je n'oublie jamais la gravité de mon choix. Mais sa promesse me soulage. Cette liberté bien à moi.

J'ai beaucoup pensé à Raymonde, ces derniers temps.

Je l'imagine, ma petite Raymonde, quand elle me regardait avec ses yeux aussi immenses qu'une nuit d'été. Dans mes rêveries, elle me demande : « Et quand me rejoins-tu, Vovonne ? » Avec ce surnom qu'elle me donnait, et sa petite voix d'enfant qui n'a jamais pu grandir.

Papa lui avait appris à lire l'heure, alors Raymonde voulait connaître tous les temps de la vie. À quelle heure commence l'école le matin ? À quelle heure passe le camion de l'épicerie ? À quelle heure vient Yvette, notre cousine, à Pâques ?

À quelle heure, à quelle heure, à quelle heure ! Pendant des mois, Raymonde n'avait eu que cette question à la bouche.

Ce soir, j'y ai beaucoup pensé. C'est aussi pour ça qu'il est tard.

Voilà : l'heure, encore.

Il est 1 h 30, Raymonde, et puisque l'heure a son importance, je me demande si je dois choisir celle de nos retrouvailles.

Puisque c'est moi qui décide à présent, combien de temps vais-je m'accorder ?

Il me semble que je joue à la vie, que je me prends pour Dieu. Décider d'être libre de mourir est une chose, mais en choisir le moment exact en est une autre. Je trouve ça presque prétentieux.

Raymonde, la question n'est plus « À quelle heure ? » mais « Combien de temps ? ».

Combien de temps faut-il pour affirmer qu'une vie est bien vécue ? Au bout de combien de temps le temps est-il venu ?

Choisir ma mort, tout à coup, m'est une liberté si vaste qu'elle m'écrase. Je prends peur : non pas de mourir, mais de commencer à compter mes jours. Six mois ? Un an ?

Mais si je ne choisis pas, alors je risque de laisser cette décision m'échapper, il faudra que je la restitue au destin, à la vie. Une mort malgré moi, ce que je voulais éviter.

L'hésitation n'est pas bonne conseillère, elle appauvrit le champ des possibles jusqu'à l'avaler tout entier. Décider, c'est être libre. Et dater, c'est décider.

Finalement, je me sens mieux, j'y vois plus clair. J'ai pris peur et j'en suis revenue déjà, je respire.

Un an. Janvier de l'année prochaine. Voilà.

Ce soir ma promesse porte une date, et un nom, dont j'attends des nouvelles depuis le Mexique.

Je l'inscris ici pour la première fois : la mort en bouteille.

À bon entendeur,

Yvonne Grabowski-Grall

11

Il s'appelle Maxime. Zola l'observe depuis le coin le plus à l'ouest du salon de Margaret, celui d'où l'on peut apercevoir la tour Eiffel si on se penche un peu à la fenêtre. Deux convives se plient à l'instant même sur la courte balustrade en métal brun. Une cigarette dans une main et un verre dans l'autre, ils commentent par onomatopées extasiées l'éclairage scintillant de la tour. Ils laissent entrer l'air, Zola a froid.

Au sein de Faber Lang, Margaret est numéro deux, directrice de clientèle. C'est elle qui a embauché Zola. Margaret a tout : le talent, le métier, la finesse, les clients l'adorent. Zola les comprend, elle aussi préfère travailler avec Margaret. Elle pratique le conseil en communication comme un art.

Ce soir, Margaret organise sa soirée du 31 décembre, une tradition. Elle a beaucoup d'amis, qui ne manquent jamais cette fête-là. Ni les autres, d'ailleurs. La fête de rentrée de Margaret, la fête d'Halloween de Margaret, la fête du 1er-Mai, celle de l'été. Les soirées de Margaret sont géniales, d'une folie raffinée, d'un classique rock'n'roll, contrastes d'élégance et de piquant. Exactement comme elle.

Ces dernières années, pour la dernière nuit de décembre, Zola accompagnait Quentin chez ses parents en Alsace. Mais ce soir, elle est venue. Niché au cœur de Paris, dans un de ces quartiers où l'on trouve encore du pavé et des cours dissimulées derrière des portes cochères, l'appartement est bondé.

Depuis un moment, Zola observe ce type. Elle l'a déjà vu, début septembre, lors de la fête de rentrée de Margaret. Ils avaient discuté, s'étaient bien entendus, il lui avait dit son prénom, Maxime. Il lui plaisait, et elle avait l'impression que c'était réciproque. Et Quentin... Eh bien, Quentin était parti, mais pas depuis assez longtemps pour que Zola envisage de s'intéresser à quelqu'un d'autre. D'ici quelques secondes, si elle se concentre bien, elle pourrait se sentir prête à traverser la diagonale qui la sépare de Maxime pour aller le saluer.

Elle se demande où sont Éric et Fadila, elle pensait qu'ils arriveraient avant elle.

Plus tôt, alors qu'elle venait de quitter l'appartement d'Antoine et Aline, Victoire lui a téléphoné.

— Tu es chez toi ?

— Oui, a menti Zola.

— Tu arrives à quelle heure demain ?

Demain, le déjeuner du premier de l'An, ses deux grandes sœurs, ses deux beaux-frères et ses quatre neveux et nièce. Victoire a convié tout le monde pour 12 h 30.

— À l'heure, répond Zola.

C'était faux, qu'importe, la question de Victoire n'en était pas une. C'était un ordre. Ce qu'elle voulait vraiment dire était : « Fais un effort pour être ponctuelle. »

« À l'heure » est un repère aux formes variées. Pour Zola, 12 h 30 est un ordre de grandeur auquel appartiennent toutes les heures comprises entre 12 h 30 et 13 h 15. Pour Victoire, 12 h 30 est un point final. Zola sera sans doute en retard demain. Tout comme, à cause de l'appel de Victoire qui lui a fait manquer son RER, elle a mis plus de temps que prévu pour rejoindre la fête de Margaret. Éric et Fadila, qu'elle ne voit toujours pas, sont donc *très* en retard.

Elle avance un pied, le visage tourné vers son objectif, Maxime, là-bas, caché soudain par un autre, qui se poste devant elle et lui sourit. C'est Éric, avec Arthur, son mari. On s'exclame, on s'embrasse à pleins bras. Dans les boucles de Zola, Éric demande pourquoi elle n'est pas avec eux dans la cuisine.

— Avec qui, *vous* ?

— Ben, nous ! Et Fadila.

— Vous êtes arrivés il y a longtemps ?

— Je ne sais pas, réfléchit Éric. Dix minutes, on te cherchait partout !

Éric attrape Zola par le bras et l'emmène vers la cuisine, où ils ont « des choses à se raconter ». Après les embrassades, les verres que l'on distribue et que l'on remplit, les regards se croisent dans un silence qui s'allonge. Zola attend les questions ou les bravos qu'elle avait repoussés jusqu'à ce soir. Le dernier souvenir qu'ils ont d'elle, c'est un visage rouge, trois « sac à merde » et un départ précipité. Ils ne se sont ni vus ni parlé depuis dix jours.

Éric et Fadila ont été embauchés quelques mois après elle. À cette époque, Faber Lang était en pleine expansion. À leur arrivée à l'agence, on les a réunis dans le même bureau. Ils avaient le même âge, partageaient la fierté d'avoir décroché leur premier CDI et la jeune assurance qui l'accompagnait. Très vite, ils sont devenus amis. Une affection que leur mépris commun pour Pascal a contribué à souder. Éric lui reproche d'être homophobe. Fadila, d'être scabreux. Zola le trouve paresseux. Indéniablement, Pascal est tout ça. C'est un homme difficile à admirer. À ses débuts, il avait annoncé à Zola : « La com, c'est simple, soit tu travailles comme un forcené, soit tu connais du monde. Heureusement, je connais du monde. » Et il avait éclaté de rire. « Je n'aime pas travailler, l'a-t-elle souvent entendu dire, et je ne m'en cache pas ; je suis directeur, mon job c'est de faire bosser les autres. »

À Éric, il aime demander qui fait l'homme et qui fait la femme dans son couple. À Fadila, si elle ne penche pas trop en avant, avec son *gros* pare-chocs. Le plus souvent, il accompagne la plaisanterie du geste ample de ses deux mains s'arrondissant devant son torse.

Mais c'est « juste pour rire ». Pascal est le premier à s'amuser de ses propres paroles.

Zola a longtemps été celle qui endurait le mieux son attitude. L'indifférence qu'elle lui opposait était son mode de protestation privilégié. Au mieux, elle soupirait. Mais toujours, elle se taisait. Jusqu'à maintenant, ce silence lui avait garanti ce qu'elle chérissait le plus : qu'on lui fiche la paix. Éric et Fadila lui ont déjà reproché sa passivité. Ce soir, ils vont pouvoir célébrer ce premier coup de gueule, ce soulèvement inopiné qui a pris la forme de trois « sac à merde ». Zola a eu dix jours pour y penser. Un recul salutaire, qu'elle a mis à profit pour se faire une raison et envisager, un peu, l'avenir. Ce soir, enfin, elle est prête à plaisanter avec eux de son audace insoupçonnée.

— Zola, on est hyper inquiets pour toi, commence Éric, les sourcils froncés.

Zola avale une gorgée de vin. Mince. L'inquiétude, ce n'est pas ce qu'elle avait prévu.

— Tu as disparu, silence radio, continue Éric. Après ce qui s'est passé…

Fadila croise leurs regards et répète qu'ils sont tous inquiets pour elle, depuis longtemps.

— Avec *tout* ce qui s'est passé, précise-t-elle. Et maintenant, *ça*…

— Inquiets ? s'étonne Zola. Mais non !

Elle s'invente une légèreté, comme si ça pouvait être contagieux et effacer la consternation de leurs visages.

— C'est gentil, mais surtout ne vous en faites pas pour moi.

Ils insistent. Zola n'aime pas la tournure qu'a prise leur conversation. Elle est si pressée d'y échapper, soudain, qu'elle est tentée de tout leur dire. Ce qu'elle sait, ce que Pascal a fait et ce qu'elle n'a raconté à personne. Elle n'aime pas cancaner, Zola. Les potins ne l'amusent pas. Sauf que, cette fois, elle en tient un bon. À lui seul, il justifie tout.

Mais la musique est forte et les gens rient.

Ce soir, on s'amuse.

On boit, on discute, on oublie cette année pour mieux en commencer une nouvelle, demain.

— C'est une prise de conscience, déclare-t-elle dans un large sourire, pour orienter la conversation vers une sortie qui lui semble plus soutenable.

On lève les sourcils, les fronts se dérident. Le concept de « prise de conscience » rassure, mais il est peut-être exagéré. Zola, au fond, le sait : la seule *prise de conscience* provoquée par son coup d'éclat est la découverte de l'insulte « sac à merde », qu'elle ignorait connaître.

Disons qu'elle a tout de même pris le temps de contempler les conséquences de ce qui s'est produit, et qu'elles ne sont pas si dramatiques.

— C'était le moment de bouger peut-être, affirme-t-elle. Je vais bien, vraiment. Je suis même contente, c'est un tournant, je vais trouver autre chose, le changement a du bon.

Elle y croit, ces mots lui plaisent, elle a eu raison de ne pas parler du secret de Pascal.

— Tant mieux alors, déclare Éric. Parce qu'on a bien vu que ça n'allait pas.

Il lève les yeux pour trouver Fadila, comme s'il avait besoin de son approbation pour dire ce qui va suivre.

— Depuis le départ de Quentin… et même avant, finalement.

Comme Zola regrette qu'on doive mentionner Quentin, encore.

— Dites ! s'écrie-t-elle d'une bonne humeur qu'elle jette entre eux comme une bouée de sauvetage, on est venus ici pour faire la fête ou pour parler du boulot ? Moi, je vais danser ! Qui m'aime me suive !

Plus tard, elle s'est repliée à son poste d'observation, dans le coin près de la fenêtre. Éric et Arthur participent à la ferveur d'un tournoi de fléchettes dans le couloir, où les cris se superposent à la musique. Fadila bat des cils au milieu de trois hommes déjà amoureux de son rire, de ses longs cheveux noirs et de son opulente féminité. Quant à Maxime, il vient de traverser le salon. Pour rejoindre la cuisine ? Ou les fléchettes ? Il pourrait lui plaire. Zola se souvient d'un homme gentil, intéressant, au regard intelligent. Il a une élégance classique, qui plairait à Victoire. Celle du type comme il faut, avec son travail et son autonomie, ses idées franches et, pour couronner le tout, un charme indiscutable. Avant d'oser aller lui parler, elle puise dans son imagination l'élan qui va la convaincre de se mouvoir jusqu'à lui. Elle s'y voit. Ça commencerait avec une conversation feutrée au milieu de la joie bruyante, décuplée par l'approche de la nouvelle année. Ils pourraient s'asseoir là-bas, dans le deuxième salon de Margaret, plus intime, équipé d'un canapé au velours affaissé, hors d'âge mais aussi confortable qu'un gros oreiller. Là, ils se découvriraient des affinités, qu'ils prolongeraient demain, et les jours d'après. Leur histoire naîtrait dans les mois d'hiver. Avec le froid, ils se sentiraient d'autant plus excusés de passer les premières semaines de leur amour enfermés, au lit. Ensuite ils iraient au cinéma, puis chez des amis, au musée peut-être, tout le temps main dans la main, car au début ils ne pourraient jamais cesser de se toucher. Sans transition, l'imagination de Zola lui dessine une suite d'épisodes comprenant les déjeuners du dimanche chez Victoire, avec Françoise, qui tiendrait encore à lui demander, même devant Maxime, si elle a des nouvelles de Quentin. Puis d'autres déjeuners, chez ses parents à lui. On voudrait connaître l'âge et le métier de Zola, tout savoir d'elle. On l'aimerait bien, elle plaît souvent aux parents. On lui déciderait un désir de mariage et de maternité, eu égard à son âge.

Elle s'arrête. Elle ne connaît même pas cet homme et elle est déjà lasse de leur histoire. Elle n'ira pas lui parler. Il est 23 h 42, elle rejoint Fadila auprès de ses admirateurs pour avoir quelqu'un à embrasser à minuit.

À 00 h 05, elle est déjà en bas, en train de guetter son Uber. Tout le monde se souhaite encore la bonne année, pour les chauffeurs, c'est l'heure creuse. Pendant le trajet, elle admire Paris, agité ici et là d'attroupements soûls et sautillants dont les cris sont étouffés par les vitres de la voiture. Un vrai défilé d'euphories chaotiques et de bitume brillant.

— On va éviter la zone des Champs-Élysées, annonce le chauffeur.

Zola sourit en pensant à Maxime et à l'histoire intégrale qu'elle leur a inventée en cinq minutes. Ça lui donne une idée. C'est le 1er janvier après tout, on peut tout se permettre, cette nuit. Elle sort son téléphone et tapote des messages, les envoie vite, pour ne pas avoir le temps de se demander si c'est une bonne idée. Il lui semble arriver chez elle en un battement de cils.

La sonnette grince alors qu'elle entre à peine dans son appartement. Il est là. Sans répondre dans l'interphone, elle déverrouille la porte du hall de l'immeuble.

Elle n'a pas besoin de se recoiffer, de vérifier son maquillage, de se brosser les dents. Elle apprécie que rien de tout cela ne lui importe, c'est reposant.

Parce qu'on s'en fiche, et pour deux raisons.

Ils se connaissent mieux que bien.

Il l'a déjà quittée, de toute manière.

Quentin frappe, elle ouvre. D'abord ils se regardent, hésitants. Puis il approche et l'enveloppe de ses bras, avant de déposer sur celle de Zola sa bouche, qui porte encore le froid du dehors. Elle prend sa main et, sans un mot, elle l'attire dans le couloir, jusque dans la chambre.

12

Victoire attend Zola sur le seuil de son appartement. Sous son tablier, elle porte son chemisier lavande qui met ses yeux en valeur, ses cheveux sont relevés en un chignon qu'elle fait tenir avec une baguette, son maquillage est discret et étudié. Victoire est très belle. Mais Victoire est fâchée.

— Tu ne peux pas arriver à l'heure, comme tout le monde ? grogne-t-elle en embrassant Zola.

— Je ne sais pas trop faire comme tout le monde moi, tu sais, répond Zola. Alors je m'entraîne à être comme personne.

Victoire s'écarte, les sourcils arqués et l'irritation comme un voile mat sur l'ocre de ses yeux.

— Qu'est-ce que tu racontes ?

— C'est un truc que m'a dit Yvonne, dit Zola en remettant à sa sœur la bouteille de vin qu'elle a apportée.

— C'est qui, Yvonne ? demande Sybille, sa nièce, la joue tendue pour que Zola lui fasse la bise.

— C'est la voisine du dessous, répond Zola. Chez Papa et Maman. On a sympathisé.

— La vieille dame ? s'étonne Victoire.

Zola acquiesce.

— On s'aime bien.

— Décidément, il est grand temps qu'on te trouve un mec, toi, si tu commences à traîner avec le troisième âge. Et peut-on savoir quand tu es allée chez Papa et Maman ? Pour finir chez la voisine, en plus…

Victoire n'attend pas de réponse, elle se retourne, elle est déjà dans la cuisine, d'où elle crie à Zola que Marthe et Aymeric ont appelé et qu'ils ne vont pas tarder, mais bon, qu'ils seront en retard tout de même, eux aussi.

— Et c'était bien ta soirée ?

Victoire navigue entre l'évier, le frigo, un placard dont elle extrait un ustensile, et un autre dans lequel elle range de la vaisselle propre. Elle s'arrête devant la table qui, au centre de la cuisine, contient les trois plateaux d'amuse-bouche qu'elle a passé la matinée à préparer. Zola l'observe depuis le seul endroit où elle ne risque ni d'être bousculée, ni de se faire engueuler : le seuil de la porte. À se propulser ainsi aux quatre coins de la pièce, sa sœur lui fait penser à une boule de flipper.

— Stéphane n'est pas là ? demande-t-elle.

— Il court.

— Quel courage ! déclare Zola.

— Moui, marmonne Victoire. Ces temps-ci, il ne fait que ça, courir, courir, courir ! Il est tout maigre, et il oublie de se raser. Pour tout te dire, je ne sais pas trop quoi faire de ça. Courir, c'est fuir.

Le visage de Victoire est légèrement empourpré, ses lèvres pincées. Le sujet est sensible.

— J'aime beaucoup sa barbe de trois jours, moi, déclare Zola.

— Oui, enfin, à ce stade c'est plutôt une barbe de trois semaines. Je ne suis pas loin de ma limite, là, Zozo. Alors je te prie de ne pas l'encourager !

Elle soupire, insiste :

— Alors ? Ta soirée d'hier ?

— J'ai passé un bon moment avec Éric et Fadila, raconte Zola.

Ensuite, je suis rentrée et j'ai couché avec Quentin.

— J'avais dit 12 h 30 ! s'exclame Victoire en consultant sa montre. Il est 13 heures.

Elle tape du pied sur les tomettes de la cuisine comme une enfant mécontente.

— Les Marthiens ont une excuse, tu comprends, poursuit-elle les lèvres tordues par un rictus amer, ils viennent de loin.

« Marthiens » est un jeu de mots dont Victoire est si fière qu'elle le brandit dès qu'elle le peut depuis presque vingt ans. Marthe, son mari Aymeric et, dans leur sillage, leurs enfants. En tout, ils en ont trois : Arthur et César, mais aussi Léon, vingt et un ans, né du premier mariage d'Aymeric.

Ils sont les « Marthiens », jeu de mots avec « Marthe ». Comprendre : *Martiens.* Comme des personnages si étranges qu'ils ne pourraient appartenir qu'à une autre planète. Pourtant, le miracle et la perfection, ce n'est pas si éloigné, et Zola trouve que Marthe et Victoire appartiennent à la même planète, celle où l'on fait toujours ce qu'il faut. D'ailleurs, elles se ressemblent. On les prenait fréquemment pour des jumelles quand elles étaient petites. Deux brunes aux cheveux lisses, la peau si blanche qu'elle semble lumineuse, une bouche pulpeuse et rose, quelques taches de rousseur autour d'un nez franc, de taille moyenne, rondes des hanches et de la poitrine.

Toujours à son monologue, Victoire assure qu'elle est contente pour eux, là n'est pas le problème. Et s'ils sont heureux, c'est ce qui compte, au fond. Mais on ne peut pas ne penser qu'à soi-même. Passer Noël à New York, voyons, il faut être sérieux. Dans les années 1980, on pouvait se permettre ce genre de folie, mais plus de nos jours. L'affront est double envers notre planète : l'empreinte carbone, et le choix même de la destination, New York, ou le cœur névralgique de la surconsommation. Vraiment, il y a ceux qui font le monde et les autres, qui l'abîment. Zola hoche la tête, se tait, elle sait qu'il ne faut jamais intervenir entre ses deux aînées. Laisser dire, attendre que ça passe. Sinon, on est pris au piège de leurs rivalités. D'ailleurs, elle n'écoute plus. Elle repense à hier soir, Quentin, ses amis, la musique, une année close, une autre qui commence. Lorsqu'elle revient à la réalité, elle se presse de dire quelque chose pour que Victoire ne devine pas qu'elle parle dans le vide depuis deux minutes.

— Je ne savais pas que tu étais écolo, déclare Zola au hasard.

— Je n'ai pas dit que j'étais écolo, simplement que j'avais une conscience, répond Victoire. Tu m'écoutes ou quoi ?

Quentin, pense Zola.

Cette nuit, ce n'était pas la première fois qu'ils se revoyaient depuis qu'il est parti. Zola n'en a parlé à personne. Elle ne sait pas encore quoi penser de ces retrouvailles clandestines.

On sonne à la porte : les Marthiens. Marthe avance dans l'entrée, les doigts accrochés à un sac en plastique bleu comme on en distribue sur les marchés. Suivent Aymeric, qui brandit une bouteille de champagne, César, leur fils de treize ans et Arthur, seize ans, qui, du haut de son mètre quatre-vingts, traverse la vie sous une mèche épaisse de cheveux qui lui tombe sur les yeux et qu'il tient absolument à laisser pousser. Léon n'est pas avec eux, il est en Thaïlande avec des amis.

— Tu es en retard ! lance Victoire en accueillant Marthe et les siens. Mais... qu'est-ce que c'est que cette odeur ?

— On t'a apporté des crevettes et des avocats, déclare Marthe avec entrain.

— Tu as une nouvelle coupe de cheveux ? interroge Victoire en faisant le tour de sa sœur.

— Oui, c'est un coiffeur que j'ai repéré à New York. Une adresse de stars. Figure-toi qu'il s'est occupé d'Anne Hathaway et de Jennifer Lawrence.

— Connais pas, tranche Victoire. Mais c'est joli, cette couleur, on ne voit presque plus tes cheveux blancs.

Zola passe la première moitié du repas à s'intéresser au séjour à New York. Elle s'offre ainsi, par trois fois, le luxe de retoquer les questions qu'on tente de lui poser : on lui a demandé si tout se passait bien à son travail, si elle avait de bonnes résolutions, si elle avait eu des nouvelles de Quentin. Alors elle s'est enquise du Chrysler Building, de Central Park et de Brooklyn.

Au dessert, Marthe s'obstine :

— Et toi alors, quoi de neuf au boulot ?

— Elle est en passe d'avoir son augmentation, *enfin* ! répond Victoire. D'ailleurs, avec Stéphane, on l'a bien aidée.

— C'était à l'époque où Stéphane n'avait encore ni barbe ni moustache, plaisante Zola, espérant faire diversion.

— Ah, ne me lance pas sur ce sujet, s'exclame Victoire. Mais c'est vrai qu'on n'a toujours pas eu le fin mot de cette histoire d'augmentation, dis donc !

Elle se tourne vers Zola et attend. Les autres l'imitent. Zola est arrivée à bout de ses stratégies de diversion, elle va devoir dire quelque chose.

— J'ai beaucoup réfléchi depuis que je suis en vacances…, commence-t-elle. Au fond, je me demande s'il n'est pas temps pour moi de changer.

— De changer ? s'étrangle Victoire.

— Oui, tu sais, c'est la façon dont vous m'avez poussée à demander davantage qui m'a inspirée, je crois, concède Zola pour les attendrir.

— Je vous confirme qu'elle avait besoin d'un coup de pouce, lance Victoire à Marthe et Aymeric. Vous connaissez Zola, avec sa blessure originelle, elle a tendance à se faire toute petite…

— Tiens, en parlant de promotion…, coupe Marthe.

— … C'est parce qu'elle n'était pas voulue…, continue Victoire.

— Aymeric passe chef de clinique…, ajoute Marthe.

— Ah bon ? s'interrompt Victoire. Dis donc, eh bien… Bravo Aymeric ! Vraiment. Tu vas te faire un paquet de pognon. Et pour Marthe, ça tombe bien, elle va pouvoir continuer à vivoter de ses cours de yoga sans se soucier de l'argent. Comme ça doit être confortable…

— Ce que Marthe ne vous dit pas, glisse Aymeric dans le silence qui suit, c'est que son activité s'agrandit cette année. Qui sait, Vic, fait-il en se tournant vers sa belle-sœur, ça pourrait être elle qui m'entretient, finalement.

— Oh, n'importe quoi ! pouffe Marthe en roulant des yeux.

Victoire étire son visage, comme si imprimer sur ses joues la forme d'un sourire pouvait lui en donner un vrai.

— Décidément, exhale-t-elle, à bout de souffle.

Son regard, très vite, retrouve une clarté décidée. Elle déclare :

— Tiens, en parlant de bien-être, j'ai quelque chose qui va vous intéresser !

Elle quitte la table et disparaît dans le couloir et tous se regardent, hésitants.

Lorsque la conversation reprend on s'attrape l'épaule, on se félicite, on se regarde avec amour, Aymeric vante Marthe et Marthe parle de lui comme d'un génie. Stéphane les écoute, ravi. Zola les observe, elle les trouve touchants. De nouveau, ses pensées naviguent vers hier soir, et bientôt elle n'écoute plus ce qui se passe autour d'elle. Elle repense à ses collègues, à Quentin bien sûr, et à ce Maxime. Il était beau quand même. Elle aurait peut-être dû lui parler, plutôt que de finir la nuit avec son ex.

Victoire réapparaît.

— Je l'ai fini, tout juste hier soir ! annonce-t-elle en brandissant un livre dont on distingue le titre.

L'Intestin, notre deuxième cerveau.

— Tu as passé ton réveillon du 31 à lire un bouquin sur les intestins ? demande Marthe, les joues crispées par le rire qu'elle veut retenir.

— Oui, répond Victoire, imperturbable. Nous avons dans les intestins ce que l'on nomme « le microbiote ». Il communique en permanence avec notre cerveau, c'est un peu comme notre réserve inexplorée de neurones, incroyable non ? Imaginez les progrès pour la science, et pour notre santé !

— Pupuce, intervient Stéphane, je ne vois vraiment pas le rapport avec ce que nous étions en train de dire.

— M'man, on est à table et tu nous parles de merde, c'est dégueu ! ajoute Sybille, qui avait disparu derrière son écran de téléphone depuis le plat de résistance.

Stéphane lui ordonne de changer de ton et de respecter sa mère. Laquelle, étrangement, s'attendrit :

— Elle est en pleine individuation, dit-elle aux autres. C'est un peu brut de décoffrage parfois, mais c'est une bonne chose.

Elle balaye la tablée d'un sourire de madone, puis elle lève de nouveau son livre.

— Puisque tout le monde va vouloir me l'emprunter, je vais choisir Zola. Désolée Marthe, mais si tu le prends, je ne le reverrai jamais.

— Je ne vois pas comment on pourrait penser avec ses intestins, commente Zola.

— Sauf peut-être les trous du cul, marmonne César, le second fils de Marthe, provoquant l'hilarité de ses cousins.

— Tu dis ça parce que tu ne l'as pas lu, chante Victoire à Zola, ignorant les enfants.

— Au fait, coupe Stéphane, tu ne nous as pas dit le fin mot de l'histoire, Zozo. Tu as eu ta promotion ou tu veux changer de travail ? Je n'ai rien compris, moi.

On oublie les intestins et toute l'attention verse à nouveau vers Zola.

La conversation ne suit aucun fil, on est passé du yoga à la promotion d'Aymeric et au cerveau des intestins, si bien que Zola ne saisit pas tout de suite que c'est à elle de répondre à présent.

— Ben, euh, tente-t-elle en se balançant sur sa chaise. Ces derniers temps, je me suis dit que je pourrais me mettre à mon compte.

— Ah oui ! s'enthousiasme Marthe. Et tu ferais quoi, par exemple ?

— Eh bien… La même chose, répond Zola. Du conseil, mais d'une autre manière. Plus proche des gens et de leurs besoins, quelque chose de plus… De plus utile.

— Mais tu travailles dans la santé, intervient Victoire. Qu'est-ce qui est plus utile que ça ?

Marthe se réjouit de cette idée d'entrepreneuriat, qu'elle agrémente de ses questions encourageantes et de ses conseils optimistes. Zola se trouve plus convaincue encore par cette idée, qu'elle vient pourtant de livrer par improvisation.

— Zola, vraiment, coupe Victoire, tu n'y penses pas.

« Ah bon ? » lui répondent tous les regards, rivés sur elle.

— Eh bien non, confirme Victoire. Tu as un emploi en CDI, tu gravis les échelons, c'est malin et avisé, on ne tourne pas le dos à une bonne situation. Pour une fois que tu tiens en place plus de six mois !

Une main sur la poitrine, elle explose d'un rire sonore.

— D'autant que c'est la seule chose solide que tu aies, reprend-elle en se raclant la gorge, la voix à nouveau sérieuse. Surtout depuis que Quentin t'a laissée. Tu as besoin de structure, Zola, pas de suivre tes pulsions de hippie des forêts en éternel cheminement. La vie, ça se construit. Et tu manques cruellement d'ambition – il en faut, tu sais, pour diriger son entreprise.

— Ma puce…, la coupe Stéphane. Laisse-la tranquille.

— Je ne fais que l'aider, s'indigne Victoire.

— Comme si tu y connaissais quoi que ce soit, toi, à la création d'entreprise, raille son mari en passant ses doigts sur sa mini-barbe. Occupe-toi de tes intestins et fiche-lui la paix.

On se tait, à l'affût d'une riposte de Victoire.

Pour éviter la dispute qui point entre sa sœur et son beau-frère, Zola hésite à leur annoncer qu'elle a traité son patron de sac à merde, trois fois, et qu'il n'y a donc pas de débat, elle va devoir trouver autre chose à faire de sa vie. Puisque aujourd'hui, elle improvise, elle dit plutôt, avec un grand sourire bricolé dans l'urgence :

— J'ai rencontré quelqu'un, il s'appelle Maxime.

À 16 heures, on décide de se quitter.

On emballe les restes, on se dispute avec Victoire qui insiste pour que ses sœurs les emportent, on dit que c'est trop, qu'on ne veut plus penser à manger pendant les prochaines quarante-huit heures, on attrape les manteaux. On fait promettre à Zola de leur présenter bientôt ce Maxime dont elle leur a décrit toutes les qualités.

— Bon, les frangines, salut ! déclare Marthe, une main levée.

— Ah non ! proteste Victoire. Un gros câlin !

Elle s'avance, les bras écartés comme pour embrasser tout le monde d'un coup. Finalement, elle n'attrape que ses deux sœurs, qui l'enveloppent d'un bras chacune et se tiennent de l'autre.

— La famille c'est la famille, les cocottes, bafouille Victoire dans leurs cols. Quand on se dit au revoir, on le fait bien ! Un gros câlin, ou rien du tout !

Ça, c'est Victoire. Elle semble n'avoir que des reproches à faire à ses sœurs et pourtant, c'est elle, toujours, qui provoque ces élans de tendresse auxquels les deux autres ne résistent pas.

Zola s'abandonne aux parfums musqués de ses grandes sœurs. Quand elle voit Marthe et Victoire, c'est ce moment qu'elle préfère. Le câlin pour se dire au revoir, toutes les trois. Victoire cesse de vouloir être la plus parfaite, Marthe n'essaye plus de la provoquer. Zola n'est plus la vilaine, le bébé, le sujet de conversation, mais l'une des leurs. Elles sont les sœurs Prioux, un trio unique, et à cet instant, Zola les adore. On s'aime mieux quand on se quitte, peut-être parce que c'est à ce moment-là qu'on commence à se manquer.

On devrait débuter chaque repas de famille en se disant au revoir.

Elle pense à Quentin.

Est-ce que c'est ce qui nous arrive ? se demande-t-elle. *Comme on s'est quittés, on peut s'aimer mieux ?*

13

YVONNE A LE PREMIER DE L'AN EN HORREUR. C'est une journée inerte, sans saveur et fatiguée. Une vraie déprime. Un jour pour rien. Pour elle, l'année ne commence que le 2 janvier.

Elle n'a toujours aucune nouvelle d'Ignacio Pepe de la Rosa.

Au début, elle n'y pensait pas trop : depuis le Mexique, la réponse ne serait pas immédiate. Elle n'avait pas réfléchi au délai. Et puis voilà qu'elle s'est mise à attendre.

Vendredi, elle s'est rendue au salon de coiffure en personne au lieu de téléphoner pour prendre son rendez-vous. Elle espérait que l'aller-retour dissiperait cette impatience nouvelle. Carine avait de la place pour le lendemain. D'habitude, c'est Nina qui colore Yvonne, mais elle a dit oui : elle tenait son prétexte pour revenir en ville samedi, ça l'occuperait.

Pour se tranquilliser, elle s'est essayée à un peu de pragmatisme. Ce Mexicain, il n'y avait pas de quoi en faire tout un plat. Et cette histoire de mort en bouteille, non plus. Tout ça pour un sort qui la guettait de toute façon. La mort. Yvonne a même tenté de changer d'avis, pour voir.

Et si j'attendais que mon heure vienne, comme tout le monde ?

Mais samedi soir, elle a eu mal au pied. Au matin, le dimanche, son épaule droite était bloquée. C'est toujours la même chose. D'abord le pied, ensuite l'épaule. Et ce n'est pas tout. Ses yeux la font souffrir, sa nuque est raide, douloureuse, elle dort peu, son dos, c'est une horreur, quant à marcher, n'en parlons pas. *Je me déplace comme une petite vieille,* pense Yvonne quand elle foule les trottoirs de son pas saccadé et ralenti, qu'elle doit reposer toutes les cinq minutes pour souffler et ménager son pied capricieux, son genou en métal et son dos âgé.

Quant à tous ces médicaments qu'on lui fait prendre maintenant… Le buffet de sa cuisine ressemble à un dispensaire. La tension, le cœur, le dos. Et la tête, alouette.

On lui dit qu'elle a de la chance d'être en si bonne santé, Yvonne. « Tu parles d'une blague ! » s'est-elle exclamée à cette idée hier, allongée dans son canapé, une poche de glace sur l'épaule et le pied relevé sur trois coussins.

« Mais madame, vous n'êtes pas malade », lui a-t-on objecté partout où elle s'est renseignée sur le droit à mourir, qu'on lui a donc refusé.

C'est son âge, la maladie d'Yvonne. Elle a de la chance, sans doute, d'être en « pleine forme » pour ses quatre-vingts ans. La « bonne santé » de la vieillesse, c'est un cas à part.

L'après-midi, elle est allée jusqu'au cinéma, où la douleur cumulée de son pied et de son épaule l'a détournée du film, dont elle n'a aucun souvenir.

Aujourd'hui, avec nulle part où aller, elle se sent chez elle comme un lion captif qui parcourt sa cage d'un bout à l'autre en frottant son museau contre les barreaux pour mieux en éprouver la glaciale interdiction. La cuisine, la chambre, la salle de bains, le salon, la cuisine, la chambre, la salle de bains. Yvonne n'a rien à y faire, à part s'agiter en nettoyant les surfaces déjà propres, plier les serviettes déjà rangées, allumer la télévision et monter le son, revenir plus tard et changer de chaîne, sortir un verre et le remplir d'eau, le boire au prochain passage. C'est bête, mais c'est mieux que de se mettre à penser.

Elle finit l'après-midi allongée dans son lit, le pied brûlant. Elle s'apprête à saisir l'un de ses albums de mots fléchés quand une migraine lui broie la tête et lui barre la vue.

Il lui semble n'avoir fait que cligner des yeux mais, lorsqu'elle les rouvre, il fait nuit et sa bouche est sèche. Elle ignore combien de temps elle a dormi et regrette de ne pas être déjà demain. Elle se lève et se sent lasse du silence qui l'attend encore, elle a eu sa dose pour aujourd'hui. Ce n'est pas son heure habituelle, mais Yvonne rallume sa télé et monte le volume.

Elle décide de retourner fouiller dans sa boîte mail. Depuis vendredi, elle la consulte six fois par jour.

Elle rejoint la chambre d'un pas glissant, agite la souris pour raviver l'écran en veille de l'ordinateur. Un clic ici, deux là, la boîte aux lettres s'affiche.

Toujours rien.

Ses yeux se posent sur la colonne, à gauche, qui semble contenir beaucoup de choses auxquelles Yvonne ne prête jamais attention. Boîte de réception, Messages envoyés, Corbeille, Spams. Elle n'y avait pas pensé, mais elle clique sur « Messages envoyés » pour vérifier ce qui s'y trouve. Elle pourrait s'être trompée, n'avoir pas appuyé sur le bon bouton, n'avoir jamais envoyé sa demande à Ignacio. Mais elle y découvre bien son courrier, à la première ligne. Elle n'a écrit à personne d'autre, depuis. Presque sans réfléchir, elle clique sur « Spams » et parcourt sans s'y attarder les objets pleins de promesses ou l'informant de l'arrivée de colis qu'elle n'a jamais commandés. Une ligne diffère des autres.

Il est là, on ne voit que lui.

« Ignacio Pepe De La Rosa » écrit en lettres grasses et capitales.

14

CE MATIN, ZOLA DOIT RETOURNER à Faber Lang. L'y attendront son ordinateur, ses dossiers, Éric, qui arrive toujours avant elle, et son licenciement.

Elle n'a pas réussi à manger, pas même à avaler un café. Sa nervosité lui comprimait l'estomac. La hâte que ce soit fini, aussi.

La porte bordeaux de Faber Lang s'élève devant elle, familière. C'est une image quotidienne qui résume quatre ans de sa vie. Zola presse le bouton qui lui ouvre l'accès à la cour, ce rituel accompli des centaines de fois. *C'est peut-être la dernière,* pense-t-elle et, à cette idée, le geste lui est déjà presque étranger.

Dans l'ascenseur, elle a la nausée, elle regrette d'avoir le ventre vide. La lumière crue qui lui tombe sur le crâne donne à sa peau une teinte verdâtre. Elle ne s'étonne pas qu'un matin comme celui-ci son espèce d'asthme vienne l'asphyxier. Elle se raconte des phrases rassurantes. Ce n'est qu'un moment, à midi ce sera fait, à 10 heures, même, elle sera débarrassée. Il n'y a pas besoin de trois heures pour virer quelqu'un. Elle pense au café qu'elle va se préparer en arrivant.

D'abord elle traverse le hall blanc de l'agence, puis son couloir blanc, pour atteindre le bureau blanc qu'elle partageait avec Éric et Fadila. Elle repense à son premier jour, à son arrivée chez Faber Lang, Paris. À l'époque, elle avait trouvé que ça faisait quand même beaucoup de blanc. Bien sûr, elle s'y était habituée et n'y avait plus fait attention. Ce matin, le blanc lui saute à nouveau aux yeux.

Éric est penché sur son écran, les coudes posés sur un tapis de feuilles éparses et les yeux plissés. Il n'aime pas porter ses lunettes, il dit qu'elles lui donnent un air coincé. Mais Éric est hypermétrope, il voit flou, c'est-à-dire rien. S'il ne porte pas ses lunettes, il doit lire les yeux mi-clos. Il se tourne vers Zola.

— Bonne année, glisse-t-il avec un sourire fataliste.

— J'y vais ? demande Zola en tendant le menton vers le bureau de Pascal.

— Il te cherchait tout à l'heure.

Éric a l'air au bord des larmes, Zola hésite à le consoler. C'est un matin désagréable, mais elle a eu le temps de prendre un tel recul pendant les vacances qu'elle l'affronte sûrement mieux que son ami. Et puis en foulant cette moquette rêche et brune, d'un coup, elle a su qu'elle était prête à vivre autre chose. Ce matin, c'est aussi un nouveau départ. Le plus dur, c'est de dire au revoir à Éric. Ils ne travailleront plus ensemble, ne se verront plus tous les jours. Cette pensée suffirait à la faire flancher alors elle ne doit pas traîner.

Elle traverse le couloir. Ses mains sont moites et elle a oublié de se faire un café.

Pascal a laissé sa porte entrouverte.

— Entrez ! lance-t-il en l'entendant toquer. Ah, Zola, c'est toi ! s'écrie-t-il en tendant la paume vers elle pour l'inviter à s'installer.

Zola obéit et s'assied en face de lui, les pensées aussi blanches que les murs de Faber Lang.

Il lui sourit, elle ne s'y attendait pas. Il est assis mais il dégage une énergie sautillante, derrière son lourd bureau en bois clair. Si l'heure n'était pas si grave, Zola le jurerait : il est content de la voir.

Entre eux trônent deux photos de la femme de Pascal, Bérangère, et de leurs enfants, et une troisième de lui, la tête couverte d'un turban, posant en triomphe dans le désert à côté d'un chameau au repos. Sur le devant, juste sous les yeux de Zola, il y a un petit chevalet en plastique noir sur lequel est gravé « I'm the big boss » en lettres d'or, acquis dans un magasin de souvenirs lors d'un voyage à New York, au siège de Faber Lang.

Elle attend qu'il parle. Plus ils se regardent, plus il lui sourit. Pascal se redresse, recule contre le dossier de sa chaise, pose sa cheville droite sur sa cuisse gauche. Il prend une profonde inspiration.

Je vais lui dire que je sais tout, se promet Zola. Les autres n'auront pas besoin de savoir ce qui s'est passé, pourquoi Sanizeca les a quittés.

Sanizeca, grand laboratoire pharmaceutique suisse, était jusqu'à récemment le plus important client de l'agence, et le premier auprès duquel Zola a travaillé lorsqu'elle a été embauchée. Sous la direction de Margaret, et de manière plus rare, sous celle de Pascal, elle suivait leurs dossiers dans le cardiovasculaire, l'oncologie, la vaccinologie. C'est auprès de Sanizeca qu'elle a appris, gagné de l'assurance, aimé son métier. Depuis deux ans, Zola y avait pour principale interlocutrice Laure Marcher, responsable du marketing.

Laure est à peine plus âgée que Zola. Elles passaient la plus grande partie de leurs semaines ensemble : au téléphone, par mail, en réunions, en déjeuners. Il leur arrivait parfois d'aller boire un verre en dehors du travail ou de dîner au restaurant. Elles se racontaient des choses qui n'avaient plus rien à voir avec le traitement du diabète de type 2 et les vaccins contre la grippe. Elles devenaient amies.

Zola repense à ce vendredi matin, il y a quelques semaines, et aux insultes qui expliquent sa présence face à Pascal à présent. Puisqu'elle part de toute manière, elle veut lui dire qu'elle est au courant.

Mais avant qu'elle ait eu le temps de parler, il lui demande si elle a passé de bonnes vacances et son humeur est si éclatante qu'elle en est presque agressive.

— Euh… ben… oui.

— Qu'as-tu fait pour le 31 ? Une grosse bringue avec tes amis ?

— Euh, oui, dit-elle encore, déconcertée par cette camaraderie.

— Et ton père ? demande Pascal.

— Ça va, répond-elle en haussant les épaules.

— *By the way !* lance-t-il en tapant sur la table du plat de la main.

Nous y voilà, pense Zola.

— Tuons tout de suite l'éléphant dans la pièce, comme on dit. On ne va pas faire tout un plat de ce que tu as dit l'autre jour. C'est parti un peu vite, un peu cash…

Il ronfle un bref ricanement.

— … Ça, on peut dire que tu as le sens du spectacle, ajoute-t-il.

Cette fois, il rit pour de bon.

— Écoute… Ça ne fait pas de mal d'être secoué de temps en temps, j'aime bien qu'on me bouscule, c'est rare quand on est le chef.

Zola se demande s'il va la remercier de l'avoir traité de sac à merde. Elle a passé une partie de la nuit à imaginer cette scène et rien ne se passe comme dans son scénario. Elle ne trouve pas la brèche, la pause, la tension dans laquelle déclarer, ainsi qu'elle l'avait prévu, tel qu'elle se l'était promis : « Je sais ce qui s'est passé avec Sanizeca. Je sais pourquoi ils sont partis. »

Pascal pianote sur son tapis de souris, une frétillante satisfaction plaquée sur le visage. Il déclare qu'il va appeler Madeleine. Explique qu'ils doivent avoir « une petite conversation ». C'est procédurier et il s'en excuse, mais il leur faut une tierce personne. Et Madeleine a besoin de passer quelques éléments en revue avec eux. « Rien de méchant », promet-il.

Zola hoche la tête. Elle comprend que le moment est venu.

Chez Faber Lang, Madeleine est en charge de la paye, de la comptabilité, du juridique et de l'administratif. Un jour, Pascal a décidé de la baptiser le « mouton à cinq pattes » parce que Madeleine s'occupe de tout, qu'elle est au courant de tout, et qu'on peut tout lui demander.

Il coince le combiné de son téléphone dans le creux de son épaule et annonce, abrupt :

— Zola est là, on t'attend.

Madeleine les rejoint quelques secondes plus tard, recroquevillée sur les documents qu'elle tient dans ses mains osseuses. Elle leur dit bonjour, ses yeux effleurent Zola et se pressent de se poser ailleurs.

— Tu peux fermer la porte, s'il te plaît ? demande Pascal.

Madeleine s'assied à côté de Zola qui, comme elle, s'efforce de fixer leur directeur.

Pascal fait trembler sa cloison nasale au moyen d'une inspiration franche. Un bruit qui est sa marque, son tic, mais aussi un signal. Si Pascal ronfle, c'est qu'il va parler.

— Toi et moi, au fond, on est pareils, dit-il à Zola. Des passionnés. Ici, on est comme une famille. Et les familles, ça se dispute, ça se chamaille, il faut que chacun s'exprime, c'est tout à fait normal.

Madeleine s'agite sur sa chaise. Sans doute n'écoute-t-elle qu'à moitié. Quand Pascal dit « famille », Madeleine pense « procédure », « légalité », « prud'hommes ». Madeleine connaît les règles, son travail, c'est de les respecter. Alors elle connaît aussi les sanctions. Parce que les bêtises, ça finit toujours par coûter cher. À la jovialité de Pascal, Madeleine oppose des traits crispés.

— Mais comme dans toutes les familles, finit-il sur un ton mielleux, on se pardonne.

Le silence s'étire, bercé par Paris, dehors, qui entonne son chant de moteurs et de klaxons. Zola se tourne vers Madeleine, qui n'a pas quitté Pascal des yeux. Sa mâchoire inférieure s'est relâchée, allongeant son visage pâle. Elle se tourne à son tour vers Zola et leurs regards se croisent enfin. Se *pardonner* ? Il semble que pour Madeleine aussi, c'est une surprise. D'un mouvement commun, elles reviennent à Pascal.

— On passe l'éponge, et on avance ! ajoute-t-il en abattant la même main sur le bureau comme pour adjuger l'affaire.

Elles sursautent de concert.

— Mais…, tente Madeleine, confuse.

— Je t'ai demandé de rassembler quelques éléments, l'interrompt Pascal. Et je vais y venir. Avant, je tiens à dire à Zola qu'à part ce petit sursaut en fin d'année que je suis impatient d'oublier, j'ai confiance.

Il marque une pause et pivote légèrement, de manière à faire face à Zola.

— Mais, lui dit-il, sans vouloir remuer le couteau, j'ai besoin de savoir si tu me suis.

— ...

— Il me faut des gens solides. Ici, le minimum c'est 100 %, donc j'ai vraiment besoin de savoir...

— ...

— ... Est-ce que tu le sens ?

— Euh...

— Que ce soit bien clair, reprend-il, indifférent au silence de Zola. Je ne veux ni perdre mon temps, ni dépasser les limites de ce qui est acceptable. Donc, ce que je suis en train de te dire, et je suis sûr que Madeleine sera d'accord, toi aussi d'ailleurs, Zola, c'est que j'ai besoin que mes soldats soient sur le pont, toutes dents dehors.

Sa manière de travailler, c'est le *win-win*, poursuit-il. Zola doit comprendre et accepter de se mettre en *fighter mode*. Il a prévu pour elle de très, très beaux *challenges* et il est en train de rentrer de plain-pied dans une « grosse année ».

— À ce propos, conclut-il, rayonnant, j'ai un petit bijou entre les mains. La Semeg remet son congrès annuel en compétition. J'ai déjeuné avec Chantal Marleix en décembre, on est dans les favoris. C'est du tout cuit. Si on l'emporte, et tel que c'est parti, on l'aura, je veux te mettre dessus comme cheffe de projet.

Semeg est l'acronyme de la Société européenne de médecine générale. Son congrès annuel est le plus important rassemblement médical d'Europe. C'est un événement coûteux, impressionnant, prestigieux, qui demande un travail titanesque à l'agence de communication qui en a la charge. La Semeg travaillait depuis cinq ans avec la même agence, Dire & Santé, principale concurrente de Faber Lang. Le comité administratif est tenu par la loi de rouvrir un appel d'offres cette année. Pour d'autres missions ponctuelles, il est arrivé à la Semeg de faire appel à l'agence. Chantal Marleix les apprécie, ce qui laisse penser que Faber Lang a, en effet, toutes les raisons de croire qu'elle pourrait remporter la mise. Zola sait que travailler pour le congrès de la Semeg, c'est côtoyer l'ensemble des acteurs de la santé en France et en Europe. C'est s'ouvrir des portes. Et élargir considérablement le portefeuille de clients de l'agence.

Si Faber Lang est choisie, c'est une véritable promotion pour Zola.

Mais je m'en vais, a-t-elle envie de rappeler à Pascal.

Elle pense au café qu'elle n'a pas bu, au verre d'eau qu'elle n'ose pas demander car il faudrait couper la parole à Pascal, qui ne s'arrête plus de parler. Elle meurt de soif et de chaud. Elle étouffe, pendant que Pascal demande à Madeleine de réagencer les dossiers de manière à laisser Zola consacrer tout le temps qu'il faudra pour conquérir la Semeg.

Enfin, il se tait.

Il n'est pas fâché. Il ne la vire pas.

Et Zola ne sait plus quoi dire ni quoi faire.

Jamais elle ne s'est vu confier de mission aussi prestigieuse que le congrès annuel de la Semeg. C'est inespéré.

Madeleine s'agite. Pascal bascule son regard de l'une à l'autre, il lève les paumes en secouant la tête et sourit comme s'il venait de leur déposer un cadeau sur le bureau.

— *Anyway*, reprend-il, rien de tout ça ne sera possible si tu conserves ton attitude de ces derniers mois, Zola.

Ah, tout de même, pense-t-elle, *le retour de bâton.*

— Je ne peux pas miser sur quelqu'un de bancal. Je ne dis pas ça pour être méchant.

Il ne le dit pas pour être gentil, non plus.

— Ça a été dur pour toi, j'en ai conscience. Et tu restes fragilisée, tu ne t'es pas encore relevée, donc j'ai besoin de savoir comment te faire confiance malgré tout.

Elle se tait.

Elle a encore en tête les paroles de Victoire. Elle a de la chance d'avoir un travail stable. Elle a de la chance que Pascal la garde alors qu'elle l'a insulté.

Elle va avoir trente-trois ans.

Elle n'a rien d'autre.

Zola n'a pas envie d'être bancale.

Il lui est soudain insupportable d'imaginer le congrès de la Semeg entre les mains de quelqu'un d'autre, d'envisager sa chaise vide, dans le bureau qu'elle partage avec Éric et Fadila. Cette histoire de changement était une idiotie. Tout ce qu'elle désire, à cet instant, c'est retrouver son poste et ses dossiers. Elle pense vite mais ne réfléchit pas, tout ce qu'elle veut c'est que l'on se mette d'accord, et retourner à son bureau.

— Mais pas du tout, dit-elle. Ça va beaucoup mieux. J'ai même rencontré quelqu'un.

Elle sourit.

— Ah ! Mais je ne savais pas ! s'exclame Pascal.

— Je n'allais pas l'annoncer au mégaphone, répond Zola en feignant de rougir comme une jeune mariée.

— Ça alors ! Ça fait longtemps ?

— Oh oui, affirme Zola. Ça fait un petit moment. C'est sérieux, il s'appelle Maxime.

Pascal trouve cette nouvelle « vraiment géniale » et son enthousiasme est si franc que même Madeleine parvient enfin à détendre assez son visage pour sourire elle aussi.

Zola est sonnée. Mais ces sourires la soulagent, ils lui donnent l'impression d'avoir bien fait.

— Bon, ben c'est bien ce que je pensais, se réjouit Pascal. Je savais que tu pouvais te reprendre, Zola, et tout ça confirme que cette année va être *tiptop* !

Il signe sa réplique de deux pouces levés.

Alors c'est tout. Elle reste.

15

C'EST LA QUATRIÈME FOIS qu'ils couchent ensemble depuis que Quentin l'a quittée. Zola ne sait pas à quoi ça rime.

Lorsqu'il est parti, en mai dernier, avant d'avoir de la peine, et sans doute parce qu'elle était choquée, elle a attendu. Comme si Quentin pouvait à tout moment passer la tête dans l'embrasure de leur porte, le sourire jusqu'aux oreilles creusant plus que jamais ses fossettes, et déclarer que c'était une blague et qu'il l'avait bien eue.

— On devrait peut-être se parler, a-t-il suggéré d'une voix hésitante, lorsqu'il a fini par l'appeler après trois semaines.

Mais il n'a rien ajouté et, dans ce silence, elle a compris qu'il l'appelait pour lui offrir, à elle, l'opportunité de s'exprimer. Zola s'est tue. Quentin a dégluti.

— Je m'inquiétais de ne pas avoir de tes nouvelles, a-t-il enfin articulé.

Zola a ri sans joie. D'un ton grinçant, elle lui a fait remarquer qu'il s'était évadé dans son dos, et que d'entre eux deux, celui qui aurait dû *donner des nouvelles* à l'autre, c'était lui.

— Tu as oublié des affaires, a-t-elle ensuite déclaré.

Tout à coup, c'était ça l'important. Qu'il embarque ses sous-vêtements égarés et ses fichues pellicules qui occupaient toute une étagère dans la porte du frigo. Parce que Quentin *fait de la photo,* comme on dit, à l'argentique. La fraîcheur et la température constante d'un réfrigérateur sont idéales pour conserver les pellicules.

Il n'est pas venu les récupérer avant septembre. Sans nouvelles depuis ce coup de téléphone, Zola ne l'attendait plus. Lorsqu'il l'a enfin appelée pour lui demander s'il pouvait passer prendre ses affaires, elle n'a rien ressenti, à part l'ennui de le revoir au moment où elle commençait à s'habituer à son absence.

Elle s'était promis que le moment serait court. Elle voulait qu'il prenne ses slips et ses pellicules, qu'il s'en aille, et que sa visite lui soit la moins douloureuse possible. Elle avait même envisagé de s'absenter de l'appartement, le temps qu'il récupère tout. Mais elle était restée, mue peut-être par la curiosité de revoir son visage. Elle espérait y lire la culpabilité, c'était un minimum. Et surtout, elle ne voulait pas lui faciliter la tâche en lui laissant le champ libre. Il devrait lui faire face, cette fois.

Ils avaient échangé une volée de paroles très simples et très creuses. Au moment de partir, Quentin s'était posté devant la porte, Zola s'était approchée, hésitant entre une poignée de main, la bise, ou rien. Ils avaient attendu quelques secondes, à se regarder droit dans les yeux. Quelque chose d'eux semblait vouloir se raconter dans ce silence. Quand elle s'était mise sur la pointe des pieds pour lui faire la bise, Quentin avait baissé la tête.

Comment et pourquoi leurs bouches s'étaient retrouvées mêlées l'une à l'autre, ils n'avaient pas cherché à comprendre. Dans cet abandon, il y avait une habitude qui ressemblait suffisamment à du désir. Ils s'étaient dévêtus pour laisser leurs corps rejouer une rencontre qui leur était familière. Ensuite, Quentin était parti. Il n'y avait eu ni gêne ni regret, pas de dialogue non plus. Chacun était revenu à l'absence de l'autre. Ils n'avaient échangé aucun message ni appel. Pendant des semaines, Quentin et Zola avaient poursuivi leurs existences séparées comme s'il ne s'était rien passé.

Elle n'en avait parlé à personne. Tout s'était déroulé dans un tel silence qu'elle doutait parfois que cet épisode ait vraiment eu lieu.

Un jour de novembre, elle avait reçu un message dans lequel il lui disait avoir une course à faire du côté de chez elle – anciennement chez eux –, et proposait d'en profiter pour monter lui dire bonjour.

Que ce serait *sympa.*

De nouveau, il fut là, et la seconde d'après ils étaient sur le canapé, nus, leurs corps enchevêtrés et brûlants.

Hier soir, c'était la première fois que Quentin restait dormir toute la nuit.

16

« *Le plus beau présent de la vie est la liberté qu'elle vous laisse d'en sortir à votre heure.* »
André Breton, *Anthologie de l'humour noir*

Samedi 13 janvier

On m'avait parlé du montant, et celui annoncé par Ignacio était conforme à mes informations.

Huit cent dix euros.

À envoyer en liquide, par voie postale. Chose étrange : je dois l'envoyer en Croatie, et le courrier sera transféré ensuite vers le Mexique. On brouille les pistes.

Ignacio recevra mon argent dans les sept jours, il faudra compter trois semaines, ensuite, avant la livraison.

Tout était expliqué. Concis et clair.

Huit cent dix euros...

« Ça fait cher pour mourir, j'ai pensé, alors qu'il suffirait d'attendre un peu pour que cela m'arrive gratuitement. » Je me suis dit ça pour essayer d'en rire tout de même un peu, mais je n'y arrivais pas. J'ai refermé ma boîte mail et l'ordinateur, et je suis passée à autre chose.

Deux semaines se sont écoulées. Je jouais avec le temps et avec ma décision.

C'était très concret, soudain. Je songeais : la vie n'a pas de prix et, au nom de cela, nous en attribuons un à la mort, c'est intéressant.

J'ai attendu, j'ignore pourquoi, vraiment. C'était peut-être ma manière de présenter à l'existence le respect qu'elle m'inspire. De lui dire que je ne me précipitais pas sur cette mort que l'on peut s'acheter pour huit cent dix euros, comme sur un pot de confiture à l'épicerie. J'ai décidé de mourir, mais ce n'est pas par défiance envers la vie, bien au contraire. Je mesure son importance avec la plus grande lucidité. C'est parce que je l'ai trouvée si belle que je veux la quitter dignement.

Peut-être qu'au fond, ce que je désire, c'est la quitter encore vivante, pour faire honneur à ce qu'elle a été.

J'ai posté l'argent ce matin, accompagné d'une note indiquant mon adresse.

Enfin, mon autre adresse. Moi aussi, je brouille les pistes.

Le produit arrivera à Saint-Jean-de-Lussac, chez mes parents, début février. Le deuxième week-end au plus tard, si cet Ignacio dit vrai.

J'irai le chercher, et ensuite… Ensuite, je verrai bien.

Depuis que j'ai posté l'argent, je n'ai fait que penser à Margaux. L'idée qui a germé durant les fêtes ne m'a pas quittée depuis : lui écrire. Ça finit par m'obséder. Je dois le faire, mais je ne sais pas quoi lui dire. C'est idiot.

Chaque jour, j'essaie, je rature, je jette.

« Chère Margaux ». Trop formel.

« Ma Margaux ». Je ne l'ai jamais appelée « Ma Margaux ». Pour commencer, elle n'est pas à moi. Ce n'est pas de l'amour, ça, c'est de la posture. J'aimerais aller au plus sincère. Ce n'est pas une lettre comme les autres, ce sera la dernière.

Je me demande comment je pourrais écrire à Margaux si je ne suis même pas capable de trouver le premier mot pour m'adresser à elle.

À bon entendeur,

Yvonne Grabowski-Grall

17

— Ah, chère Zola ! s'exclame Yvonne en ouvrant sa porte. Entrez !

— Qu'est-ce qui se passe avec votre pied, Yvonne ?

— L'âge. Dites, vous nous attrapez les victuailles ? Je n'ai plus besoin de vous montrer où je range les choses, à ce stade.

— Yvonne, c'est la quatrième fois que je viens vous voir en un mois. Vous ne vous demandez pas pourquoi ?

— C'est samedi. Vous venez toujours chez vos parents le samedi, juste après avoir rendu visite à votre père. Comment va-t-il ?

— Il maigrit. Il oublie. Hier, en regardant une photo de ma mère, il m'a demandé si c'était moi.

— Eh bien…, se désole Yvonne. Pour le reste, je crois que vous venez me voir parce que vous venez me voir. Je vous avoue que je ne me suis pas posé plus de questions que cela. Au départ, c'était pour que je baisse le son.

— Et vous ne l'avez pas fait, ajoute Zola sans amertume – au contraire, ça l'amuse.

— Tenez, approchez votre verre, que je vous serve.

— Yvonne… Je dois vous le dire. Je déteste ce truc !

— Quoi, le whisky ? Diable ! Pourquoi n'avez-vous rien dit ? Je vous fais une tisane si vous préférez, mais moi, je m'en tiens à mon Bushmills. L'eau chaude, ça m'emmerde.

— Ça me va très bien !

— Alors, qu'est-ce qui vous arrive, mon petit ? demande Yvonne après avoir servi sa tisane à Zola.

— C'est-à-dire ?

— Vous m'avez l'air tiède.

— Tiède ? répète Zola. Donc vous disiez vrai, sourit-elle, quand vous m'avez raconté que vous pouviez deviner les gens en un regard.

Yvonne lui adresse un clin d'œil plein de malice.

— J'ai traité mon patron de sac à merde.

— Ma parole, ce n'est pas banal ! s'écrie Yvonne en joignant ses paumes dans une claque dont l'écho se frotte aux murs beiges de la petite cuisine. Et c'en est un ?

— Un quoi ?

— Un con.

— Eh bien…

— Ne cherchez pas, coupe Yvonne. S'il vous faut réfléchir, c'est que la réponse est oui. Et ensuite ? Que s'est-il passé ?

— Rigoureusement rien, répond Zola. Les insultes, c'était avant Noël. J'y suis retournée cette semaine. Pascal, mon patron, m'a presque félicitée. Il a passé l'éponge et m'a même promis le meilleur projet que l'agence ait connu. Pour le convaincre qu'il avait raison de me faire confiance, je me suis inventé un fiancé, et ça a marché.

— Alors ça ! s'épate Yvonne.

— Mais je ne me sens pas soulagée, Yvonne. Je ne me sens pas joyeuse. En fait, je ne sais pas ce que je ressens. Pas grand-chose. Ça m'agace.

— Voyez, vous avez bien fait de venir ! s'exclame Yvonne. J'ai passé une journée sans intérêt, janvier est d'un triste... J'ai froid, j'ai mal au pied, à l'épaule, aux articulations, à la tête, je m'ennuie, janvier me rend grognon. Et puis vous arrivez, Zola, et en deux mots, vous me changez les idées !

— Ravie de vous distraire, Yvonne. Mais c'est peut-être ça, vous avez raison. Je suis grognon à cause de l'hiver.

— Vous savez mon petit, lorsque leurs problèmes leur paraissaient insurmontables, je disais à mes élèves : « Imaginez-vous dans un an. Ce souci qui prend toute la place aujourd'hui vous semblera si petit et si lointain. Vous serez ailleurs. » Ça aidait toujours un peu. Pensez-y.

— Dans un an ? répète Zola.

— Oui, à Noël, mettons, pour arrondir, acquiesce Yvonne. Votre patron sera un tracas bien lointain à ce moment-là, Zola. On observe nos soucis de trop près, ça les grossit, ça nous rend bêtes. La vie devient plus drôle quand on comprend que certaines choses sont moins graves qu'on le pense. Votre histoire de fiancé, pourquoi pas, après tout ! Vous m'amusez ! Pour le reste, tout ira bien, vous verrez.

— Quand vous le dites, ça semble si simple, Yvonne...

— À mon âge, il vaut mieux faire simple, rétorque Yvonne.

— Au fait, vous venez d'où ? Vous ne m'avez jamais raconté.

— ...

— J'ai vu votre nom sur la boîte aux lettres : « Yvonne Grabowski-Grall », détaille Zola. Ce n'est pas courant.

— Eh bien, sourit Yvonne, je suis née, j'ai grandi, et j'ai tout découvert de ce monde dans l'enceinte verdurée du village de Saint-Jean-de-Lussac, dans la Creuse, situé à une demi-heure de Guéret, son chef-lieu. Vous connaissez le Limousin ?

— Non.

— Cela dit, continue Yvonne, vous me parlez de mon nom de famille, or il ne vient pas du Limousin. Je suis la fille de Józef Grabowski et de Geneviève Le Goff. Mon père est né en 1916 à Grodzisk Wielkopolski, en Pologne, entre la frontière allemande et Poznań. Ma mère est née à Coëtbo, en Bretagne, en 1918. Elle était du 28 juin, comme la Grande Guerre.

— Racontez-moi ! la presse Zola, le menton dans les paumes et le regard gourmand de cette histoire nouvelle à ses oreilles.

— C'était la guerre, raconte Yvonne. Mon père était arrivé en France en 1936.

« Mes grands-parents – que je n'ai pas connus – ne goûtaient absolument pas au choix qu'avait fait leur fils de quitter le pays. Ils voulaient qu'il soit prêtre, mais il envisageait une carrière dans l'art religieux. Mon père peignait des icônes, Zola. Imaginez, j'ai grandi entourée de pinceaux et de couleurs, il a habillé notre maison et toutes les églises de notre campagne de ses créations. Elles étaient très appréciées. Lui aussi, d'ailleurs.

Il a quitté la Pologne sans autre projet que de prouver qu'il avait son destin en main. C'est-à-dire sans autre valise que son optimisme, comme souvent, lorsqu'on a vingt ans. Il parlait à peine le français.

Son ami Igor avait mentionné une ferme en France, avec laquelle il était entré en contact, et qui cherchait de la main-d'œuvre. À cette époque, les Polonais rejoignaient la France pour ses mines, principalement. Mais c'est dans une ferme de Saint-Prieix, au fond du Limousin, que mon père a atterri. Lorsque la guerre a éclaté en 1939, plutôt que de le renvoyer chez lui, on l'a appelé au camp d'entraînement de Coëtquidan, en Bretagne, comme des milliers de ses compatriotes échoués sur le sol français. Ma mère était la fille d'un notaire du pays, elle avait vingt et un ans. Pour participer à l'effort de guerre, elle se rendait chaque jour au camp militaire, où elle servait le repas. C'est ainsi qu'ils se sont rencontrés. Mes parents étaient trop pudiques pour me raconter comment ils sont tombés amoureux. Je n'en connais que le résultat, qui est qu'à l'Occupation en 1940, l'armée polonaise de Coëtquidan fut dissoute et, que mon père refusa de quitter sa Bretonne. Alors ils se marièrent, et elle le suivit jusque dans la Creuse, à Saint-Jean-de-Lussac, où ils rejoignirent un réseau de résistance avec leur ami Igor. La suite, sourit Yvonne en ouvrant ses mains vers le plafond, c'est ma vie. »

— Alors c'est votre mari qui s'appelait Grall, affirme Zola.

— Tout à fait. Il était le meilleur des hommes, je vous l'assure. Mais je suis née Yvonne Grabowski, et quiconque me donnerait son nom devrait l'ajouter au mien plutôt que le remplacer. Voilà comment je suis devenue Yvonne Grabowski-Grall.

— Il est mort ? demande Zola.

— Oui.

— Que lui est-il arrivé ?

— Mon mari est mort dans son sommeil, répond Yvonne. Ça fait dix ans.

— Avez-vous des enfants ?

— Dites, c'est un interrogatoire, maintenant ! Eh bien, si j'ai des enfants… Oui. Enfin, il y a Margaux.

— Quel âge a-t-elle ? questionne Zola, troublée par l'hésitation de son hôte.

— Cinquante-trois ans. Elle ressemble beaucoup à son père, elle a ses yeux et son caractère affirmé et doux… Il me manque en permanence, ajoute Yvonne, le visage obscur.

Elle n'ajoute rien et Zola se joint à son silence, comme pour laisser les morts récupérer la présence que l'on ravive en les évoquant. Les secondes passent, durant lesquelles elles sirotent, l'une son whisky et l'autre sa tisane.

— La vie, c'est une affaire de rendez-vous, finit par déclarer Yvonne. Elle place sur notre chemin des personnes, des opportunités, des aventures et des désordres. Nous bâtissons notre existence en choisissant d'honorer ces rendez-vous… ou pas. Une histoire s'écrit ainsi, Zola : un rendez-vous après l'autre.

— Et si je loupe mon rendez-vous ? ironise Zola. Vous savez, ce serait bien mon genre, j'arrive toujours en retard.

— Ah, Zola, rétorque Yvonne en agitant ses amples boucles, je crois bien que j'ai fait ma vie sur une succession de rendez-vous manqués. Et pourtant, c'est à travers eux que je me suis construite. Je ne dis pas qu'ils se valaient tous, mais ils faisaient tous partie de mon histoire.

— Ah oui ?

— Tenez, continue Yvonne, le décès de ma sœur par exemple, est mon premier rendez-vous manqué. Nous avions à peine commencé notre vie. Ça a changé la mienne. Et comme un rendez-vous manqué annonce toujours un autre rendez-vous, en manquant ma sœur, j'ai trouvé autre chose.

— Qu'avez-vous trouvé, Yvonne ?

— J'ai voulu être médecin, répond Yvonne, puis elle s'arrête et rit. Mais ce rendez-vous là aussi, je l'ai loupé ! Alors un autre rendez-vous s'est présenté. La littérature.

18

Elle regarde Quentin dormir.

Il est allongé sur le ventre, sa position préférée. La couette sur les jambes jusqu'au bas du dos et le haut du corps dégagé qui se soulève, retombe.

Quentin est longiligne, d'une élégance universelle, même un survêtement croûté de terre a sur lui des allures de costume trois-pièces. Ses années de natation lui ont donné des épaules carrées, amples, c'est ce qui rend ses étreintes si accueillantes. Il est brun des yeux, des cheveux et de peau. Quentin est très beau.

Elle voudrait pousser du bout du doigt sa peau veloutée pour qu'il se réveille. Lui demander : « Que fait-on ? Qu'est-ce que c'est, de se retrouver comme ça ? »

Sur sa table de nuit, son téléphone vibre avec une ardeur telle qu'il se déplace tout seul. Elle l'attrape à la hâte et se tourne pour parler sans réveiller Quentin.

— Vic ! C'est samedi matin !

— Il est 9 h 30, annonce Victoire. Pourquoi tu chuchotes ?

— C'est trop tôt. Je ne chuchote pas.

— Demain, déclare Victoire.

— Demain, quoi ? Zola se lève pour rejoindre le salon, où elle enroule son corps nu dans le plaid qu'elle laisse toujours sur le canapé.

— Le déjeuner du dimanche, dit Victoire, monocorde.

Le déjeuner du dimanche, repas hebdomadaire que Victoire a décidé d'ériger au rang de tradition. Dans la famille on ne dit plus depuis longtemps que l'on se retrouve tel dimanche, ni que l'on va faire un repas, ou manger. C'est *le déjeuner du dimanche*, une institution qui justifie ses propres rites, devenus aussi indispensables à l'existence de Victoire que le sommeil, la douche, et appeler Zola tous les jours, entre deux et six fois, selon les besoins du moment. Au nom du déjeuner du dimanche, Victoire conçoit un menu dès le mercredi qui précède. Elle peut ainsi étaler son approvisionnement, selon la rareté ou l'exotisme des ingrédients exigés par les plats sélectionnés. Françoise et Bernard, les parents de Stéphane, sont de tous les déjeuners du dimanche, devenus pour Victoire l'opportunité de prouver sa valeur à sa belle-mère.

Zola évite un maximum de déjeuners du dimanche. Mais ce matin, elle ne trouve pas d'excuse. Janvier s'achève presque et elle n'est pas retournée chez sa sœur depuis le premier de l'An.

C'est que Zola n'a pas vu le temps passer.

Ses semaines sont un tunnel qui l'aspire dès le lundi matin, dans le bureau de Pascal qu'elle ne quitte presque plus jusqu'au vendredi soir. Ils préparent leur plan de communication pour le congrès de la Semeg.

Ils sont convoqués pour une présentation mi-février et le comité administratif de la Semeg annoncera son choix fin mars. Le congrès se tiendra début septembre.

Si Faber Lang est choisie, le travail commencera tout de suite, il sera copieux, mais passionnant.

La rencontre médicale la plus prestigieuse d'Europe, à Paris.

Le projet le plus intéressant et le plus riche, à tous points de vue, de la carrière de Zola.

Chaque jour elle se récite cette liste d'arguments pour s'encourager.

Pascal dit à tout le monde, y compris à leurs autres clients, que ce projet est « dans la poche ». Mais au nom de la Semeg, il accapare Zola, lui fait tout écrire dix fois, corrige, barre de rouge les textes qu'il lui demande de revoir dans leur intégralité. Et les titres, les images, les graphiques, les devis. Rien ne trouve grâce à ses yeux, le travail est infini.

Si Zola demande du répit pour s'occuper de ses autres clients, Pascal lui répond : « Zola, je t'ai donné ce projet à un moment où n'importe quel autre patron t'aurait mise au placard. » Ou : « Ce dossier est l'occasion de te racheter, à toi de choisir où tu mets tes priorités, Zola. » Et : « Je t'ai proposé de travailler sur la Semeg avec moi parce que tu as le talent et que je savais que toi et moi nous pouvions faire une propale du tonnerre, mais personne n'est irremplaçable, Zola. Si tu ne te sens pas à la hauteur pour un tel budget, il te suffit de le dire. »

Le soir, elle rentre chez elle le corps sans faim, envie de rien. Le lendemain, tout recommence. Le métro, quelques mètres mouillés et bruyants dans la rue parisienne, la porte, le hall, Faber Lang, et Pascal qui ne lui laisse pas le temps de se faire un café. Il l'étourdit de phrases en franglais. Il faut *brainstormer*, trouver des angles, piocher dans les anciens plans, *dig deep* pour faire émerger l'idée, travailler le *wording*, avoir une *road map* claire. Et tout ça justifie qu'il garde Zola captive.

Il pense encore qu'elle est amoureuse. « Tout va bien avec le beau Maxime ? » il lui demande parfois. Au début, Zola oubliait le mensonge. Elle a mis Éric et Fadila dans la confidence, mais elle ne se voit pas avouer à Pascal qu'elle lui a menti. « Fais-lui croire que c'est fini », a proposé Éric.

Mais Pascal lui dit parfois « Tu es attendue chez toi, j'imagine, on va s'arrêter là pour aujourd'hui », et tout est bon à prendre pour éviter de s'attarder au bureau jusqu'à 23 heures.

— Dimanche ? répète-t-elle à Victoire pour gagner du temps. *Ce* dimanche ? Demain ?

— Zola, arrête de faire l'idiote ! soupire Victoire. Tu viens demain. Je fais un curry de citrouille et pommes de terre au lieu jaune et orzo.

— Orzo ? C'est quoi, ça ?

— Ce sont des petites pâtes en forme de grain de riz. Maxime t'accompagnera.

— Maxime ? Ah… Maxime, hésite Zola. Il ne peut pas demain, déso…

— Ah si ! coupe Victoire.

— Ben non.

Pour Victoire, dès lors que l'on est en couple, on se déplace en couple. Surtout pour le déjeuner du dimanche.

— Ouh, mais n'ajoute rien, roucoule soudain Victoire. Je comprends !

— Ah bon ? s'étonne Zola.

— Oh que oui, je vois très bien, crois-moi !

La voix de Victoire, plus grave, s'est mise à chanter une espiègle connivence que Zola peine à rejoindre.

— J'en ai été là, moi aussi, ajoute Victoire, qui ne semble pas fâchée de sa solitaire exultation. Laisse, va, ce n'est pas la peine de me faire un dessin ma Zozo ! Tu penses peut-être que toi et ton beau Maxime êtes les seuls tourtereaux à faire des grasses matinées crapuleuses ?

— Mais. Ben. Euh.

Victoire fait exploser dans sa gorge un rire de comédie, ponctuant son euphorie d'un « Vous, les jeunes ! » attendri.

— Je comprends, je te l'ai dit, renchérit-elle, plus calme. Profite, alors. Parce que ça ne va vraiment pas durer.

— Ah bon, répond Zola.

— Oh non, crois-moi ! Encore quelques mois à peine et après, fini la lune de miel et la fougue, tu verras. Mais enfin, c'est aussi très bien de devenir un couple mature, tu sais. Bon, eh bien, tu nous manqueras demain.

De tous les mensonges que Zola a inventés pour éviter les déjeuners du dimanche, celui-ci a été le plus efficace. Elle n'a même pas eu besoin de le prononcer.

Ce Faux Maxime est très pratique, pense-t-elle en raccrochant.

Dans la chambre elle entend Quentin qui se lève. Elle devine qu'il est en train de s'habiller.

Il finit par la rejoindre, il ralentit à peine le pas pour la saluer, elle lève imperceptiblement la tête à son tour. En une fraction de seconde, il est parti.

19

À SAINT-JEAN-DE-LUSSAC, dans la Creuse, le Dr Henri Pasquet et son épouse Fernande Pasquet, née Giroix, occupaient une demeure imposante en pierre grise, parée d'un vaste jardin fleuri et arboré, et campée sur la périphérie haute du village, dont elle était sans conteste la maison la plus somptueuse. On en héritait chez les Pasquet depuis trois générations. Elle revenait au fils aîné, avec la fonction de médecin généraliste. Une tour couronnée d'un toit pointu en ardoises s'élevait sur le flanc gauche de la bâtisse, la rendant visible depuis tous les recoins du bourg. La Seconde Guerre mondiale ainsi que la construction, à son issue, d'une usine de traitement du plastique à la sortie de Saint-Jean, avaient occasionné un exode qui, bien que discret, avait forcé les Lussacois à construire de nouveaux logements en prolongeant le village au-delà de ses vieilles limites. La maison du docteur s'en était trouvée moins isolée, notamment lorsque les Grabowski avaient acquis le terrain qui lui faisait face.

Le Dr Pasquet devançait Fernande de dix années. C'était un homme au visage sérieux, d'une discrétion attentionnée, toujours occupé et sur les routes, comme l'étaient les médecins de campagne. Son épouse avait donc la charge de leur domicile et du labeur administratif inhérent à l'activité de son mari. C'était une tâche copieuse, pour laquelle Fernande décida de se faire assister, comme elle l'était déjà pour tenir la maison et le jardin.

Geneviève et Józef Grabowski n'étaient pas du coin, mais ils compensaient l'étrangeté de leur nom et de leurs accents par leur bonté et leur abord amical. Il leur avait été facile de se faire adopter par les Lussacois, notamment en s'engageant à leurs côtés dans la Résistance.

À l'automne 1954, ils venaient de subir la perte de leur fille Raymonde. Yvonne avait treize ans, et Fernande, qui nourrissait une affection sincère pour ses voisins, proposa de l'embaucher plusieurs heures par semaine. Yvonne l'aiderait à faire du tri dans les papiers du docteur et à préparer des courriers. Cette offre présentait l'avantage double de changer les idées de l'enfant, accablée par la perte de sa sœur, et de soulager Geneviève et Józef, qui apprécièrent que leur aînée trouve à s'occuper hors de leur foyer meurtri.

Il se trouve aussi qu'Yvonne avait décidé de devenir médecin. Elle voulait prendre soin des gens, les regarder avec la même gentillesse que celle du Dr Pasquet lorsqu'il se penchait sur sa gorge irritée ou qu'il réchauffait le pavillon de son stéthoscope entre ses mains avant de le placer sur la peau de son dos. Yvonne voulait transformer les fièvres en apaisement, et tenir la main des souffrants en leur promettant les bons remèdes et des jours meilleurs. Surtout, elle voulait apprendre ce qu'il y avait à savoir pour empêcher qu'une jeune enfant meure en une nuit, comme sa sœur. La médecine était donc un rêve récent, inspiré principalement par la perte de Raymonde, et Yvonne vit dans la proposition de sa voisine une opportunité extraordinaire. Elle commencerait sans attendre à apprendre auprès du Dr Pasquet.

Elle s'attacha vite à Fernande, qui n'était pas sévère mais précise, et dont la compagnie était plaisante. Pendant plusieurs semaines, Yvonne reproduisit les gestes enseignés par sa bienfaitrice, qui tenait à se faire appeler « tante Fernande ».

« Je préfère tante à patronne, disait-elle, tu es encore toute jeune, tu as bien le temps. À ton âge, comme à tous les autres d'ailleurs, il faut savoir ne pas être trop sérieuse. »

Fernande ne savait pas comment intéresser Yvonne, qui parlait peu, le nez plongé sur son travail qu'elle accomplissait sans en détourner les yeux. Sur les recommandations de sa mère, elle rentrait chez elle à peine sa besogne accomplie, afin de ne pas déranger les Pasquet.

Yvonne regrettait que le docteur fût si souvent absent. Lorsqu'il était là, les patients l'accaparaient dans son cabinet, et les instants rares où elle aurait pu l'approcher, elle oubliait les questions qu'elle avait envie de lui poser. « Comment pourrais-je devenir médecin, comme vous ? » aurait-elle voulu être capable de lui demander. Mais elle se trouvait bête et revenait à ses tris et à ses courriers, plus muette que jamais.

Ce n'est pas ainsi, se reprochait-elle, *que j'apprendrai le métier.*

Fernande prit l'habitude de la scruter, les yeux plissés dans un sourire attendri, comme on observe une énigme que l'on cherche à percer. « Tu es pudique et j'aime bien ça, avait-elle dit un jour à Yvonne. Mais je continue de penser que nous avons de quoi être bonnes amies toi et moi, je dois juste trouver notre terrain d'entente. »

Lorsqu'elle lui avait demandé ce qui la passionnait, Yvonne avait répondu à Fernande qu'elle voulait devenir médecin, comme le Dr Pasquet. Le coin de la bouche relevé dans un amusement affectueux, Fernande avait hoché la tête en répétant : « Médecin ? Ça, c'est un beau projet ! »

« Tu aimes lire ? lui avait-elle demandé ensuite. Moi, c'est ce que je préfère au monde, j'ai une bibliothèque exceptionnelle dans mon office. Tu peux y aller et te servir, tous les livres sont à ta disposition. » Fernande avait ajouté qu'Yvonne avait une jolie écriture, une expression claire, et que les gens qui écrivaient bien, souvent, aimaient les livres. Yvonne s'était contentée de hocher la tête et elle était retournée au classement des dossiers des patients que le docteur devait visiter cette semaine-là. La manière dont Fernande l'examinait sans intrusion était étrange et drôle, sa proposition était aimable. Mais Yvonne n'aimait pas beaucoup lire.

Avril fut là, ou peut-être n'était-ce qu'un mars chaud, comme il arrive au printemps d'en fournir. Yvonne avait passé l'automne et tout l'hiver au service de la tante Fernande. Le premier automne et le premier hiver sans sa sœur. Le silence, chez les Grabowski, ne lui était ni calme ni paisible. Il grondait de l'odieuse absence, et pendant tous ces mois, elle avait trouvé dans ces rendez-vous studieux avec sa voisine un refuge pour se soustraire à son chagrin et à celui de ses parents.

Un jour, des emplettes retenaient Fernande à Bienvenant, un village proche de Saint-Jean-de-Lussac. Yvonne avait fini de trier le courrier et devait, comme à son habitude, déposer la part de Mme Pasquet dans ce que cette dernière appelait « son office ». C'était une pièce attenante au cabinet du Dr Pasquet et de taille quasi équivalente, au milieu de laquelle trônait un immense bureau en bois foncé dont le plateau était recouvert de cuir. La tante Fernande y rédigeait ses correspondances et son journal, elle y faisait ses comptes ou s'y attardait à lire, la porte ouverte sur le cabinet du docteur, où Yvonne s'adonnait aux missions qui lui incombaient. Lorsque le docteur était en consultation, Yvonne s'y repliait avec Fernande.

Au lieu de quitter l'office et de rentrer chez elle, Yvonne observa la bibliothèque dont Fernande lui avait parlé. Elle se souvint de l'invitation qui lui avait été faite plusieurs fois et prit dans sa solitude l'autorisation de promener son regard, puis le bout de ses doigts, sur les rayonnages de livres qui occupaient un mur entier de la pièce.

Cette bibliothèque y est encore, avec sur ses étagères les mêmes livres qu'à l'époque, en partie du moins.

Yvonne, qui ne s'était pourtant jamais intéressée à ces livres, y découvrit ce jour-là des mots qui semblaient être les sésames de mondes et d'aventures qu'elle n'avait pas envisagés. Ils l'appelaient, d'une tranche à l'autre, attiraient ses yeux comme un aimant. Certains lui étaient familiers, d'autres nouveaux. Aragon, Éluard, Zola et Balzac, et les *Mémoires d'une jeune fille rangée* de Beauvoir, *La Comtesse de Rudolstadt* de George Sand, Dostoïevski et Twain, Jane Austen, Emily Brontë, *Emma, Les Hauts de Hurlevent,* Colette, Giono, Flaubert. Yvonne, aujourd'hui, se souvient de ceux-là, sans doute pour l'éclectisme de leur cohabitation, ces noms venus de loin et qui se rassemblaient ici, dans la petite pièce de la maison d'un docteur à Saint-Jean-de-Lussac, au fond de la campagne limousine. Mais il y en avait des centaines d'autres, et ses yeux ne savaient plus où s'arrêter. Finalement, elle les ferma et caressa le cuir sous lequel l'attendaient tant de mystères, arrêta son doigt au hasard et saisit un livre, c'étaient des poèmes. Lesquels, et écrits par qui ? Elle ne sait plus. Tout ce dont elle se souvient, c'est du saisissement. Comme si le monde réel s'était mis à l'arrêt, gommant ses bruits, ses empressements, son temps, pour laisser place à celui que ces pages blanchâtres dévoilaient maintenant à Yvonne. Sous ses yeux, c'étaient les mots de sa langue, qu'elle connaissait pourtant bien. Mais ils n'étaient pas ceux que l'on dit quand on parle.

Ce jour-là, Yvonne découvrit le texte.

Cette parole était celle de la poésie et elle changea sa vie. Du regard, elle toucha une musique, des couleurs et des saveurs. Un langage qui savait tout dire. L'amour, la nature, la vie, la mort, la peine et les bonheurs. Ce vocabulaire soulageait son cœur de tout ce qu'il n'avait pas encore appris à dire.

Lorsque Fernande rentra de ses courses, elle trouva Yvonne debout devant sa bibliothèque, agrippée à un livre comme s'il était la source de vie dont elle ne pourrait plus se défaire. En apercevant Fernande, Yvonne sursauta. Il faisait sombre, elle avait laissé le soir tomber, oubliant de rentrer chez elle. Elle craignit de se faire gronder, referma le livre. En la voyant tendre le bras pour ranger l'ouvrage à la hâte, Fernande chanta un rire dont le mélange de légèreté et de profondeur faisait penser aux gouttes grasses d'une pluie d'été. Yvonne pouvait emporter le livre. Yvonne pouvait les toucher tous, les ouvrir tous, les dévorer sans en demander la permission. « Les livres, déclara la tante Fernande, sont une liberté universelle, la plus vraie en ce monde. On n'a le droit de la refuser à personne. »

« Je ne comprends pas tout », avait avoué Yvonne, après quelques jours, en rendant le livre à Fernande. « Lis, lui avait répondu cette dernière. Quand je t'ai trouvée l'autre jour, tu étais ailleurs, tu étais dans la littérature. C'est un pays que tout le monde a le droit d'habiter, qui se découvre sans que l'on comprenne, il se ressent. Le bébé apprend à parler en parlant. Lire, ça se découvre en lisant. »

À ces mots, Fernande rangea le livre qu'Yvonne lui rendait et en fit glisser un autre hors du rayonnage. *L'Amour la poésie*, de Paul Éluard.

Yvonne ne sut jamais si Fernande l'avait choisi au hasard. Les poèmes qu'il contenait parlaient de peine et d'amour. C'était abstrait, sa tête n'y entendait rien, elle se savait trop jeune, inexpérimentée, étrangère à la littérature. Pourtant, les vers s'adressèrent à son cœur, sans intermédiaire, dans un idiome organique qu'il saisissait au-delà des mots. Yvonne lut tout, laissant la poésie l'embarquer dans son monde de peine et d'émois, dans ses volutes torturées qui livraient à la jeune fille grandissante une lumière sur le monde qui l'attendait, tout en ouvrant une voie nouvelle pour accéder à son chagrin de grande sœur endeuillée, le lui rendant un peu moins cruel.

Elle y découvrit que l'amour était beau, infini, qu'il était une douleur magnifique. Elle y entendit les sons dont le vocabulaire était capable, des métaphores, la nature, le vivant et le tragique, des mots forts qui la marquèrent pour toujours. Fernande lui dit de garder ce livre, et Yvonne l'a encore aujourd'hui.

Elle accéléra son rythme de travail, pour finir plus vite ce qui était à faire tout en ayant le temps de retrouver les livres de la tante Fernande avant de rejoindre le foyer où ses parents l'attendaient. Elle se mit à courir dans la montée depuis l'école, elle n'empruntait plus la route principale mais la rue des Mimosas, car elle avait l'impression que c'était un raccourci. Elle arrivait essoufflée et en nage chez les Pasquet. En s'affolant de son visage rouge et suffoquant, Fernande lui servait un verre d'eau fraîche, Yvonne se mettait au travail, puis elle lisait. Fernande lui demandait ce qu'elle avait lu, ce qu'elle avait aimé, comment elle l'avait compris. Elles échangeaient leurs avis et leurs goûts, se passaient les livres et ignoraient les heures qui défilaient. Lorsqu'il rentrait de sa tournée, le docteur les trouvait souvent dans l'office, engagées dans leurs débats ou dans la lecture à voix haute de passages qui les avaient touchées plus que d'autres. Geneviève Grabowski s'excusait dès qu'elle rencontrait Fernande, de ce que sa fille prît autant ses aises, et insistait de ne pas hésiter à la lui renvoyer si elle les dérangeait, elle et le docteur. Mais Fernande était enchantée de la présence et des conversations d'Yvonne, qui demanda à continuer de l'assister durant tout l'été, plusieurs heures par jour.

Pendant que ses camarades se baignaient à l'étang ou qu'ils descendaient à la rivière de la Douare pour y trouver la fraîcheur, Yvonne travaillait et lisait. Elle emportait les livres entamés, qu'elle dévorait le soir, chez elle, puis continuait la journée suivante, chez Fernande.

Elle n'a pas le souvenir du moment exact où le désir de soigner les gens par la médecine l'a quittée. La décision de devenir enseignante avait pris racine dans cette première rencontre avec la littérature, dans l'office de la tante Fernande, au début du printemps 1955. Les livres la soignaient, il n'y avait pas que la médecine qui réparait les gens. Elle eut envie d'exercer un métier qui lui permettrait de consacrer sa vie à transmettre le renversement magnifique que le texte avait été pour elle.

— J'ai cultivé avec Fernande une amitié sincère, commente Yvonne au terme de son récit. Elle a duré jusqu'à son décès, il y a…

Ses yeux dansent vers sa droite, elle les ouvre plus grands, on dirait deux énormes boutons azur, elle regarde Zola et déclare :

— Fernande est morte il y a sept ans, déjà. C'était un lien singulier, ajoute-t-elle, parce qu'il s'était noué dans des circonstances dramatiques et parce que Fernande avait vingt-deux ans de plus que moi, elle aurait pu être ma mère. Je vous parlais de rendez-vous… Il faut croire que Fernande et moi avions rendez-vous dans cette vie.

— Et vous êtes devenue prof de français, conclut Zola, le menton avachi dans sa main et les paupières lourdes.

— En effet, confirme Yvonne, mon rendez-vous avec la littérature a duré toute ma vie.

— Et votre village, Saint-Jean-de-Lussac ? C'est comment ?

— Ah ! répond Yvonne dans un soupir rieur. Il y a un Saint-Jean de l'hiver, brut et vilain, magnifique dans son repli, qui n'a rien à voir avec les autres saisons. Si nous y étions maintenant, dit-elle, vous verriez la terre durcie par le froid. Les mares gèlent et le soleil les fait fondre. Même si ses rayons sont timides, ils ont cette tiédeur infime qui suffit à vous réchauffer les joues, si vous êtes à l'abri du vent.

Les yeux d'Yvonne s'égarent, comme tournés vers ses souvenirs.

— L'hiver, l'air y est mordant, poursuit-elle. Les arbres offrent leurs branches sèches au ciel bas. Les cheminées fument, la nuit glace les brins d'herbe qui se brisent au matin, sous nos pieds. C'est la campagne. Les collines et la verdure des champs, les vaches et les vergers. Ça sent bon et c'est vaste.

— Alors pourquoi êtes-vous partie ?

— Pendant longtemps, j'ignorais tout de Paris, se souvient Yvonne. Je ne connaissais que mes collines et mon village. Mais dans les livres j'ai découvert le monde, vous savez. Et c'est sur Paris que j'ai jeté mon dévolu. Je ne voulais pas seulement enseigner, je voulais le faire ici. C'étaient deux rêves qui allaient ensemble.

— Et votre campagne ne vous a jamais manqué ?

— Jamais, déclare fièrement Yvonne. Saint-Jean était un endroit merveilleux pour grandir, mais pour vivre ma vie, je désirais Paris.

— Alors votre village dans la Creuse, il serait parfait pour moi, plaisante Zola. Je crois que j'ai besoin de grandir.

Yvonne fronce les sourcils. Une pensée l'accapare un instant, puis elle s'égaye et déclare :

— Si ça vous dit de vous mettre au vert, venez avec moi, dit-elle. J'y vais dans dix jours, juste pour le week-end, et j'ai de la place dans ma voiture.

— Ah oui ?

— Mais laissez ! se reprend Yvonne aussitôt. Je ne veux pas vous mettre mal à l'aise !

— Pourquoi je serais mal à l'aise ?

— Vous allez vous retrouver coincée à ne pas oser me dire non.

— Déjà, Yvonne, je n'ai pas peur de vous dire non. Mais surtout, votre idée n'est pas bête. Pas bête du tout, même. Je peux y réfléchir ?

— C'est absurde, ne vous embêtez pas.

— La seule chose qui m'embête, là, tout de suite, c'est que vous n'arrêtiez pas de répéter que vous m'embêtez. Vous êtes l'inverse d'une emmerde, Yvonne, il faudra vous y faire.

20

Le premier jeudi de février, à l'approche de midi, Pascal abat ses paumes sur son bureau et la déflagration fait sursauter Zola.

— On va déjeuner ? lance-t-il.

Il a faim, en a assez des sandwichs et des bo-bun avalés sur le coin de son bureau, il veut manger au restaurant.

— C'est Faber Lang qui régale, annonce-t-il, et cette idée lui arrache un rire criard.

— J'ai beaucoup de travail, je pensais manger quelque chose de rapide, tente Zola, en vain.

Pascal est déjà debout.

— Je vais pisser et on y va.

Elle se promet de le laisser parler, ça passera plus vite. Mais une fois installés, Pascal leur sert un verre d'eau et demande :

— Qu'est-ce que tu penses de l'ambiance de l'agence en ce moment ?

Sanizeca, pense Zola. Ils viennent de perdre leur plus important client, partenaire historique, le laboratoire faisait vivre l'agence. Tout est ébranlé dans ce départ, chaque compétition devient plus cruciale, la plus petite des commandes est vitale, il faudra du temps pour rétablir l'équilibre bouleversé.

— L'ambiance est bizarre, je crois, résume-t-elle.

— Tu trouves ? Qu'est-ce qui te fait dire ça ?

Zola ne veut pas évoquer Sanizeca. « Je fais des efforts pour grandir ces temps-ci, a-t-elle envie de dire à Pascal, évitons les sujets qui fâchent. »

— Tout le monde est très occupé, choisit-elle de répondre.

— Tant mieux !

Elle acquiesce, le sourire faux. Pour s'encourager à faire preuve de patience elle se récite : *Il ne m'a pas renvoyée malgré les insultes,* et *la Semeg, la Semeg, la Semeg.* Pendant ce temps Pascal déclame ses répliques favorites. Ils sont comme une famille, ils se serrent les coudes, il mentionne la Semeg et répète, comme cent fois depuis début janvier, que c'est du tout cuit.

— Vous vous entendez tous très bien, ajoute-t-il, je trouve ça super… Oui, vraiment super… Ça va avec Fadila en ce moment ?

— Ça va tout le temps avec Fadila, répond Zola. Nous sommes amies, tu sais.

— Ah bien, excellent ! Excellent ! Écoute, ajoute Pascal en se penchant vers Zola comme s'il allait lui faire une confidence importante, j'aurais besoin que tu voies un truc avec elle. C'est à propos de la conférence de presse de l'agence de la Bio Recherche.

— Je n'ai pas du tout suivi ce dossier, c'est Fadila qui a tout dirigé.

— Oui je sais, elle a le *lead* sur ce client et elle se débrouille comme un as. Mais…

D'une inspiration franche, il se râpe le fond du nez.

— Fabrice, reprend-il, le client, aimerait qu'on trouve quelqu'un pour le représenter le jour de la conférence. Pour accueillir les journalistes, pour faire des sourires, serrer les mains, tu connais la chanson. La logique voudrait que ce soit Fadila, mais il va falloir trouver quelqu'un d'autre.

— Ah bon ? Pourquoi ?

— Ah... héhé, ça m'emmerde, hein, tu sais.

Pascal se gratte l'arrière du crâne et renifle deux fois.

— C'est Fabrice, dit-il. Il trouve que Fadila n'a pas le look pour le lieu.

— Elle n'a pas... le *look* ? répète Zola.

Pourtant elle a compris. Le racisme possède une réserve de termes qui lui permet d'exister sans avoir à prendre le risque de s'exprimer trop ouvertement. On dit « elle est typée », « pas le genre de la maison », « ne correspond pas à l'image de la marque », « elle n'a pas le look ». On évite ainsi de devoir dire : « Elle est trop arabe pour nous. »

— Tu pourrais voir avec elle ? reprend Pascal après avoir produit un assortiment de grimaces destinées à montrer sa désapprobation.

Et que les ordres ne venaient pas de lui, et que tu comprends Fadila peut être exubérante alors finalement c'est peut-être mieux, le temps qu'elle devienne plus senior, le temps qu'elle apprenne, que quelqu'un soit avec elle lorsqu'il faut représenter le client.

Zola sent sa gorge se serrer sur la boule de mie de pain qu'elle vient d'avaler après avoir joué avec entre son pouce et son index. En dernier recours elle cherche dans les yeux de Pascal le rire qui annulerait ce malaise. La blague aura été sordide, mais Pascal a ce genre d'humour.

Mais il ne rit pas.

— Non, dit-elle.

— Comment ça, « non » ?

— Je ne vais pas demander à Fadila de faire le vestiaire le jour de la conférence de presse qu'elle a organisée de A à Z, pour *son* client, parce qu'elle n'a pas *le look* pour ces messieurs de la Bio Recherche. Tu es d'accord avec ça, toi ?

Pascal recule contre son dossier, il lève les paumes, arrondit ses yeux pour leur donner la couleur de l'innocence. Il secoue la tête.

— Le client est roi, lâche-t-il.

Il plonge les yeux sur son escalope de veau milanaise, dont il découpe d'un geste furieux des morceaux énormes et les enfourne en glissant un sourire rapide à l'intention de Zola. La conversation est close.

Elle ne mange pas, elle n'a plus faim.

Vendredi soir, au lieu de rentrer chez elle, Zola bifurque.

C'est un détour qui lui coûtera quarante-cinq minutes en transports, on dirait que Quentin a fait exprès de choisir son nouvel appartement le plus loin possible de celui qu'il a abandonné.

Parce qu'elle se rend chez Quentin.

Un jour, il lui a donné son adresse, pour qu'elle lui fasse passer des courriers résiduels qui se seraient perdus chez elle au lieu de le suivre chez lui.

Devant la porte en verre de son immeuble elle découvre un hall en marbre beige éclairé par une suspension dorée, comme une grosse grappe en or. Très années 1970. Elle l'appelle. En attendant qu'il décroche sa main se crispe sur son téléphone, son souffle se raréfie, elle force ses poumons à se remplir. *Ne me lâchez pas maintenant, vous.*

Zola se dit qu'il n'est peut-être pas chez lui, regrette déjà les quarante-cinq minutes, aller *et* retour, pour rien.

Il décroche.

— Zola ?

— Coucou ! Je suis en bas !

Silence.

À quoi s'attendait-elle, en même temps ? Des sauts de joie, des cris aigus ? Pas le genre de Quentin. Et puis eux deux, pour l'instant, c'est encore bizarre. Ils font l'amour mais ils ne parlent pas. C'est justement ce que Zola est venue régler ce soir.

Ils ont quelque chose. C'est comme ça, c'est la vie. Quand on est fait l'un pour l'autre.

S'ils le sont. Si c'est ce qu'ils veulent.

En le disant à Yvonne samedi soir, Zola plaisantait. Mais la pensée s'est rappelée à elle ensuite, à plusieurs reprises. *J'ai besoin de grandir.* Elle croyait entendre Victoire.

Ce que cela veut dire, au juste, elle n'en est pas certaine.

Mais février est arrivé et Zola est fatiguée. Grandir, elle ne sait pas, mais mettre les choses au clair, a-t-elle imaginé, ne peut que lui faire du bien. En premier lieu, elle a songé à Quentin.

Si l'intimité persiste, si le désir n'est pas seulement vif, mais irrésistible, c'est qu'ils n'ont pas terminé leur histoire. Elle a traîné, elle le sait, elle faisait son deuil, il n'était pas doué pour la soutenir, il est parti, ça arrive.

Elle est prête à lui pardonner. Il leur suffit de se parler enfin, et elle lui offre ce premier pas vers la clarté qu'ils méritent. Elle est là.

— Zola ? répète Quentin dans son oreille.

Ce Zola la glace. Elle a eu confiance, elle s'est dit qu'ils trouveraient ensemble. Mais elle n'est pas venue pour entendre une telle distance et cette interrogation emmerdée.

— Qu'est-ce que tu fais là ?

Mais qu'il se taise ! À chaque mot c'est pire. Maintenant on dirait qu'il panique.

Elle explique. Je suis là pour parler. Je crois qu'on en a besoin. Dans le silence qui persiste, elle ajoute qu'elle n'en a pas pour longtemps, alors qu'elle porte, dans son sac, une culotte de rechange, sa brosse à dents et son déodorant, précautions qu'elle a prises ce matin en quittant son appartement. Elle pensait savoir où sa visite mènerait. Mais dans la voix de Quentin, ce n'est pas seulement froid, c'est tout l'hiver en sept mots. Entre eux s'étend la banquise, et l'assurance de Zola s'étiole.

— J'arrive, tranche-t-il, et il raccroche.

Le temps qu'il descende elle se range près des boîtes aux lettres, pour mieux le voir arriver.

— Coucou, dit-il, monocorde, lorsqu'il apparaît dans le hall.

Zola murmure un « Salut ! » incertain.

— Qu'est-ce que tu fais là ? demande-t-il encore, le regard vide.

Elle reçoit chacun de ses mots comme des claques, elle ne comprend pas.

— J'ai eu envie de venir te parler, elle tire chaque côté de son visage pour qu'il ressemble à un sourire. Mais si c'est un mauvais moment tant pis, je repasserai.

Comme si c'était un petit détour, alors que c'est une heure et demie de sa vie.

— Ah…

Quentin glisse ses doigts dans ses cheveux, y laisse un désordre d'épis.

Pour dire la suite il adoucit sa voix.

— J'aurais préféré que tu me préviennes, glisse-t-il, le regard fuyant.

— Ben…

Victoire passe son temps à lui dire d'arrêter de commencer ses phrases par « Ben ».

— C'est que, reprend Zola, avec ce qui se passe entre nous… Enfin… On n'en a pas discuté, et je crois que ce sont de très bons moments et…

Quentin se tourne, comme pour vérifier par-dessus son épaule si on peut les entendre. Elle s'emmêle. Il danse d'un pied sur l'autre. Elle s'y perd.

Lorsqu'il ouvre la bouche, Zola soupire, soulagée. Il va parler, arrêter de s'agiter, la rejoindre. Ne serait-ce qu'un peu.

— Zola, il agite la tête comme un chirurgien qui annonce à la famille du mort qu'il n'a rien pu faire. Je ne suis pas seul.

Zola comprend « Je suis avec des potes », elle sourit, prête à se retirer, humble, après lui avoir proposé de repasser lorsqu'il sera seul. Sauf que Quentin la fixe, le visage long, le regard triste.

— Mais, bredouille-t-elle. Mais…

C'est tout.

— Je suis désolé, dit-il, je ne voulais pas que tu l'apprennes comme ça.

Zola veut encore croire qu'elle n'a pas compris, mais à chaque mot Quentin confirme, et c'est un coup de marteau dans le clou qu'il enfonce.

J'ai. Paf. Une. Paf. Nouvelle. Pan pan. Copine. Pan, pan, pan, pan.

— Mais tu voulais que je l'apprenne comment ? demande Zola.

Il baisse les yeux.

— Quand on faisait l'amour dans notre lit ? crache-t-elle, surprise de la note aiguë qu'a prise sa voix. Les dix fois où on a fait l'amour, là, tu n'as pas pensé à me dire que tu étais avec quelqu'un d'autre ?

Quentin se gratte le crâne et ses yeux désolés sont gentils. Quentin. Quentin adorable, Quentin qui ne veut pas faire mal, Quentin qui la touche, qui la lèche et qui l'enlace. Quentin et sa nouvelle copine.

Zola ravale sa voix méchante, elle n'aime pas ces mots, tout est idiot.

— Et toi, alors ? dit-il sans affront.

— Moi, quoi ?

— Toi non plus tu ne m'as pas parlé de ton mec.

— Mon m… Mais qu'est-ce que tu racontes ? s'impatiente Zola.

— Je t'ai entendue l'autre matin, au téléphone avec ta sœur. Tu parlais de lui. Un certain Maxime. Je suis désolé, ça ne se fait pas d'écouter aux portes, mais j'étais juste là…

Zola ne peut plus rien dire. Quentin s'approche, il tend un bras, puis se retient juste avant de la toucher. Il sait qu'il n'est pas un ange, il se sent bête, il s'excuse encore. Avec des yeux qui supplient il lui demande s'ils peuvent en reparler plus tard. Sans un mot elle s'en va.

— Zola ! appelle-t-il alors qu'elle passe la porte et la laisse claquer dans son dos.

21

« *Voyager, c'est naître et mourir à chaque instant.* »
Victor Hugo, *Les Misérables*

Dimanche 4 février

D'après mes calculs, mon précieux colis est arrivé à Saint-Jean.

Je m'y rends donc ce vendredi.

J'y vais sans hâte, et je ne compte pas rester longtemps. Un samedi, un dimanche, un lundi, puis je rentre chez moi. Cela suffira à trouver mon produit et à le cacher.

Mon plan a changé de tournure, la petite des Prioux, Zola, m'accompagne.

Je lui avais fait cette proposition sans y croire. C'est un ressenti. Nous nous parlons souvent, le samedi soir est devenu notre rendez-vous, j'y ai pris goût. Elle aussi, sans doute, sinon elle ne reviendrait pas chaque semaine.

Avec Zola, nous nous racontons l'une à l'autre. Elle est demandeuse et elle est intéressante. Alors je me suis mise à lui parler de Saint-Jean-de-Lussac. D'une chose à l'autre, je lui ai fait part du voyage que je comptais y faire et l'y ai invitée. Elle aurait pu rire, je ne lui en aurais pas voulu. Qu'est-ce qu'une jeune femme pourrait avoir envie de faire au fond de la campagne avec une vieille dame comme moi ?

Mais Zola m'a annoncé hier qu'elle voulait en être et je me surprends à m'en réjouir. Elle est une compagnie douce, simple. À ses doutes je me réveille, à ses questions je me ravive. J'aime visiter pour elle mes jeunes heures. Alors lui montrer Saint-Jean, pourquoi pas.

C'est me dire que je peux rencontrer cette amitié nouvelle et incongrue, à cette heure de ma vie, qui m'amuse aussi beaucoup.

Une fois là-bas, lorsque j'aurai le produit, je ne sais pas ce que ça me fera.

C'est une expérience étrange, de tenir sa mort dans la paume de sa main.

À bon entendeur,

Yvonne Grabowski-Grall

22

ZOLA ATTEND YVONNE devant son immeuble. Hier soir elle a rempli son sac avant d'aller se coucher. Elle n'a pas voyagé depuis si longtemps qu'elle ne trouvait plus sa valise. Elle s'est allongée au sol pour sonder sous le lit, s'est hissée sur des chaises pour explorer les dessus des placards, ensuite elle est descendue à la cave mais lorsqu'elle est arrivée devant la porte grillagée qui renferme son lot, elle a compris qu'elle avait oublié sa clef. Elle est remontée en courant, est redescendue aussi vite. Après s'être agitée une heure, elle s'est souvenue que la valise avait déserté son monde, avec Quentin, qui en était le propriétaire. Zola a trouvé un sac au tissu mou, qui s'avachit quand on le pose, qui s'étale quand on l'ouvre, dont elle se servait à l'époque où elle avait un abonnement à la salle de sport. Il fera l'affaire, juste pour un week-end.

Un bourdon tremble dans le soir humide, et quelques secondes plus tard une petite voiture voilée de poussière apparaît, Yvonne à son volant.

— Le coffre est ouvert, lance-t-elle à Zola en même temps que sa vitre s'abaisse dans un grincement de caoutchouc sec.

Dans le coffre, Zola trouve le sac d'Yvonne, et une paire de tennis marron à talons compensés jetée sur un parapluie qui barre l'espace restreint. Zola les pousse et insère ses affaires, referme, et s'installe à côté d'Yvonne, assourdie par le cri strident de la portière grippée.

— Paré pour le décollage ! chante Yvonne, les yeux étincelants. On fera une escale après Orléans, dit-elle en s'engageant dans la rue.

Elle se tourne vers Zola et elle ajoute :

— Pour les petits pipis.

La voiture est ancienne, une Clio, sans doute l'un des premiers modèles. Pour baisser les vitres, il faut tourner une manivelle qui a perdu sa souplesse.

— Elle tiendra jusqu'à votre patelin, votre voiture ? s'inquiète Zola.

Au lieu de répondre, Yvonne part d'un rire vite avalé par le plafond bas et les banquettes élimées.

Elle donne ensuite un coup de pédale qui plaque Zola contre son siège, et propulse le véhicule d'une conduite nerveuse dans les rues étroites de sa banlieue. D'abord, elle roule sur la voie de gauche, puis elle positionne le véhicule au milieu, sur la ligne blanche. Les voitures arrivent droit sur elles. Yvonne donne une brève impulsion à son volant pour les éviter au dernier moment. Une fois, puis deux, Zola s'agrippe à son fauteuil, persuadée qu'elles vont à la collision.

— Vous roulez à gauche, dit-elle, la main sur le cœur, pour l'aider à reprendre son battement.

— Vous avez peur ? rétorque Yvonne.

— Oui, répond Zola. Je vois la mort en face à chaque voiture que nous croisons.

— *La mort en face*, c'est marrant ça, reprend Yvonne. Je suis plus confortable comme ça, on n'a plus de place avec ces voitures garées partout. Je n'ai jamais eu d'accident.

Le feu passe au vert, elle donne une nouvelle accélération effrayante.

— Ça ne va pas ? demande Yvonne qui, du coin de l'œil, devine la gesticulation de Zola.

— J'essaye de respirer, j'ai le souffle court. C'est une espèce d'asthme, ça se bloque, explique Zola avant d'inspirer jusqu'à sentir ses poumons prêts à éclater.

— Ça fait longtemps que ça dure ?

— Trois ans, à peu près. C'est arrivé comme ça. Tout à coup, je me suis mise à manquer d'air.

— Si c'est arrivé comme ça, comme vous dites, c'est que ça peut repartir aussi sec, observe Yvonne. Prenez le temps de respirer, mon petit, je vous emmène prendre l'air moi, vous allez voir.

Zola n'ose pas redire à Yvonne que les à-coups de sa conduite et la peur de foncer dans les autres voitures sont sans doute ce qui la fait manquer d'air. Elle tourne son visage du côté de sa fenêtre et pose les yeux sur le défilé de maisons en meulière et d'immeubles aux larges pierres couleur crème. Les arbres dansent une farandole de silhouettes maigres. Le crépuscule, chaque jour plus tardif, patine la ville. Lorsqu'elles atteignent l'autoroute, il fait nuit, et Zola s'est endormie.

— Eh ! Oh ! Tiens ta droite, connard !

Zola ouvre les yeux et mille douleurs lui crispent le corps. Elles sont en train de doubler un camion qui klaxonne à leur passage et leur adresse de rageux appels de phares. La voix encore lourde de son récent courroux, Yvonne s'excuse de l'avoir réveillée et ajoute :

— Fatiguée, mon petit ?

Zola est épuisée.
Elle a l'impression de s'enfuir.

« Si votre proposition tient toujours, je pars avec vous. »

Samedi dernier, ces mots ont plongé leur écho dans le bourdonnement du frigo d'Yvonne. Les grands yeux bleus y ont répondu par un immédiat sourire. Ensuite, elles ont consacré la soirée à préparer l'escapade impromptue. Plus le plan de ce départ dans la Creuse avec Yvonne se dessinait, plus Zola était pressée d'y être. « J'ai des jours à poser, Madeleine sera sans doute ravie que je les utilise », a-t-elle déclaré.

Elles sont convenues qu'elles rentreraient le mardi matin, après être parties le vendredi soir.

« On est en plein rush sur la Semeg », a objecté Pascal, lundi, lorsque Zola lui a annoncé qu'elle voulait prendre deux journées de récupération. Mais elle est partie quand même, encouragée par Madeleine, qui tenait à ce qu'elle rattrape les heures supplémentaires accumulées. « Tu comprends, si on a un contrôle », dit toujours Madeleine, même si Faber Lang n'a jamais eu de contrôle.

— Je ne me suis pas arrêtée à Orléans, parce que vous dormiez, explique Yvonne.

Dehors, la nuit efface le paysage. Il n'est qu'un tunnel gris et nébuleux dans lequel Yvonne précipite sa petite voiture. Zola frissonne. Son sac à main tremble contre son pied. C'est un appel de Victoire.

— C'est quoi ce bruit ? lance Victoire avant que Zola ait le temps de parler.

— Ce bruit ? répète Zola. Ah… Je suis en voiture.

— En voiture ? Comment ça *en voiture* !

— Oui tu sais, plaisante Zola, ce truc avec un moteur qui t'emmène partout.

Le soupir de Victoire atterrit dans l'oreille de Zola comme un crachat d'interférence.

— Mais tu vas où au juste ? demande Victoire.

— Je pars.

— Tu pars ?

— En week-end.

— En *week-end.* Et on peut savoir où ?

— À la campagne, répond Zola en glissant le regard vers Yvonne, qui fixe la route en prétendant ne pas l'écouter.

— Avec Maxime ?

— Si je pars avec Maxime ?

— C'est ce que je viens de dire.

— Oui, déclare Zola en jetant un autre coup d'œil à Yvonne. Voilà, c'est ça, je pars avec Maxime.

— Ah, les amoureux et leur insouciance ! s'exclame Victoire, la voix dépourvue de sourire. Je ne me souviens même plus de la dernière fois que Stéphane m'a emmenée en week-end surprise. C'était avant les enfants, à mon avis. C'est beau de pouvoir s'offrir cet égoïsme. Tu verras quand tu seras mariée et que tu auras des enfants, ce ne sera plus la même donne.

— Tu as l'air fâchée.

— Pas du tout, pas du tout ! Je suis très contente pour toi, Zo. Je suis juste un peu fatiguée, tu sais bien, en ce moment, j'ai du pain sur la planche !

Victoire soupire.

— Mon Dieu, je suis vannée ! poursuit-elle. Et Stéphane qui n'arrête pas de courir ! Cette année il court le marathon de P...

Zola n'entend plus rien. Elle regarde son écran, il n'y a plus de connexion, l'appel a coupé.

Yvonne allume la radio et annonce qu'elles en ont encore pour une demi-heure. Elle connaît un restaurant où elle s'arrête à chaque fois qu'elle fait cette route. Elle leur a réservé une table.

Elles n'échangent plus un mot jusqu'à ce qu'Yvonne prenne la sortie vers un village baigné d'ombre. Seule la place de l'église est éclairée par la lueur fragile de quelques lampadaires et des trois projecteurs discrets qui caressent les pieds d'un monument aux morts. Yvonne se gare. Victoire n'a pas rappelé.

Elles rejoignent un bâtiment dont les fenêtres éclairées se dessinent, nettes, sur la façade en pierres grises qui donne sur la petite place. À l'intérieur, c'est un espace restreint et sobre. Une dizaine de tables occupent la salle du restaurant où les quelques convives discutent à voix feutrée.

— C'est quoi, cette histoire de Maxime ? demande Yvonne une fois qu'on leur a remis les menus.

— Quoi ?

— Tout à l'heure, à votre sœur. Ce n'est pas que j'écoutais la conversation, mais vous comprenez, explique Yvonne, nous sommes serrées toutes les deux dans cette voiture, je n'ai pas pu éviter de vous entendre. Pourquoi lui racontez-vous que vous partez avec ce type ?

Ses yeux sont rouges, sans doute d'avoir conduit plusieurs heures. Ça rend leur bleu plus vibrant encore. Ils ne trahissent aucune gêne, ils ne lui infligent aucune bravade. Ces yeux-là regardent Zola, simplement, et ont envie de savoir.

— Pour avoir la paix, répond Zola. Et ça marche. Elle ne me pose plus de questions sur mon travail, j'esquive tous ses déjeuners du dimanche, elle a cessé de me répéter en boucle « Il est temps qu'on te trouve quelqu'un,

Zola », comme si le célibat était une maladie qu'il faut guérir d'urgence avant qu'elle ne se répande.

Yvonne avale une gorgée d'eau en ponctuant d'un « Ah ben ça, ce n'est pas banal » amusé.

— Je sais que je dois arrêter de lui mentir, admet Zola. Je vais lui dire la vérité, mais j'attends mon moment.

Elle pouffe de rire et ajoute : « Pour moi-même, je l'ai baptisé Faux Maxime. »

Pour finir le voyage, Yvonne propose à Zola de prendre le volant.

— Avec plaisir ! lui répond cette dernière. Vous conduisez comme on fait du rodéo. Je ne suis pas certaine d'avoir les nerfs assez solides pour continuer à le supporter !

Dans le petit habitacle, la température a chuté pendant qu'elles mangeaient. Le contraste avec la chaleur douillette du restaurant est tel que tous les muscles du dos de Zola se crispent. Il fait plus froid dans la voiture que dehors.

Elles traversent en silence la petite ville endormie. On n'entend que le moteur, aussi enroué qu'un vieux fumeur. Au moment d'enfoncer la pédale d'accélérateur pour engager la voiture sur l'autoroute déserte, Zola annonce à Yvonne qu'il vaut mieux trouver un sujet de conversation, sinon elle risque de s'endormir.

D'abord il ne se passe rien. Zola se demande si Yvonne l'a entendue, ou si elle s'est déjà assoupie. Elle ouvre la bouche, elle va lui demander : « Yvonne, faites-vous partie de ces gens qui s'endorment sitôt le moteur en marche ? »

— De quoi voulez-vous parler ? lance finalement Yvonne.

— Racontez-moi une histoire !

— Une histoire ? Dans quel genre ?

Zola fait mine de réfléchir, mais la réponse lui vient sans mal.

— Racontez-moi la suite, dit-elle. Chez la tante Fernande, vous avez eu votre *rendez-vous*, comme vous dites, avec la littérature. Et ensuite, que s'est-il passé ?

Yvonne se tait. Pendant les premières secondes, Zola pense que sa copilote rassemble ses souvenirs, mais le silence s'allonge. Zola envoie les yeux vers sa droite, dérobe un aperçu furtif d'Yvonne, veut savoir si, cette fois, elle a cédé au sommeil. Mais Yvonne se tient droite, elle fixe la route devant elle, sa respiration est si calme qu'on ne l'entend pas.

— C'était une époque riche en rendez-vous, finit-elle par glisser dans l'habitacle obscur. Après la littérature, ou plutôt en même temps qu'elle, la vie m'a offert mon premier rendez-vous avec Edmond.

23

Yvonne Grabowski et Edmond Giroix avaient grandi à quelques pas l'un de l'autre. Ils ne se sont pas rencontrés : ils ont existé au même endroit. À Saint-Jean-de-Lussac, où ils étaient nés tous les deux, l'école était petite, c'était un village, l'anonymat n'existait pas. On se connaissait.

Edmond était plus âgé qu'Yvonne de deux années.

Commerçants, les Giroix arpentaient chaque jour Saint-Jean et les villages environnants dans leur fourgon chargé de denrées, de tissus et de mille autres articles utiles à la vie courante. Tout le monde, à des kilomètres alentour, savait qui ils étaient. Edmond, leur fils unique, accompagnait ses parents dans leur tournée du samedi, et tous les jours en période de vacances scolaires. Parfois, on le laissait à la boutique, qui se trouvait dans le bas de Saint-Jean, et que tenait en leur absence une employée prénommée Constance. Lorsque Edmond eut dix ans on le trouva assez grand pour s'occuper seul. Il n'accompagna plus que rarement la tournée de ses parents, préférant rejoindre une bande de camarades avec lesquels il s'aventurait aux confins du village pour construire des cabanes dans les bois, de minuscules radeaux avec le petit bois. Ils en éprouvaient ensuite la solidité en les projetant sur l'étang ou dans le courant fou de la Douare, la rivière qui traversait le village dans le secret d'une forêt luxuriante, à sa sortie, en direction de Limoges. Ils allaient aux champignons, ils ramassaient les châtaignes, et l'été, ils pêchaient et volaient des pommes qu'ils arrachaient en se faisant la courte échelle dans les vergers qui bordaient le cimetière.

Souvent, ils espionnaient les filles. Comme eux, elles se regroupaient et leurs jeux étaient les mêmes que les leurs. Elles construisaient leurs cabanes, exploraient les bois, le cimetière, et visitaient la boutique des Giroix, où elles se ravitaillaient en bonbons en faisant ricocher leurs rires contre le meuble de caisse derrière lequel Edmond les observait avec un intérêt anthropologique.

Les filles, il n'y connaissait rien. Il n'avait eu autour de lui que des femmes. Constance, sa tante Fernande, et sa grand-mère, qui vivait avec eux depuis le décès de son grand-père et qui perdait la tête. Elle l'appelait « mon joli petit poisson » au lieu de « garçon ».

Et, bien sûr, sa mère. Marie Giroix avait été le monde d'Edmond. Son soleil, ses étoiles, son air. Puis elle tomba dans les bras funestes de la maladie qui l'emporta trop vite. Edmond n'avait que onze ans. Sa tante Fernande entreprit alors d'offrir au garçon l'attention et le soin dont la mort de sa mère et la dépression, qui, depuis, rongeait son père, risquaient de le priver à un âge où il en avait encore tant besoin.

Fernande était la sœur cadette de Léon Giroix, le père d'Edmond. C'était une femme sèche et longue, qui aimait se parer de couleurs sombres. Mais dans l'intimité on la découvrait tendre, honnête, souvent drôle. Fernande était juste et généreuse, elle avait toujours considéré Edmond comme le fils qu'elle n'avait pas pu avoir. Ce dernier lui rendait sans réserve cet attachement qu'il manifestait en allant la voir dès qu'il rentrait de sa semaine en pension. Pendant les vacances, il venait tous les jours.

Yvonne a toujours considéré que sa première vraie rencontre avec Edmond avait eu lieu lors de la fête de la Saint-Jean, en juin 1955.

— Avant cela, explique-t-elle, il ne m'avait guère adressé plus de deux mots, et toujours les yeux accrochés à ses pieds, tu parles d'une rencontre !

Mais Edmond lui avait raconté un jour que pour lui, leur première véritable rencontre remontait à l'automne 1954.

Yvonne venait d'entrer au service de Fernande. Edmond l'apercevait, le samedi. Elle se dédiait à son travail, on ne l'entendait ni arriver, ni repartir. Sa présence était trop discrète pour perturber la routine des visites d'Edmond à sa tante. C'était comme si elle n'était pas là, Yvonne semblait vouloir se rendre invisible.

Mais il l'avait vue. Yvonne était une apparition si fugace que lorsqu'il rentrait de chez son oncle et sa tante, Edmond se demandait s'il l'avait rêvée.

Un samedi, Yvonne traversait le couloir. Elle revenait de la cuisine, ou peut-être des toilettes. Edmond, qui passait tout juste le seuil de la grande maison, se trouva à quelques mètres d'elle. Ils se figèrent l'un et l'autre, telles deux bêtes prises dans le faisceau des phares d'une voiture. Edmond s'était habitué à une apparition évanescente, presque irréelle. Soudain la jeune fille se trouvait à portée de son regard, en deux ou trois pas il aurait été assez proche pour sentir son parfum. Et il suffirait d'une seconde pour qu'elle devance sa surprise et se faufile à nouveau dans le cabinet, où elle resterait cachée tout l'après-midi. Pris de court et impatient de faire bonne impression, Edmond bredouilla un bonjour hâtif qu'Yvonne ne sembla pas entendre. Les yeux baissés, elle glissa vers le cabinet du docteur et oublia cet épisode.

Le 24 juin 1955 était un de ces jours brûlants où l'on se précipite derrière un poteau ou un arbre pour dérober à leur ombre un abri contre l'assaut infernal du soleil.

La place du village grouillait de ses habitants et de ceux des bourgs voisins, qui gravitaient d'un stand à l'autre. Les guimauves, le tir à la carabine et la pêche à la ligne attiraient les rires et les cris de victoire ou de défaite, auxquels les vivats des enfants, sur le manège monté pour l'occasion, renvoyaient un heureux écho. Saint-Jean se préparait pour ses traditionnels feux. On distribuait les lanternes pour la retraite aux flambeaux, et les bûches pour le feu de joie auquel celle-ci devait mener le soir-même, tout en haut du village, au bord de l'étang.

Escortée de ses bonnes amies Andrée et Danielle, Yvonne était postée dans une file d'attente qui traversait la fête depuis le stand où l'on fabriquait, sous les yeux gourmands, des guimauves chaudes et coulantes. Elles se protégeaient du soleil sous des sacs en papier brun qu'elles avaient obtenus à l'épicerie, leurs visages rougis par la chaleur.

Ennuyée d'attendre, Yvonne parcourut la fête du regard. Un petit groupe de jeunes de Saint-Jean s'ébrouait à l'ombre du stand de tir, de l'autre côté de la place. Elle devina Jacques Dupieux, ce garçon qui semblait avoir manqué le train de la croissance. Il avait quinze ans mais n'était pas plus grand que ceux qui n'en avaient que douze. Il s'agitait, grimaçait, il faisait rire ses camarades. Avec lui il y avait ce grand type, le neveu de Fernande. Yvonne profita de la distance qui les séparait pour le détailler enfin. Il était très mince, légèrement courbé, la posture souple, il ressemblait à un roseau. Les mains dans les poches, il souriait, le col ouvert, et sa chemise mal ajustée débordait de la ceinture de son pantalon. Il avait l'air d'un Américain, avec ses courts cheveux blonds et son flegme décousu. Yvonne lui trouva très belle allure. Chez Fernande, elle préférait l'éviter. Elle était là pour travailler, pas pour bavarder. Surtout avec un garçon plus âgé. Elle n'aurait su que lui dire, et elle n'était pas prête à réduire, pour lui parler, le temps qu'elle consacrait chaque samedi soir à chercher un livre qu'elle empruntait à Fernande avant de rentrer chez elle.

Leurs regards se croisèrent. Edmond se redressa, ôta les mains de ses poches et se mit en marche. Yvonne, qui se demandait si c'était bien vers elle qu'il venait, ne le quittait plus des yeux. Le petit Jacques suivit Edmond et, en quelques pas, ils furent devant elles. Andrée, qui était en train de se plaindre de la chaleur en poussant de profonds soupirs, s'interrompit.

« Bonjour », dit Edmond d'une voix calme en ne regardant qu'Yvonne. Jacques riait en se cachant à moitié derrière son ami. « Bonjour », répondit Yvonne à Edmond. Il y eut un silence, Andrée pouffa dans sa main. « Qu'est-ce que vous voulez ? » demanda-t-elle aux garçons. Yvonne et Edmond se fixaient encore. Ce dernier se racla la gorge. Il était si grand, si maigre. Un fil de fer dans d'épaisses chaussures brunes crottées par les bois et la marche.

« Vous êtes Yvonne, qui travaillez chez ma tante », affirma-t-il, et Yvonne répondit que oui, puisque c'était vrai.

À nouveau, il s'éclaircit la voix, et Jacques lui donna un coup de coude, alors Edmond le poussa, puis il revint aux yeux d'Yvonne, dans lesquels il versa les siens : « Vous venez au feu ce soir ? »

Yvonne hocha la tête. Elle était la seule à savoir qu'elle rougissait. Les autres devaient penser que c'était à cause de la chaleur, mais c'était ce garçon. Il venait de s'incarner, dans l'élégante insouciance de son maintien, dans la fente rieuse de son regard doux, cet être qu'elle n'avait jamais vu d'aussi près alors qu'elle le côtoyait tous les samedis. Sous sa blouse elle sentit son cœur cogner comme un tambour. Il lui sembla mobiliser chaque muscle de son corps pour l'obliger à conserver une allure normale afin que personne ne devine que quelque chose venait de changer. Elle-même ignorait ce qui lui arrivait.

Edmond sembla sur le point de parler encore, mais il plongea le nez vers le bout de sa chaussure, sous lequel il roula un gravillon. Une dernière fois, il croisa le regard d'Yvonne. Dans ses yeux elle reconnut une tristesse qui ne lui était pas étrangère. Ce garçon avait perdu sa mère, elle avait perdu sa sœur. À Saint-Jean, tout le monde savait les drames de tout le monde.

Mais il y avait autre chose. Les yeux d'Edmond Giroix semblaient promettre à Yvonne tous les mots, toutes les chansons, toutes les aubes et la vie entière. « À ce soir », dit-il, et il tourna les talons. C'était un instant infini qui n'avait pourtant duré qu'une poignée de secondes. Andrée et Danielle s'amusèrent de cet échange, mais Yvonne ne les entendait plus.

Ce soir-là, elles se rendirent à l'étang toutes les trois. Yvonne y trouva Edmond, qu'elle rejoignit pour le saluer.

Elle n'était pas timide, elle n'avait pas peur de lui parler. Si elle ne l'avait pas fait jusqu'alors c'est parce qu'elle n'avait pas pensé à s'intéresser à lui. Désormais, elle ne ferait plus que ça. Vouloir le connaître, vouloir l'entendre, vouloir lui raconter mille choses. Ils devinrent bons amis, d'abord. Chez Fernande, ils se dirent bonjour. Les visites d'Edmond furent plus fréquentes. Ils se posèrent des questions. Ils se passionnèrent ensemble pour la littérature. La poésie devint leur langue de prédilection.

Ils se tutoyèrent.

Yvonne Grabowski avait quatorze ans, et lorsque l'aube se leva sur le mois de juillet 1955, elle était amoureuse d'Edmond Giroix.

— Vous racontez bien les histoires, Yvonne. Ça se voit que vous avez passé votre vie le nez dans les bouquins.

Yvonne s'amuse de cette remarque et se plaint que le chauffage et trop de paroles lui ont asséché la gorge.

— Il y a un bruit quand je freine, Yvonne.

— Ah, vous trouvez ?

— Oui, confirme Zola, ça frotte, écoutez.

— Je la déposerai au garage de Saint-Jean demain matin, ils vont me regarder ça.

— Dites, elle n'est pas un peu vieille cette voiture ?

— Ah, ah ! Elle est plus jeune que moi, c'est sûr ! s'esclaffe Yvonne. Mais je pense qu'elle est plus âgée que vous, en effet.

24

ZOLA S'EST RÉVEILLÉE AVANT LE JOUR.

Elle a dormi d'un sommeil lourd, sans voiture, sans vie dehors, seulement la campagne et la nuit. Son oreille s'est trop habituée à la ville pour comprendre tout de suite le confort d'un tel calme, c'est ce qui l'a réveillée.

Yvonne a grandi dans cette maison, dont les quatre pièces se partagent le même étage, dressé sur un sous-sol par lequel elles sont entrées hier soir. Tout ce que Zola en a vu pour l'instant, c'est la cuisine aux placards boisés, petite, brièvement décorée de faïences et de récipients en cuivre suspendus au-dessus de la gazinière. Et cette chambre, dont le parquet craque à chaque pas. Elles ont fait son lit ensemble, Yvonne lui a indiqué la salle de bains, et Zola s'est retrouvée quelques minutes plus tard entourée de silence.

Un vrai silence.

Maintenant le jour glisse une lueur blême dans l'interstice de ses volets. Elle se dirige vers sa fenêtre et ouvre, pour découvrir un jardinet, une route, et en face, une autre maison, très différente de celle d'Yvonne. Une bâtisse haute aux pierres grises dont le flanc droit est agrémenté d'une tour, posée sur une pelouse où des dizaines de jonquilles semblent braver le matin morne de leur jaune insolent. Un long chemin bordé de buissons mène à une imposante porte vert foncé escortée par deux colonnes. C'est la maison de la tante Fernande.

Zola se demande qui l'habite à présent.

Elle entend des oiseaux mais elle ne les voit pas. Leur chant fluet est une musique enjouée sans rapport avec le matin livide.

Une urgence l'attrape. Il faut qu'elle sorte, goûter à cette campagne nouvelle, à son aurore humide et à son air pur. Par-dessus son pyjama, elle enfile ce qu'elle trouve. Le pull d'hier, son manteau. Il fait froid, elle attrape un autre pull au hasard dans son sac, pour s'en faire une écharpe. Elle fait un pas, le parquet craque et elle craint de réveiller Yvonne. Elle attrape ses chaussettes de la veille, roulées en boule à côté de ses bottes noires à boucles épaisses, regrette de ne pas avoir apporté ses baskets. Pour se faire plus discrète, elle décide de passer par le sous-sol. Au moment d'ouvrir la porte qui donne sur l'extérieur, Zola s'immobilise. Une tache jaune vif a attiré son regard vers un coin sombre et poussiéreux. C'est une paire de bottes, destinées au jardinage, à en juger par les croûtes de terre séchée dont les semelles sont en partie couvertes. *C'est parfait !* songe-t-elle en troquant ses bottes de villes pour celles-ci, qui sont un peu petites, mais qui feront l'affaire pour découvrir les chemins de Saint-Jean.

Dehors, elle reconnaît le portail qu'Yvonne lui a ouvert dans la nuit. Elle traverse le chemin qui scinde en deux le petit bout de jardin sur lequel donne la fenêtre de sa chambre. La pelouse est avachie sous le poids de la rosée et l'air lui glace les joues.

Zola choisit au hasard de prendre à sa gauche, sur la route qui monte vers ce qui ressemble à un bois. Après quelques pas, elle dépasse une maison, la dernière dans cette partie du village, et la campagne se déploie devant elle. C'est partout du vert et les branches brunes des arbres qui attendent que le printemps les rhabille. Au loin, trois collines offrent leurs dos ronds au ciel bas. Une brume étire sa fumée sur les talus, les buissons, caressant au passage les vaches que Zola devine comme des taches noires mouchetant les champs en contrebas. Au creux de cette verdure ternie par l'hiver, le village étale sa troupe de maisons. La pointe de l'église émerge au cœur des toits gris et rouges. Zola pense aux icônes du papa d'Yvonne qui la décorent. Elle aimerait les voir.

Tout semble dormir encore, comme si le froid rendait ce nouveau jour trop timide à se déclarer. Seuls les oiseaux semblent prêts et proposent leur gazouillis enthousiaste à la nature transie. Zola reconnaît les sensations de son enfance, lorsque ses parents l'emmenaient encore en Bourgogne, d'où venait Aline, et où ils s'étaient rencontrés. Cette réminiscence lui griffe le cœur. Ce sont de beaux souvenirs, mais leur distance rend cruelle la joie de leurs couleurs révolues. Elle inspire une longue goulée d'air. Il y avait très longtemps qu'elle n'avait pas respiré la campagne.

Un peu plus loin, un chemin rocailleux coupe la route, il mène aux arbres qu'elle devinait tout à l'heure depuis sa chambre. Elle décide de s'y aventurer. Les cailloux, bientôt, se fondent dans une terre mouillée par la nuit. Zola fait attention à ne pas glisser. Elle se félicite d'avoir enfilé les bottes jaunes d'Yvonne, plutôt que sa paire de motardes en cuir. Plus elle avance, plus les arbres se resserrent au-dessus du chemin couvert de feuilles mortes et de branches dont exhale une odeur de renfermé. Chaque parcelle de cette nature qu'elle a crue en sommeil lui semble dégager un parfum qui lui est propre. Elle s'arrête de marcher pour remplir encore son corps de ce sol terreux, de ces feuilles pourries et de la mousse qui embrasse les troncs. La rosée fait claquer l'éclat fin de ses gouttes sur la terre et sur le bois. Des branches craquent par endroits. Quelque part, loin devant elle, un chien propulse des aboiements que le paysage étouffe. Une multitude de bruits invisibles et calmes.

Un froissement nerveux se rapproche et agite le bois caché derrière la courbe du sentier. Zola discerne des voix. Son premier réflexe est de faire demi-tour, mais tant qu'elle restera sur ce chemin, qui est le seul passage, elle n'aura pas d'autre choix que de croiser ces gens, ou, au minimum, de leur être visible. Elle regrette déjà sa solitude. L'agitation devient plus nette, les pas se pressent. Elle n'a plus le temps de réfléchir, alors elle bondit hors du sentier et cherche un abri entre les arbres et les troncs couchés.

À travers les branches elle aperçoit un homme. Il est jeune. Jeune comme elle en tout cas. Il porte un jean clair, un blouson et des chaussures épaisses. Il est brun. C'est lui qu'elle a entendu parler, mais il n'a pas l'air accompagné. *C'est bête,* pense-t-elle. Ce matin était si paisible, si blanc qu'elle en avait oublié que d'autres êtres humains peuplaient Saint-Jean-de-Lussac. Jusqu'à présent il n'avait été qu'un nom lointain, un paysage à l'exotisme mutique, déposé loin de Paris et de toutes les habitudes qu'elle y avait. Elle est impatiente de voir l'intrus quitter le bois. Victoire déplore qu'elle ne porte que du sombre et de l'uni, mais cette fois, cela va être utile à Zola. Son manteau est foncé, son pyjama aussi, la seule touche de couleur vient de ses bottes, qu'elle enfouit sous les feuilles mortes. C'est gagné, le type passe et ne la voit pas. Elle se décide à reprendre une respiration normale, lorsque l'homme s'immobilise et arrête son monologue. Il se tourne, elle l'observe. Sa mâchoire est un angle fin qui rejoint, derrière ses oreilles, la base de sa coupe désordonnée. Son nez partage son visage dans une symétrie jolie, de loin il n'est pas mal, sa stature est belle, large juste ce qu'il faut. Il fixe un point au fond du bois. « Tokyo ! » hurle-t-il tout à coup, puis il retrousse sa lèvre inférieure et pousse un sifflement puissant. Zola sursaute. Un aboiement retentit et quelques secondes plus tard, un chien noir et costaud s'élance sur le chemin boueux, la langue suspendue à sa gueule béante. Elle devine que c'était à lui que parlait le type. Le chien décélère, tourne sur lui-même, hésite. Il se trouve juste en face de Zola. Soudain il s'arrête et rive ses yeux sur elle. *Bouge !* pense-t-elle dans l'espoir qu'une télépathie opère entre eux. Comme pour lui répondre, le chien fait rouler un « Wouf ! » entre ses babines. Il tourne la tête vers son maître, fait encore « Wouf » et porte à nouveau son attention sur Zola. « Tokyo, qu'est-ce que tu fais ! On y va ! » s'impatiente l'homme, qui entreprend de revenir sur ses pas. « Wouf », lui répond son chien. Et encore « Wouf » et « Wouf ».

Zola interdit à son corps le moindre mouvement. Elle tourne les yeux aussi loin qu'elle le peut sans bouger la tête, à la recherche d'une échappatoire. C'est l'hiver et la couverture offerte par la végétation est insuffisante. Un miracle que le type ne l'ait pas encore vue, et elle comprend maintenant qu'elle ne doit sa chance qu'à l'attention qu'il porte à son chien et qui l'a empêché de regarder mieux ce qui se passait dans les arbres. À présent il marche droit sur elle. « Laisse, enfin Tokyo ! Il n'y a que des petites bêtes là-dedans, on rentre ! » Mais l'animal insiste pour aller dans la direction de Zola, qui incline la tête comme pour faire rentrer son menton dans son cou, se demandant si on peut souhaiter d'être invisible assez fort pour le devenir.

— Allez, mon pote ! continue l'homme. Qu'est-ce que tu nous as trouvé là, on ne va pas… Ben merde, souffle-t-il en riant. Euh… Bonjour ? se hasarde-t-il, et le chien jappe de plaisir maintenant. Je peux vous aider ?

C'est à elle qu'il parle. Il n'y a pas plus de deux mètres entre eux à présent. D'une main il retient par le collier le chien qui lève ses pattes avant, impatient d'aller découvrir Zola de plus près. Le type la fixe d'un air aussi inquiet qu'amusé. Elle a vu qu'il l'avait vue, alors elle n'a pas d'autre choix que de s'extraire de sa cachette. Chacun de ses pas arrache un autre couinement réjoui au chien qui, dans sa précipitation, tire par à-coups sur le bras de son maître.

— Mais Tokyo, c'est une très grande souris que tu nous as trouvée là !

En s'écartant pour la laisser regagner le chemin, l'homme tend une main à Zola. Il a des yeux noirs, très noirs. Des dents blanches, très blanches.

— Je suis désolé si nous vous avons dérangée, dit-il.

Zola, qui souhaite qu'il s'en aille maintenant, se contente de bredouiller un « Non non » presque inaudible.

— Vous faisiez quoi, là, derrière ? lui demande-t-il, les yeux plissés et le sourire large.

— Rien du tout, tranche-t-elle, fâchée qu'on ait pillé sa solitude.

— Vous êtes de la famille de Jacqueline Sordier ?

— Non, dit-elle en époussetant sur son pantalon de pyjama les morceaux de mousse hérités du tronc d'arbre derrière lequel elle se cachait.

— Je vous ai vue au Grand Bourg, je crois.

— Vous ne m'avez jamais vue, répond Zola.

Le chien lui lèche maintenant le bout des doigts.

— Tokyo, laisse la dame tranquille ! Vous êtes une apparition alors ? s'amuse-t-il.

— Je… Je suis arrivée hier soir avec Yvonne.

Et comme le type continue de planter sur elle son regard d'onyx, Zola ajoute : « Yvonne Grabowski-Grall. »

Il hoquette et se contorsionne dans un rire sonore. « Yvonne Grabowski-Grall », répète-t-il, et son hilarité redouble. Zola tourne sa tête d'un côté puis de l'autre, comme si les arbres et le chien, à qui elle lance un regard, pouvaient lui expliquer ce qu'il y a de drôle.

— Dites « Yvonne », ça suffira, explique l'homme une fois calmé. Ici il n'y en a qu'une. Je ne savais même pas qu'elle était là !

— Nous sommes arrivées hier soir.

— Vous êtes de la famille de son mari ?

— Non.

— Ah bon.

— Je vais rentrer, dit Zola en avançant sur le chemin.

— Alors je viens avec vous, j'y allais justement !

Il lui emboîte le pas.

— Vous venez voir Yvonne ?

— Non. Mais maintenant que je sais qu'elle est à Saint-Jean, c'est sûr, je vais passer lui dire bonjour. Peut-être un peu plus tard.

Le chien les distancie, et l'homme observe Zola en silence.

— Vous faisiez quoi là-bas derrière ? finit-il par demander. Vous vous cachiez ?

— Quoi ? N'importe quoi !

À l'orée du bois, là où le chemin rejoint la route, il s'arrête et se tourne vers elle.

— C'est la première fois que vous mettez les pieds à Saint-Jean ?

— Oui.

— Alors bienvenue, dit-il en présentant sa main à Zola. Moi c'est Sylvain.

— Zola, répond-elle en lui serrant la main.

— Ravi de t'avoir rencontrée, Zola. On va sûrement se revoir, ajoute-t-il. Tu n'auras plus besoin de te cacher, comme tu le vois je ne mords pas et Tokyo est une crème.

Zola lui sourit.

— Je ne me cachais pas, dit-elle, je faisais pipi.

Elle lui tourne le dos et s'élance d'un pas rapide jusque chez Yvonne.

Les volets de la maison sont ouverts et Zola peut enfin découvrir la maison éclairée par le jour. Un fumet grillé remplit le couloir. Dans la cuisine elle découvre Yvonne. Cette dernière porte un pyjama dont les jambes froissées remontent sur ses chevilles, dissimulées dans d'épais chaussons garnis de fourrure.

— Vous êtes déjà partie à l'aventure, à ce que je vois ! lance-t-elle, de bonne humeur. On a du café chaud, du pain que je peux vous faire griller. Tout ce que vous voulez, mon petit ! Vous allez voir, la maison est bonne !

— Vu l'heure à laquelle vous vous couchez, je n'aurais jamais cru que vous étiez du matin, remarque Zola en prenant place à la table en bois pâle.

— À mon âge, on est souvent du soir et du matin, c'est le sommeil, qui n'est plus tout à fait notre truc.

Yvonne pose une tasse devant Zola et la remplit de café.

— Vous lisez les petites annonces ? demande Zola en lançant son regard sur le journal posé devant Yvonne.

— La rubrique nécrologique, à vrai dire. Je prends des nouvelles des gens.

— Des nouvelles des morts ? C'est glauque…

— Au contraire, corrige Yvonne, cette rubrique est la liste de gens qui ont vécu. Dans la vie, on n'aura que rarement l'occasion de passer dans le journal. Sauf ce jour-là, où on vous consacre quelques lignes pour dire que vous avez vécu, que vous aviez un nom, un surnom, un âge, une famille qui vous a précédée et qui vous succédera. Ça a quelque chose de nostalgique et de beau à la fois.

25

Elle l'a.

Zola l'a réveillée en sortant ce matin. La nuit quittait à peine le ciel et la maison était glaciale. Yvonne a écouté le silence, puis elle a enfilé son gilet torsadé par-dessus son pyjama et a glissé ses pieds dans les chaussons fourrés qui étaient ceux de sa mère.

Lorsqu'elles se sont dit bonne nuit hier soir, Yvonne a attendu. Une heure, peut-être davantage.

Elle portait encore ses vêtements, et même ses chaussures. Elle est sortie en veillant à ne faire aucun bruit au moment de déverrouiller la porte, a rejoint la boîte aux lettres adossée au muret, au bout du chemin qui donne sur la rue.

Elle y a trouvé le journal, des prospectus, et une enveloppe pas plus grande qu'un livre de poche, jaune moutarde et bombée. Le cœur d'Yvonne s'est alarmé d'une douce panique.

De retour dans la maison elle a déposé le journal sur la table de la cuisine et a regagné sa chambre, la main pincée sur l'enveloppe. Elle s'est assise et a déposé le pli à côté d'elle, sur son lit, pour le regarder. Longtemps. Jusqu'à le saisir encore, le poser sur sa commode et l'y laisser pour la nuit.

Elle se tient désormais devant le meuble, les yeux rivés sur le coussinet jaunâtre.

Elle l'attrape, le soupèse, c'est plus léger qu'une feuille morte.

Ce que cette enveloppe contient est d'une puissance effrayante, mais la douceur que cette possession inspire à Yvonne est le plus rassurant des sentiments.

Quel mélange. Une infinie tranquillité prise dans un combat rationnel : qu'un même objet lui offre une telle gravité en même temps qu'une paix absolue. D'une phalange elle décolle le rabat, ouvre l'enveloppe, y plonge le nez, ne voit rien, s'enfonce davantage, se retire du cocon de bulles en plastique et fouille de ses doigts. Après quelques secondes, elle sent la forme ronde, la délicatesse du verre, et s'en dégage aussitôt. Elle ne veut pas y toucher, elle a peur de faire une bêtise, de casser le flacon. De retour sur son lit, elle renverse l'enveloppe pour en faire tomber la fiole sur sa couverture.

La voilà.

La mort en bouteille. Un flacon qui ressemble à un échantillon de parfum rempli aux trois quarts d'un liquide jaune.

Yvonne le remet dans son fourreau, elle ne veut plus le regarder, il ne faut pas qu'il lui devienne familier. C'est trop important. Alors elle décide de cacher le tout dans sa commode, tiroir du haut, sous ses caracos de soie noire et crème.

Plus tard dans l'après-midi, Zola l'accompagne jusqu'au garage de Saint-Jean, où Yvonne a déposé sa voiture après le petit déjeuner.

Saint-Jean-de-Lussac est un bourg que les routes contournent et dont les rues convergent, en étoile, vers son église, un bâtiment du XIIe siècle. Le village compte une boulangerie, une supérette, une boucherie, une boutique de vêtements, et une quincaillerie. On y trouve également un bureau de poste, une marbrerie, et un bar dont on a sorti trois tables rouges et des chaises, comme pour dire au soleil qu'on s'impatiente de son retour.

Yvonne veut aller à la boulangerie, à la boucherie, et elle terminera par la supérette.

— C'est la boutique des parents d'Edmond ? lui demande Zola, le doigt tendu vers la quincaillerie.

— Hum, hum, acquiesce Yvonne en jetant un coup d'œil bref au magasin, puis elle se précipite vers la boulangerie.

Elles rejoignent ensuite le garage, à quelques dizaines de mètres du centre, sur la route qui sort de Saint-Jean et serpente sous les arbres vers un autre village en hauteur, les Roques. On y trouve, adjacent à l'atelier, un bureau vide à la décoration sommaire, rayée par le temps et les traces de cambouis. Sur l'ordinateur un écriteau annonce : « S'il n'y a personne ici, nous sommes à l'atelier. » Sous ces mots, une flèche épaisse, grossièrement striée de feutre marron, pointe vers la gauche. La voiture d'Yvonne trône au centre de l'atelier, un homme plié dans son capot béant.

Elle surprend Zola, qui s'attarde avec un sourire inconscient sur le derrière offert à leur vue.

Comme s'il avait senti les yeux le déshabiller, l'homme se redresse et se retourne. Le rictus de Zola s'affale. Les sourcils relevés, Sylvain lui offre un large sourire.

— On se retrouve ! s'exclame-t-il.

— Coucou Sylvain, glisse Yvonne sous l'épaule de Zola. Vous vous connaissez déjà ?

— Nous nous sommes croisés ce matin, explique Zola d'une voix monocorde qui tranche avec l'enthousiasme de Sylvain.

— Je l'ai découverte en pleine exploration des troncs d'arbres, ajoute ce dernier.

Yvonne surprend le regard qu'ils échangent, un contraste entre l'entrain de Sylvain et l'impassibilité de Zola. Il se tourne ensuite vers la voiture, claque la langue contre ses dents, soupire.

— Bon, Yvonne, commence-t-il en se tordant le visage. Le bruit de frottement, ce sont les plaquettes. Elles sont fichues.

Il ajoute en riant que les freins ont l'air d'avoir le même âge que la voiture. Pour la réparation, ce ne sera pas avant mardi ou mercredi.

— Il est hors de question d'attendre, proteste Yvonne en resserrant ses doigts sur ses sacs de courses.

— Yvonne, on est samedi.

— Eh bien, tant pis.

— Tant pis ? répète Sylvain en soulevant un sourcil. Non, pas tant pis, Yvonne, je ne veux pas te laisser rouler comme ça.

— Et lundi ? lance Yvonne.

— Lundi, le garage n'est ouvert que l'après-midi.

— Et mardi ? Je peux l'avoir le matin ?

Sylvain propose la fin de journée, Yvonne demande midi, ils se mettent d'accord pour qu'elle récupère la voiture à 16 heures.

— C'est que je ne suis pas venue pour rester m'encroûter à Saint-Jean, moi, bougonne-t-elle à Zola en quittant le garage.

— Vous n'allumez pas votre télévision ? demande Zola lorsqu'elles préparent le repas ce soir-là.

— Non, pas besoin, répond Yvonne. Vous êtes là, nous pouvons parler.

— Je ne parle pas aussi fort que votre télévision, et il me semble que vous aimez le vacarme, Yvonne.

— Vous êtes drôle, rétorque Yvonne en roulant des yeux.

— Alors ? Vous allez me raconter la suite ?

— J'imagine, oui, répond Yvonne. Vous m'avez l'air accrochée.

— C'est comme un bon film, Yvonne. On veut savoir.

— Où en étais-je ?

— Vous aviez quatorze ans et vous étiez amoureuse.

— Eh bien ! s'exclame Yvonne. Ce qui s'est passé ensuite est très simple. L'histoire la plus vieille du monde, ça devait me tomber dessus un jour et c'est arrivé ainsi. Le grand amour.

26

YVONNE AVAIT QUATORZE ANS, Edmond, seize. Ils s'aimèrent vite, et ils s'aimèrent éperdument. Leur relation était courtoise, c'est-à-dire qu'étant l'un et l'autre le fruit de leur époque, le contact le plus sensuel qu'ils s'autorisèrent fut longtemps de se regarder dans les yeux si fort qu'ils auraient pu se voir jusqu'à l'âme. Ils s'écrivaient aussi des mots tendres et gonflés d'un romantisme exalté dans lesquels ils se faisaient toutes les promesses. Parfois, ils se tenaient la main. Tout le village les savait inséparables, puisque rien n'échappe à quiconque à Saint-Jean-de-Lussac.

Fernande se réjouissait de cet amour né sous ses yeux et qu'elle baignait d'autant de bienveillance que de vigilance, s'assurant toujours qu'il puisse s'envoler sans outrepasser la bienséance.

Yvonne eut quinze ans, Edmond dix-sept. Il y avait un arbre, derrière la maison des Pasquet, un grand chêne. Son tronc était creusé sur le flanc qui faisait face au fond du jardin, caché des regards. Edmond s'était mis à y déposer des messages pour Yvonne, qu'il composait en y mettant le plus grand soin, sur des bouts du papier bleu dont se servait sa tante. Fernande aimait s'approvisionner en gros, elle possédait des centaines de ces petits calepins, qu'elle utilisait pour noter l'heure et la date d'un prochain rendez-vous, ou d'une prise de sang à faire, pour que les patients du Dr Pasquet n'oublient pas.

Edmond savait écrire, il avait du style. Il y avait de la musique dans les courtes phrases qu'il livrait au creux du chêne pour qu'Yvonne les y trouve. Elle lui répondait. Elle aimait le surprendre, le séduire, elle aimait le secret. Yvonne prétextait du linge à étendre ou le potager à arroser et Fernande se réjouissait de l'aide proposée. La tante n'en dit jamais rien, mais elle avait deviné leur manège. Quand on est amoureux on est persuadé de savoir bien se dissimuler, alors qu'il n'y a rien de plus visible que deux personnes éprises.

Un jour, Yvonne avait demandé à Edmond quels étaient ses autres prénoms. Elle voulait tout connaître de lui, jusqu'à son état civil entier.

Edmond, Gustave, Marie Giroix. Elle avait ri qu'il porte un nom de fille, il lui avait répondu que Marie, ça ne comptait pas. C'était traditionnel. Religieux. Par bravade, il avait demandé à Yvonne quels étaient ses autres prénoms.

Yvonne, Apollonia, Edmonde. Le visage d'Edmond s'était éclairé. « Edmonde ! » s'était-il écrié. « Nous portons le même nom ! » Et pour lui, c'était un autre signe de leur amour inéluctable. Lorsque Yvonne avait demandé ce qu'il fallait faire, alors, de ceux qui s'aimaient sans porter le même prénom, Edmond avait répondu : « Ils s'aiment moins que nous, mon Edmonde. Car moi je t'aime si fort que personne d'autre n'aimera jamais ainsi, ils ne le pourraient pas, il faut un cœur comme le mien pour une femme telle que toi. »

Yvonne avait rougi de tout ce qu'il avait dit. Il l'avait qualifiée de femme et elle était flattée. Ils s'étaient embrassés. Yvonne pouvait encore sentir la puissance de cette étreinte. La force des bras d'Edmond, la douceur de ses lèvres, la détermination de son amour pour elle. Et la certitude qu'ils ne se quitteraient jamais.

Ensuite, il commença chacun de ses messages par « Mon Edmonde ».

— C'est drôle, glousse Yvonne pour conclure cet épisode de sa jeunesse. L'amour est cet océan majestueux, son eau est belle, bleue, irrésistible. On s'y baigne sans raison, on finit par ne plus distinguer les rives. On perd de vue qu'il y a eu un avant, mais surtout, on ignore l'existence d'autre chose ensuite. S'il est une découverte que j'ai dû faire, c'est qu'à tout âge l'amour nous fait la même ruse : lorsqu'on y est, on le croit éternel. Mais rien n'est éternel dans la nature.

27

LE DIMANCHE DÉBUTE comme le samedi. Il est tôt et les oiseaux garnissent le silence de leurs vocalises. Zola, chaussée des bottes jaunes qu'Yvonne a été ravie de lui prêter jusqu'à la fin du week-end, s'élance vers le bois qui surplombe le village, cédant à l'envie de rencontrer ce nouveau matin.

Elle dépasse l'angle où sa promenade a été interrompue hier par Sylvain et Tokyo, et le chemin se poursuit sous les arbres pendant encore quelques minutes.

À la sortie du bois, elle découvre un étang. C'est un grand miroir redessinant à l'identique les bouquets de végétation dégarnie qui le longent, et le ciel blanc du jour précoce. Zola l'observe longtemps, enveloppée dans l'aube timide et les murmures de vies cachées sous la nature immobile. Parfois, un oiseau vole si près de l'eau qu'il en perturbe la surface lisse et marron, créant au passage une succession de cercles concentriques. Après quelques secondes, l'eau s'aplanit à nouveau, comme s'il ne s'était rien passé.

Lorsqu'elle a fini de respirer la quiétude de cet endroit, Zola remonte le chemin, pressée à présent de retrouver Yvonne et son café. Elle transporte depuis l'étang une rêverie qui la ramène à l'enfance. C'est peut-être aussi à cause de tous ces arbres autour d'elle, et de leurs branches humides, qui lui rappellent combien elle aimait y grimper. Aline s'affolait. Mais Zola n'est jamais tombée. Elle rêvait d'y construire une cabane dans laquelle elle élirait domicile. À ce souvenir, elle sourit, et s'arrête.

Elle regarde ses bottes. *Pas l'accoutrement idéal pour l'escalade*, songe-t-elle.

Mais ce serait trop dommage, avec tous ces arbres, ici.

À Paris, elle veut bien laisser ses grosses bottes l'arrimer aux trottoirs de la ville et au bon sens. Mais ici, tout est différent. Ce qui se passe à Saint-Jean reste à Saint-Jean, se convainc-t-elle.

Elle se dirige vers un arbre au hasard, et considère que ses branches sont agencées pour être gravies.

Zola en atteint une première et se félicite d'avoir conservé sa souplesse. Alors elle décide de monter plus haut, mais deux événements simultanés viennent bouleverser son ascension. Elle distingue d'abord un aboiement à travers les arbres nus, et elle reconnaît Sylvain, escorté de son gros chien noir. Il faut qu'elle redescende avant qu'il ne la voie. Mais son pied est bloqué. Zola tire sur sa jambe pour déloger sa botte, prise dans l'angle entre le tronc de l'arbre et la branche sur laquelle elle s'est accroupie à la hâte lorsqu'elle a entendu du bruit.

Rien ne bouge, foutues bottes.

Ils approchent, elle tire plus fort.

Ils sont en bas, Sylvain l'aperçoit, elle croise ses yeux écarquillés, insiste pour extraire son pied, qui se dérobe à la botte coincée, elle bascule, et là où elle lance une main pour se raccrocher elle ne trouve que le vide. Elle tombe et sa chute se conclut sur un craquement qu'elle n'entend pas : elle le ressent, il vient de son bras droit. Ou de sa tête.

L'instant d'après, Sylvain et Tokyo sont sur elle. L'un approche d'elle son visage contracté par l'épouvante, l'autre bave sur son bras brisé. Elle a la tête qui tourne, le bois s'agite autour d'eux, elle pense qu'elle s'est tordu la cheville. Sylvain vient de lui demander cinq fois si elle l'entendait et si elle allait bien, mais elle ne l'entend que la sixième fois.

— Ça va super, s'entend-elle articuler, mais elle ne comprend rien à ses propres mots.

Les yeux de Zola se révulsent et elle sent sa tête basculer en arrière. Sylvain déclare qu'elle ne doit pas bouger, il va appeler quelqu'un. Faut-il appeler quelqu'un ? doute-t-il en s'approchant d'elle à nouveau.

Zola se dit que sa mère avait peut-être raison et qu'elle va mourir maintenant, d'avoir voulu grimper à un arbre, à trente-deux ans. Pour résumer sa pensée, elle bredouille « Maman ». Et soudain, il fait tout noir.

Lorsqu'elle rouvre les yeux, Sylvain est toujours là et Tokyo noie sa main de sa bave visqueuse. Du côté du bras qui a fait crac, Zola ne sent rien, mais elle n'ose pas faire le moindre mouvement de peur de se découvrir une blessure bien plus sérieuse que son étourdissement ne le laisse paraître.

— Ouh là ! Ça va ? insiste Sylvain.

Il est si près qu'elle voit sa barbe qui pointe sous sa peau fine et rosie par la fraîcheur matinale. Son haleine sent le chewing-gum à la menthe.

— T'étais partie, pendant quelques secondes, l'informe-t-il.

Il lui demande si elle peut se lever.

Bien sûr. Cela ne fait pas le moindre doute. Zola a répondu d'une voix claire, affirmée, comme quelqu'un qui n'est pas tombé d'un arbre. Elle se lève en s'appuyant de son bras épargné sur celui que lui tend Sylvain. Il lui ordonne d'y aller plus doucement, mais elle ne l'écoute pas. Elle est debout, ils échangent un sourire, et Sylvain lui tend sa botte. Elle se demande quand il est allé la chercher dans l'arbre.

— Tu nous as fait une belle frousse, dit-il.

Elle vomit.

— Oh, murmure-t-il, pendant que Zola lui souille les chaussures.

Il l'attrape avant qu'elle s'écroule, lui assure que tout va bien.

Après ?

Un gros nuage blanc.

28

ZOLA S'EST RÉVEILLÉE dans un véhicule inconnu, qui traversait des paysages inédits. Elle a tourné la tête, c'était l'homme du bois qui conduisait, Sylvain, le mécanicien. Dans le coffre, Tokyo, glissait un halètement tapageur sur sa langue pendante.

— Je vais vomir, a-t-elle bafouillé.

Sylvain a actionné un bouton, à sa gauche, et la fenêtre s'est ouverte du côté de Zola. L'air lui a attrapé le visage, il l'a pommadé de glace, lui piquant le front et les pommettes.

— Je crois que tu devrais éviter de te rendormir, a dit Sylvain.

Pour la maintenir éveillée il lui a parlé. Tu montes souvent aux arbres ? Tu as l'habitude de réagir comme ça ? Tu tombes facilement dans les pommes ? Tu as mal où ? La tête ? Le bras ? Lequel ? Tu as quel âge ? Tu habites où ? Et ton plat préféré, c'est quoi ? Tu cuisines ? J'adore cuisiner. Tu fais quoi dans la vie ? Zola n'avait pas la force de lui dire qu'il l'agaçait avec son interrogatoire et ne savait répondre par autre chose que par des grognements poussifs. Ses paupières étaient deux rideaux de plomb qui ne demandaient qu'à s'abattre sur ses yeux embués, mais à chaque fois qu'elles semblaient prêtes à céder à la gravité, Sylvain posait une autre question.

Aux urgences, il a fallu dire ce qu'il s'était passé. C'est lui qui a répondu. Quand Zola ouvrait la bouche pour le faire, ses yeux tournaient dans leurs orbites et elle s'évadait.

— Elle est tombée d'un arbre.

Trente fois, elle a entendu cette phrase.

On a saupoudré le tableau des détails qui semblaient compter. Le bras droit, et la tête, un bruit très net, un « crac » sonore. Le craquement, c'était le bras, pas la tête, enfin on espère, vomi, évanouissements, mal, oui, elle était sur une branche, silence. Jusqu'au prochain infirmier ou docteur, à qui il fallait tout redire.

Zola a exhorté Sylvain à rentrer, elle se trouverait un taxi ou elle appellerait Yvonne.

Yvonne et sa conduite de rodéo dans sa voiture cassée.

Taxi, alors. Mais Sylvain a insisté pour rester, assurant que cela ne le dérangeait pas, que c'était la moindre des choses. Zola était trop assommée pour protester.

On lui a fait faire une radio. Pour le bras, pour la tête. Elle croit. C'est flou.

Lorsque le docteur est revenu avec de quoi lui poser le plâtre, il lui a encore demandé de raconter l'accident et Zola, qui à ce stade pourtant avait retrouvé son calme, bu un chocolat chaud et avalé de quoi oublier la douleur, s'est tournée vers Sylvain pour qu'il réponde à sa place.

— Vous avez de la chance, a dit le docteur en travaillant sur son bras. Au moins il n'y a pas eu besoin de chirurgie. Et du côté de votre tête, RAS. Vous aurez juste une belle migraine. Il va falloir bien vous reposer, madame.

Zola a fait oui, elle n'avait pas envie de se reposer, elle voulait se cacher et qu'on arrête de rappeler qu'elle était tombée d'un arbre.

Yvonne est postée derrière la fenêtre de la salle à manger, qu'elle ne quitte plus depuis que Sylvain lui a annoncé par message qu'ils partaient de l'hôpital.

Ce matin, Sylvain a installé Zola dans sa camionnette, garée à l'orée du bois, et s'est arrêté chez Yvonne pour la prévenir qu'il y avait eu un accident et qu'ils partaient pour l'hôpital. Il n'a pas eu le temps de lui en dire davantage et Yvonne, durant la longue attente qui a suivi, s'est imaginé mille choses épouvantables.

Les voilà. La camionnette remonte la route depuis le bas de Saint-Jean. On la devine, ombre discrète et quadrilatère, précédée dans le crépuscule par le halo doré de ses phares.

Sylvain se gare, sort et se précipite du côté du passager, dont il ouvre la portière en se dégageant, de manière que Zola puisse s'en extraire. Sans la tenir, il reste assez près pour que, si elle tombe, ce soit dans ses bras.

Zola incline son visage d'une blancheur spectrale, son pas est fatigué et même ses boucles s'affaissent sur son corps accablé par la blessure du bras plâtré qu'elle ramasse contre ses côtes sous son manteau ouvert.

— Dieu du ciel ! s'affole Yvonne en marchant à leur rencontre. Vous y avez passé la journée !

Lorsqu'elle arrive à sa hauteur, Sylvain se penche, offrant ses joues mal rasées aux paumes d'Yvonne, qui l'embrasse.

— Je ne reste pas, dit-il en lui balayant le dos d'une caresse tendre. Désolé, Yvonne, je suis vraiment canné.

— Mon petit, je me suis rongé les sangs ! annonce Yvonne en installant ensuite Zola dans le canapé.

Elle éteint la télévision qui hurle les notes passionnées d'une série dramatique.

— J'étais en train de nous faire une soupe aux poireaux et aux pommes de terre, ça va vous faire du bien !

Elle demande à Zola si elle a mal, si elle préfère s'allonger, ce qui s'est passé.

— Je suis tombée d'un arbre, lui explique Zola.

— Un arbre ? demande Yvonne.

— Eh oui, Yvonne, un arbre. Allez savoir, je me promenais ce matin et j'ai décidé de grimper dans cet arbre. Comme vous le voyez, je n'y suis pas restée longtemps. J'ai vomi sur les chaussures de Sylvain, la honte. Et puis je suis tombée d'un arbre, surtout. La double honte.

— Heureusement qu'il était là, voyons ! proteste Yvonne. Tant pis pour ses chaussures et ne perdez pas votre temps à avoir honte, mon petit. Je vous fais chauffer de l'eau, j'ai une infusion au gingembre qui devrait vous remonter.

Lorsqu'elle réapparaît, les bras chargés d'un plateau sur lequel elle a placé deux mazagrans, une théière fumante et des biscuits sablés, Yvonne demande :

— Et à l'hôpital, que vous a-t-on dit ?

Six semaines.

Voilà ce qu'on a dit.

Les mots s'échappent, sporadiques, de la bouche de Zola, et ils tombent dans le silence douillet du salon.

Arrêt maladie.

Fracture de l'humérus.

Migraine.

Repos.

Plâtre.

Oui, c'est cet os, là, le bras, quoi.

Rééducation.

Merde.

Merde, merde et merde.

— C'est la merde, Yvonne, marmonne Zola d'une voix qui n'a même plus la force de porter cet affolement. Je dois retourner à l'hôpital dans six semaines pour voir le docteur qui m'a posé le plâtre.

Leurs regards s'attrapent mais les yeux de Zola roulent et s'enfuient, comme impatients de la nuit de sommeil qui les attend. Yvonne la dévisage.

— Et votre tête ? demande-t-elle en désignant la compresse qui couvre en partie le front de Zola.

À la tête, rien de grave, un petit bobo.

— J'ai eu beaucoup de chance, déclare Zola, pour répéter ce qu'on lui a affirmé à l'hôpital.

— Je vais vous servir votre soupe tout de suite, mon petit, annonce Yvonne. Vous ne pouvez pas finir cette journée l'estomac vide. Ensuite, vous irez vous coucher, je crois que vous en avez assez vu pour aujourd'hui.

En se dirigeant vers la cuisine, elle s'arrête et se retourne.

— Pour tout le reste, dit-elle, ne vous faites pas de souci, nous en reparlerons demain. Pour l'instant, il faut que vous vous reposiez.

Le lundi matin, Zola se lève après Yvonne et glisse dans la cuisine d'un pas consterné. Ses cheveux s'entortillent dans un désordre fauve de boucles écrasées et ses yeux dorment encore entre ses paupières bouffies et ses cernes mauves. Yvonne lui laisse le temps de s'asseoir, lui sert un café, met deux tranches de pain à griller, les beurre et les couvre de confiture d'abricot.

— Je peux me débrouiller, proteste Zola sans aigreur.

De sa main gauche elle saisit le couteau, ne sait pas dans quel sens le poser sur le pain, ses gestes vont à l'envers, elle est droitière. Mais son bras droit est à l'arrêt.

— Vous allez rester, annonce Yvonne entre deux gorgées de son café. Mon petit, c'est la meilleure des solutions, reprend-elle pour ne pas laisser de place au désaccord. Regardez bien : ici vous aurez tout, et vous vous reposerez mieux qu'à Paris, où vous ne pourrez rien faire seule. Je serai là, je vous ferai à manger, et par ailleurs, je vous ficherai la paix. Quant à votre travail… Que comptez-vous faire avec votre patte folle ? Le médecin vous a mise à l'arrêt et je vous promets que lorsqu'on voit la couleur de votre teint, il ne fait aucun doute que vous allez devoir vous reposer.

— Mais Yvonne, je suis plâtrée pour six semaines.

— En effet, vous me l'avez dit hier soir.

— …

— Une chose est certaine, ajoute Yvonne, vous ne pouvez pas faire la route dans votre état.

— Vous voulez rester ici pendant tout ce temps ?

Zola a appuyé les mots « ici » et « temps » comme s'ils étaient les coups de marteau de la perpétuité. Yvonne, d'abord, se concentre sur le café qu'elle finit d'avaler. Elle repose sa tasse dans sa soucoupe, s'essuie les commissures des lèvres des deux index enfouis dans sa serviette.

— Eh bien oui, répond-elle. Ce que je suis en train de vous dire, c'est que nous restons à Saint-Jean jusqu'à votre rémission.

— Six semaines ? répète Zola, les sourcils crispés de détresse.

— Six semaines, bredouille Yvonne, la bouche pincée.

— Yvonne, c'est gentil de votre part, vraiment. Mais six semaines, c'est impossible. Attendons que je me sois un peu reposée et rentrons… Jeudi ?

— Jeudi ? Vous n'y pensez pas. Vous êtes tombée sur la tête et vous n'avez plus de bras droit, vous devez avoir mal et vous êtes épuisée.

— Samedi ?

Yvonne expire, presse ses lèvres l'une contre l'autre.

— Bon, dit-elle, accordez-vous au moins une semaine, Zola, ce n'est pas de trop, vous verrez. Nous devions rentrer demain, mardi. Je vous propose de quitter Saint-Jean mardi prochain.

— Mardi, répète Zola pour elle-même.

29

Yvonne est descendue dans Saint-Jean pour les courses. « Prenez votre temps, reposez-vous », a-t-elle intimé à Zola, qui a fait oui, oui. Dès que la porte s'est refermée, elle est allée trouver son téléphone.

Il est déchargé. Samedi, elle l'avait rangé dans le tiroir de la commode, dans sa chambre. Et hier… Hier, elle a oublié son téléphone et l'intégralité du monde auquel il la relie. Elle était trop occupée à tomber d'un arbre et à passer sa journée à l'hôpital. Elle le branche et tourne du lit à la porte, de la commode à la fenêtre, elle a mal à la tête, elle s'assied sur son lit.

Je dois prévenir l'agence.

Je dois prévenir Victoire.

Comment je vais faire pour prendre ma douche ?

La batterie de son téléphone a absorbé assez d'électricité pour qu'il se rallume. Il vibre et l'écran s'agite d'icônes vertes. Victoire a téléphoné, mais seulement ce matin. N'a pas laissé de message.

Ah si, un texto.

Mais il n'est pas de Victoire. C'est Quentin.

Quentin ? Le message date d'hier soir.

« Zola, je pense que nous devrions prendre le temps de discuter. »

Encore une chose sur laquelle ils ne sont pas d'accord.

Du temps pour discuter, ils en ont eu, qu'ils ont préféré occuper à se taire et à faire l'amour. Voilà où ça les a menés. *Je suis au fin fond de la Creuse avec un bras cassé,* songe Zola, *j'ai autre chose à faire, mon cher Quentin.*

Elle inspire profondément, expire, voudrait apaiser les résidus de l'accident qui lui tordent l'estomac et malmènent son crâne. *C'est dommage,* pense-t-elle. *Tout avait bien commencé.*

Saint-Jean-de-Lussac, cette réalité éloignée et verte, dépourvue d'agitation et d'immeubles gris, lui a plu tout de suite. Ici on voit devant soi, et on sent le ciel au-dessus. Hier matin, en s'élançant vers le bois si tôt que le jour n'avait pas encore terminé de s'ouvrir, elle a même été certaine qu'une fois de retour à Paris, Saint-Jean lui manquerait.

Ensuite, elle a décidé de grimper dans cet arbre.

Elle appelle Faber Lang. C'est Madeleine qui répond. Zola lui annonce un « léger changement de programme », se presse de dire que rien n'est grave, que tout va bien, mais bon, c'est une fracture, au bras droit, six semaines d'arrêt. Elle trie. Inutile de mentionner l'arbre et la botte qui s'y est coincée. Aussi, le docteur n'a pas seulement dit « arrêt maladie de six semaines », il a ajouté un mot que Zola a évincé de son annonce. « Minimum ».

À Paris, Madeleine pousse un soupir, s'inquiète un peu de l'état de Zola, et beaucoup de l'organisation de l'agence. C'est que ce n'est pas le moment de perdre quelqu'un.

— Je suis très embêtée que tu aies eu cet accident, ajoute-t-elle.

On devine, dans les intentions de Madeleine, un « mais » prêt à balayer toute autre considération.

— C'est qu'on a particulièrement besoin de bras en ce moment, si je peux me permettre, sans mauvais jeu de mots, hein, glousse-t-elle sans conviction.

Madeleine transfère l'appel à Pascal et Zola doit attendre. Il ne décroche pas tout de suite. Madeleine doit être en train de lui faire le topo.

Au moins, elle ne m'a pas demandé comment je me suis cassé le bras, songe Zola.

— Zola, quelle cata ! clame Pascal lorsqu'il décroche.

Pour ponctuer sa surprise, il inspire et se racle le fond des narines.

— Qu'est-ce qui nous arrive ? dit-il. Le mouton à cinq pattes s'affole, tu lui fais des frayeurs dès le lundi matin !

Il rit, ronfle, redevient sérieux.

— Alors ? Dis-moi ? C'est quoi cette histoire délirante d'arrêt maladie ?

Dans un récit identique à celui qu'elle vient de livrer à Madeleine, Zola rappelle les faits. Elle ne parle pas de l'arbre, elle n'ajoute pas « minimum ». Pascal ponctue de « hum hum » et des vrombissements de son nez.

— Madeleine est sens dessus dessous ! dit-il lorsque Zola a terminé. Il ne faut pas lui en vouloir, on a quand même perdu quelques comptes ces derniers temps, et tu connais notre mouton national, elle s'alarme, elle se crispe, tout est un drame, la pauvre, il va falloir nous la ménager la petite Madeleine, sinon elle ne va pas passer l'hiver.

Un souffle hilare voile chacun de ses mots.

— Je ne te cache pas que tu me fous dans la merde, Zola, ajoute-t-il une fois calmé.

C'est idiot, elle pensait qu'il lui demanderait d'abord comment elle se porte. D'un ton bête elle bredouille « Ah oui » sans trouver de quoi poursuivre.

Sa tête se serre et ses tempes la torturent, le Doliprane qu'elle a pris tout à l'heure ne fait pas effet. Zola peine à assembler les pensées qui s'écrasent sous la douleur, mais elle en saisit une, plus nette que les autres.

Ça aussi, je vais le foirer.

Personne ne l'attend à Paris. À part Pascal. Soudain ça la frappe, ça l'accable, ça la réveille, aussi. Maman, Papa, Victoire, Quentin, Maxime, les noms défilent comme dans un générique de fin. La seule chose qui fonctionne encore dans sa vie, découvre Zola, c'est ce travail. Elle a failli le perdre déjà, et Pascal l'a gardée. Elle ne va pas baisser les bras, sans mauvais jeu de mots, comme dirait Madeleine. Pas comme ça, pas maintenant, pas pour une chute, ni pour un plâtre.

Ce travail est la seule part de sa vie qu'elle a échoué à saboter, on ne sait par quel miracle, pour l'instant.

— Non mais, attends, je suis sur le pont, Pascal, affirme-t-elle.

Elle lui assure qu'elle va travailler autant, plus encore, même, qu'elle ne l'aurait fait à l'agence. C'est l'avantage d'être immobile, et à la campagne. Ici, elle est au calme, aucune distraction ne viendra la ralentir. Il ne leur reste que dix jours pour préparer la présentation pour la Semeg. Pour gagner. Elle sera rentrée mardi prochain, juste à temps pour le jour J, le jeudi suivant.

Elle peut entendre la satisfaction de Pascal avant même qu'il ne parle. Il balaye en vitesse les questions logistiques. Zola a besoin d'un ordinateur. Elle l'avait emporté avec elle pour avancer un peu sur la présentation, justement. Elle a besoin de ses dossiers, ils sont dans son ordinateur. Alors tout va bien.

Puisque la crise est évitée, Pascal se livre à une conviviale investigation.

— Alors, dis-moi. Qu'est-ce qui s'est passé ?

— J'ai le bras cassé.

— Ah ? Fracture ouverte ?

— Euh, non ? C'est l'humérus, à droite, ils ont plâtré.

— Merde, ma sœur s'est cassé l'humérus quand elle avait sept ans, c'était plutôt vers l'épaule.

— Moi c'est le bras.

— Oui, oui, OK, tranche Pascal. Je t'avoue que ça m'arrange bien que tu puisses continuer de bosser. Ce n'est pas le bras avec lequel tu écris j'espère ? Enfin au moins ça m'enlève une épine du cul, là, vraiment.

— Si, je suis droitière, répond Zola, tentée d'expliquer à Pascal que c'est dans le pied qu'est censée être l'épine.

De toute manière il ne l'écoute plus.

— C'est pas tout ça, conclut-il, abrupt, mais j'ai du taf. Je te laisse voir les détails avec Madeleine et les autres, si tu as besoin qu'on t'envoie quelque chose.

Il raccroche.

Yvonne remonte Saint-Jean, il lui faut une escale tous les vingt mètres pour reprendre sa respiration et trouver la force de porter son corps et son panier pourtant peu chargé. Foutu pied, foutu dos, foutue voiture cassée, foutue vieillesse.

Elle détestait que les gens disent qu'ils n'avaient plus l'âge pour ceci ou cela. Avant, Yvonne était de ceux qui déclarent « Il n'y a pas d'âge ».

Ce matin elle constate qu'il y a bel et bien un âge pour tout, et qu'elle n'a plus celui de remonter à pied depuis le bas de Saint-Jean.

À la maison elle trouve Zola assise sur son lit, tordue sur l'écran de son ordinateur portable, les yeux plissés.

De son index gauche elle tape une touche après l'autre dans un cliquetis irrégulier.

— Zola, que faites-vous ?

— Ah ! Yvonne ! Vous m'avez fait peur, sursaute Zola en grimaçant. Vous avez un pas si léger, on dirait un petit elfe.

Yvonne s'amuse, un elfe ? Vieille carne, oui, plutôt !

— Vous devriez vous reposer, dit-elle en scrutant l'ordinateur de Zola.

— Je dois travailler, Yvonne. Il est hors de question que je loupe le travail maintenant.

— Mon petit, proteste sa voisine, vous êtes en arrêt ! Si le docteur vous met au repos, c'est que vous en avez besoin, vous ne croyez pas ?

Zola soupire, elle penche la tête d'un côté, de l'autre, grimace encore. *Elle a mal*, pense Yvonne.

— Yvonne, je sais ce que je fais, ne vous inquiétez pas.

Yvonne l'observe, muette. À son regard inquiet, Zola explique que c'est important.

— Et puis, j'ai accepté votre offre de rester ici, non ? Je suis touchée que vous vous souciiez de moi, Yvonne, mais je gère. Tout va bien. Je vais bien.

Zola se retourne sur son ordinateur. Avant de quitter la pièce, Yvonne détaille le dos courbé, la posture rabougrie du bras blessé, le plâtre qui déforme la silhouette de son invitée. Cette vision est celle qu'elle aura de Zola pour le reste de la semaine. Prosternée devant son ordinateur, le téléphone collé à l'oreille du matin au soir pour travailler de concert avec son patron, ce type qu'elle a traité de tas de merde.

En cours de route elle la fait s'installer sur la table de la salle à manger, où Zola a de la place et un confort bien meilleur qu'avachie sur son lit.

Yvonne la croise au petit déjeuner, et au dîner.

Zola quitte vite la table et se couche.

Chaque jour son visage pâlit, ses cheveux s'embrouillent. Avec son bras, elle ne peut pas les laver. Elle s'éteint, une vision fantomatique.

Elles se parlent à peine, et pour ne s'échanger que des platitudes.

— Votre journée s'est bien passée ?

— Oh vous savez, Yvonne, le boulot, chuchote Zola, la voix blanche et les yeux qui tombent dans son assiette.

Le vendredi soir, ses épaules ne la tiennent plus, elle ne finit même pas son repas. Yvonne lui enjoint de se mettre au lit.

30

PASCAL NE L'A PAS LÂCHÉE de la semaine, comme s'il comblait les kilomètres qui la séparent de Paris par un envahissement téléphonique. Il l'a appelée chaque jour à 10 h 30, pour la garder en ligne jusqu'à 12 h 30, et tous les après-midi de 15 à 17. Il avait sous les yeux la même présentation que Zola sur son ordinateur à Saint-Jean, et ensemble, ils l'ont revue, corrigée, commentée à n'en plus finir. Le rendez-vous avec le comité administratif de la Semeg est dans moins d'une semaine.

On est samedi, elle se réveille le ventre noué, le dos meurtri, elle ne s'est pas lavé les cheveux depuis qu'elle est arrivée dans la Creuse. Ils ressemblent à un filet de pêche malmené par les tempêtes et échoué sur le bord d'une plage dans un imbroglio salé et difforme.

Victoire ignore qu'elle s'est cassé le bras, et qu'elle est toujours à la campagne. Pourtant, elles se sont parlé, ces derniers jours, comme d'habitude. Mais moins, Zola a prétexté son trop-plein de travail pour justifier son indisponibilité. Une petite vérité au milieu des mensonges.

Toute la semaine, elle a répliqué aux remarques préoccupées d'Yvonne qu'elle allait très bien, qu'elle était contente de pouvoir travailler, qu'il n'y avait aucun souci à se faire.

Mais ce matin elle est tellement épuisée que c'est à peine si elle peut quitter son lit.

« Je suis immobile », dit-elle à sa chambre éteinte. Son accident n'était pas bien grave, elle a eu de la chance, le médecin avait raison. Mais elle a froid, mal au crâne, elle dort à peine. Sans son bras droit, elle ne peut plus enfiler ses chaussettes, ni remonter la fermeture Éclair de son jean, et se laver les cheveux, encore moins. Ce qu'elle peut faire de mieux, c'est ne rien faire.

Pas de quoi s'alarmer, donc. Si ce n'est cette immobilité, criante à présent, mais qui lui semble avoir commencé bien avant l'épisode de l'arbre. Zola songe à Quentin, à Faux Maxime, aux trois « sac à merde ».

Se dit qu'elle réfléchit mal, qu'elle agit mal. Non, en vérité elle ne réfléchit pas, et voilà le résultat. Elle est maintenant bloquée jusqu'au bout, jusqu'au corps. Le problème, ce n'est ni son bras cassé, ni son plâtre, mais sa situation qui, à tout instant semble la railler. « Je te l'avais bien dit ! Tu fais n'importe quoi de ta vie, ma pauvre Zola ! »

Lorsque son bras la réveille, la nuit, elle s'accable du récit de ses échecs. Souvent, elle s'attarde sur Quentin, pense à leur dernière rencontre, à leur séparation, à leur histoire.

Ah ! Quentin, la bonne blague, se dit-elle à présent. Zola pense à sa mère.

Aline aimait beaucoup Quentin. Il faut dire qu'il est le gendre parfait. Beau, grand, propre, gentil. Il est *data analyst.* On voit Quentin, et on sait où il va. C'est aussi ce qui plaisait à Zola. C'est un homme facile et rassurant, ça l'attirait. Ce flegme, cette masculinité tranquille, cette discrète assurance. Aline la pressait de s'engager davantage dans cette relation. « Vous devriez vous trouver un appartement, disait-elle. Tu es jeune, mais les années passent, tu as ta vie à construire. »

Et Aline désirait, du fond du cœur, que Zola bâtisse cette vie-là avec le charmant Quentin.

Zola se demande ce qu'elle dirait à sa mère à présent. Son estomac se tord. La faim s'y mélange aux regrets. Il faudrait dire à Aline qu'elle s'était trompée. Quentin n'est pas le gendre idéal, il n'est pas la sécurité, il est parti en catimini, et maintenant, il a remplacé Zola. Ils n'ont rien construit d'autre que des déceptions. Même avant tous ces déboires, Zola ose l'admettre, il n'était plus tellement là. Le silence était devenu la bande-son de leur couple. Quentin passait beaucoup de temps avec ses amis, il faisait du sport, il désertait leur appartement. Et un jour, il n'était plus là. Ce qui s'est passé entre le départ de Quentin et l'autre soir, lorsqu'elle s'est présentée au pied de son immeuble, Zola veut l'oublier. Coucher avec lui ces derniers mois était une autre erreur, qu'elle aurait évitée si elle avait été plus maligne.

Toute la matinée elle se traîne, à midi elle saute le repas, le remplace par une sieste de trois heures.

Quand elle se réveille, la maison est vide. Yvonne lui a laissé une note sur la table de la cuisine, pour lui dire qu'elle était partie faire une course et qu'elle lui avait mis de la soupe de côté. Zola se sent encore étourdie d'avoir dormi. Et sale.

On sonne. Sans attendre qu'elle réponde, le visiteur ouvre la porte. C'est Sylvain. Quand il aperçoit Zola il recule, c'est à peine perceptible mais elle l'a remarqué.

— Je voulais savoir comment tu allais, dit-il en la scrutant les yeux penchés, comme pour répondre lui-même à sa question. Dis donc, t'as l'air crevée !

Il suggère que si elle veut un remontant, elle peut venir boire un thé en face avec eux. Zola demande qui sont « eux ».

— Mon grand-père et moi, répond Sylvain. Il fait les meilleurs biscuits au beurre de la région.

— Ah, c'est ton grand-père, le monsieur ?

Zola a aperçu cet homme de loin un matin. Vision qui lui a rappelé la question qu'elle voulait poser à Yvonne : qui habite la maison de Fernande, à présent ?

Ensuite, elle a oublié. Tout a été avalé par les heures passées à travailler avec Pascal, et par la migraine tenace qui en a résulté.

Sylvain ajoute :

— Enfin bon, tu es peut-être fatiguée, mais sache qu'à tout moment tu peux venir, mon grand-père aime tout le monde, il sera content de te rencontrer, surtout si tu es une amie d'Yvonne.

Zola ne sait pas quoi dire. Elle sait ses cheveux dégoûtants, sa mine d'épouvante et ses vêtements froissés. Elle veut qu'il s'en aille.

— Merci, répond-elle.

En le disant, elle réalise qu'elle ne le lui avait pas encore dit. Ni dimanche, au terme des sept heures qu'il a passées avec elle aux urgences, ni lundi, ni jeudi, lorsqu'il est venu prendre de ses nouvelles et que c'est Yvonne qui l'a accueilli parce que Zola était tenue captive par Pascal.

— Non mais merci, vraiment, bredouille-t-elle, honteuse. Pour dimanche, l'hôpital… Je ne te l'avais pas dit…

Leurs regards se croisent, Sylvain sourit, ça fait comme de la lumière alors qu'ils sont dans l'entrée ternie par le soir tombant.

— Enfin merci, quoi.

Elle baisse les yeux, mais elle les relève vite, juste pour voir si le sourire soleil est encore sur le visage de Sylvain. Il y est encore. *Il est beau, dis donc,* pense-t-elle.

— Pas de quoi, c'était tout à fait normal !

Yvonne voulait attendre Zola cet après-midi. Au déjeuner elle lui a annoncé :

— Aujourd'hui je vous emmène, j'ai des courses à faire, vous me donnerez un coup de main et ça vous fera prendre l'air.

— En voiture ? Avec vous ? Ça va me coller la nausée, s'est renfrognée Zola. Et puis comment je pourrais vous aider ? Vous m'avez vue ?

Elle a plongé le nez sur son plâtre, comme s'il était la pièce à conviction de sa plaidoirie ronchonne.

Yvonne a pensé : *Je laisse passer, elle est fatiguée.*

Elle s'est absentée presque trois heures, elle a improvisé une tournée. De Bienvenant, elle a eu l'idée de gagner la route des Chèzes, pour remplir ses yeux des prés verts et des arbres amaigris qui détachaient leurs branches sèches sur le ciel rose pastel. C'était joli, l'air sentait l'hiver et la bûche flambée. En revenant elle est passée par le cimetière, où elle a épousseté les tombes de ses parents et de sa sœur. Ensuite elle est allée à la boulangerie de Saint-Jean.

Elle rentre et trouve la maison plongée dans le noir, à l'exception d'une lueur dont le halo timide peine à rejoindre l'entrée. Dans les murs, l'eau fait chanter les tuyaux d'un souffle vigoureux et l'écho d'éclaboussures résonne au bout du couloir. Yvonne suit le bruit et la lumière, et à mesure qu'elle approche de la salle de bains elle devine un autre son. On dirait une voix, quelque chose qui couine. Lorsqu'elle atteint le seuil de l'étroite pièce carrelée de rose, elle découvre Zola. Celle-ci lui tourne le dos, elle est assise au sol, le corps avachi contre la paroi de la baignoire au-dessus de laquelle elle tient le pommeau de douche de sa main valide. Un casque de mousse blanche lui dresse la moitié droite de la chevelure, le reste dégouline comme une serpillière trempée sur son dos et sur le tapis. L'eau coule à flots et des soubresauts réguliers agitent le bras de Zola, accompagnant la plainte qu'Yvonne entendait depuis l'entrée. Elle pleure.

Yvonne s'exclame, elle s'empresse, jette au sol son manteau, son sac, son cabas de viande et les clés de la voiture.

— Vous vous êtes fait mal ? Zola ? Dites-moi !

Elle veut se baisser, mais l'un de ses genoux, le mauvais, refuse de répondre à la commande. Alors Yvonne demeure à demi penchée sur Zola, une jambe pliée et l'autre raide, retenant la moitié de son corps dans la position debout tandis que, de l'autre, elle s'incline davantage pour attraper le pommeau et éteindre l'eau.

Elle fait ensuite le tour de Zola, dont les cheveux éclaboussent de mousse et d'eau à chaque sanglot qui l'ébranle. Pas de sang, pas de plaie, pas d'os à vif, aucune blessure.

— Qu'est-ce qui vous arrive ? s'affole Yvonne, qui n'a pas encore abandonné l'idée d'appeler les pompiers.

Le visage tordu comme si tous ses contours essayaient de se retrouver autour de sa bouche tremblante et de ses yeux en larmes, Zola hoquette une confusion de mots et de vagissements. Yvonne tend l'oreille, décèle des bribes qu'elle laisse son cerveau reconstituer. « Immobile, vilaine, cheveux, dégueu, mère » et même, elle le jurerait, « Sylvain ». Yvonne n'y comprend rien. Les vêtements de Zola sont trempés et, en l'observant mieux, Yvonne prend conscience que celle-ci se contorsionne pour éviter à son plâtre d'être mouillé lui aussi. Yvonne attrape une serviette et la passe sur le dos de Zola, s'attarde sur ses épaules, fait « chut, allez, allez ». Du coin de la serviette, elle lui tamponne le visage, les cheveux et, toujours en fixant Zola droit dans les yeux, elle prend une profonde inspiration en l'invitant à l'imiter. Et une autre, allez, encore une autre, une autre, bien, et une dernière. Les sanglots s'apaisent, mais les larmes coulent encore.

— Allez, répète-t-elle en aidant Zola à balancer ses cheveux au-dessus de la baignoire.

Yvonne rince, Yvonne fait mousser le shampoing, elle masse, rince encore et démêle, presse la masse dégoulinante des cheveux enfin propres dans la serviette. Le tout en silence, en douceur. Lorsqu'elle a fini Zola ne pleure plus et, dehors, la nuit a imposé ses droits sur le soir d'hiver.

Lorsqu'elles se retrouvent pour partager le dîner, Zola a passé des vêtements secs et les couleurs ont retrouvé leur place sur son visage. Après la soupe, bue en silence, Yvonne leur sert un steak et des pommes de terre sautées. Avant de s'asseoir, elle sort deux bols qu'elle dépose devant chaque assiette, et qu'elle remplit de lait.

— Qu'est-ce que c'est ? demande Zola.

— C'est comme ça qu'on les mange, ici, affirme Yvonne, fière. Dans votre cuillère à soupe, vous prenez un peu de pommes de terre, comme ça, fait-elle en joignant le geste à ses paroles. Ensuite, vous trempez dans votre bol de lait. Et vous enfournez le tout, conclut-elle en avalant sa bouchée.

Zola grimace.

— Si vous n'aimez pas, déclare Yvonne, vous pourrez recracher, ce n'est pas grave, il en faut davantage pour me dégoûter.

Zola l'imite. Dans sa cuillère, elle attrape une pomme de terre fumante et couverte d'une croûte ambrée du côté où elle a grillé. Elle la plonge dans le lait et mange. Ses yeux s'agrandissent, ses pommettes rosissent.

— Ben merde, Yvonne ! s'exclame-t-elle après avoir avalé sa bouchée. C'est tellement bon !

L'atmosphère s'assouplit, on dirait qu'une bulle vient d'éclater. Une tension qui dépassait le shampoing raté de Zola et datait de l'accident. Une chaleur qui leur était facile semble poindre à nouveau.

Certains peuples ont le calumet de la paix, et moi, j'ai mes pommes de terre, se délecte Yvonne.

— Alors ? Si vous m'expliquiez un peu ? dit-elle en enfournant une nouvelle bouchée de pommes de terre au lait.

— Oh, ce n'est rien, Yvonne. Je suis fatiguée.

Yvonne observe Zola qui se fige, comme un animal pris au piège et qui évalue ses possibilités d'évasion.

— Je suis complètement immobile, Yvonne, marmonne-t-elle.

Le mot se pose entre elles et ouvre, comme un sésame, une fuite de phrases qu'Yvonne entend mieux que tout à l'heure. Zola dit tout. Comme elle se sent immobile et bête, vilaine, sa mère avait raison. Elle raconte Sylvain, qui est passé plus tôt, à qui elle n'avait pas dit merci, qui n'a fait qu'être gentil, ne s'est pas moqué, alors qu'il aurait pu. Zola raconte sa sœur, ses sœurs, même, et son père tant qu'on y est, son travail, son patron, l'épuisement, ses migraines depuis sa chute, son plâtre qui la coince et lui rappelle chaque jour quelle idiote elle est et, pour finir, elle raconte Quentin et Faux Maxime, qu'il ne faut pas oublier tout de même, son petit fiancé parfait qui n'existe pas.

— Ma mère avait raison, répète Zola, je fais peur.

— Elle disait ça, votre mère ? demande Yvonne.

Zola hausse les épaules, sa lèvre inférieure s'est mise à trembler, alors elle rive ses yeux à son assiette pour s'éviter de pleurer encore.

— Vous n'arrêtez pas de parler de votre mère, remarque Yvonne. Pourquoi ? Quel rapport avec votre bras ?

— Je vois mes sœurs, ma mère, répond Zola. Mon bras, c'est juste un exemple. Les gens vont quelque part, Yvonne. Regardez, même vous.

— Ah bon ? Moi ?

— Oui ! s'échauffe Zola. Oui, Yvonne. Vous avez toujours su où vous alliez, et vous y êtes allée. Moi... Moi, je suis une passionnée temporaire. Je n'ai pas toujours rêvé de travailler dans les relations publiques, et encore moins dans le monde de la santé. Avant ça, j'étais dans l'événementiel. Et avant, j'ai travaillé pour un magazine de bricolage. Des passions, à chaque fois, que je n'avais jamais anticipées, et qui ont toutes fini par s'éteindre. Les mecs, c'est pareil. Une catastrophe.

— De quoi rêviez-vous, enfant ? lui demande Yvonne.

— Je rêvais des arbres.

Elle pouffe de rire, comme si c'était idiot.

— Les arbres, répète Zola, j'étais butée là-dessus. Je disais à tout le monde que plus grande, je m'y construirais une maison.

Elle marque une pause, ses lèvres pincées dans une moue réprobatrice.

— Ma mère était catastrophée, ajoute-t-elle. Elle se demandait pourquoi je n'avais pas de passions plus raisonnables, qui lui causeraient moins d'inquiétudes.

— Qu'y a-t-il de mal avec les arbres ? demande Yvonne.

— On ne fait pas sa vie dans les arbres, Yvonne. Comme vous pouvez le constater, ils m'attirent des ennuis. Ma mère avait raison. J'étais tellement déterminée à ne rien faire comme tout le monde que j'en ai oublié de devenir adulte.

Elle s'arrête un instant, ses yeux embués ne quittent pas Yvonne.

— Vous savez, Yvonne, il lui arrivait de me supplier.

— Qui ça ? Votre mère ?

— Oui, enfin vous voyez. Ses sourcils, ils faisaient comme des vagues. Et elle me disait des trucs comme : « Ma vilaine, j'ai tellement peur que tu t'égares, que tu souffres, que tu tombes de haut, la vie n'est pas facile, le monde est dur, s'il te plaît fais un effort, je serais tellement rassurée de te savoir heureuse… » Et là, regardez-moi !

— Je crois que vous ne parlez plus seulement des arbres, là, observe Yvonne.

Zola répète :

— Ma mère avait raison de se faire du souci pour moi.

— C'est pour ça que vous vous tuez au travail ?

— Je ne me tue pas, soupire Zola.

— Vous ne vous faites pas du bien non plus, tranche Yvonne. Vous vous êtes cognée à la tête, vous avez le bras cassé, le docteur vous a ordonné du repos, c'est que vous en avez besoin.

Zola agite ses boucles.

— Je dois sauver mon taf, Yvonne. Je le dois. Il faut que quelque chose fonctionne pour moi. Je voudrais, comme vous, comme tout le monde, avoir ma petite tranche de réussite, mon morceau de bonheur. Et pour ça oui, je dois bosser, c'est comme ça. Comme tout le monde.

Et de nouveau elle vante le parcours d'Yvonne, qui la regarde, l'écoute, et laisse passer quelques secondes avant de rire enfin.

— Ça vous fait rigoler ? se vexe Zola.

— Oh oui, mon petit ! Mais je ne me moque pas de vous, je vous le promets. Vous parlez de la vie comme si elle était une ligne claire et nette. Vous faites erreur. La vie n'est pas une ligne, et elle n'a rien de net, croyez-moi. C'est du coup de crayon, la vie, continue Yvonne. Elle hésite, elle se trompe, elle griffonne au hasard. Il y a des ratures, des tentatives, des coups de chance, des loupés. Rien de linéaire en tout cas.

Zola tord son visage dans une grimace sceptique.

— Yvonne, à treize ans vous avez rencontré votre passion, votre vocation professionnelle *et* l'homme de votre vie. Moi, ça me paraît plutôt clair et net.

Yvonne sourit. Il n'est pas encore 23 heures, mais elle sort sa bouteille de whisky et le saucisson d'âne qu'elle a rapporté de la boucherie de Bienvenant.

— Vous savez que mon médecin m'a interdit le sel et l'alcool ? lance-t-elle en dépliant le papier devenu gras.

Pendant plusieurs secondes elle laisse cet éclat froissé remplir la petite cuisine.

— Je vous ai dit que ma vie était une histoire de rendez-vous manqués, reprend-elle. Je crois qu'il faut que je continue de vous la raconter. Au mieux, ça vous intéressera. Au pire, ça vous ennuiera tellement que ça vous aidera à bien dormir. Car vous ne dormez pas, je vous ai entendue.

Yvonne se sert un fond de whisky et, pour s'accorder à son geste, Zola remplit son verre d'eau.

— Il y a vite eu un inconvénient à rencontrer « l'homme de ma vie », comme vous dites, dans la fin des années 1950, commence Yvonne. Parce que c'était l'époque de la guerre d'Algérie.

31

UN JOUR IL FALLUT qu'Edmond s'en aille. Il avait l'âge du service militaire et, en Algérie, c'était la guerre. Yvonne avait seize ans, ils étaient amoureux comme on l'est à cet âge : avec une force ridicule, qui ne veut ni de la réalité ni du reste du monde. Mais on ne leur donnait pas le choix, ils devaient se séparer.

Il serait absent plus de deux ans. Pour Yvonne, c'était comme mourir.

Dans leur tronc d'arbre, elle avait glissé un poème pour lui. Elle voulait qu'il l'emporte.

Edmond, quelques jours avant son départ, le lui avait rendu. Il l'avait appris par cœur.

— Tu vas l'oublier, protesta Yvonne.

— Je n'oublierai jamais, assura-t-il. Rien ne peut être oublié de toi. Ce poème, je m'en souviendrai toujours.

Il s'était penché, et dans l'oreille d'Yvonne, il avait récité :

Mon amour pour avoir figuré mes désirs
Mis tes lèvres au ciel de tes mots comme un astre
Tes baisers dans la nuit vivante
Et le sillage de tes bras autour de moi
Comme une flamme en signe de conquête
Mes rêves sont au monde
Clairs et perpétuels.
Et quand tu n'es pas là
Je rêve que je dors je rêve que je rêve.

— Promets-moi de ne pas mourir, articula Yvonne entre deux sanglots.

— Je te le promets, si tu me le promets toi aussi. Tu ne dois pas mourir, mon Edmonde, tu dois m'attendre. Tu mourras plus tard. Non, d'ailleurs, ne meurs jamais.

Yvonne sourit et réussit à chuchoter dans ses larmes :

— C'est promis !

Edmond passa vingt-huit mois en Algérie. Il échangeait avec Yvonne des lettres dans lesquelles ils se promettaient le mariage, l'avenir, le bonheur et des enfants. Une liste qu'ils terminaient toujours sur les deux derniers vers du poème.

Et quand tu n'es pas là
Je rêve que je dors je rêve que je rêve.

Et juste avant de signer, l'un comme l'autre invoquait leur serment : « Promets-moi de ne pas mourir. »

Durant ces deux années, Yvonne transféra à ses études le temps qu'elle avait pris l'habitude de dédier à Edmond avant son départ. Elle laissa les livres, le travail et les révisions absorber les mois qui la séparaient de son amour, allouant ce vide cruel à l'autre élue de son cœur : la littérature. Cette époque vit sa détermination s'accentuer. Celle d'étudier et de devenir, un jour, bientôt, enseignante.

Edmond regagna Saint-Jean-de-Lussac durant l'hiver 1959. Homme de parole, il proposa à Yvonne le mariage, sans délai. Elle avait désormais dix-huit ans. Une de ses tantes avait un beau-frère et une belle-sœur, à Paris, qui disposaient des deux chambres vacantes de leurs enfants, devenus grands. Ils avaient de la place pour Yvonne, et des contacts à la Sorbonne, où elle pourrait passer une licence afin de devenir enseignante, son rêve le plus cher après celui d'épouser Edmond Giroix. Yvonne n'aurait jamais abandonné Edmond au nom de son ambition professionnelle, pas plus qu'elle n'aurait renoncé à cette dernière pour lui. Elle voulait tous ses rêves.

Alors, avec Edmond, ils se promirent d'attendre et de se marier lorsqu'elle en aurait fini avec Paris.

Ils continuèrent à s'aimer et à s'écrire. Edmond vint parfois jusqu'à Paris pour Yvonne, mais son travail avec son père, à la boutique du bas de Saint-Jean, ne lui offrait que rarement cette opportunité. Yvonne le soupçonnait d'y consacrer davantage d'heures que nécessaire dans le but d'oublier ce qu'il avait vu en Algérie, et dont il refusait catégoriquement de parler. De son côté, elle rentrait à Noël et en été. Sauf en 1961, puisqu'on lui avait proposé d'assurer des cours de rattrapage pour des lycéens, tout juillet et tout août.

Lorsqu'elle retrouva Saint-Jean le Noël suivant, Edmond était marié.

32

— CHANGEMENT DE PROGRAMME, bougonne Pascal au téléphone, le lundi matin.

Pas de bonjour, pas de respiration. Il annonce à Zola qu'elle ne peut pas venir avec lui au rendez-vous de jeudi pour défendre le plan de communication qu'elle a passé l'hiver à bâtir.

— C'est trop *dangereux*, dit-il en appuyant avec dégoût sur ce dernier mot.

Zola l'interroge, elle s'étonne, s'y oppose, elle vient jeudi, et dans son oreille Pascal fait trembler sa glotte.

— Tu demanderas à Madeleine, il soupire. Elle dit que si on a un contrôle, c'est la merde. Tu es en arrêt maladie.

— Mais je t'ai dit que je voulais travailler.

— Oui, bon…

Il renifle, ajoute qu'au fond, le mouton n'a pas tort.

— Nous ici, on est sur le pont, dit-il. Et toi… Toi, tu es on ne sait où, Zola, avec un bras dans le sac.

— Mais je rentre à Paris demain !

Il lui interdit de mettre les pieds à l'agence pendant son arrêt maladie, ou Madeleine va le dénoncer elle-même à l'inspection du travail, juste pour prouver que c'est elle qui a raison. « Tu sais comment elle est. »

— Je travaillerai depuis chez moi.

Il ne veut rien entendre.

— En attendant, finit-il, ne bouge pas, parce que j'ai besoin de toi jusqu'au bout, tu vas voir, jeudi on va dépoter.

Il raccroche. Yvonne pénètre au même instant dans la salle à manger, où Zola s'est installée pour travailler comme tous les autres matins.

— Vous faites une drôle de tête, mon petit.

Zola lui explique les mises en garde de Madeleine, l'interdiction de se montrer à l'agence, à la Semeg, la prudence soudaine de Pascal, qui traite Madeleine comme un sous-fifre mais qui la craint, comme tout le monde.

D'abord, Yvonne ne fait aucun commentaire. Le silence s'installe. Sur la table, l'ordinateur de Zola affiche la présentation qu'elle a entièrement écrite. Elle a choisi les termes, les titres, les illustrations, chaque formulation pesée mille fois pour dire au mieux la pertinence de leur stratégie. Ce travail qui lui tient tant à cœur et qu'elle ne pourra pas défendre.

— C'est peut-être une bonne chose, déclare enfin Yvonne. Je me dis même que vous pourriez rester à Saint-Jean plus longtemps. Souvenez-vous, au moment de votre accident, je vous ai offert de passer vos six semaines d'arrêt ici. L'invitation tient toujours, Zola.

La jeune femme se retourne, blême et muette.

— Je vais prendre ma douche, annonce Yvonne en quittant la pièce, on en reparle tout à l'heure.

— Et vous ? demande Zola lorsque Yvonne reparaît, une heure plus tard. Vous voulez rester, vous ? Je vous ai bien vue, Yvonne. Vous tournez en rond. Vous vous agitez d'une pièce à l'autre, vous montez le son de la radio, puis vous le baissez, vous changez les stations, vous rouspétez. Vous reprochez au temps d'être gris, au ciel son humidité, à la bouchère de couper des tranches trop épaisses d'escalope de veau. Toute la semaine dernière on aurait dit que vous faisiez la gueule. Pas à moi, hein ! Non… C'est Saint-Jean qui vous agace. Vous le regardez par la fenêtre et vous soupirez, Yvonne. Ma mère disait : « Cœur qui soupire n'a pas ce qu'il désire ».

— Et ? la défie Yvonne.

— Eh ben, je me souviens aussi qu'à Paris, avant que nous venions, vous m'aviez expliqué que Saint-Jean, vous l'aimiez bien, mais à petite dose. Et lorsque nous sommes parties, vous m'avez répété vingt mille fois que trois jours ici, c'était juste ce qu'il vous fallait. Alors six semaines…

Yvonne fixe l'espace devant elle et ses lèvres, pincées jusqu'à blanchir, ne semblent plus vouloir se décoller l'une de l'autre. Zola se demande si elle est fâchée ou si elle réfléchit, mais elle renifle soudain d'un coup sec et déclare « Bien ! » en tirant une chaise pour s'asseoir à côté d'elle.

— En réalité, je pensais remonter à Paris, explique Yvonne. Vous comme moi, nous n'avions pas prévu de rester. J'ai bien deux ou trois pulls dans mon placard ici, et que je pourrais vous prêter. Mais je doute qu'ils vous suffisent à traverser l'hiver. Et puis le look mamie, ma pauvre… Alors j'y vais, je m'arrange pour vous rassembler quelques affaires, et je reviens.

Yvonne dépose une main fluette et anguleuse sur le bras que Zola maintient contre son flanc à l'aide d'une écharpe.

— Vous savez mon petit, lui dit-elle, je pense que tout le monde devrait avoir le droit à ça. Quelques semaines loin de tout, pour ne penser qu'à soi, pour prendre du recul. Ça s'est imposé à vous, Zola, saisissez votre chance.

Zola se contente de hausser son épaule valide. Et comme elle se tait, Yvonne ajoute :

— Voilà… Vous m'avez parlé de votre maman, et j'ai l'impression que vous vous donnez beaucoup de peine pour elle. Comme s'il vous était possible de courir après une perfection qui réparerait, en quelque sorte, la maladie qui l'a emportée.

À ces mots elle marque une pause et guette Zola, qui, à l'évocation d'Aline, s'est mise à pétrir un pli de la nappe.

— La mort de nos parents, on ne s'en remet jamais, poursuit Yvonne. C'est une blessure qui ne se referme plus, c'est une absence insoutenable. C'est perdre ses pieds, ce qui avait porté votre corps sur cette terre et lui avait enseigné à s'y mouvoir. Alors pour vous ça sera pareil, vous ne vous y ferez jamais. Simplement, vous vivrez avec, sans parvenir à vous mettre d'accord avec leur absence. Vous ne pouvez plus réparer votre mère, Zola. Votre papa non plus, hélas. Mais même dans leur pleine santé, vous savez, vous n'étiez pas là pour réparer vos parents, ni personne d'autre.

Yvonne s'arrête et enveloppe la jeune femme de son regard azur, en s'attardant sur son bras plâtré.

— Tout passe. Et on ne peut pas arrêter le temps, Zola. En revanche, on peut arrêter les conneries. C'est vous que vous devez réparer maintenant.

33

ZOLA RESTE.

Elle était pressée de rentrer pour le travail. Pour la Semeg.

Mais à présent, plus rien ne l'attend à Paris.

Quentin, on oublie. Faux Maxime ? Mieux vaut en rire…

Ses sœurs ne savent même pas qu'elle est à Saint-Jean, et encore moins qu'elle est tombée d'un arbre.

Le seul problème, c'était Antoine. Tout en sachant que son père ne s'apercevrait pas de son absence, Zola redoutait de laisser passer six semaines sans le voir.

— J'irai, moi, a promis Yvonne. Vous savez, les vieux, j'ai l'habitude.

Yvonne rejoint la capitale aujourd'hui. Dans l'appartement des Prioux, elle trouvera quelques vêtements, entassés au gré des visites clandestines de Zola. Aux Érables, elle apportera à Antoine le sourire et l'affection que sa fille ne peut lui livrer depuis le Limousin.

Au moment de partir, elle presse l'épaule de Zola.

— Repensez à ce que je vous ai dit, mon petit.

— On ne peut pas arrêter le temps, mais on peut arrêter les conneries ? plaisante Zola.

— Vous m'écoutez bien, dites ! Il m'aurait fallu des élèves comme vous !

— J'aurais bien aimé que vous soyez ma prof, Yvonne.

— Eh bien, je vous aurais enseigné ces mots, ma chère : « C'est une drôle de question, d'ailleurs, tu fais quoi dans la vie ? Vous l'a-t-on déjà posée ? C'est une question qui vous donne la réelle impression que le seul fait de vivre ne suffit pas. »

À l'interrogation muette qui irise les yeux de Zola, Yvonne répond :

— Romain Gary, vous aimez ?

— Je n'ai jamais lu ses livres.

— Vous manquez quelque chose. Commencez par *La Promesse de l'aube*, si vous décidez de vous y mettre ! Il est dans la bibliothèque, dans le salon. Vous pourriez lire, puisque vous avez le temps.

— Pour me réparer, comme vous dites, coupe Zola en adressant un clin d'œil à Yvonne. Allez-y, Yvonne, sinon vous ne partirez jamais. Et n'oubliez pas de revenir !

— Ah, je vais vous manquer ?

— Non, c'est que j'ai besoin de petites culottes.

Yvonne fait rouler son rire chaud et sonore.

— Et puis j'aimerais connaître la suite de votre histoire, dit Zola. C'est comme vous disiez, Yvonne : « La vie, ce sont des rendez-vous. » Alors je vous donne rendez-vous.

Mais avant, c'est avec la réussite que Zola a rendez-vous. Elle passe son mercredi pliée sur son ordinateur pour donner les dernières améliorations à la stratégie que Pascal présentera demain à la Semeg. Occupé par des réunions, il la laisse finir, il se contentera de relire ce soir, chez lui, pour tout avoir en tête.

Elle éteint son ordinateur à 22 heures passées. Elle a corrigé, reformulé, peaufiné encore, et encore, annoté partout, pour que Pascal ait des réponses aux questions qu'on lui posera, et même à celles qu'on ne lui posera pas. Elle a froid, elle a faim, quand, enfin, elle lui envoie le document.

Le lendemain matin Pascal l'appelle d'un café, une demi-heure avant la réunion.

— Finalement, c'est bien que je présente le tout, dit-il. C'est toujours mieux. Je suis le chef, ça leur montre que leur truc est géré, ça pose son homme.

Il avale une gorgée de café et ajoute :

— J'ai revu deux ou trois trucs dans la prez, tu verras, je te l'enverrai tout à l'heure, juste pour info, mais avec ça, c'est *fingers in the nose* !

Il raccroche.

Zola, épuisée, se recouche. Et lorsqu'elle consulte ses e-mails, en fin de matinée, elle découvre la présentation que Pascal lui a renvoyée. C'est la version finale, celle qu'il a présentée à la Semeg.

Elle l'ouvre, alors qu'elle devrait n'en avoir rien à faire. Elle n'était même pas invitée à la fête.

Mais elle veut constater encore son travail, que ça ait compté tout de même, comme si elle avait pu y aller aujourd'hui, défendre ses idées et les dizaines d'heures qu'elle y a consacrées.

Le document, tout de suite, porte des titres qu'elle ne reconnaît pas. Pascal ne s'est pas contenté de menues modifications. Tout est transfiguré. À la place de « Incarner la position de leader européen », Pascal annonce « Se mettre à l'heure du smart branding ». Zola ne comprend pas cette phrase. La « Stratégie de rayonnement des spécialités » est devenue un « Phosphoring du heatlhcare par units ». Il propose du marketing à la place des relations avec les journalistes, des contacts avec les influenceurs là où Zola avait imaginé une conférence préliminaire et un comité d'experts. Il fait des promesses de passages à la télévision, sur les radios, la presse quotidienne nationale.

Les prix ont fondu, les honoraires ont été revus à la baisse, les devis sont erronés. Il en promet trop. S'ils gagnent, ils ne pourront pas réaliser ce plan. Et comme c'est elle qui dirigera ce dossier, l'idiote, ce sera elle.

Elle l'appelle.

— Zola, il annonce en décrochant.

Sa voix est basse et sèche.

Elle s'attendait à un enthousiasme autosatisfait, courant chez Pascal, surtout après une présentation. Elles le galvanisent, il y est acteur, déclame ses phrases, pose les silences qui jalonnent ses envolées théâtrales. En général, il en ressort le rire qui déborde et l'humeur grandiose.

— Qu'est-ce que tu m'as fait ? crache-t-il.

— Euh…

Elle ne trouve pas, face à cette question, la place de lui reprocher d'avoir défiguré leur stratégie de communication pour le congrès de la Semeg.

Elle l'entend soupirer.

— Je viens d'avoir l'agence de la Bio Recherche, dit-il. Tu sais que la conférence de presse est ce midi.

— Oui, bafouille-t-elle.

— Et tu n'aurais pas oublié quelque chose, par hasard ?

« J'ai tout oublié, aimerait-elle lui dire. Je suis dans la Creuse, je suis tombée d'un arbre, tu m'as fait travailler jusqu'à 22 heures hier soir sur la présentation pour la

Semeg, et tu as passé la nuit à bafouer le travail que *tu* m'avais fait faire. L'agence de la Bio Recherche n'est pas un de mes clients, je n'y pense jamais. C'est Fadila qui s'en occupe. »

— J'ai eu le client, explique Pascal, sèchement. Et qu'est-ce que je découvre ? Fadila fait l'accueil des journalistes et des experts. Il est furieux, j'ai dû lui raconter un bobard comme quoi la personne prévue a été malade dans la nuit. Zola, qu'est-ce que c'est que ce bordel ? Tu n'as pas parlé à Fadila ?

— Pas par… Mais je t'avais dit non, proteste-t-elle.

— Et moi je t'avais dit de le faire, tonne Pascal. Ils ne veulent pas d'elle pour accueillir. Elle n'est pas leur visage, c'est un excellent client et ce n'est pas le moment de les fâcher, tu me fous dans une de ces panades, putain !

Zola sent son ventre se contracter. Une révolte s'y agite, tourne et enfle comme le fond d'un volcan brutalement réveillé. Elle manque d'air, sa voix est incapable de sortir, elle écarquille les yeux et cherche dans le décor de la salle à manger d'Yvonne quelque chose qui la ramènerait au calme. Mais son cœur tambourine sous ses côtes, jusqu'à résonner dans ses oreilles, et sa main, moite, ne tient presque plus son téléphone. Cet état, elle le reconnaît. Quelques secondes avant de traiter Pascal de sac à merde, elle a ressenti exactement la même chose.

— Bon je te laisse, si tu veux bien, annonce-t-il sans attendre de réponse. Je voulais rentrer chez moi pour me reposer après la présentation à la Semeg, j'y ai travaillé toute la nuit, je suis cramé. Maintenant je vais devoir aller faire la pute pour conserver notre très bonne relation avec le client. À plus tard. Au fait, la Semeg. J'ai assuré, ils me mangeaient dans la main, c'est dans la poche, on se reparle plus tard, ciao.

Zola baisse le bras et observe, interdite, le petit écran noir.

Le filet pointu du chant d'un oiseau glisse à travers le bourdonnement dans ses oreilles.

Dehors. À Saint-Jean.

— Eh ben merde ! éructe-t-elle en rabattant l'écran de son ordinateur.

Elle se lève, décidée à observer sur-le-champ ce repos qu'on lui a accordé.

34

« *La solitude est un mur fait de silence,*
à l'intérieur duquel personne ne peut entrer. »
Marguerite Duras, *L'Amant*

Samedi 24 février

Aujourd'hui j'ai rendu visite au papa de Zola. La maison de retraite est de l'autre côté du centre-ville, là où les rues périphériques bordent les bois et la nationale qui rejoint Paris. J'ai trouvé exactement ce que je m'attendais à voir. La neutralité sinistre de l'institution hospitalière. C'est impersonnel et surchauffé. Les sons y sont sourds, on y marche d'un pas mat. Les visages que j'y ai croisés avaient mon âge, mais leurs yeux n'étaient déjà plus de ce monde. Aujourd'hui j'ai rendu visite à ma hantise.

M. Prioux ne m'a pas reconnue, bien sûr. Quand nous sommes-nous croisés pour la dernière fois ? Il était peut-être déjà malade. Quant à moi, si je n'avais pas été prévenue, j'ignore si je l'aurais identifié. Il était si maigre, il ne lui restait plus de corps. Il se courbait, les joues grises et le regard égaré. Il n'a pas semblé hostile à ma visite. Je lui ai expliqué la blessure de Zola, je lui ai parlé de Saint-Jean. Je lui ai raconté un tas de choses qu'il accueillait sans ciller de son air hagard. Parfois, je l'ai vu esquisser un sourire. Il a tenu à me montrer un portrait de sa femme qui trône sur sa table de chevet. « Mme Prioux était jolie », c'est ce que je lui ai dit.

Depuis que je suis de retour, je suis d'humeur maussade. M. Prioux est d'agréable compagnie, même dans son état. Mais le voir, ainsi que les autres pensionnaires de ce mouroir, n'a pas dû aider.

C'est que c'est un peu vide ici, tout compte fait.

J'ai l'impression que la compagnie de Zola m'a rendu Saint-Jean nouveau. Et depuis que je suis de retour à Paris je comprends combien ces jours en Creuse m'ont été doux.

Alors je pense beaucoup à Margaux. Zola est à Saint-Jean, et Margaux n'y est pas. Elle qui a toujours aimé Saint-Jean. Qui a constamment, semble-t-il, envie de me voir. La semaine dernière, encore, elle m'a appelée et m'a lancé cette invitation pudique : « On se voit bientôt ? »

J'aurais pu lui dire que j'étais à Saint-Jean, et qu'elle vienne pour le week-end.

J'aurais pu l'inviter ici, à Paris.

Et pourquoi vois-je si peu Margaux ? Ne serait-il pas temps de la voir ?

Je me pose en boucle ces questions, et pour l'instant je ne parviens pas à aller au bout de cette lettre que je veux lui écrire. Elle est une autre absence. On s'écrit pour ne pas se voir.

J'ai choisi ma mort, et c'est peut-être elle qui m'inspire ces tourments.

Toute ma vie, j'ai eu le souci de bien vivre. À présent, je me demande comment bien finir.

Mais je suis fatiguée, sans doute, et je n'écris ce soir que les lamentations d'une vieille femme bougonne. Je m'arrête et m'en vais dormir.

À bon entendeur,

Yvonne Graboswki-Grall

35

DEPUIS SA CONVERSATION avec Pascal, Zola n'a plus ouvert son ordinateur. Elle est allée se promener vers les commerces du bas de Saint-Jean, elle a exploré la tranche des livres alignés dans l'épaisse bibliothèque du salon des Grabowski, elle s'est couchée tôt.

Vendredi, elle est réveillée de bonne heure. Ses pas la guident vers le bois, au-dessus de la maison. Là où elle s'est cassé le bras. Un banc de pierre est installé à gauche du petit chemin par lequel on entre sous les arbres. Plutôt que d'avancer, Zola s'y assied. L'étoffe de son pantalon se rafraîchit au contact de la pierre humide, mais elle reste, tant pis pour ses fesses. La vue est belle. La brume glisse ses bras pâles entre les collines, au loin. On dirait que le ciel a dormi sur la terre et qu'il s'y arrache en douceur, encore flapi de sa nuit. *C'est magnifique*, pense Zola. C'est cette vue qui la retient sur le banc, alors que le paysage est saisi de givre et qu'elle n'a déjà plus la sensation ni de son nez, ni de ses doigts. Elle demeure ainsi, à contempler les verts variés de la végétation sous le ciel qui aujourd'hui restera opaque, à peine plus haut que la terre. Lorsque ses pieds lui font l'effet de deux blocs de glace, elle se lève et rentre se préparer un café.

L'après-midi, elle poursuit sa promenade sans se soucier de son itinéraire. Elle découvre de nouveaux chemins. Ici, tout converge vers le centre de Saint-Jean. *Comme il est bon de se laisser diriger par le paysage*, se dit-elle. *Comme il est bon de ne plus réfléchir*, conclut-elle encore, lorsqu'elle atteint le cimetière.

Elle bifurque pour rejoindre la petite zone commerciale. Son parcours est jalonné d'une agitation fébrile et qu'elle finit par remarquer, à l'abri derrière les fenêtres. Ici, un voilage frétille, là, une moitié de visage glisse sans discrétion. Les façades beiges des maisons leur donnent des airs d'indifférence, mais à l'intérieur on vit, et on guette l'étrangère qu'elle est. Elle comprend comment les gens font pour se tenir au courant, à Saint-Jean. Ils se postent derrière leurs rideaux et voient tout.

Il y a chez Yvonne des réserves suffisantes pour une autre semaine d'autarcie, Zola n'a donc besoin de rien. Si elle entre dans la boucherie, c'est pour découvrir les habitants du village. Les voir en face, en vrai, pour leur devenir plus réelle et qu'ils cessent de l'épier.

Ou peut-être qu'elle cherche leur compagnie. Ce serait nouveau, ce n'est pas son genre, mais pourquoi pas.

Mme Lavaud l'accueille avec force exclamations et un sourire plus large que le monde, tout en poursuivant une conversation avec les clients arrivés avant elle. Sa voix forte rebondit sur les murs carrelés de sa boutique. Elle rit, commente, et navigue d'une pièce de viande à l'autre, qu'elle attrape dans sa vitrine ou dans la chambre froide dans laquelle elle disparaît, puis revient les bras chargés d'un paquet blanc. *C'est marrant,* pense Zola, *cette femme si vive dans une boutique de viande morte.*

— Alors, vous restez parmi nous un peu plus longtemps ? lui lance Mme Lavaud.

Elle tire au centre de son billot une masse rouge marbrée de blanc et de sa main libre elle saisit le manche de sa feuille.

— Vous vous plaisez ici ? demande-t-elle en abattant la lame large et rectangulaire d'un coup franc.

Chlack !

— C'est certainement plus tranquille que là-haut.

Chlack !

— À Paris !

Chlack ! Chlack !

— Qu'est-ce que je vous sers, Zola ? C'est bien ça vot' nom, hein ?

Zola, qui n'est venue pour rien et qui ne savait pas qu'on la connaissait déjà jusqu'au prénom, examine en vitesse la vitrine, le comptoir, la caisse, les étagères sur le mur au fond de la boutique. Elle demande un saucisson au poivre.

— Vous pouvez m'appeler Adèle ! déclare la bouchère en lui tendant son saucisson. Parce que c'est mon nom ! ajoute-t-elle avant d'exploser d'un rire qui lui agite le corps entier, faisant trembler la peau de son cou charnu et son tablier qui peine à embrasser en entier l'ample configuration de sa poitrine.

À la boulangerie, où Zola demande un éclair au café, la scène est presque similaire. Tout le monde sait qui elle est.

Tout le monde, aussi, semble de bonne humeur. Elle repense à Sylvain, l'homme du bois, et à son amabilité immédiate. *Il n'y a pas que la nature qui est agréable à fréquenter ici,* songe-t-elle. *Il y a aussi les gens.* Ici on se parle en se regardant dans les yeux, on se sourit, on s'appelle par son nom, on s'observe en cachette.

Cette bonne humeur est contagieuse, Zola remonte jusqu'à la maison le cœur chargé d'espoir, quelque chose de vif dont la chaleur l'avait désertée depuis longtemps. Les paroles d'Yvonne lui reviennent, comme souvent ces derniers jours.

« On peut se réparer. »

Quand elle avait cinq ans, Marthe et Victoire – alors âgées de treize et quinze ans, adoraient une chanson, qu'elles jouaient en boucle sur le lecteur CD du salon. Les mains jointes, elles sautaient en chantant dans des cris. Elles riaient, et Zola, pas plus haute que trois pommes, voulait les imiter et rejoindre leur danse. Le refrain disait : « Et devant tout c'qui nous sépare, sans plus rien qui répare. » Mais Zola ne parvenait pas à répéter les paroles sans les emmêler. Les poumons déployés dans un élan fier et la voix aussi fine qu'un sifflet, elle entonnait : « Au nom de tout c'qui nous répare, sans rien qui nous sépare. » Ses sœurs hurlaient de rire. « Chante-nous la chanson qui répare ! » l'invitaient-elles souvent, pour le plaisir de voir leur toute petite sœur s'égosiller, en y mettant tout son cœur, sur ce refrain qu'elle inversait.

Depuis, Zola a cette chanson en tête, qu'elle n'arrive toujours pas à ordonner proprement. « Au nom de tout ce qui nous répare », entend-elle.

Et elle se demande ce qui nous répare.

Et elle pense à ses sœurs. À la vérité qu'elle ne leur dit pas. À tout ce qu'elle cache, y compris à elle-même. Ça l'entête.

Finalement, ça fait réfléchir de marcher autant.

Dimanche, lorsqu'elle se réveille, le jour affleure. Zola veut s'extraire de son lit sans attendre pour goûter vite à la campagne froide du petit matin. Elle veut se régaler des arbres et de l'odeur de réglisse de leurs troncs moites, sentir la terre crisser sous les bottes jaunes d'Yvonne qu'elle a définitivement adoptées. Ce sera son petit déjeuner : un grand bol de Saint-Jean.

Elle remonte la route jusqu'au bois, un choix désormais rituel. Cette fois, elle décide de le traverser. C'est la première fois qu'elle y pénètre depuis qu'elle est tombée de l'arbre. Elle franchit la bande de terre inégale sous les arbres, jusqu'à retrouver, à l'autre bout, le ciel blanc et l'étang. Elle se poste sur la pelouse, que les journées grises ont rendue spongieuse. Le ciel est bas et un brouillard avance sur l'étang, avalant le décor et les bruits qui, normalement, l'habitent. Zola laisse ses yeux se remplir de cette vue restreinte. Elle croit d'abord ne penser à rien et y trouve un apaisement plaisant. Mais tout de suite une idée lui vient, comme invitée par le calme alentour et la surface soyeuse de l'eau.

Au fond je n'ai jamais cru que ça marcherait, avec Quentin.

Ah bon ? D'où vient une telle déclaration ?

Elle se souvient de leur rencontre.

Tout de suite, ce qui les rassemblait, c'était la somme de leurs différences. Quentin était cartésien, terre à terre, Zola rêveuse, impulsive. Elle aimait regarder des séries enroulée dans un plaid sur son canapé, il lisait des essais de politique et d'économie. Zola aimait les randonnées, dormir dans des tentes minuscules au milieu de forêts, entendre les vrais bruits de la nature. Quentin aimait les musées. Pour le reste, ils étaient d'accord. Les copains qu'ils ont vite partagés, les verres, les dîners, les conversations. Zola aimait discuter avec Quentin, c'était toujours intéressant et intelligent.

Ensemble, ils étaient bien. Ils se complétaient, ils se trouvaient beaux, ils faisaient l'amour, ne se posaient aucune question.

Mais je savais que je me lasserais, s'entend-elle penser maintenant.

C'est une idée calme, qui ne cherche pas à l'affronter. Zola a l'impression que c'est l'étang qui lui fait cette révélation. Elle secoue la tête, claque la langue contre ses dents de devant et se détourne du plan d'eau, intriguée par ce qu'elle vient de penser.

Lorsqu'elle rebrousse chemin, impatiente de boire le café qui l'attend à la maison, elle aperçoit Sylvain et son chien. Ils la devancent de quelques mètres. Elle ne les a pas vus, ni autour de l'étang, ni entrer dans le bois.

De loin elle peut voir Tokyo, qui stoppe sa course, tourne sur lui-même, se fige, le museau tendu vers elle. Il se précipite dans sa direction en étouffant dans ses bajoues un aboiement enjoué. Sylvain les rejoint.

— Comment vas-tu ? lui demande-t-il en pointant son nez vers le bras de Zola.

Elle repense à leur dernière entrevue, quand elle avait les cheveux sales. Depuis, il n'est pas revenu lui demander des nouvelles, elle se demande si c'est parce qu'elle lui a fait peur. Mais sans doute avait-il mieux à faire.

— Ça va, dit-elle.

Elle reprend sa marche et il l'accompagne.

— C'est bien que tu sortes un peu te promener, dit-il. Ça va te faire du bien. Et comment tu trouves Saint-Jean ? Pas trop calme pour une Parisienne ?

— Tout le monde me pose cette question, répond Zola.

— Alors ?

— Alors si tu viens à Paris, je ne sais pas si j'aurais l'idée de te demander si c'est trop bruyant pour un Lussacois.

Elle marque une pause.

— Mais je devrais peut-être, rit-elle. Je crois que Paris est trop bruyant pour tout le monde, même pour les Parisiens. Et, pour te répondre, le silence ici, je l'adore.

— Ah oui ? dit-il, content.

— Oui, je l'adore parce qu'il fait beaucoup de bruits charmants. Les oiseaux, le vent, les gouttes de rosée, et puis il y a cet âne, à la sortie du village, qui hurle dès qu'il me voit passer…

— Ah oui ! s'esclaffe Sylvain. C'est l'âne des Renoult, on l'a baptisé Grande Gueule. Plus personne ne se souvient de son vrai nom. Enfin, en tout cas, tu aimes « les bruits charmants du silence lussacois », répète-t-il, amusé.

— Ça doit me donner des airs de Parisienne typique, remarque Zola.

Devant le portillon d'Yvonne, ils s'arrêtent.

— Ça te dit de venir boire un café avec nous ? Mon grand-père sera ravi, explique Sylvain en désignant la maison d'en face.

Chez la tante Fernande.

— Il adore rencontrer des gens.

D'un coup elle est timide. C'est idiot. Elle n'avait jamais envisagé qu'elle pourrait visiter la maison de Fernande. Pour elle c'était une sorte de légende, comme une histoire enfermée dans un livre. Mais c'est irrésistible, Zola veut voir. Elle accepte.

Elle découvre enfin le voisin, ce grand homme à la couronne blanche.

De près il est plus grand qu'elle ne l'imaginait. Son imposante stature est enveloppée dans un épais gilet de laine beige décoré de motifs marron et d'un pantalon côtelé d'où déborde le renflement léger de son ventre. Il barre le couloir, sa main tachée courbée sur le pommeau de sa canne, le visage aussi froissé qu'un vieux parchemin. Son sourire fait briller ses yeux sous la peau avachie de ses paupières. C'est un regard très jeune dans une vie très avancée, et de cet homme n'émane que l'accueil et la bonhomie.

Il les invite à le suivre dans la maison parfumée aux effluves de café et de pain grillé. Dans le couloir, Zola tend le cou pour apercevoir ce qui était le cabinet du docteur et l'office de Fernande. Là où Yvonne est tombée amoureuse de la littérature et d'Edmond. C'est très romantique de découvrir ce lieu, même si les années l'ont sûrement changé.

— Voilà ! lance l'homme, les bras ouverts, en la faisant asseoir à la grande table ovale de sa salle à manger. Il s'installe en face d'elle pendant que Sylvain dispose les tasses, le pot de café et un panier longiligne rempli de tranches de pain.

— Je suis heureux de faire enfin votre connaissance, dit l'hôte.

Ses yeux disparaissent sous les fentes ridées de sa bonne humeur.

Tokyo s'installe aux pieds de Zola, et dans un grognement d'abandon il dépose sa gueule sur ses pattes croisées.

— Sylvain m'a dit que vous aimiez vous cacher dans les bois, lance l'homme avec un clin d'œil.

Zola se tourne vers Sylvain et le fusille du regard. Ce dernier, loin d'être impressionné, lui offre un sourire qui creuse une fossette dans son menton et allume dans ses yeux bruns une lumière qui porte assez de camaraderie pour que Zola desserre les dents.

— J'aime faire mes besoins au grand air, le samedi matin, dans la campagne, énonce-t-elle fièrement.

Les yeux du vieux monsieur s'arrondissent, repoussant le poids de ses paupières pour découvrir davantage la pureté de leur éclat. Ils se plissent ensuite, comme capitulant sous la peau trop lourde qui les surplombe, et mille stries se forment à leurs coins, les étirant jusqu'à les fermer presque. Il laisse échapper un rire à peine audible qui lui agite les épaules et la peau lâche qui pend de son menton. On ne l'entend pas, mais on devine son hilarité à ses yeux qui pleurent et à ses épaules qui tremblent.

— Ah ça, c'est vraiment drôle ! dit-il, je comprends que vous soyez l'amie d'Yvonne, vous avez de l'humour et elle aime bien ça.

Il tire un mouchoir de sa poche et se mouche.

— Et votre prénom alors, reprend-il une fois calmé. Sylvain me l'a dit je crois, mais je suis désolé, je ne l'ai pas retenu.

— C'est Zola.

— Zola ?

— Oui.

— Ça, c'est joli, dit l'homme en inclinant la tête. Eh bien moi, je ne me suis pas présenté. Je suis Edmond.

36

— Jusqu'à quand êtes-vous avec nous ? lui a demandé Edmond.

Zola s'est amusée de cette formulation. « Avec nous ».

Pour commencer, elle n'a pas su répondre. Tout l'espace de ses pensées était occupé par ces mots, qui se répétaient en boucle : *C'est Edmond. Edmond, Edmond ? Le Edmond ?*

Lorsqu'elle est partie, Edmond a dit « Revenez quand vous voulez, après tout nous sommes voisins ». Zola a répondu « Oui, oui ». Mais, de retour chez les Grabowski, elle a tourné autour de ce prénom. Edmond, cette évidence. Bien sûr que c'était lui. Yvonne le lui a dit, la tante Fernande n'avait pas d'enfant, Edmond était son neveu préféré. Naturellement, la maison lui est revenue. Zola s'est trouvée idiote de ne pas l'avoir deviné plus tôt. Edmond était jusqu'alors le personnage d'une fiction qu'Yvonne lui a livrée comme on raconte des histoires, le soir, avant de s'endormir. Elle n'avait pas songé à le chercher dans la réalité.

Maintenant, Edmond est un vrai homme, le voisin d'en face.

C'est surprenant. Zola se demande pourquoi Yvonne n'a rien dit.

D'ailleurs, elle se demande ce qu'Yvonne en pense. D'avoir Edmond pour voisin. Zola ne les a pas vus interagir. Elle pensait que cet homme était un inconnu. Mais peut-être se parlent-ils. Zola était si accaparée par son travail et ses blessures qu'elle n'a pas fait attention aux allées et venues de son hôtesse.

Edmond s'est marié avec une autre.

En 1961. Zola se demande ce qui s'est passé, ensuite. Si ça s'est terminé ainsi. Bêtement. Et si pendant les six décennies qui ont suivi, Yvonne et Edmond ont réalisé chacun leur destin en restant l'un pour l'autre le souvenir distant et depuis longtemps digéré du tout premier amour.

Elle ne sait pas encore ce qu'elle dira à Yvonne.

Pour l'instant, elle n'est pas retournée dans la maison d'en face, malgré l'invitation d'Edmond. Elle préfère poursuivre son exploration de Saint-Jean, poussant chaque jour plus loin ses promenades, jusqu'à sortir du village. Elle a découvert ainsi d'autres bois, une rivière vive qui court dans des roches couvertes de mousse, des chemins boueux, des champs infinis et des hameaux isolés gardés par des chiens aux aguets.

Elle a marché, monté, traversé, descendu, misant sur ses jambes pour compenser l'inutilité de ses bras ; l'un, cassé, et l'autre, dont elle ne sait rien faire. Depuis plusieurs jours, Zola consomme la campagne au rythme de ces déambulations dont elle rentre repue et enveloppée d'une fatigue moelleuse. Elle s'était trompée : elle n'est pas immobile. Pas à Saint-Jean, en tout cas.

Le jour du retour d'Yvonne, elle rejoint l'étang et, est-ce le souvenir de la fois précédente ou une magie hypnotique contenue sous la surface endormie ? Zola, de nouveau, pense à Quentin.

J'ai toujours su que je ne finirais pas avec lui.

Ça lui colle au crâne.

Il lui faut une suite à cette phrase. Une explication. Un démenti. Zola interroge l'étendue d'eau, comme si elle avait conservé pour elle les explications qu'elle espère.

Elle s'assied sur un rocher.

Ça recommence. Une scène, nette, lui revient en mémoire. C'est un mois de mai, chez eux. Car c'est chez eux, désormais. Cet appartement qu'ils ont visité une fois, et dont ils ont signé le bail dans l'après-midi. Ils y sont depuis trois mois.

Zola savait qu'un jour elle habiterait avec quelqu'un, mais elle n'en faisait pas une priorité.

En parlaient-ils, avec Quentin ? Un peu. Pas tellement. Ils n'avaient rien contre. À la réflexion, c'étaient surtout les autres qui en parlaient.

« Alors, quand est-ce que vous vous installez ensemble ? » demandaient les amis.

« Lorsque vous vivrez ensemble ceci, et lorsque vous vivrez ensemble cela », répétait souvent Victoire. Mais Victoire a toujours parlé des choses avec une étape ou deux d'avance. Lorsque Zola a rencontré Quentin, Victoire lui disait : « Pour vos un an vous devriez partir en voyage. » Quand ils ont emménagé ensemble elle disait « Lorsque vous vous marierez » en alternance avec « Quand vous aurez des enfants ».

Et lorsqu'ils ont parlé de mariage…

C'était ce soir-là. Il y a presque trois ans. Elle le sait, parce qu'Aline était encore là, mais que c'était aussi son dernier printemps.

Ils sont dans leur canapé, ils regardent *Game of Thrones*, les pieds de Zola sur les genoux de Quentin. À l'écran les têtes tombent et le sang coule, on crie, on meurt, la musique embarque les drames, mais Zola ne suit pas. Son champ de vision est obstrué par les mines grises. Elle voit son père, ses sœurs, et même Quentin, tout le monde fait la gueule en ce moment. Depuis quelques semaines, Aline est au lit et elle ne peut plus le quitter. Il faut une machine pour la porter jusqu'à sa douche. Antoine est dépassé, Marthe vient bientôt pour montrer à leur mère des techniques de respiration et de méditation. Les mâchoires se crispent sur le point d'interrogation que personne n'ose formuler à voix haute : combien de temps encore ?

— Ça va ? lui demande Quentin.

Il l'observe depuis longtemps peut-être. Zola cligne des yeux, comme si on venait de l'extirper d'un rêve. Elle lit l'inquiétude dans ses yeux, alors elle lui sourit.

— Oui, oui.

Sur ces joues, cette remontée subtile des muscles du visage lui donne une impression de réveil. Ça faisait longtemps qu'elle n'avait pas fait ça, sourire. Même si elle l'a fait pour le rassurer, c'est agréable. Quentin lui répond par le même effort des zygomatiques. Il est beau. Il est là. Zola ressent une bouffée chaude lui remplir la poitrine, le sentiment d'être accompagnée, pas seule en tout cas. Soudain elle ne veut plus que ce réconfort. Ils se sourient : la vie, ça devrait être comme ça.

— Et si on se mariait ? dit-elle alors que dans la télé on s'écharpe dans des grognements bestiaux.

Maintenant, l'étang de Saint-Jean lui arrache un soupir.

Zola voudrait revenir à la certitude de cette seconde durant laquelle l'idée de se marier lui a semblé la meilleure de toutes. Elle revoit Quentin, le visage radieux bien que portant les marques de la surprise.

— Ben oui… Oui, je crois que c'est une très bonne idée, Zo.

Elle s'est mise à annoncer la nouvelle. À ses parents d'abord, à ses sœurs, au travail. « Quentin et moi, on va se marier. »

Partout, cette phrase a redessiné de la joie. Ça faisait longtemps qu'autour de Zola, on n'avait pas été aussi content.

La maman de Quentin s'est emparée des préparatifs, alors que Zola consacrait l'essentiel de son temps libre à Aline, qui déclinait à vue d'œil. Un jour, cette dernière s'est mise à mourir pour de bon. On a annoncé des délais, ça n'excéderait pas le trimestre, il fallait que tout le monde se prépare.

On a cessé tout net d'organiser le mariage.

Quentin comprenait, il attendait, et Zola lui était reconnaissante pour sa patience.

Ensuite, Aline est morte.

« Comme tu veux, et quand tu veux, c'est toi qui me diras quand tu le sentiras », a dit Quentin. Mais Zola n'a jamais reparlé du mariage. Le temps s'est étalé. Tout ce dont elle se souvient, c'est du silence dont elle n'est jamais complètement sortie ensuite.

Zola revient à elle et à l'étang. Elle inspire longtemps, se lève et remonte dans le bois.

Avant de rentrer chez Yvonne, elle bifurque et se retrouve à la porte d'Edmond.

Elle sonne. Il lui ouvre.

— Je suis venue les mains vides, s'excuse-t-elle en entrant.

— Viens, dit-il de bonne humeur, assieds-toi dans la salle à manger, j'ai fait des biscuits au beurre pour

Sylvain, il doit passer. Il travaille au garage, ça ne fait pas si longtemps.

Edmond s'arrête et, appuyé sur sa canne, il fait rouler ses yeux vers le plafond.

— Ça fait bien un an, oui, qu'il est revenu. Il vivait à Lyon.

Zola hoche la tête, son sourire est un masque sur ses pensées qui lui susurrent : *Tu es Edmond, le neveu de Fernande et du docteur, tu déclarais ta flamme sur de petits papiers bleus, tu es parti en Algérie, tu avais promis le mariage à Yvonne, mais ce n'est pas elle que tu as épousée. Tu lui promettais de ne pas mourir et là, on peut dire que vous avez tous les deux tenu parole.*

A-t-elle seulement le droit de devenir copine avec Edmond ? De la culpabilité elle transite vers le blâme : c'est la faute d'Yvonne. Quelle idée, aussi, de ne lui avoir rien dit !

À la porte, une agitation la distrait. C'est Sylvain qui entre, avec Tokyo. Edmond se lève et Zola l'imite. Le grand-père embrasse son petit-fils sur chaque joue en lui étreignant les épaules, et dans le même geste, Sylvain se penche sur Zola et lui fait la bise, comme s'il oubliait qu'ils sont de relatifs étrangers.

— Ça va, le bras ?

Zola s'empare de cette question comme prétexte pour baisser les yeux sur son plâtre et dissimuler le rose qui lui peint les joues. Edmond les fait s'asseoir.

La salle à manger est une pièce aussi chaleureuse que spacieuse. Une longue table ovale trône en son centre sur un immense tapis persan. Des motifs beiges démodés tapissent les murs, les hautes fenêtres sont escortées de lourds rideaux bruns et un large lustre d'où pendent des dizaines de langues de cristal pointe vers le milieu de la table. La pièce forme un coude vers un salon occupé par un grand canapé clair, couvert de coussins colorés en face d'une imposante cheminée en pierre. Un buffet massif en bois sculpté occupe le mur qui longe la table, sa surface couverte de cadres affichant des photos en couleurs, sépia et noir et blanc.

Edmond les laisse, le temps d'aller préparer du thé.

— Alors, tu habitais à Lyon ? hasarde Zola avant que le silence ne s'installe.

— Oui, répond Sylvain. J'ai eu besoin de prendre l'air et le garage menaçait de fermer, ils manquaient de bras. C'était ma chance.

Elle lui sourit, il lui sourit, chacun semble attendre de l'autre qu'il poursuive.

— Et toi ? Tu fuis Paris, aussi ? lui demande Sylvain à son tour.

— Oh, ben…

Après tout, à lui, elle peut dire la vérité.

— Oui, concède-t-elle en riant. Je dois fuir quelque chose, mais je ne suis pas certaine de quoi.

— Tu as commis un crime ? la taquine Sylvain.

Edmond les rejoint, agrippé au plateau chargé de leurs tasses, de la théière et des biscuits annoncés.

— J'étais en train de demander à Zola ce qu'elle fuyait, ici, loin de Paris.

— Ah ? s'intéresse Edmond. Tu fuis ? Tu n'as pas un amoureux qui t'attend là-bas ?

— Oui et non, répond Zola, la bouche courbée dans une moue indécise. C'est compliqué.

Après un silence elle ajoute :

— Mais au fond, peut-être que je ne fuis pas. Parfois on part pour trouver quelque chose.

Elle regarde son bras et ajoute :

— Et parfois on se casse le bras. Alors… Il faut se réparer.

37

— ZOLA, JE NE PENSAIS PAS VOUS DIRE ces mots, mais je suis contente d'être arrivée à Saint-Jean !

— C'est la route, Yvonne, remarque Zola, concentrée sur la carotte qu'elle tente d'éplucher d'une main. Ça a dû être crevant, à votre âge.

— Vous alors ! s'esclaffe Yvonne de bon cœur. Vous n'hésitez pas ! Je suis vieille, ça, je vous le concède. Mais j'ai encore ce qu'il faut pour parcourir quelques centaines de kilomètres.

— Ce n'est pas pour vous que je m'inquiète, c'est pour les autres automobilistes. Quand je vois comment vous conduisez, sans vouloir vous vexer, hein…

— Non mais dites, c'est ma fête ce soir ? Et puis donnez-moi cette carotte, vous vous compliquez la vie, franchement ! Laissez-moi éplucher et vous pourrez découper si ça vous chante, d'une main, c'est faisable.

— J'ai appelé les Érables, annonce Zola. Ils m'ont dit qu'une dame était venue, j'ai prétendu que vous étiez ma tante. Qu'avez-vous pensé de mon père ?

— Ah, soupire Yvonne. Votre papa, mon petit, c'est tout un monde effacé, pour vous ça ne doit pas être facile.

— Pour lui non plus.

— Oui, mais lui, rétorque Yvonne, qu'en sait-il ? Tandis que vous, vous le savez. Je l'ai trouvé chétif et son infirmière m'a dit que son poids se stabilisait ces temps-ci. Je lui ai parlé de vous. Ça vaut que ce que ça vaut, mais j'ai pensé que c'était mieux que rien.

— Et qu'avez-vous raconté ? interroge Zola. Pas trop d'horreurs, j'espère.

— Bof ! souffle Yvonne en haussant les épaules. Je n'ai que du bon à dire de vous. Je lui ai dit que vous alliez bien, que vous l'embrassiez très fort, et que vous étiez en train de prendre soin de vous à la campagne. J'ai fait simple. Et vous ?

— Et moi quoi ?

— Comment avez-vous occupé votre temps ?

— J'ai vu Saint-Jean. J'ai marché beaucoup, partout. J'ai ouvert votre livre.

— Lequel ?

— Romain Gary. Je le prends, raconte Zola, et je l'ouvre au hasard, juste pour voir son genre de phrases. Et vous savez sur quoi je tombe ? « Avec l'amour maternel, la vie vous fait une promesse qu'elle ne tient jamais. »

— Aaah oui ! sourit Yvonne en se levant pour rincer ses carottes. Je l'aime bien, celle-là.

— Oui… J'ai bien accroché avec tout le paragraphe, mais je n'ai retenu que cette phrase. J'y ai pensé souvent depuis.

— Et qu'avez-vous pensé ?

— J'ai pensé à ma mère.

— Bien entendu.

— C'est marrant, Zola expire un rire discret. Ça m'a rappelé cette phrase qu'elle disait pour tout, tout le temps : « Toutes les bonnes choses ont une fin. » Je ne vois pas le rapport. C'était peut-être sa promesse à elle. Je crois qu'en disant cela, elle voulait adoucir nos mélancolies, même si ça paraît paradoxal. C'était la fin, c'était triste, mais c'était la vie, donc c'était normal. Peut-être que pour elle c'était plus facile à accepter.

— Et pour vous ?

— Je détestais cette expression ! s'esclaffe Zola. Moi, je trouvais que toutes les bonnes choses finissaient trop vite, j'aurais voulu qu'elles n'aient jamais de fin. Rien ne durait assez. Ça me brisait le cœur.

— Mais tout a une fin, conclut Yvonne en fixant sur Zola ses yeux océaniques. La vie est une somme de bonnes choses qui arrivent et se finissent. Lorsqu'une bonne chose trouve sa fin, c'est qu'une autre vous attend.

— Ah, Yvonne ! j'adore vos petites phrases !

— Vous me faites rire… Au fait, je change de sujet, ou presque. Et votre sœur ?

— Ma sœur ?

— Oui, la parfaite. Ou même le miracle. Vos sœurs, en somme.

— Victoire et Marthe ? questionne Zola. Et quoi ?

— Leur avez-vous dit la vérité ?

— Laquelle ?

— Toutes, répond Yvonne.

— Avec Marthe, on se parle rarement. Deux ou trois fois par an, et à Noël. Et puis pour nos anniversaires. Et puis avec Victoire… Non, elle n'est toujours pas au courant. « Pour toutes mes vérités », comme vous dites.

— Elles ne se doutent de rien ?

— Non, déclare Zola. Victoire m'appelle presque tous les jours et à chaque fois je crois que c'est la bonne. Que je vais devoir lui dire « Je me suis cassé le bras, je suis dans la Creuse », et ainsi de suite. Mais… Rien.

— Ah bon ?

— Oui, confirme Zola. C'est très facile de mentir, Yvonne, il suffit de ne rien dire. Avec Victoire, la technique, c'est de la laisser parler. Elle a toujours quelque chose. Sa vie est bien remplie, elle serait la première à vous le dire. Alors je décroche, je dis : « Hello, comment ça va ? » Et c'est parti.

— Elle ne vous demande rien ? s'étonne Yvonne.

— Pas vraiment. Elle trouve toujours une seconde, en fin de conversation, pour me demander « Et toi ? ». Alors je n'ai qu'à lui dire des choses simples. Que j'ai du travail, que je suis occupée, fatiguée, voilà. Et à ce stade, elle n'a plus le temps de m'écouter. Alors Victoire se satisfait de mes réponses et elle raccroche. Depuis quelques jours, j'ai même beaucoup moins de nouvelles, je laisse faire…

— Je crois que si vous disiez la vérité, vous seriez plus en paix.

— C'est l'inverse, rétorque Zola. Lorsque je fais n'importe quoi avec ma vie professionnelle, que je suis célibataire trop longtemps et que je continue d'être triste d'avoir perdu ma mère, les gens s'inquiètent, ils me regardent la tête penchée, ils hésitent, ils m'évitent, je suis un poids qu'ils me rendent au centuple et là, Yvonne, c'est lourd. Si je ne dis rien, ils me fichent la paix.

— …

— Vous ne trouvez pas ça logique ?

— Si, je comprends, admet Yvonne. Mais je sais aussi que la vérité est une grande liberté, peut-être la seule qui nous appartienne.

— Tenez, j'y pense ! Zola rive ses yeux sur Yvonne. Vous qui me parlez de vérité…

— Oui ?

— Allez Yvonne, je sais tout, la taquine Zola.

— Ah mais… Je…, bafouille Yvonne en promenant ses yeux d'un bord à l'autre de la pièce.

— Je vous rassure tout de suite, s'empresse Zola, la voix douce. Ce n'est rien, vraiment, j'ai juste trouvé ça curieux et j'ai eu tout de suite envie d'en savoir plus, j'étais impatiente que vous rentriez pour vous poser toutes mes questions.

— Mais comment l'avez-vous su ? demande Yvonne, soudain plus pâle. Vous avez fouillé ?

— Ben non, répond Zola en haussant son épaule gauche. Il se trouve qu'il m'a invitée à boire un thé et que j'y suis allée. Quitte à être en vacances, je n'avais rien de mieux à faire. C'est comme ça qu'on s'est rencontrés.

— Alors là mon petit, commence Yvonne en agitant ses boucles. Je suis perdue ! De quoi parlez-vous ?

— Ben c'est plutôt « de qui », répond Zola. Vous auriez pu me prévenir que le voisin d'en face, c'était Edmond, c'est tout. Mais je le sais maintenant, je le connais, et même, on se tutoie. Oui, voilà.

— Edmond ? s'exclame Yvonne. Aaaah ! elle pousse un long soupir et son visage reprend vie.

— J'ai quand même été mal à l'aise, Yvonne ! Imaginez ma surprise, je suis là, face à Edmond. Edmond, Edmond. *Le* Edmond de votre histoire. En chair et en os.

— Eh bien oui, Edmond habite en face, bougonne Yvonne.

— Ça vous emmerde ? demande Zola.

— Quoi, maintenant ?

— Que je sois devenue copine avec Edmond, plaisante Zola.

— Certainement pas ! s'exclame Yvonne en surjouant l'enthousiasme. Tout le monde aime Edmond, de toute manière. C'est très bien, je n'ai rien à dire de spécial.

— Ah si, Yvonne ! Par exemple, puisqu'il est juste en face et qu'il est Edmond, comment se fait-il que vous ne soyez pas amis ?

— Je vous ai raconté notre histoire.

— Mais vous n'avez pas fini, remarque Zola. J'aimerais savoir. Vous revenez ici après des mois d'absence, Edmond est marié. Et maintenant c'est un vieux monsieur et c'est votre voisin d'en face. Entre-temps, que s'est-il passé ?

— Ah ! s'exclame Yvonne en souriant au souvenir qu'elle va évoquer maintenant. D'autres rendez-vous m'attendaient, mon petit. D'autres grands amours.

38

— J'avais déjà perdu l'une des personnes que j'aimais le plus au monde, commence Yvonne. Ma sœur. La mort est la plus irréparable des déchirures. Après elle, on relativise toutes les douleurs.

« Je vais vous dire franchement : perdre Edmond a été pour mon cœur une démolition semblable à la perte de Raymonde. À une différence près, c'est qu'il était en vie, fidèle à notre promesse. En voilà une, au moins, qu'il avait tenue, et jusqu'à aujourd'hui, comme vous avez pu le constater. Je n'en ai pas été tout de suite réconfortée. Ça a d'abord été un choc, d'apprendre ainsi qu'il était marié. Qu'il était perdu. Quand on a passé tant d'années à se promettre de ne même pas autoriser la mort à nous séparer, c'est un ajustement violent. Ce qui s'est passé pour moi, ensuite, je l'avais déjà expérimenté en perdant ma sœur. J'ai compris qu'il y avait une suite à mon histoire, et qu'elle était entre mes mains. En d'autres termes, la vie continuait, et j'avais à choisir où j'irais la vivre, maintenant que ce ne serait plus aux côtés d'Edmond.

Je ne lui ai rien demandé. Je pensais qu'Irène était enceinte.

Vous savez, nous n'étions pas naïfs. J'étais loin, très loin. Je me doutais qu'Edmond, qui avait si belle allure, qui plaisait tant aux jeunes femmes, pouvait faire des rencontres. Mais je savais, plus que tout, son cœur. Du moins, je le croyais.

Il était l'amour de ma vie et j'étais le sien. L'imaginer rouler contre le corps d'une autre, comme il l'avait déjà fait avec moi, ne m'amusait pas du tout, je vous l'assure. Je tâchais de ne pas y penser. Mais je comprenais que cela pût arriver. J'avais eu l'occasion de faire des rencontres, depuis que j'étais à Paris. Je ne faisais pas l'erreur de confondre ces petits instants avec notre amour.

D'abord, donc, j'ai cru qu'ils attendaient un enfant. C'est tout ce que j'ai cherché à savoir. J'ai demandé à Andrée, à Danielle. Mais il n'y avait pas de grossesse. Edmond était marié parce qu'il l'avait décidé.

Je n'ai pas cherché plus loin. Je craignais que cela ne m'anéantisse. Or, à cette époque, tout ce dont j'avais rêvé par ailleurs s'offrait à moi. J'avais manqué mon rendez-vous avec Edmond, certes. Mais il était hors de question que je rate celui qui m'attendait : Paris, et l'enseignement.

Saint-Jean-de-Lussac était comme un coffre qui contenait les preuves de mon passé et que je décidais de ranger au grenier de ma mémoire, là où je pourrais l'ouvrir, parfois, pour sentir à nouveau l'odeur de mes origines.

Je suis rentrée à Paris et ne l'ai plus quittée. Ma mère et mon père n'aimaient pas la capitale, ils l'accusaient de les bousculer, alors j'avais du mal à les convaincre de m'y retrouver. Pour les voir, il fallait que je revienne ici.

C'était une bonne chose, car à l'époque, s'ils n'avaient pas été là, je pense que j'aurais tourné le dos à Saint-Jean pour de bon, et cela aurait été dommage. Mes retours sporadiques dans mon village natal m'ont toujours fait du bien. C'est un repère et, même si je lui ai alloué une place secondaire dans ma vie d'adulte, je crois qu'il est vertueux de toujours garder un fil, même le plus ténu, avec ce qui nous fonde.

Paris, d'abord, était donc un sauvetage. Là-bas j'étais certaine de ne jamais croiser Edmond, j'y trouvais ma guérison. Je comprenais enfin ce que j'avais refusé de voir plus tôt : il n'avait pas envie d'y vivre. Il s'y serait forcé plutôt que de me demander d'abandonner mes projets. Mais Edmond n'aimait pas Paris, il avait évité de s'y rendre autant qu'il l'avait pu. Trop amoureux, trop jeunes, nous n'avions pas voulu le reconnaître.

Il y aurait été malheureux. Edmond est un homme de la campagne, et n'y voyez aucun mépris, je vous assure, c'est une belle chose. Sa peau respire au grand air et son haleine est celle des essences boisées et des herbes grasses. Il est fait pour ces lieux où on lit l'heure en fonction du soleil, et où l'on devine la météo en observant les halos autour de la lune.

La ville, pour moi, n'est pas un bruit, mais le pouls d'un corps vivace. La foule décore mon monde. Je voulais les musées, les théâtres, les cinémas, un appartement au cœur d'un enchevêtrement de rues, les lumières des immeubles les nuits d'hiver, des scènes de béton et de bitume. Nous étions différents. Complémentaires sans doute. Jusqu'à devenir incompatibles.

Me dire que notre séparation nous avait épargné des sacrifices me procurait un début d'apaisement. Petit à petit, son mariage avec Irène me sembla presque honnête. On se console comme on peut, vous savez.

J'ai quitté la chambre que j'occupais durant mes études. Je voulais m'insérer plus encore dans la capitale, me coller à elle, et que ses trottoirs deviennent mon parcours quotidien. Je voulais être à côté de tous ses trésors, je voulais être un morceau d'elle. J'ai eu par ma mère le numéro de téléphone d'une cousine éloignée. Elle était plus âgée que moi de quelques années et vendait des chapeaux à la Samaritaine. Comme l'héroïne d'un roman d'Émile Zola.

Elle s'appelait Maryvonne Poulenc et avait grandi dans le Finistère. Dans cette Bretagne que je ne connaissais pas, mais qui nous unissait l'une à l'autre. Elle habitait rue Rémy-Dumoncel, dans le quartier de Montparnasse. L'appartement était au dernier étage et il n'y avait pas d'ascenseur. C'était un espace étroit et mansardé, mais agencé de manière agréable. Deux fenêtres donnaient sur d'étroits balcons incrustés dans le toit en zinc, où ne logeait qu'une seule personne à la fois. Un lit occupait la pièce principale, la remplissant presque. Le jour, il faisait office de canapé et la nuit, Maryvonne y dormait. Il y avait une chambre, aussi étriquée que le reste, qu'elle avait besoin de louer, car la personne qui y logeait avait annoncé son départ. Une collègue à elle, qui venait de se marier et quittait tout : l'appartement, la Samaritaine, et Paris.

La première fois que j'ai vu Maryvonne, je l'ai trouvée jolie, aimable et drôle. Elle avait les mêmes yeux bruns que ma mère, un nez qui ressemblait au mien, une gouaille énergisante et une simplicité réconfortante. Elle s'accordait bien avec son appartement. Lorsque j'ai découvert ce dernier, je n'en ai pas vu l'étroitesse. Je n'ai pas pensé qu'on y cuirait l'été, sous le toit brûlant de soleil, ni que nous serions obligées de porter plusieurs pulls et des bonnets l'hiver, jour et nuit, en nous réchauffant près du radiateur chétif et capricieux. La seule chose que j'ai vue ce jour-là, c'était que j'étais chez moi.

L'une des plus belles périodes de ma vie a pris là son envol. Je n'étais pas encore titulaire. J'allais de remplacement en remplacement. Il m'arrivait de faire jusqu'à quatre heures de trajet dans la journée. Pourtant, je n'ai jamais songé à déménager hors de Paris. Je la quittais joyeuse d'aller enseigner, et je la retrouvais comme une maîtresse impatiente. Maryvonne aimait sortir, elle avait beaucoup d'amis. Comme on dit, c'était une fêtarde. Souvent, je la suivais pour le plaisir de voir Paris, que je dévorais de mes yeux émerveillés. Je n'en avais jamais assez de cette ville.

Maryvonne et moi, nous intéressions les gens. Il nous était facile et immédiat d'entamer des conversations et des amitiés. Nous étions Yvonne et Maryvonne, les deux cousines bretonnes aux prénoms en écho. Nous étions le clou de la fête.

Dans l'intimité de notre petit nid, ma cousine était aussi plaisante et douce qu'elle était, au-dehors, vive et badine. Notre cohabitation était harmonieuse. Elle avait sa vie, j'avais la mienne, et dans les moments où nous nous rejoignions, nous nous entendions bien.

J'ai eu quelques flirts à cette époque. Des hommes charmants et variés. Ils étaient une curiosité à laquelle je goûtais sans m'y attarder, juste pour le plaisir de ces instants destinés à s'envoler vite. Je n'avais pas besoin d'autre chose.

Les années passèrent dans ce tourbillon exaltant. Maryvonne et moi approchions de la trentaine, et je vous laisse imaginer ce que l'on demandait de nous. Le mariage, les enfants. Les mêmes choses que l'on vous demande à vous aussi, je le sais. À cette époque en tout cas, il était encore plus exceptionnel d'atteindre cet âge sans un homme à ses côtés et déjà plusieurs enfants à charge.

Je n'avais jamais souhaité d'enfant. Plus jeune, d'ailleurs, je m'étais juré de ne pas en avoir. Aux côtés d'Edmond, j'avais découvert que, dans certaines circonstances, je pouvais trouver ce désir. Je l'aimais si fort. Ce n'est pas la maternité qui me séduisait, mais l'idée de fournir au monde d'autres gens issus de lui.

Mais Edmond était loin.

Avec Irène, ils ont eu un fils, puis un autre. Ma mère m'en avait informée. C'était sobre, informatif. Elle voulait m'épargner d'autres découvertes au hasard, mais nous ne nous attardions pas à parler de lui.

Lorsque je revenais à Saint-Jean, je l'évitais. Ce village est comme un étau fermé sur vous, on peut croire qu'il y est impossible de se cacher ou de choisir qui l'on voit et qui nous voit. Mais j'y suis née, et comme tout le monde ici, je connais les chemins de traverse, les voies dérivées, les cachettes. Je m'arrangeais pour être invisible à Edmond. Et j'y suis parvenue. Les rares fois où je l'ai croisé, car il y en a eu tout de même, je lui ai adressé de loin un signe de la main. Ensuite je passais mon chemin, il en faisait de même.

J'ai fini par décrocher mon premier poste de titulaire dans un collège de Cachan, en proche banlieue.

J'avais donc tout obtenu de Paris, et n'aspirais à rien d'autre que ce quotidien plein et libre que j'y menais.

Mais la vie est farceuse, Zola. Elle a cette manière d'attendre que vous aimiez absolument votre condition présente pour vous en proposer une autre.

Alors, j'ai rencontré Robert.

Maryvonne m'avait traînée dans une soirée d'avocats dégottée par je ne sais quelle relation. Je n'avais même pas envie de sortir ce soir-là, mais j'avais cédé à son enthousiasme. Ma cousine était persuasive. Robert est la première personne à qui j'ai adressé la parole à cette fête. Et la seule. Mais il faut que vous imaginiez Robert Grall.

Cet échalas aux épaules carrées et à la posture franche avait un sourire capable d'illuminer une nuit sans lune. Et des yeux, vraiment, les yeux de Robert c'était une affaire. Ils n'étaient pas bleus, ils n'étaient pas marron, les yeux de Robert pouvaient être verts ou anthracite, ça dépendait du jour, de l'humeur, du sujet. Son regard était gentil et attentif. Et, puisque j'étais bien plus petite que lui, il se baissait, pour mieux lire mes yeux à moi, et leur dire toute leur importance aux siens. Robert était avocat, un peu plus âgé que moi, il était breton. Notre conversation a pris racine dans nos origines communes, se poursuivant des heures, des jours, des semaines, une année.

Il était veuf et avait une petite fille, âgée de trois ans au moment de notre rencontre.

Margaux.

Je n'ai vraiment rencontré Margaux qu'au terme de cette première année durant laquelle Robert et moi étions trop occupés à tomber amoureux l'un de l'autre.

J'ai aimé cette enfant au premier regard. Elle avait dans les yeux le même sourire, les mêmes camaïeux et la même authentique gentillesse que portaient ceux de son père. Elle était mignonne et douce. Je ne me prenais pas pour sa maman, attention. Avec Margaux, nous sommes devenues amies. Elle aimait ma compagnie et moi la sienne.

Je n'avais souhaité ni mari ni enfant et, d'un coup, je recevais les deux.

Robert et Margaux se sont greffés à mon monde et moi au leur. Ils vivaient à l'est de Paris, à Vincennes, j'étais restée rue Dumoncel. Deux années sont passées sans qu'il soit question de changer cet état des choses. Ça n'était pas conventionnel, mais nous nous en fichions.

C'est un tableau idyllique, n'est-ce pas ?

Je croyais à son éternité. »

— Houlà ! s'exclame Zola. Vous dites ça comme si, justement, cela n'avait pas duré.

— Ces trois années étaient passées à une vitesse vertigineuse, répond Yvonne. Le bonheur accélère la vie.

Zola grimace à cette idée.

— En 1974, reprend Yvonne, Robert et moi étions très amoureux. Tout, avec lui, était une telle évidence ! Après avoir juré de ne jamais quitter Paris, j'ai décidé de les rejoindre, lui et Margaux, à Vincennes.

— Et ?

— Et je vous l'ai dit, Zola, la vie n'est pas un tracé franc et continu. Elle avait encore quelques coups de crayon en réserve. Des ratures, notamment.

— Que s'est-il passé ? insiste Zola.

— Il s'est passé..., réfléchit Yvonne. Il s'est passé la vie. La mort. Et il s'est passé Edmond.

39

Après quelques jours, Zola est retournée chez Edmond, qui l'a accueillie avec la même chaleur sincère que la première fois.

Depuis, puisqu'il est son voisin d'en face, et qu'il est content quand elle vient, elle n'hésite plus. Souvent, l'après-midi, c'est là qu'elle termine sa promenade, autour d'un thé et d'une conversation simple. Edmond lui parle de Saint-Jean, de la campagne, il lui pose des questions sur le métier qu'elle fait. Elle ne reste pas longtemps, juste assez pour passer un moment agréable. Quand elle s'en va, il lui lance : « Passe le bonjour à Yvonne ! »

« Edmond vous passe le bonjour », annonce Zola à chaque fois qu'elle rejoint Yvonne. Cette dernière lui dit merci, hausse les épaules, acquiesce, et retourne à ses occupations.

Aujourd'hui, le ciel postillonne un crachin qui trempe les vêtements et le visage. Zola arrive chez Edmond le corps tremblant et le nez froid. Ils s'installent à la même table, sirotent le même thé et dégustent les mêmes biscuits que les autres fois.

Dans l'entrée, la porte s'ouvre. Un couple apparaît dans l'embrasure de la porte de la salle à manger. Leurs joues sont rouges, ils portent l'accoutrement des randonneurs : des blousons imperméables et truffés de poches, des pantalons kaki qui dissimulent partiellement leurs épaisses chaussures, et deux gros sacs colorés qui leur couvrent tout le dos et dépassent jusque dans leurs nuques. Ils sont aussi dégoulinants que l'était Zola, quelques minutes plus tôt.

— Entrez ! invite Edmond.

Ils préfèrent aller prendre une douche. La femme a durci ses mots de *r* solides de *v* furieux. Dans sa phrase, il manquait des articles et les verbes n'étaient pas conjugués, elle n'est pas française.

— Ah mais bien sûr, vous avez raison, prenez une douche ! répète Edmond en leur promettant de mettre quelques biscuits de côté pour eux.

— Annika et Geert, mes Néerlandais, déclare-t-il ensuite comme s'il avait lu la question dans le regard de Zola.

— Tes *Néerlandais* ?

— Oui ! Je suis maison d'hôtes, tu sais. Ils sont mes premiers de l'année ! annonce Edmond, ravi. Ils sont arrivés hier. Ils n'ont pas peur du froid ! conclut-il en riant. Parce que le mois de mars, c'est parfois déjà le printemps, mais cette année, c'est l'hiver qui gagne !

Trois des cinq chambres de la maison d'Edmond sont dédiées à l'accueil des touristes venus de France et du reste de l'Europe.

— Ceux qu'on voit le plus souvent dans la région, ce sont les Néerlandais et les Anglais, explique-t-il à Zola. Mais depuis le Brexit, les Anglais… Il y a beaucoup d'Allemands, j'ai eu des Autrichiens aussi, l'été dernier. C'est qu'entretenir une telle maison, ça a un coût, poursuit-il. Je l'ai héritée de ma tante, il y a sept ans.

Il se met à lui raconter Fernande, le docteur Pasquet, et Zola reconnaît les bouts de l'histoire d'Yvonne. Elle acquiesce et enfourne des gâteaux en prétendant ne pas avoir déjà entendu parler de ces gens. Et d'Edmond.

Il lui explique qu'à la mort de Fernande, il vivait encore dans le bas de Saint-Jean, au-dessus de la boutique qui avait été celle de ses parents. La maison de Fernande est longtemps restée vide. Irène et Edmond y montaient parfois, pour ouvrir les fenêtres, la porte d'entrée, laisser l'air du dehors pénétrer les couloirs et souffler un peu de vie sur les murs qui n'abritaient plus personne. L'été, on y logeait la famille. Les fils, les petits-fils, des cousins de passage. Au moins, il y avait de la place.

Il y a deux ans, Irène est décédée. Edmond s'est laissé convaincre par ses fils et ses petits-enfants de revendre la boutique, qu'il avait mise en gérance dix ans plus tôt. Il est venu s'installer dans la maison des Pasquet, désormais la sienne, où sa solitude lui semblait plus douce, parée des souvenirs de toute sa vie, et décorée du jardin qu'il aurait plaisir à cultiver. Faire chambre d'hôtes lui est vite apparu comme une évidence.

— Comme ça je rencontre du monde, dit-il. Et j'ai besoin de cet argent. Ce n'est pas avec ma retraite que j'aurais de quoi entretenir cette belle maison. Mais j'aimerais savoir attirer davantage de monde…

— Comment tu te présentes sur ton site Internet ? demande Zola en leur servant une autre tasse de thé.

— Mon site Internet ? articule Edmond en écarquillant les yeux. Je n'en ai pas.

— Ah oui, voilà. Ça, ce serait pas mal, embraye Zola. Tu pourrais faire quelque chose de joli, avec une galerie de photos par exemple. Des images de la maison, du jardin, il est beau avec toutes ses fleurs, et les arbres. Et des photos du coin. La nature, c'est une pub à elle toute seule. Tu rédiges quelques lignes pour raconter l'histoire de cette maison. Elle est assez unique. Tu ajoutes un laïus pour te présenter. Et puis tu pourrais contacter les guides touristiques, j'imagine. Une page sur les réseaux sociaux, aussi, je crois que ce serait bien.

Elle ne remarque pas le regard perdu d'Edmond et sa mâchoire qui dégringole.

— Pour les textes, tu fais simple, mais bien tourné, il faut que ça raconte une histoire qui touche les gens, reprend Zola comme happée par une inspiration frénétique. Tu fais copain-copain avec les journaux locaux, peut-être même les journaux de chez eux ! Avec Internet tu peux traduire facilement les textes dans les langues de tes visiteurs !

Elle note enfin l'expression lointaine sur le visage d'Edmond.

— Tout va bien, Edmond ?

Ils sont de nouveau interrompus, par Sylvain et Tokyo, que Zola a pris l'habitude de croiser ici.

— Zola vient de me dérouler tout un site Internet, déclare Edmond à son petit-fils, comme pour lui permettre de rejoindre leur conversation. Elle m'a dit des ceci et des je-ne-sais-pas-quoi, elle veut faire de moi la star des maisons d'hôtes. *Business is business !* s'écrie-t-il les yeux rieurs.

Sylvain s'assied à côté de Zola.

— Je ne sais pas faire tout ça, moi, se désole Edmond en épongeant sur son front la sueur imaginaire que lui cause le sentiment d'être dépassé.

— Si tu veux, je peux t'aider, offre Zola.

— Ah, fait-il, embêté. C'est que je n'aurai peut-être pas de quoi te payer.

— On s'arrangera.

— Rien du tout ! Chez moi le travail se paye !

— Oui, Edmond, le rassure-t-elle en riant. Bien sûr. Ce que je veux dire c'est que tu pourrais m'apprendre à faire ces biscuits délicieux, par exemple, et en échange je te bidouille deux ou trois trucs.

Edmond est méfiant mais il accepte, pour voir. Un rendez-vous est pris, ils n'ont pas dit quand, mais Zola le voit se tourner vers Sylvain et lui demander comment s'est passée sa semaine.

— Très bien ! soupire Sylvain en s'étirant jusqu'à découvrir la bande duveteuse de son ventre, juste au-dessus de la ceinture de son pantalon.

Zola détourne les yeux, puis elle les renvoie à leur point de départ. La vue est belle après tout, pourquoi se priver ?

— Des projets pour ce week-end ? demande Edmond.

— Mon grand-père vérifie que je n'oublie pas de m'amuser, plaisante Sylvain en regardant Zola.

— Eh oui ! s'exclame Edmond. À vingt-huit ans, tu as bien le droit de te détendre ! Sylvain a eu une année difficile, l'année dernière, confie Edmond à Zola.

— Bon, Papi ! grogne Sylvain.

Puis, à Zola :

— Tu vas toujours te promener aux aurores le samedi ?

Elle lui répond oui, alors il lui propose qu'ils y aillent ensemble samedi. Elle est gênée, mais elle n'arrive pas à savoir pourquoi. Peut-être à cause du bas du ventre qu'il vient de lui montrer, ou de la manière dont elle remarque, à chaque fois qu'elle le voit, son jean qui moule ses fesses. Elles sont rondes, perchées en haut de ses cuisses, et il n'a que vingt-huit ans, pas de quoi se poser mille questions, il est tellement jeune, trop jeune pour elle, Zola ne s'intéresse qu'aux hommes plus âgés qu'elle d'au moins trois ans, alors quant à lui donner rendez-vous samedi matin c'est soudain, mais c'est dans deux jours, elle aura le temps de s'y faire, le silence qu'elle ne trouvera pas lui manque déjà, elle peut lui proposer qu'ils marchent sans se parler, elle regrette.

— Avec plaisir, répond-elle.

40

LE SAMEDI, SYLVAIN n'est au garage que l'après-midi, alors il commence sa journée par une promenade, pour se dégourdir les jambes avec son chien.

À l'orée du bois, où ils se sont donné rendez-vous, Tokyo se précipite sur Zola et plaque deux pattes pleines de boue sur son manteau. Sous le poids du chien elle perd l'équilibre, ça l'amuse. Plus loin, elle aperçoit Sylvain. Il s'est écarté du chemin et, les pieds enfoncés dans un amas de lierre et de branches encore couverts de rosée, il est accroupi et fixe le sol au pied d'un arbre, les sourcils froncés. Zola s'approche pour le saluer. Il lève vers elle son sourire, envoie son nez en l'air comme le font les Lussacois pour se dire bonjour sans parler, puis il se redresse en fixant de nouveau la zone, par terre, qui le préoccupe.

— Qu'est-ce que tu fais ? demande Zola.

— Je voulais jeter un coup d'œil aux racines de cet arbre, là, dit Sylvain en désignant le sol.

— Ah.

— De loin j'ai cru qu'elles étaient noircies, explique-t-il.

— Et c'est mal ? s'enquiert Zola.

— C'est pas génial, non. Ça pourrait être la maladie de l'encre, une putain de plaie pour les châtaigniers.

— Qu'est-ce que c'est ?

— Un champignon, répond Sylvain. Il se fourre dans le sol, il utilise l'eau pour se propager et forme un liquide noir, c'est pour ça qu'on l'appelle comme ça. Si les racines sont touchées, l'arbre meurt à petit feu et tous ses voisins peuvent être malades à leur tour. C'est une vraie merde, ce truc. On a la moitié du bois de Primas qui a été touchée l'année dernière.

Zola est catastrophée par ce qu'elle vient d'entendre. Elle refuse qu'il arrive quoi que ce soit à ces arbres qui l'accueillent chaque jour de leur chaude prestance. Pour expliquer la consternation qui lui allonge le visage, elle précise :

— Quand j'étais petite, je croyais que les arbres étaient mes amis. Je leur parlais, je leur faisais des caresses, je les serrais dans mes bras.

Elle sourit en baissant le menton, un peu honteuse de son aveu.

— Moi, c'était un peu la même chose, répond Sylvain. J'ai toujours été fasciné par les arbres, j'avais une pile de livres avec plein d'images, je les connaissais par cœur.

— On se comprend, alors.

— Oui, sourit-il. Du coup, je suis devenu menuisier.

— Mais tu es mécanicien.

— Aussi.

Il passe une main dans ses cheveux, décoiffe sa mèche brune en scrutant ses pieds.

— L'occasion s'est présentée, ici, au moment où j'avais justement besoin de trouver quelque chose. Et comme j'ai aussi une formation de mécanicien… Il fallait que ça se fasse vite, ajoute-t-il.

Elle le regarde, attrape un instant ses yeux. Dans ce qu'il vient de lui dire, il y a toute une histoire dissimulée.

— Je croyais qu'ils étaient vivants, ajoute Zola en riant, alors qu'ils reprennent le chemin du bois. Les arbres, précise-t-elle. Enfin, ils *sont* vivants, mais moi je croyais qu'ils étaient comme des personnes : capables de communiquer, d'écouter.

— Ils sont tout ça, tu avais raison, commente Sylvain.

— Ah bon ?

— Oui, confirme-t-il en jetant une branche plusieurs mètres devant eux pour Tokyo. Les arbres communiquent entre eux. Dans le sol, probablement sous nos pieds, là, d'ailleurs, il y a des centaines de filaments qui poussent depuis les champignons, et qui transmettent les messages des arbres entre eux sous forme d'ondes électriques. Comme le téléphone, avant, conclut-il amusé. Lorsqu'un arbre est attaqué, ou malade, il peut transmettre le message à tous ses copains autour.

Et il forme un arc de cercle avec son bras pour désigner la forêt qui les entoure.

— C'est génial ! J'avais donc vu juste, toutes ces années, ils sont vivants ! s'exclame Zola avec l'emphase d'un Dr Frankenstein.

Ils rient ensemble en rattrapant Tokyo. Jusqu'à l'étang, Sylvain dévoile à Zola le savoir qu'il emmagasine depuis l'enfance. Il lui parle des arbres qu'ils sont en train de longer, qui sont en majorité des châtaigniers dont les fruits régalent tout le village à l'automne. Il lui apprend que leur bois est précieux, parce qu'il est léger et qu'il est si résistant qu'il n'a besoin d'aucun produit de traitement.

— C'est une essence de choix pour tout ce qui est parquets, meubles, objets d'usage courant. Tu vois, tu pourras continuer à leur faire des câlins et à leur parler, si tu veux, plaisante-t-il enfin.

Au bord de l'eau ils se taisent pendant que Tokyo s'évade et revient, boomerang à quatre pattes, noir et haletant.

— Et qu'est-ce qui t'a amené à Saint-Jean dans l'urgence ? ose demander Zola.

Sylvain coince un ricanement dans sa gorge, grandit ses yeux sous ses sourcils arqués, agite la tête et prend une longue inspiration, comme s'il était en train de constater l'étendue des dégâts après un tremblement de terre.

— Le divorce ! déclare-t-il enfin.

— Le divorce ? répète Zola.

Sylvain fait « Eh oui », et son aveu s'évapore dans leurs souffles embués.

— Ça s'est mal passé, évidemment, explique-t-il.

Et Zola s'empresse de lui dire qu'il n'est pas obligé d'en parler. Pure politesse. Elle flaire le drame, elle brûle de savoir.

— Je te la fais simple, continue Sylvain. Enfin je vais essayer ! Nous étions ensemble depuis longtemps, c'était ma première histoire d'amour sérieuse. Tout était évident, en fait, on ne se posait pas de questions. J'ai compris trop tard et à la dure que nous aurions peut-être dû nous en poser davantage.

Il marque une pause. Zola préfère se taire plutôt que d'émettre le genre de commentaire idiot que l'on fait dans ces circonstances.

— On fait donc notre vie comme ça, reprend Sylvain. On enchaîne les étapes, parce qu'elles sont normales.

L'appartement, le chien, le mariage. Elle veut un bébé et là, pour la première fois, je m'interroge. Je ne suis pas prêt. Au début, elle me dit qu'elle peut attendre. Mais au bout d'un moment elle trouve qu'elle a assez attendu. Alors elle aussi, commence à avoir des doutes. C'est là qu'on se met à déconner…

— Ah ? ponctue Zola.

— Ouais. Toutes ces questions, je me mets à aller me les poser dans le lit d'une de ses copines. Un fait d'armes dont je ne me vante pas.

Du bout du pied, il joue avec un caillou dans lequel il shoote et Tokyo accourt pour l'attraper.

— Et… elle l'a su ? demande Zola.

— Non seulement elle l'a su, répond Sylvain, mais j'ai su moi aussi qu'elle se tapait son collègue. Aujourd'hui encore, je serais incapable de te dire qui a commencé. On s'en fout, de toute manière, mais disons qu'après ça nous en avons plus ou moins déduit que nous n'étions pas faits l'un pour l'autre… Enfin, elle en est arrivée à cette conclusion, et moi… Eh ben moi, je me suis retrouvé tout seul comme le gros connard que j'étais.

— Waouh.

— Oui.

— Et donc, tu as obtenu la garde du chien, plaisante Zola.

Sylvain éclate de rire.

— C'est vrai, oui, j'ai eu la garde de Tokyo, et je me suis retrouvé ici. Au début c'était pour m'éloigner, et puis finalement, tu vois… Je n'arrive plus à quitter Saint-Jean.

— Je peux te comprendre.

Elle sait qu'au bout du silence qui suit ces mots, il va lui demander « Et toi ? ».

Lorsqu'il le fait, elle lui répond avec la même simplicité que lui. Elle lui décrit une dégringolade dont elle ne connaît pas la date de début. Naturellement, elle parle d'Aline, de la maladie, de Quentin, de son travail, des trois « sac à merde ». Et puisqu'elle est lancée, elle ne s'économise rien, termine sur ses rendez-vous sans parole avec Quentin. Conclut sur Faux Maxime. Elle lui dit tout, tant pis s'il la trouve idiote. C'est agréable, pour une fois, de ne pas se cacher.

— Ma sœur, Victoire, ne sait même pas que je suis ici, ni que j'ai le bras cassé, dit-elle pour finir.

— Et vous êtes proches habituellement ?

— On se parle tous les jours. Enfin..., corrige Zola, ça fait au moins quatre jours qu'elle ne m'a pas appelée. Elle est débordée, apparemment.

Sylvain hoche la tête en fourrant les mains dans ses poches. Il se met à sautiller d'un pied sur l'autre, dit qu'il faut qu'ils bougent, il se gèle.

Ils rebroussent chemin, en silence. Lorsqu'ils atteignent le milieu du bois, Zola déclare :

— Ça dissipe tout malaise entre nous, en tout cas.

— Ah bon ? s'étonne Sylvain. Quel malaise ?

— Oui, tu sais, avec tout ce qu'on vient de se raconter. Comme ça, c'est réglé.

— Je ne comprends pas, insiste Sylvain.

— Lorsqu'un homme et une femme se rencontrent, explique Zola, on se demande toujours s'ils vont finir ensemble. C'est implicite et c'est pesant. Mais là, avec ce que nous savons l'un de l'autre... Tu sais qu'il vaut mieux m'éviter.

— C'est peut-être moi qu'il faut éviter, plaisante Sylvain.

— Peut-être, sourit Zola. De toute manière, tu es trop jeune pour moi.

— Ah bon ? Tu as quel âge ?

— Ça ne se fait pas, de demander l'âge des gens, dit-elle en feignant l'indignation.

— Oui, mais puisqu'on est juste potes.

— J'ai trente-deux ans, mais c'est bientôt mon anniversaire, le 15 avril. Donc on peut dire que j'en ai trente-trois.

Sans s'embarrasser d'une transition, Sylvain lui demande ce qu'elle a prévu de faire demain, dimanche. Elle n'en sait rien. À Saint-Jean elle ne prévoit rien. Elle fait les choses lorsqu'elle y pense, elle va là où ses pieds ont envie de marcher.

Mais la question de Sylvain ouvre une porte qu'elle n'avait pas encore envisagée.

— Qu'est-ce qu'on peut faire de sympa ici, le dimanche ? elle lui demande.

— Il y a des tas de balades, dit-il, ça dépend de ce qui te botte.

— Plein de choses…

Elle réfléchit, rattrape une information qui lui avait paru anodine sur le moment.

— Yvonne m'a dit qu'il y avait une librairie, à Bienvenant, tenue par un Anglais.

41

> « *Le printemps a la cruauté délicieuse*
> *de nous rappeler que tout finit par revivre.* »
> Amélie Nothomb, *Métaphysique des tubes*

Mercredi 13 mars

Depuis trois jours, le mois de mars a enfin décidé de nous jouer des airs de printemps. Hier j'en ai profité pour désherber un peu dans le jardin, derrière.

Chaque jour, au réveil, mon premier geste est d'ouvrir le tiroir du haut de la commode de ma mère. C'est un meuble lourd, aussi haut que ma poitrine. Maman l'avait reçue en cadeau de mariage et rapatriée depuis sa Bretagne.

Je soulève la dentelle de mes caracos et saisis le fameux pli, qui crisse sous mes doigts. Il m'arrive d'en extraire la fiole. C'est un si petit objet. Et si fragile. Une pression plus forte et le verre se brise. Une chute et plus rien. Je reproduis ce rituel, jour après jour, comme pour m'acclimater à la réalité de ce liquide fatal.

Depuis mon retour à Saint-Jean, quelque chose a changé. Être ici et y rester trop longtemps m'agaçait mais, à ma grande surprise, mon aller-retour à Paris m'a énervée davantage. Finalement, j'étais contente de retrouver Saint-Jean.

Si je suis honnête, et quel meilleur endroit que ces pages pour m'y essayer, j'étais contente de retrouver Zola. Il est agréable d'avoir quelqu'un à rejoindre. Cette observation m'a, aussi, beaucoup intriguée. Elle ressemble à un constat de solitude.

J'ai pensé que je pourrais avoir plus souvent des gens à revoir, des gens qui m'attendent.

Avec Zola, nous discutons le soir, je lui raconte mon histoire et elle me tend parfois quelques bouts de la sienne. Elle pose beaucoup de questions. C'est peut-être dans l'ordre des choses.

À trente ans on pose des questions, et à quatre-vingts, on raconte sa vie.

Il est facile de parler à Zola.

Ça me fait penser à Edmond. Ce n'est pas tant que j'y pense, d'ailleurs, c'est plutôt qu'il est sous mes yeux, chaque jour. Puisque la vie l'a mis là.

Souvent j'imagine Fernande, seule avec son grand âge et sentant la vie se raccourcir devant elle. Je la vois se plaire à l'idée de laisser cette maison qu'elle aimait tant au neveu qu'elle adorait. Mais plus encore, je devine la satisfaction que cela a dû être pour elle de savoir qu'en léguant la maison à Edmond, elle me le rendait inévitable jusqu'à ce que mon tour vienne d'être prise par la mort.

Elle, mieux que personne, savait à quel point il n'était pas anodin de faire d'Edmond et moi des voisins. Surtout après ce qui s'était passé en 1976… Fernande est la seule personne à qui j'ai confié cette part de notre histoire.

Je crois qu'elle a toujours voulu que nous soyons au moins amis, avec Edmond. Et je ne peux croire qu'elle lui ait donné cette maison sans y penser.

En tout cas, moi, j'y ai pensé dès que j'ai découvert qu'il était mon nouveau voisin.

Et j'ai préféré venir le moins possible à Saint-Jean.

Finalement, je ne sais pas de quoi j'avais peur, car je le croise à peine. Je le salue de loin, il me répond d'un geste, ça me va.

Dimanche, Sylvain a emmené Zola à la librairie de Bienvenant. Elle en est revenue avec une vieille édition de Shakespeare. Elle m'a dit qu'elle ne s'était pas imaginé m'offrir un livre, parce que je les ai déjà tous lus, d'après elle. Sauf ceux qui sont en anglais. Alors elle m'a tendu fièrement l'ouvrage jauni, heureuse d'avoir trouvé ce qui manquait à ma bibliothèque.

Aujourd'hui j'ai décidé de cesser d'écrire cette lettre à Margaux qui ne trouve pas ses mots. À la place, je vais lui téléphoner. Je vais lui proposer de venir passer quelques jours à Saint-Jean avec nous. Elle ne se forcerait pas, je la connais. Si elle vient ça ne sera pas pour me faire plaisir, mais parce qu'elle en a envie. Je me fais rire, à la fin, à avoir tout le temps peur de m'imposer aux autres ! Et leur liberté ? Moi qui n'ai que ce mot à la bouche, j'aurais pu comprendre qu'apprécier la compagnie des gens, ce n'est pas les forcer à quoi que ce soit. Être avec les gens, ce sont deux envies d'être ensemble qui se rencontrent au bon endroit et au bon moment.

À bon entendeur,

Yvonne Grabowski-Grall

42

La poignée de la porte d'entrée grince, Zola dit qu'on devrait y mettre une pointe d'huile. Pour l'instant en tout cas, c'est ce qui annonce son retour à Yvonne.

Zola rejoint la cuisine, exhalant la fraîcheur du matin. Ses joues sont roses et ses yeux ne sont plus marron, mais translucides.

— Il fait froid ! expire-t-elle en s'asseyant.

— Vous avez bonne mine, lui répond Yvonne, penchée sur son journal. La promenade a été bonne ?

— J'ai reçu des messages de ma sœur Victoire. Elle veut organiser quelque chose pour mes trente-trois ans.

— C'est très sympathique ! s'enthousiasme Yvonne. Elle ignore encore où vous êtes en ce moment ?

— Oui…, marmonne Zola. Je ne vais plus pouvoir lui mentir longtemps, c'est sûr. Elle m'a quand même demandé si nous pouvions nous voir bientôt.

— Qu'avez-vous répondu ?

— Je lui ai répondu que j'étais épuisée à cause du travail, et lorsqu'elle m'a dit qu'il fallait bien que je me change les idées, j'ai rétorqué que j'avais Maxime. Ça s'est arrêté là.

— Vous, alors ! glousse Yvonne dans sa tasse de café. C'est quelque chose !

Zola rit et attrape deux tranches de pain qu'elle couvre de beurre.

— Dites, Yvonne. Je me suis demandé tout à l'heure, en marchant : votre papa, il n'a jamais voulu retourner en Pologne ?

— Ah ! s'exclame Yvonne, c'est une bonne question ! L'amour de mon père pour son pays était indiscutable. Farouche, même, je dirais. Il en portait la nostalgie, je le sais. Il m'a transmis les deux. Un amour inconditionnel, une cicatrice à jamais béante. Je suis un morceau de ce pays que je ne connais pas.

Elle s'arrête, comme pour rassembler ses souvenirs.

— Tant que le monde était en guerre, reprend-elle, il était hors de question pour lui de retourner en Pologne. D'autant qu'il était désormais père de famille. S'il y allait, c'était avec sa femme, et avec moi. "Il y avait des Allemands partout", m'a-t-il souvent dit pour m'expliquer le caractère déraisonnable d'un tel projet. Mon père avait rejoint la Résistance en 1941, il était trop occupé ici. Ensuite, la guerre a pris fin. Le temps d'envisager à nouveau la Pologne, le pays avait fermé ses frontières. Mon père n'avait aucun regret. Il disait que le stalinisme lui avait volé sa culture, son histoire. Il était né à une autre patrie, la France, dont il a même fini par obtenir la nationalité. Mais il n'a jamais perdu la foi, et les années n'ont fait que renforcer son amour pour sa Pologne, vous pouvez me croire ! Je l'ai toujours entendu affirmer que son pays sortirait du communisme, et que ce jour-là, il serait le premier à le regagner pour en embrasser le sol. Hélas, la dernière terre qu'il a embrassée était celle de son jardin, dans lequel il s'est écroulé, terrassé par un anévrisme, en avril 1975.

Les secondes se fondent dans des minutes qui s'étirent. Zola réchauffe ses doigts rougis autour de sa tasse de café.

— La liberté, glisse Yvonne. Mon père n'avait que ce mot à la bouche. Il me disait qu'elle était notre bien le plus précieux, et que lorsqu'on avait la chance de la posséder, il nous revenait de la cultiver.

Elle se tait, et après un autre silence, elle relève la tête et plante ses yeux dans ceux de Zola.

— La liberté, reprend Yvonne. Grâce à mon père, je n'ai eu goût qu'à elle depuis l'enfance. Il me disait de l'aimer comme on aime l'amoureux le plus cher à notre cœur, et pour elle, de se battre, et en son nom, de se dresser, de dire ce qui est à dire, de faire ce qui est à faire. Tout donner pour elle. Mon père était un romantique, conclut-elle en riant.

Elle ajoute :

— J'ignore si je me suis jamais autant battue pour un amoureux que pour ma liberté. C'est peut-être elle, mon plus grand amour.

Et sa voix s'engouffre dans une note grise qui ressemble à de la nostalgie.

— C'est beau, commente Zola. Moi, on m'a surtout dit de faire très attention.

— Attention à quoi ? demande Yvonne.

— Attention à tout, rit Zola.

Elle fixe Yvonne un instant, puis elle demande ce qui s'est passé ensuite.

— Ensuite ? répète Yvonne.

— Vous savez. Robert. Et maintenant vous me dites que votre père est décédé en 1975. L'autre soir vous m'avez parlé de mort, mais aussi… d'Edmond ?

— Évidemment, dit Yvonne. Figurez-vous que la vie avait d'autres propositions à me faire.

Elle expire tout l'air de ses poumons.

— Cette fois, c'était plus… entortillé, dit-elle. J'ai bien failli passer à côté.

— À côté de quoi ? demande Zola.

— De tout.

43

On peut s'éviter pendant longtemps. Yvonne avait réussi à se tenir loin d'Edmond pendant quatorze ans.

Il était un passé doux. Un premier amour ne s'oublie pas. Mais depuis, elle avait fait une vie à Paris, tout un monde dans lequel il n'existait que parce qu'il appartenait à ses souvenirs. Elle ne lui en voulait plus, elle pensait à lui, parfois, c'était tout.

Après toutes ces années, elle allait le croiser à nouveau et, cette fois-ci, leur rencontre devait être davantage qu'un salut distant et embarrassé dont on s'extirpe avec empressement.

Yvonne retrouva Edmond dans l'église de Saint-Jean, devant le cercueil de son père.

Les circonstances n'étaient pas habituelles, et Yvonne était sans doute attendrie par la peine. Lorsqu'elle vit Edmond, elle eut l'impression que son cœur se souvenait d'une ancienne gymnastique qu'il avait beaucoup pratiquée. Celle de l'aimer. La sensation était curieuse, parce que le cœur d'Yvonne, aussi, était brisé.

Après l'église et le cimetière, on s'était donné rendez-vous chez les Grabowski pour pleurer le défunt et partager une collation. Même Robert était là, aux côtés d'Yvonne et de Geneviève Grabowski, prostrée dans son chagrin.

La présence d'Edmond était une évidence, le signe du respect qu'il éprouvait pour la famille endeuillée. Mais le voir dans cette maison était d'un anachronisme presque choquant. Le passé, le présent, la vie, tout se mélangeait sous les yeux éplorés d'Yvonne.

Lorsqu'il vint la saluer, il se pencha pour l'embrasser sur chaque joue, puis il planta son regard dans celui d'Yvonne et murmura « Je suis là ». Cet échange aurait pu rester une brève encoche dans l'absence à laquelle ils s'étaient habitués jusqu'alors.

Et puis, en novembre, Geneviève rendit son dernier souffle, moins d'un an après Józef.

— Vous l'ignorez peut-être, Zola, mais on peut mourir d'un cœur brisé. On appelle ça le « tako-tsubo ». Les femmes d'un certain âge y sont les plus exposées. Ma mère s'est mise à faire des malaises quelques jours après les funérailles de Papa. J'ai cru à une crise cardiaque. De fait, son cœur montrait les mêmes caractéristiques que s'il avait subi un infarctus. Or ses artères étaient intactes, c'est à ce détail que l'on peut faire la différence. Maman n'était pas cardiaque, elle avait le cœur brisé, trop malmené. Perdre mon père fut l'affront de trop. Elle n'a pas tenu.

Yvonne était orpheline, déracinée, tous les siens lui étaient arrachés. C'est dans ce contexte accablant qu'elle dût revoir Edmond, qui lui accorda la même amitié pudique qu'à l'enterrement de Józef.

Deux baisers discrets et ces mots prononcés dans un souffle, pour qu'elle seule les entende. « Je suis là. »

Après la mort de son père, Yvonne avait écrit à tout le monde : des remerciements pour les fleurs et les condoléances qu'on lui avait adressées. Quelques mois plus tard elle s'adonnait à un exercice identique, plus chagrinée encore que la fois précédente.

Mais lorsqu'elle se trouva, son stylo à la main, devant la petite carte en papier blanc crème destinée à Edmond et Irène, elle ne trouva pas ses mots. « Chère Irène, Cher Edmond », commença-t-elle. Ce prénom la paralysait. Six lettres qui avaient suffi à bouleverser son cœur, dans une autre vie. Dans un autre monde. Celui dans lequel son père vivait encore. Et sa mère, et sa jeunesse. Tout ce qui maintenant lui était dérobé. Edmond. Ce prénom lui rappelait un moment qui avait contenu tant de promesses et d'innocence. Il plantait ses couleurs au milieu de son désastre, la narguait, loin des ténèbres par lesquelles elle se sentait happée.

Elle était incapable de parler à Edmond comme à la multitude. Même par écrit, même dans ces circonstances, et après tout ce temps. Il n'était pas un étranger, et dans cet instant si douloureux, Yvonne avait besoin qu'il ne le soit plus jamais. Elle n'avait plus de père, plus de mère, Edmond la raccordait à tout ce qui lui semblait perdu.

Mais elle finit par trouver le courage de lui écrire les mêmes banalités qu'à tous les autres. Parce que ces remerciements étaient aussi pour Irène, qui lui rappelait qu'Edmond n'était plus Edmond depuis longtemps.

Il lui répondit.

Edmond seul, sans Irène.

Dans l'enveloppe, il y avait un papier bleu, qu'Yvonne reconnaissait parce qu'il venait de chez la tante Fernande.

Ce papier bleu, c'était l'odeur de ses quinze ans et du grand amour.

Yvonne y découvrit, dans l'écriture saccadée d'Edmond, toujours la même que lorsqu'il avait dix-huit ans, un poème de Paul Éluard.

C'était leur poème. Celui qu'elle avait découvert pour la première fois dans le livre de Fernande, et qu'Edmond lui demandait de lui réciter à voix haute lorsqu'ils somnolaient à l'ombre des chênes, sur la rive gauche de l'étang de Saint-Jean.

Et en signature, ces mots qu'il lui avait dits, déjà, à l'enterrement de son père, puis à celui de sa mère. « Je suis là. »

— Ah non ! s'indigne Zola dans le silence qui s'allonge. Je commence à vous connaître, Yvonne !

— Et ?

— Vous allez me dire que vous êtes fatiguée, la suite au prochain numéro.

— Demain soir ?

Elles échangent un sourire.

Zola quémande un indice, quelque chose qui lui dévoilerait un peu ce qui s'est passé ensuite.

— Edmond vous a écrit sur un papier bleu, et ?

— À la fin de sa note, répond Yvonne, juste avant de signer, il avait écrit : « Promets-moi de ne pas mourir, et j'en ferai autant. »

— Et qu'avez-vous fait ? demande encore Zola.

— J'ai donné rendez-vous à Edmond.

44

PLUS DE PLÂTRE.

Le plus délicat a été de supporter la conduite acrobatique d'Yvonne, à l'aller comme au retour. Le reste, sans accroc. Zola a découvert son bras, amaigri par un mois d'immobilisation. Elle a voulu le soulever, elle a eu mal. Elle a serré le poing, elle a eu mal. Donnez-lui le temps, a suggéré l'interne qui s'est occupé d'elle. Et il lui a prescrit des séances de rééducation qui jalonneront son printemps et son retour à Paris.

Assise sur le banc en pierre à l'entrée du bois, Zola calme les torsions de son estomac qui, entre le trajet et la douleur encore vive dans son bras, en a trop vu. Sous le soleil déclinant et rose, elle avale l'air de la fin d'après-midi, le bras ramassé contre elle.

Elle reçoit un message de Sylvain, qui lui demande des nouvelles de son bras et lui propose de les rejoindre pour une partie de billard, lui et ses « potes », ce soir, au bar de Saint-Jean : Chez Nénette. Zola répond qu'elle ne sait pas jouer.

« Nous non plus », lui envoie Sylvain, en décorant ses mots d'un visage rond et jaune souriant toutes dents dehors. Il y a tellement longtemps que Zola n'est pas sortie un vendredi soir, et avec des gens de son âge. Elle adresse une œillade à son bras chétif et argumente pour elle-même qu'un plâtre en moins, tout de même, ça se fête. Elle accepte, repose son téléphone et prend une longue inspiration en admirant au loin les collines et, en contrebas, Saint-Jean-de-Lussac.

Son portable vibre à nouveau. Cette fois, c'est Victoire qui l'appelle.

Elle n'a presque plus donné de nouvelles depuis leur dernière conversation. Zola lui a envoyé un message ici, un autre là, pour savoir si tout allait bien. En face, Victoire a économisé les mots. « Oui. Bien. Bisous. » Un mot et puis s'en va. Zola n'a pas insisté, parce que ça lui allait bien, de se parler moins.

— Allô ? lance Victoire, essoufflée et la voix aspirée par le bruit de ce qui est en train de l'occuper. Je suis en plein *rush* du repas, annonce-t-elle comme si elle s'apprêtait à raccrocher tout de suite.

— Pourquoi tu m'appelles si tu es occupée ? demande Zola en tendant ses yeux clos au ciel incandescent.

— Parce que c'est important, répond Victoire.

Zola a un mauvais pressentiment. Il y a quelque chose de plus solennel que d'habitude dans la voix de Victoire.

— Où es-tu ? lâche cette dernière comme on abat une hache sur le bois sec.

— Comment ça ? demande Zola.

Elle sourit pour déguiser sa méfiance, Victoire manigance quelque chose.

— Je suis chez moi, dit-elle en feignant l'évidence.

— Non, annonce Victoire.

— Ben.

— Non, Zola, tu n'es pas chez toi. Car j'y suis allée. Hier, samedi, dimanche, mardi soir.

Zola ouvre la bouche mais n'a pas le temps de parler.

— Tu n'y es pas, tu es où ? Et ne me mens pas.

— Je suis avec Maxime, je t'ai dit que je passais tout mon temps avec lui !

Zola se satisfait de la jovialité qu'elle a su mettre dans ses mots, mais elle est mal à l'aise. Ici elle n'a menti à personne depuis des semaines, et s'entendre ainsi prononcer le mensonge, même pour Victoire, lui est soudain absurde.

Victoire n'ajoute rien. On devine sa respiration, c'est peut-être un soupir.

— Zola, finit-elle par susurrer, la voix si gentille que Zola pense avoir réussi à désamorcer l'orage qui guettait. Il faut que je te parle, c'est très grave. Et tu ne voudras rien entendre, je sais.

Zola s'agrippe à son téléphone.

— Laisse-moi parler ! supplie Victoire à Zola, qui n'a rien dit, pourtant. Il faut que nous nous voyions, Zola. D'urgence. Raconte quelque chose à Maxime, un mensonge, qu'importe.

— Mais...

— C'est grave Zola, et j'ai tout compris, insiste Victoire.

Le ton a changé. Victoire n'est pas fâchée, elle est inquiète.

— J'ai eu des doutes, continue-t-elle. Mais depuis tes derniers messages j'ai enfin tout mis bout à bout...

Zola attend, impatiente à présent de savoir ce que Victoire a découvert.

— Tu es sous emprise, lâche cette dernière. Attends ! Avant de parler, attends ! Tu vas me dire le contraire, m'expliquer que c'est le grand amour, que je m'inquiète pour rien, je sais très bien comment ça se passe, Zo. Depuis l'autre jour j'ai lu tout ce que je trouvais sur le sujet. Je t'enverrai tout ça, ça te fera du bien de le lire. Pour te reconstruire. Mais là, je t'en prie, écoute-moi !

— D'accord, concède Zola, dépassée par son mensonge.

— Tout concorde, continue Victoire. On ne te voit plus, tu m'as dit toi-même que tu ne fréquentais plus personne, j'ai demandé à Géraldine, aux Érables, et elle m'a dit que tu n'étais pas venue voir Papa depuis des semaines. *Nous* ne te voyons plus…

Sa voix s'éraille. Zola roule les yeux vers la campagne de Saint-Jean, comme pour la prendre à témoin de la tournure rocambolesque que cette conversation a prise.

— Pas du tout, affirme-t-elle.

Victoire l'ignore, elle hausse le ton.

— Tu es victime d'emprise, répète-t-elle.

— Je ne suis pas sous emprise, Victoire. Vraiment, vraiment pas.

Victoire lui explique que c'est le talent des pervers narcissiques, nous tenir sans qu'on s'en aperçoive.

Zola tente une ou deux autres protestations, mais rien n'y fait. Victoire attrape chacun de ses mots et y lit d'autres preuves de l'aveuglement de Zola, de l'urgence de la sauver. Sa voix se tord et grimpe jusqu'à des notes aiguës. Zola s'épuise, se lasse, s'agace. Et lorsqu'elle entend les mots « police » et « plainte », elle sent que la situation la dépasse. Elle ne pense plus. À la place, elle parle.

Et dit tout.

« Je ne suis pas en danger. »

« Je ne suis pas sous emprise. »

« Je n'ai pas de Maxime. »

« J'ai tout inventé. »

« Pourquoi ? Parce que. Parce que, parce que… Je ne sais pas. »

Silence.

— Ah oui ? Et tu es où, alors ? parvient à articuler Victoire.

On peut entendre dans sa voix qu'elle n'y croit pas encore tout à fait.

Zola finit de tout avouer. Saint-Jean, Yvonne, l'arbre, la chute, le bras, l'arrêt maladie. Tout raconter d'un bloc, constate-t-elle lorsqu'elle a fini, n'est pas flatteur. C'est même grotesque, vu comme ça, dans son ensemble.

Mais c'est la vérité.

Victoire assure qu'elle n'y croit pas.

— C'est beaucoup trop ridicule pour que je l'aie inventé, lui fait remarquer Zola.

Elle attend. Un retour de bâton, une détonation, l'explosion. Elle courbe presque les épaules, resserre son bras maigre contre son ventre, comme pour parer la tempête qui va lui tomber dessus maintenant.

— Ah…, lâche Victoire, bien plus calme que prévu. Alors ça… Alors là, Zola…

Ça y est, ça vient, Zola se tient prête. *Hurle, Victoire, fâche-toi, qu'on en finisse. Explique-moi quelle névrose est à l'œuvre dans mon mensonge, psychothérapite-moi en fronçant tes yeux de parfaite, je n'ai pas le temps, je sors ce soir.*

— Et moi qui m'inquiétais, ajoute Victoire, à bout de voix. Je me suis creusé la tête, je t'organisais ton anniversaire…

Zola ne voit pas le rapport avec son anniversaire.

— Tu es… Ah !…

Victoire rit comme on s'étouffe, se reprend, découpe les mots et les martèle dans un jugement sans équivoque.

— Tu. Es… Com. Plè. Te. Ment. Folle.

Elle raccroche. Zola pose son téléphone à côté d'elle sur le banc. Le paysage attrape son regard, elle ne pense plus, ne se pose aucune question. Le ciel se ternit et l'air est plus froid. Elle se sent respirer, c'est calme. Victoire, on verra plus tard.

Elle fait une halte sur le trottoir. En face du garage, Chez Nénette est la dernière étape avant de sortir de Saint-Jean-de-Lussac, par la route qui vient des forêts et coupe la rivière de la Douare, au pied du village.

L'enseigne est une large planche en bois brut. Quatre lampes diffusent leur halo moiré sur les lettres brunes, peintes à la main.

Zola inspire une profonde goulée de crépuscule, elle ouvre la bouche pour en prendre davantage, c'est une goulée froide qui lui caresse la gorge.

À travers la vitre, elle observe un groupe joyeux, éparpillé entre le comptoir et une table de billard qui occupe tout le fond de la salle. La musique sourde de leurs éclats de voix franchit à peine la façade. Elle distingue Sylvain, appuyé sur le rebord du billard. Il discute avec trois autres personnes. Comme s'il avait deviné qu'elle se tient là, il tourne la tête et lui sourit. Sa bouche dit « Zola ! Viens ! » et de son bras il l'appelle.

À l'intérieur, l'espace est restreint, de quoi contenir quatre tables. Le reste est mangé par le bar d'un côté, et de l'autre, le billard. Il y a quatre hommes et trois femmes dans le groupe. Sylvain fait les présentations. Tous les hommes portent un surnom. Thomas, qu'on appelle Tonton, Pierric, dit Riton, Charles, ou Casquette, et un Jean-Philippe qui se fait appeler Lucarne. Les femmes s'appellent Virginie, Marie et Amandine. Zola oublie tout de suite qui est qui. Au bar, deux hommes rentrent leurs têtes grises dans leurs épaules et sirotent des bières en laissant la bonne humeur de la soirée billard prendre toute la place, sous le regard bienveillant de la patronne qui ne s'appelle pas Nénette, mais Mathilde. De tous les prénoms, Zola ne retient que Charles, parce qu'en le lui présentant Sylvain s'est attardé, a précisé « Mon meilleur et plus vieux pote » en tapant d'une claque franche sur le torse dudit Charles.

Tous les regards sont sur Zola. On lui demande d'où elle vient, ce qu'elle est venue faire à Saint-Jean-de-Lussac, comment elle a connu Yvonne. On lui sert un verre, suivi par un autre, au moment d'entamer la partie.

À trois reprises Zola glisse et manque de déchirer le tapis vert en feutrine. On l'applaudit, on l'encourage. Sylvain se penche et découpe les gestes pour les lui enseigner, mais lorsque Zola s'y met, ça n'y ressemble pas. À l'autre bout de la table, les trois autres femmes l'observent. Elle jurerait que celle du milieu a roulé des yeux lorsque Sylvain a dit : « Il faut ménager Zola parce qu'elle a mal au bras. » C'est Amandine.

Zola déclare forfait. On remanie les équipes et on lui assigne l'arbitrage et l'approvisionnement en bières.

— Alors Zola, est-ce que tu as un mec qui t'attend à Paris ? lance celui qui se fait appeler Tonton.

— Pourquoi ? T'es intéressé ? l'invective Amandine en les rejoignant.

— Non, mais la question se pose, ajoute Marie en souriant à Zola. C'est parce qu'elle est toute belle.

Marie est d'un abord plus aimable qu'Amandine. C'est une question de regard. Celui de Marie est doux comme du coton, celui d'Amandine envoie du feu. Cette dernière se rapproche de Sylvain, et lui murmure à l'oreille une conversation qui la fait glousser en se pressant contre lui.

— Disons que je connais des mecs à Paris, qui ne m'attendent pas, plaisante Zola, la langue déliée par l'alcool.

Le temps s'accélère quand on s'amuse. Surtout si on boit.

Les oreilles de Zola bourdonnent et sa mâchoire est molle, il doit être tard, ils sont assis depuis longtemps, à rire et à avaler des bières. Lorsqu'elle finit de relater le coup des trois « sac à merde », il lui reste juste assez de lucidité pour comprendre qu'elle devrait demander un verre d'eau.

Quelqu'un, Tonton, Riton, Riri, Fifi ou Loulou, elle n'est plus très sûre, propose une autre partie de billard, qu'elle observe depuis sa chaise, bercée par la paix ouatée de son ivresse.

Une voix de femme trouble son moment.

— Tu comptes rester longtemps ? lui demande Amandine en glissant sa chaise contre celle de Zola.

— Euh…, commence cette dernière. Je ne vais pas tarder, oui. Pourquoi ? Il est tard ?

— Pas ce soir, soupire Amandine en levant les yeux au plafond. À Saint-Jean. Tu repars quand, à Paris ?

L'alcool qui court dans le sang de Zola ne suffit pas à lui dissimuler l'hostilité de la femme, mais il l'anesthésie juste assez pour qu'elle n'en prenne pas ombrage.

— Je vais peut-être rester pour toujours, raille-t-elle. Qui sait ?

Elle sourit à Amandine comme si elle était sa meilleure amie.

La partie de billard se termine, Mathilde déclare qu'il est 3 heures et qu'elle est fatiguée. Elle les met à la porte.

— On remonte ensemble ? propose Sylvain à Zola. J'habite sur la route de Bienvenant, mais je ne peux pas conduire, je vais rester dormir chez mon grand-père.

À cette heure le village n'est éclairé que par la lune. Sylvain et Zola marchent d'un pas approximatif dans la rue déserte. Ils commentent la soirée. S'amusent de ce qui était drôle, et du piètre niveau de Zola au billard.

— Dis, elle est plutôt possessive, Amandine, remarque Zola.

Sylvain rit.

— Ça, c'est Amandine.

— Elle a un petit faible pour toi, on dirait ?

— Ah non... C'est Amandine, je te dis. Au début ça gratte, et puis quand elle te connaît, tu verras, elle est adorable. Et puis il faut dire aussi que...

— Oui ?

— C'est ma première amoureuse, précise-t-il. Avec Amandine, nous avons vécu une intense histoire d'amour. J'avais quinze, seize ans. C'était l'été.

— Ah.

— T'es jalouse ?

— N'importe quoi !

Après quelques minutes, Sylvain demande à Zola si elle a passé une bonne soirée.

— Oui.

Ils n'en disent pas davantage, la montée de Saint-Jean les essouffle.

— Je suis content que tu sois venue, reprend-il lorsqu'ils atteignent le haut de la côte.

Il fait si noir que Sylvain les éclaire avec la torche de son téléphone.

À quelques mètres des maisons d'Yvonne et d'Edmond, il attrape le bras de Zola, le relâche pour ne pas lui faire mal, c'est celui qui était blessé. Il s'immobilise, elle l'imite, se demande pourquoi ils ne franchissent pas la courte distance qui les sépare de l'arrivée.

— Demain matin je n'irai pas me promener très tôt, annonce Sylvain, je prévois de rester au lit avec ma gueule de bois.

Zola glousse, elle a le même programme.

— On est obligés de s'arrêter de marcher pour que tu me dises ça ?

— Non, rit Sylvain. C'est parce que j'ai envie de faire quelque chose.

Il s'approche, elle devine son regard. Il glisse une main contre sa joue. *Zut*, pense Zola, *qu'est-ce qu'il trafique ?* Il se penche, elle le voit maintenant, son visage est si près qu'elle a l'impression que leurs yeux se touchent.

Elle l'entend parler, elle s'entend répondre.

— Je peux t'embrasser ?

— D'accord.

Sa tête tourne, emporte les mots, la bouche de Sylvain se dépose sur la sienne.

Ses lèvres sont moelleuses, on dirait un fruit. De ceux que l'on trouve en été, pleins et chauds, à la chair douce. Il prolonge son baiser, le contact de sa chair est une caresse bien trop délicieuse pour que Zola s'en extraie.

— C'est une bonne idée, ça ? demande-t-elle lorsqu'il s'écarte.

— Tu n'as pas aimé ?

— Si, sourit Zola. C'était bien. Mais…

De nouveau il se presse contre elle. Ils s'embrassent plus près, ils se serrent plus fort, il l'enveloppe de ses bras et elle pousse un petit cri à cause de son humérus encore trop fraîchement recollé. « Pardon, pardon », chuchote-t-il contre la bouche de Zola, et de ses lèvres il la retrouve, de sa langue il la rencontre, et le monde se met à tanguer. Elle croit partir à la renverse mais il la tient contre lui, remonte la paume chaude de sa main dans sa nuque et glisse ses doigts dans ses boucles.

Ensuite ils se quittent, muets, livrant à la nuit leur secrète embrassade et pressés de laisser le sommeil les dessoûler.

45

D'ABORD, ELLE ENTEND LES COUPS. Un tambour qui s'invente une place dans le rêve qu'elle était en train de faire. Zola ouvre les yeux, oublie le rêve, le tambour tonne encore. Le baiser. La puissance des mains de Sylvain qui lui enveloppent le visage. Le toucher de ses doigts longs contre ses joues et dans ses cheveux est aussi vif que s'il était avec elle dans le lit. Zola pouffe de rire, remonte sa couette sur son visage ardent. Mais elle a mal à la tête. Les coups s'intensifient, ça vient de la porte de l'entrée. Une lueur infime franchit les volets et révèle les contours de sa chambre. Il est tôt. Zola regarde son téléphone. Six heures, malheur ! Ses yeux s'écrasent et sa migraine se confirme. Depuis quand frappe-t-on ?

Elle se lève, presse le pas, sa tête ballote et ses jambes titubent. Avant de quitter sa chambre elle enfile un pull par-dessus son pyjama. Elle ne se souvient pas de s'être déshabillée en rentrant, cette nuit. Elle ne se souvient que du baiser.

À la porte, Zola découvre quatre hommes en uniforme, la mine sévère. Celui qui se tient le plus près d'elle fronce les sourcils et consulte la feuille qu'il tient dans ses mains.

— Vous n'êtes pas Yvonne Grall, dit-il.

Dans les jardins alentour, un oiseau peine à combler le matin bleu de son chant esseulé.

— Quelle heure est-il ? demande Zola.

Drôle de question, elle vient de regarder l'heure. C'est qu'elle fait face à une équipe de policiers renfrognés et qu'elle n'a pas su quoi dire.

Celui qui vient de parler doit être leur chef.

— Gendarmerie nationale, madame, annonce-t-il.

Il voudrait entrer.

— À vrai dire je ne sais pas, répond Zola.

— Que se passe-t-il ? bougonne Yvonne dans son dos.

— Madame Yvonne Grall ? demande le chef sur un ton qui donne envie de lui répondre non.

Yvonne est très calme. Elle les invite à entrer comme s'il s'agissait d'une visite normale, à une heure convenable. Zola se demande si Yvonne n'est jamais surprise des visites qu'elle reçoit à des heures inappropriées. Les hommes la suivent d'un pas brutal. « Marchez moins fort, voudrait leur dire Zola, il est 6 heures du matin à la campagne. » Le chef décline son identité, son grade, évoque ensuite un nom hispanique, *Ignacio Rosa,* demande : « Ça vous dit quelque chose, madame ? »

Zola les observe, incrédule. Elle se demande dans quelle langue ils parlent. Yvonne, sûrement, va leur expliquer qu'ils racontent n'importe quoi. Mais cette dernière prend une profonde inspiration et, les paupières closes, acquiesce. L'homme enchaîne ses phrases comme un lancer de fléchettes, il n'attend pas de réponses. Yvonne, enveloppée dans sa robe de chambre rose et les boucles plates, hoche la tête, soupire.

— S'il vous plaît, messieurs, dit-elle, placide, je ne suis pas une hors-la-loi.

— Madame, tonne le chef, d'après les informations en notre possession, vous avez fait quelque chose d'illégal.

Zola veut intervenir. Dire à l'officier que c'est impossible et qu'il doit faire erreur, il n'y a qu'à regarder à qui il s'adresse : une prof de français à la retraite, âgée et inoffensive.

Mais Yvonne, déjà, répond à l'homme.

— Nous devrions en discuter, propose-t-elle. Si vous me laissiez vous expliquer…

— Madame, coupe le chef, nous ne sommes pas là pour discuter. Nous soupçonnons que vous détenez du pentobarbital et vos coordonnées nous ont été livrées par votre fournisseur. Vous pouvez nous donner le produit, ou alors vous nous laissez fouiller, mais ça ne sera pas aussi propre.

— Yvonne, que se passe-t-il ? parvient à articuler Zola.

On ne lui répond pas.

— Ce n'est pas la peine de me menacer, monsieur, dit Yvonne.

— Quoi qu'il arrive vous venez au poste, donc autant coopérer et faire gagner du temps à tout le monde.

— Mais enfin, c'est n'importe quoi ! s'écrie Zola. Pouvez-vous m'expliquer ce qui se passe ? Yvonne !

Le chef annonce qu'ils vont procéder à la perquisition.

— Comme vous voulez, répond Yvonne d'un ton égal.

Près de la porte, il y a un banc en bois, sur lequel sont entassés un plaid, des sacs pour les courses et le bonnet d'Yvonne. Elle les pousse et s'assied, la tête penchée sur ses mains tremblantes. Zola la trouve si petite, soudain.

— Yvonne ? interroge-t-elle.

Mais déjà les policiers reviennent de la chambre d'Yvonne et l'un d'entre eux déclare : « Cédric, on l'a ! »

— Bon, madame, on a trouvé ça dans votre commode, commence le chef après une brève délibération avec ses hommes.

Il brandit un sachet en plastique dans lequel on distingue un minuscule flacon. On dirait un échantillon de parfum.

— C'est à vous ? demande-t-il.

— Oui, répond Yvonne en haussant les épaules.

— Au-delà d'être interdit par la loi, ce que vous avez fait est extrêmement dangereux, madame.

Il parle d'une voix plus gentille, maintenant. Zola se demande si c'est parce qu'il a pris le temps de voir enfin Yvonne, cette petite grand-mère d'à peine un mètre cinquante-cinq, dont les yeux d'enfant semblent plus grands qu'un après-midi d'été sans nuages. Il doit avoir compris qu'elle n'a rien d'une criminelle.

Pourtant, il répète qu'ils l'emmènent à la gendarmerie, et qu'ils lui laissent le temps de se changer. Yvonne disparaît dans sa chambre.

— Vous êtes sa petite-fille ? demande l'un des policiers.

— Heu, ben oui, répond Zola.

Ils l'appelleront.

Qu'elle reste joignable.

— Mais Yvonne ! Yvonne ! s'écrie Zola. Qu'est-ce qui se passe ?

— Vous avez entendu parler de « la mort en bouteille » ? lui demande le chef.

— La mort en bouteille ? répète Zola en secouant la tête comme pour se réveiller d'un rêve absurde.

— Nous avons besoin de poser quelques questions à Mme Grall. Vous pourrez venir la chercher quand nous aurons terminé.

Yvonne réapparaît, habillée et chaussée. On l'escorte jusqu'à la voiture garée devant la maison. En un clin d'œil, ils sont partis. Zola les a suivis jusqu'au portillon, pieds nus. Elle est perdue.

Le jour poursuit son assaut lent sur la nuit. On y voit déjà mieux dehors et l'oiseau continue de siffler comme si rien ne s'était passé.

« La mort en bouteille. »

Zola court sur les dalles humides et va trouver son téléphone dans sa chambre. Dans son moteur de recherche, elle tape les mots du bout de ses doigts affolés et découvre un article de journal datant du 20 août 2008.

La mort en bouteille : le Mexique, supermarché mondial de l'euthanasie.

La ville de Tijuana connaît depuis quelques années l'essor d'un tourisme d'un genre inattendu. Des Européens sont prêts à traverser l'Atlantique dans le but de se procurer du pentobarbital, un barbiturique recommandé par les associations qui militent pour le droit à mourir librement.

— Yvonne vient d'être arrêtée par les gendarmes, annonce-t-elle quelques minutes plus tard, lorsque Edmond lui ouvre sa porte.

46

ILS ONT GARDÉ LE FLACON.

Au commissariat, Yvonne ne songeait pas au samedi qui coulait entre ces murs bleu-gris abîmés, ni à la fatigue d'avoir été tirée du lit à l'aube, ni à ce qu'elle risquait.

Elle pensait au menu récipient que le chef avait posé entre eux, sur son bureau, sur une feuille blanche.

Ignacio Pepe de la Rosa s'appelle Pablo Huerta, il tient une pharmacie à Tijuana, au Mexique. Une enquête menée durant plusieurs mois par les autorités françaises a permis de, comme on dit, « remonter » jusqu'à lui.

Quelle complication, de se faire appeler Ignacio Pepe de la Rosa, a pensé Yvonne, *quand on a un nom aussi simple que Pablo Huerta.* Il a fourni la liste des adresses, en France, auxquelles il a expédié ses fioles létales, déclarées aux douanes comme « produits cosmétiques ».

Au poste, c'était moins agressif que lorsqu'ils se sont présentés chez elle. On l'a fait asseoir, on lui a servi du café.

— Allez-vous me mettre en prison, monsieur ?

— Pas aujourd'hui, madame, a-t-il répondu d'une voix qui cherchait où elle pourrait ramasser un soupçon d'amabilité.

— Racontez-moi tout depuis le début, madame Grall.

Il a lâché son stylo, le clavier de son ordinateur et même son air renfrogné. Il s'est reculé dans son fauteuil, prêt à écouter.

— Mon nom c'est Grabowski-Grall, s'il vous plaît.

— Madame Grabowski-Grall, a répété le chef, vous ne pouvez pas avoir trouvé seule comment contacter M. Huerta.

— Il y a ce qui est légal et il y a ce qui est juste, a déclaré Yvonne. Et parfois les deux ne se rencontrent pas. Mon cas est une forme de malentendu. Je suis hors la loi, je le sais, je vous assure, mais je ne suis pas coupable. On pourra dire que je joue avec les mots. Mais les mots comptent, et rien de ce que je dis n'est un jeu, monsieur.

— Qui vous a mise sur la piste de M. Huerta ?

— C'est mon amour pour la vie qui m'a menée à cet… Ignacio. Vous traitez ma démarche comme un problème, mais c'est un choix, et je vous garantis que ça n'est pas la même chose.

L'homme a décroisé ses bras, ses jambes, il a déposé ses paumes à plat sur son bureau et a rivé ses yeux à ceux d'Yvonne.

— Vous connaissez la peine pour la provocation au suicide, madame Grall ?

— C'est Grabowski-Grall, s'il vous plaît, monsieur. Mon nom est Gra-Bow-Ski-Grall.

— C'est trois ans de prison et quarante-cinq mille euros…

— … je ne veux laisser ce choix ni à la maladie ni au temps. Et il est hors de question que je fasse punir qui que ce soit pour une décision que j'ai prise seule et qui n'appartient qu'à moi.

— … Imaginez que quelqu'un tombe sur votre produit, madame. Vos petits-enfants, par exemple…

— … Je n'ai pas d'enfants petits autour de moi, déclare Yvonne. La maison est celle de mes parents, personne n'y vit, j'habite à Paris. Personne n'allait être au contact de ce produit à part moi. J'ai fait ce choix, monsieur, car je pense que je dois porter seule la charge de ma vieillesse. Mais je sais que je ne pourrai pas le faire longtemps. Ou, du moins, je n'en ai pas envie. Et je crois que c'est un choix noble, qui ne revêt pas le désespoir nu d'un suicide, ni la violence d'un crime. Et je ne causerai pas de tort à quelqu'un, comme vous me le demandez, en les dénonçant pour quelque chose qui, au fond, ne regarde que moi.

— Vous parlez bien, madame Grabowski-Grall, a observé le chef, sincère, après un silence. Mais il y a la loi.

Plus tard, il lui a fait répéter tout en frappant les touches de son clavier à mesure qu'Yvonne racontait. Trois heures après leur arrivée au commissariat, il lui a déclaré qu'elle pouvait rentrer chez elle.

On lui a rendu son téléphone pour qu'elle appelle quelqu'un. Zola devait être inquiète, ou en colère. Yvonne n'y avait pas pensé à vrai dire, et elle n'avait aucune idée de ce que l'agitation du matin pouvait avoir provoqué chez son invitée.

Elle a appelé sur la ligne de la maison. Zola pourrait-elle conduire et venir la chercher avec son bras engourdi ?

Mais au téléphone, ce n'était pas Zola.

C'était Margaux.

Et c'est elle qui est venue chercher Yvonne.

Elles ne se sont pas adressé la parole avant Le Vieux-Bourg.

Silence durant lequel Yvonne s'est demandé comment Zola avait eu l'idée de contacter Margaux, et par quel miracle elle avait trouvé son numéro de téléphone. Elle s'est gardée de poser ces questions : lorsque Margaux a quelque chose en travers de la gorge, il faut lui laisser le temps d'avaler.

— Je ne sais vraiment pas quoi dire, furent ses premiers mots.

— Veux-tu que je t'explique ? a proposé Yvonne.

— Je sais tout, a répondu Margaux. Zola nous a expliqué.

Deux mondes s'étaient rencontrés en l'absence d'Yvonne, Zola avait « expliqué », et Margaux « savait tout ».

Zola *nous* a expliqué.

Yvonne fut embêtée de ce « nous ».

— Tu es venue avec Rafael ? a-t-elle demandé.

Margaux a répondu que non.

— C'est Edmond qui m'a appelée, a-t-elle ajouté.

Ah, Edmond, voilà !

Laissez se rencontrer deux personnes affables, à l'amitié facile, et elles s'entendent immédiatement. C'est ainsi que Margaux, il y a deux étés, a fait la connaissance d'Edmond, leur nouveau voisin de Saint-Jean. Bien sûr, Zola aura averti Edmond ce matin, après le départ d'Yvonne pour le poste. Et ce dernier n'a pas eu de meilleure idée que d'appeler Margaux.

— Il n'aurait pas dû te déranger ! a protesté Yvonne.

— C'est moi qui ai insisté pour venir. De toute manière, tu vas bien, ils t'ont relâchée. Je te dépose et je rentre à Bordeaux.

Ensuite, elles se sont tues jusqu'à la maison.

Yvonne s'est trouvée bête. Bête à l'idée qu'Edmond ait découvert son secret. Bête d'avoir froissé Margaux.

De s'être fait pincer.

Quel paradoxe idiot !

Ils allaient lui en vouloir, maintenant, d'avoir décidé de mourir. Et cela ne servait plus à rien, puisqu'elle venait d'être privée de ce choix.

47

LE SOLEIL PLANTE SES RAYONS en diagonale dans l'étang. Des dizaines d'épines lumineuses qui verdissent la surface, la rendant moins menaçante que sous les ciels mats de l'hiver.

Zola s'arrête face à cette eau qui avait tant à lui dire les autres jours et qui, ce matin, lui offre l'hospitalité de son silence. Elle avale tout l'air qu'elle peut, la bouche ouverte, le nez levé. Expire jusqu'à ce que sa poitrine s'aplatisse sur ses poumons.

Voilà, ce soir elle s'en va. Elle a la gorge nouée.

Elle marche un peu d'un côté de l'étang, revient sur ses pas, se rend sur l'autre rive et fait encore demi-tour. Le temps est court, elle a promis à Yvonne de descendre faire les courses pour le déjeuner. Elles quitteront Saint-Jean en fin d'après-midi. Yvonne préfère faire la route le soir. Pour l'instant, elles n'ont reparlé ni de samedi, ni du commissariat, et encore moins de la mort en bouteille. Yvonne a passé son dimanche enfermée dans sa chambre, qu'elle n'a quittée que pour manger en silence.

À la boucherie, Zola plaisante avec Adèle, achète à la boulangère la brioche dont elle veut faire ses prochains petits déjeuners, chez elle, à Paris. Elle prend aussi deux gâteaux creusois. L'un pour Yvonne, qui l'aime beaucoup, l'autre pour Edmond, comme un cadeau de départ.

C'est une tournée d'adieu et de gastronomie, pense-t-elle. Sauf que.

Si c'est ce que c'est, alors elle doit aller au bout de son circuit. Dire au revoir à tout. Et à tout le monde.

Au lieu de remonter tout de suite, elle bifurque vers la route des Roques, qui grimpe dru dans les bois et qu'elle n'a pas eu le temps d'explorer au-delà de Chez Nénette. Elle salue l'âne Grande Gueule, qui braie assez fort pour lui faire siffler les oreilles. « Sale bête », murmure Zola en lui souriant.

— On s'en va aujourd'hui, annonce-t-elle à Sylvain dès qu'il se tourne du moteur qu'il était en train d'explorer.

Elle a parlé vite, elle n'a pas voulu laisser la moindre minute se glisser dans leur premier regard. Ils se sont embrassés dans la nuit. Ensuite, il y a eu samedi, mais ce jour-là ils n'ont parlé que d'Yvonne, retenue au commissariat.

On peut s'embrasser et passer à autre chose.

S'embraser, en revanche, c'est ce qui marque le plus.

Mais maintenant, Zola souhaite que la simplicité de son au revoir balaye le souvenir alcoolisé de ce bouillonnement. Pour qu'ils puissent être bons amis.

— Alors… Je voulais te faire un petit coucou, ajoute-t-elle.

— C'est gentil.

Elle soulève le sac de la boulangerie.

— J'ai pris du creusois pour le café, chez Edmond, annonce-t-elle. J'ai trouvé que c'était une bonne manière de lui dire au revoir.

— Bien vu !

— Tu veux te joindre à nous ?

Voilà. Lorsqu'il n'y a pas d'embarras, on se fait ce genre d'invitation. Leurs regards se suspendent l'un à l'autre, assez pour qu'ils s'accordent sans mots. Ils vont laisser l'embrasement derrière eux, elle le devine et s'en trouve soulagée.

Ce soir-là, Zola quitte Edmond et Sylvain de bonne humeur, la bouche pleine de promesses de rendez-vous à venir, comme pour ne pas partir pour de vrai.

— Je ne vais pas te laisser tomber, a-t-elle affirmé à Edmond.

Qu'il lui laisse le temps de retrouver son appartement, son travail et sa vie. Ensuite, elle l'appellera, ils se mettront d'accord. Elle créera le site Internet dont ils ont discuté. Elle le décorera des photos prises durant son séjour, en rédigera les textes, prévoira un espace pour mettre en valeur les avis des précédents vacanciers, et d'autres idées, qui lui viendront dans la foulée.

— On va remplir ton carnet de réservations pour tout l'été, a-t-elle triomphé.

Au moment de l'embrasser, elle sent les larmes lui monter aux yeux. Embarrassée par sa soudaine émotivité, elle se tourne pour saluer Sylvain.

— Dis, lui lance-t-il en relevant la mèche qui lui tombe sur les yeux. On se donne des nouvelles, hein !

On s'échange des numéros. Edmond d'abord, puis Zola, puis Sylvain, ils se les récitent un par un, allongeant exprès cette petite agitation qui console leur au revoir.

— Yvonne, déclare-t-elle une fois qu'elles ont fini de charger la voiture. Vous savez ce qui m'aiderait à supporter votre conduite de cow-boy, ce soir ?

Yvonne éclate de rire.

— Je devine, dit-elle. Que je vous raconte la suite de l'histoire ?

48

Après l'enterrement de Geneviève Grabowski, Yvonne avait renvoyé Robert à Paris, où Margaux l'attendait.

Elle désirait cette solitude. Elle avait besoin de se confronter au vide nouveau de la maison de ses parents.

Elle passa une semaine à écouter le silence de sa famille disparue. Marie Renuguet lui déposa des œufs de ses poules, David et Sylvie Laval, qui tenaient la boucherie à cette époque, lui offrirent du pâté en croûte et du café en Thermos qu'ils restèrent boire avec elle sans s'attarder pour ne pas encombrer sa peine. Fernande Pasquet, son éternelle voisine et amie, lui rendait visite une fois par jour avec un légume de son potager, prétexte pour s'approcher d'Yvonne et s'assurer qu'elle n'oubliait pas de manger.

— Je suis là si tu veux, la vieille tante Fernande peut toujours te prêter un livre, son épaule et son oreille.

Yvonne picora les victuailles, évita la compagnie de Fernande, écourta les visites des Laval. De toute la semaine elle ne sortit qu'une fois par jour, pour rejoindre le banc qui ouvrait le chemin du bois et surplombait Saint-Jean. Elle s'asseyait, là-haut, face aux champs enchevêtrés, contemplait longtemps les collines emboîtées et comptait les fumées qui s'élevaient en filets cotonneux des bourgades enfermées dans leur cage d'arbres nus. Ensuite, elle rentrait et allumait un feu qu'elle regardait crépiter pendant des heures.

Elle regagna Paris, le cœur aussi éteint que la maison qu'elle laissait derrière elle.

Robert l'enveloppa de ses yeux sépia, caressa de son sourire doux les douleurs qu'elle n'arrivait pas à dire. Quand il la regardait comme ça, il avait la peau qui rosissait, c'était la couleur que peignait l'amour sur son visage. Yvonne l'observait. La beauté de ses yeux, la grâce de son sourire et le rose aux joues de Robert parvenaient parfois à faire couler un baume tiède de réconfort dans sa poitrine écrasée. Elle se laissait alors glisser dans ses bras, comme pour lui dire merci sans avoir besoin d'émettre un seul mot.

À ce moment-là Yvonne ignorait l'éventualité du mieux. C'était un état si étranger à son cœur meurtri qu'elle le croyait impossible. Elle était orpheline, ça lui coupait les jambes. La puissance de son abattement la cueillait, elle qui était adulte déjà, indépendante, qui vivait loin d'eux. Elle n'aurait pas pensé s'écrouler à ce point de se retrouver privée de ses deux parents. Elle scrutait dans son corps une vie qu'elle n'y sentait plus. Elle ne trouvait en elle-même qu'une frustration accablée qui lui donnait presque la nausée.

Elle retourna enseigner. Le soir, elle rédigeait les cartes dans lesquelles elle remerciait les gens pour leurs sincères condoléances.

Alors Edmond lui répondit, et sur l'un de leurs papiers bleus.

Ce fut une décharge fragile au milieu de la consternation d'Yvonne.

Ce n'étaient pas les mots d'Edmond, ni le fait qu'il ait choisi de les lui écrire sur ce papier-là. Edmond lui apparut comme le seul être qui contînt encore ce qu'Yvonne voyait lui échapper inéluctablement. Elle avait la sensation que ses parents emportaient avec eux toute sa vie, la jeune fille qu'elle avait été, les rêves qu'elle avait portés, les rires, et même Saint-Jean-de-Lussac, défiguré par leur absence. Mais soudain elle pouvait toucher du doigt un bout d'elle-même qui vivait encore.

Cher Edmond, je te remercie pour tes mots, ils me vont droit au cœur. J'aimerais te voir. J'aimerais m'asseoir face à toi, le temps d'un café, pas davantage. Partager un moment enfin, être ton amie et te laisser être le mien, juste pour une heure, Edmond, il n'y a que ça qui me ferait du bien.

Elle avait écrit sans penser, instinctive, l'acte irréfléchi d'une bête à terre, d'une bouche qui se noie et appelle un air qui n'est même pas à elle. Elle avait glissé l'enveloppe dans sa besace en cuir marron, puis dans la fente de la boîte aux lettres qui se trouvait juste à côté du portail du lycée, le lendemain midi. La seconde d'après, elle était choquée, comme réveillée par son geste, mais incapable de revenir sur ses mots. Trop tard, c'était posté. Quelle sottise, quelle inconsistance de s'être exprimée du fond de sa déprime, de là où l'on ne dit que des bêtises, pour les regretter immédiatement ! Elle résolut d'oublier la lettre, comme Edmond le ferait sans doute. Ce n'était que la jérémiade d'une femme en pleurs.

Une semaine plus tard, elle trouva dans le courrier une enveloppe crème barrée de son nom, inscrit à l'encre bleu nuit. Elle reconnut l'écriture.

Chère Yvonne, je serai à Paris le 18 janvier à 17 heures, pour boire un café et être ton ami pendant une heure, ou deux, autant que tu en auras besoin. Je suis là, je t'interdis de mourir. Edmond.

Le 18 janvier était le surlendemain.

Elle ne pouvait pas y aller.

Elle ne pouvait qu'y aller.

Yvonne, à cette époque, traversait les nuits éveillée, brodait les journées par réflexe, et le deuil accaparait son bon sens. Comme un pantin, elle se rendit au rendez-vous proposé par Edmond, c'était tout.

Il avait choisi un lieu qu'elle ne connaissait pas. Le Temps Calme, dans le 12ᵉ, à quelques rues de la gare de Lyon. Yvonne foula les mosaïques beiges et rouges du carrelage. Un brouhaha d'Inox et de faïences percutait les murs de la grande salle en effervescence. Du regard elle balaya les banquettes bordeaux, les chaises en bois, les dos courbés sur les tables rondes aux pieds de fonte, et elle l'aperçut, penché sur ses mains, dans un coin à l'autre bout de la brasserie.

Elle avança d'un pas sûr et le cœur troublé.

L'heure en dura trois. Ils se racontèrent les années de leurs vies d'adultes, lui à Saint-Jean, elle à Paris. Et la boutique de ses parents, qu'il avait reprise dix ans auparavant. Il évoqua Irène, elle lui apprit qui était Robert. Ils n'avaient aucune gêne, n'avaient pas besoin de jalousie. Ils se retrouvèrent comme s'ils n'avaient pas changé. Un instant, Yvonne osa presque demander à Edmond ce qu'elle ne lui avait jusqu'alors jamais demandé :

pourquoi Irène ? Pourquoi ainsi, sans l'avoir prévenue, la laissant le découvrir par le bouche-à-oreille ?

Mais il était là maintenant. Il ne resterait pas. Et le moment était bon. Alors Yvonne garda ses questions pour elle, décidant que leurs vies étaient belles et qu'ils pouvaient s'en réjouir l'un pour l'autre.

À la fin, Edmond déposa sa main sur celle d'Yvonne et déclara qu'il était content d'être venu jusqu'à Paris.

Après un mois, Yvonne reçut une nouvelle lettre bleue, gribouillée de l'écriture irrégulière d'Edmond. Il s'y déclarait heureux encore de ce moment précieux qu'ils avaient partagé. Signait après lui avoir interdit de mourir, les vieilles habitudes étaient tenaces.

Edmond, peux-tu revenir ? Vite. Promets-moi de ne pas mourir. Yvonne.

Elle fit court, en inversion de ce qui, depuis trente-deux jours, grouillait en elle de vie, de fureur, de réconfort et de désir. Yvonne n'avait pas les idées plus claires, mais son corps vivait dès qu'elle revoyait les amandes brillantes des yeux d'Edmond, qu'elle imaginait sa main chaude sur le dos de la sienne, qu'elle entendait la bouffée tranquille de sa voix violoncelle. Yvonne avait mal tout le temps et partout, sauf au souvenir de ces trois heures. Voilà ce qui la fit écrire ces mots.

En dix jours il fut là. Même endroit, même table. Où ils se parlèrent un peu moins, car ils s'en étaient dit beaucoup déjà. À la place, leurs mains s'attardèrent, leurs regards s'envoyèrent de muets aveux, des idées impensables, des envies impossibles.

De retour à Saint-Jean, il lui écrivit sans attendre. Désormais, il lui parlait d'amour, de petits papiers bleus, de ses grands yeux amoureux. « Je ne pense qu'à toi », avouait-il. Terminait sa lettre en lui disant qu'il était sans doute allé trop loin, demandait à Yvonne de lui pardonner son insolence. Mais il ajouta qu'il pensait pouvoir lui dire ces paroles, à elle, même si elles franchissaient les bornes de l'amitié dont il voulait faire preuve à son égard.

Il terminait en disant que la revoir l'avait bouleversé, mais que c'était idiot. Un élan vieux du jeune homme épris, qu'elle lui pardonne et l'ignore, il était bête.

Mais Yvonne ne lui en voulut pas.

Au contraire.

— J'ai la gorge sèche, mon petit, s'interrompt Yvonne. Si vous le voulez bien, je continuerai plus tard.

Zola s'est habituée à ces interruptions abruptes, elle ne proteste pas.

Quelques secondes se succèdent ensuite, durant lesquelles le ronronnement des roues contre l'asphalte peuple leur silence.

— Pourquoi voulez-vous mourir, Yvonne ? demande enfin Zola avant de ne plus oser le faire. Je n'ai jamais rencontré quelqu'un qui avait autant de choses belles et sages à dire sur la vie que vous.

Yvonne semble réfléchir, puis déclare :

— Soyons d'accord, mon petit. Je ne crois pas qu'il faille mourir lorsqu'on est vieux. Je crois que c'est ce que j'ai choisi, pour moi, et je sais que ce qui est pour moi une solution n'a pas à l'être pour tout le monde.

— Vous êtes malade ?

— Non, répond Yvonne. J'ai contacté la Suisse, la Belgique, les Pays-Bas et même l'Espagne. J'ai fait le tour d'Europe du droit à mourir, plaisante-t-elle. Mais je n'ai pas de maladie pour le justifier. Et encore, même si j'étais malade, j'aurais du mal à obtenir ce que je demande. Mais voyez, je n'ai que mon âge et ma décision, ce n'était pas assez. Et un jour, j'ai trouvé. Au Mexique...

— Et s'il vous reste des choses à vivre ? demande Zola.

— Ma vie est faite, Zola. Aujourd'hui, j'ai dépassé l'âge de toutes les personnes que j'ai le plus aimées. Robert avait soixante-seize ans lorsqu'il est mort. Je suis de ce côté-là de la terre, mon petit. C'est normal, c'est de mon âge. Mais je ne veux pas gâcher le temps qui me reste, assise à ma table avec mon whisky, à me demander si je suis la prochaine que la mort va prendre, ni sous quelle forme sordide elle décidera de le faire. Je voulais choisir la dignité de mon départ. Et désormais, ajoute-t-elle la voix étranglée, ce n'est plus possible.

— Et si vous commandiez encore de votre produit ? demande Zola.

— Non, murmure Yvonne dans un rire navré. Je suis dans le collimateur de la police maintenant. Et tout le monde m'en veut.

— Ah bon ? Qui ?

— Edmond, Margaux...

— C'est tout ?

— C'est tout le monde, répond Yvonne.

49

Zola a mal dormi. Elle a retrouvé son vieil immeuble. Même en plein jour, le silence y est entaillé par le chahut de Paris. L'ascenseur crisse et se hisse, claque lorsqu'il entame sa descente, son va-et-vient agite les murs, s'agrémente des coulées d'eau, de l'écho des voix que les murs se renvoient, des pas qui tamponnent et des radios qui clament.

C'est la ville autour, tout à coup, et les rituels de Saint-Jean qui tombent à l'eau. Pas de promenade aux aurores, pieds nus dans ses bottes. Pas d'étang, pas de champs ni de village à parcourir. Pas d'âne gueulard. Pas d'Edmond. Pas d'Yvonne. Pas de Sylvain. Elle a l'impression d'être mise en boîte, sans ciel ni horizon.

Depuis hier elle ne pense qu'à la Creuse. Elle a le mal d'un pays qui n'est même pas le sien. C'est l'inverse de l'éveil qu'elle avait prévu en retrouvant la capitale.

Elle se remémore les paroles d'Yvonne, s'agrippe au réconfort de leur bon sens. Maintenant qu'elle est ici, elle va pouvoir finir de se réparer. Son bras est guéri, ou presque. Son rendez-vous avec sa vie est arrivé, et elle compte le réussir, cette fois.

Elle se rassure. C'est normal d'être déboussolée, elle n'est pas encore vraiment rentrée. Elle est à Paris, mais elle n'a pas encore retrouvé sa vie.

Faber Lang sera la première étape. Les choses seront plus claires lorsqu'elle aura repris le rythme de la normalité, après-demain.

Elle s'offre de rêver. Le travail, ce n'est pas que pour se lever le matin, ce n'est pas que pour se payer des choses, c'est aussi se construire. Victoire serait d'accord. D'ailleurs, ces paroles pourraient être les siennes.

S'ils remportent le contrat de la Semeg, Zola se verra enfin grandir. Cette agence ne sera plus seulement son engagement le plus long, elle sera le tremplin de sa maturité professionnelle. Elle se congratule déjà du chemin parcouru et que trois « sac à merde » inattendus n'aient pas entravé cette nouvelle ère qui, jeudi, s'ouvre à elle.

Lorsqu'elle franchit le seuil de Faber Lang, Zola a la sensation immédiate que quelque chose cloche. Pourtant, l'odeur de café est celle de tous les matins. Elle se mêle à celle, poussiéreuse, de la moquette qu'on ne lave jamais. Une année, il a fallu évacuer les locaux pendant plusieurs jours car des bestioles minuscules s'y étaient installées. Elles avaient grimpé sur les bureaux, on les voyait se promener sur les écrans des ordinateurs et sur les blocs-notes.

Ce matin Faber Lang est Faber Lang. Une agence en pleine phase de réveil. Les ventilateurs des ordinateurs ronflent. Éric est déjà là, il l'embrasse.

— Tu m'as manqué, ma grosse poupoule ! marmonne-t-il en la serrant contre lui.

Le bras ? Bien.

La Creuse ? Surprenant ? Ah oui, personne ne s'y attendait, c'est certain.

La météo ? Bien. Enfin surtout sur la fin, mais bien tout le temps, parce que c'était beau, là-bas.

Lorsqu'elle est sortie de l'enceinte de son immeuble tout à l'heure, Zola s'est heurtée à la foule des voitures, propulsées dans leur fureur matinale. En s'arrimant au quai, le métro a fait crier ses freins. Une plainte qui a saisi Zola à la colonne vertébrale et lui a déchiré les oreilles. Paris débordait de monde, klaxonnait déjà, se ruait dans les couloirs souterrains en enfonçant ses épaules dans le flanc des passants endormis et il était encore si tôt pourtant. Les relents pestilentiels que la capitale ne sait pas confiner à ses entrailles ont saisi Zola aux narines. Durant tout le trajet elle n'a fait que comparer. À Saint-Jean les odeurs sont douces, à Saint-Jean la vie est si calme. Tout lui a paru renfrogné, blanc ou gris, ça manquait de couleurs, ça étouffait.

Ce n'est pas à l'agence que quelque chose ne va pas, c'est elle.

Tout est tel qu'elle l'avait laissé, mais la familiarité de ce qu'elle retrouve l'agace parce que sa tête a pris du retard sur son corps. Zola pensait que les deux journées passées chez elle depuis son retour auraient agi comme un sas préparatoire. Une transition nécessaire. Sa hâte de se remettre à l'ouvrage était sincère.

La force enjouée du rebond qui hier encore l'inspirait tant a dû s'égarer dans les couloirs du métro. Maintenant qu'elle est à Faber Lang, elle a envie de faire demi-tour.

— J'ai l'impression d'être une touriste qui débarque de sa campagne, déclare-t-elle à Éric, espérant que le dire à voix haute suffira à amoindrir son inconfort.

Il lui prépare un café, et pendant presque une heure il lui récite les nouvelles. Dix minutes pour faire le tour des clients en cours, le reste pour parler de Pascal.

Pascal est étrange. Zola s'étonne. A-t-il déjà été autre chose ?

Éric lui raconte.

Pascal n'est pas là souvent. Vraiment peu. Deux heures ou trois par jour, parfois il ne vient même pas. Éric dit qu'avec Fadila ils l'ont bien observé. Ils lui trouvent la mine rêche, les joues creuses, il espace ses rasages, quelque chose se trame, ils ignorent quoi.

— Il attend la réponse de la Semeg, propose Zola.

Le comité administratif a repoussé trois fois l'annonce de l'agence gagnante, Pascal l'en a informée par messages lorsqu'elle était à Saint-Jean.

— Avec le départ de Sanizeca, poursuit-elle, la Société européenne de médecine générale est notre seule chance de redresser la barre. Il n'y a aucune autre perspective de cette ampleur pour l'instant. Peut-être qu'il craint pour sa place ?

À chaque collègue qu'elle retrouve, elle raconte la même chose. Son bras qu'elle brandit comme pour montrer qu'il est bien vivant, sa chute qu'elle anoblit en l'appelant « l'accident », les doigts qu'elle croise en pensant à la Semeg.

Pascal est le dernier à arriver. Il débarque dans leur bureau, qu'il brusque de sa voix forte lorsqu'il s'exclame : « Ah Zola ! Enfin, de retour ! » Elle écourte l'inévitable dialogue à propos de son bras, de la Creuse et du niveau de son enthousiasme en lui demandant s'il sait quand ils auront des nouvelles de Chantal, de la Semeg.

— Ah, ah ! Tu ne perds pas le nord ! dit-il, et son éclat de rire interrompt Éric et Fadila, qui tentaient de se concentrer sur leur tâche. Chantal nous donne la réponse aujourd'hui ou demain.

À ces mots il lève une main dont il croise l'index et le majeur.

Lui assure qu'il ne faut pas trop s'en faire.

— Un de perdu, dix de retrouvés ! déclare-t-il dans un regain d'euphorie qui n'embarque pas Zola.

— Un de perdu, c'est un de perdu, rétorque-t-elle, fâchée qu'il évoque la possibilité de perdre.

Pascal s'esclaffe.

— Tu as toujours le bon mot toi, vraiment !

Il ajoute qu'elle est trop anxieuse, ce qui n'est pas le cas. Déphasée, sans doute, mais Zola ne ressent pas la moindre anxiété. Ce qui l'intrigue, c'est qu'il n'en montre pas davantage, lui, alors que l'avenir de l'agence repose sur ce budget.

Le lendemain elle retrouve son poste, engoncée dans le même désœuvrement que la veille.

Pascal ne se montre pas. C'est une journée calme, dont Zola profite pour retrouver les clients pour lesquels elle travaille et obtenir d'Éric, Fadila et Margaret un compte rendu plus complet des différents projets en cours. C'est vide, pour un mois d'avril. À cette époque en général, on suffoque d'une conférence de presse à l'autre, de rendez-vous en compétitions, avant l'accalmie très relative de l'été.

Madeleine surgit dans ce vendredi après-midi dont on prévoit déjà d'écourter l'engourdissement en quittant les lieux plus tôt qu'à l'accoutumée. Elle s'arrête sur le seuil du grand bureau que partagent Éric, Fadila et Zola.

— Je viens d'avoir Chantal Marleix de la Semeg, commence-t-elle.

Et tous lèvent le nez de leurs écrans.

Zola s'y voit déjà, tête baissée dans un travail qui va l'accaparer. Elle s'impatiente de la satisfaction des soirs où l'on se couche éreintée du travail acharné. *Ça y est,* pense-t-elle. Le congrès de la Semeg, c'est exactement ce qu'elle aime faire. Il y a de la logistique, de la rédaction, du contact avec la presse, avec les experts, un travail titanesque et galvanisant. Il va falloir s'y mettre le plus vite possible. Les choses vont enfin bouger assez pour lui faire oublier la nostalgie qu'elle traîne depuis Saint-Jean.

— On n'a pas été pris, récite Madeleine d'une voix de robot, comme si elle aimait si peu les mots qu'elle vient de prononcer qu'elle ne voulait leur accorder aucune couleur, rien qui les flatte, pour qu'ils appartiennent plus vite au passé.

C'est un coup de massue. Madeleine frotte un pied sur la vieille moquette, ajoute qu'on va s'accrocher, qu'il faut continuer, ne surtout pas baisser les bras maintenant. Son visage translucide et le regard nu qu'elle rive sur Zola contredisent sa tentative d'optimisme.

Zola a presque envie de lui dire « Un de perdu, dix de retrouvés », elle aussi, pour lui remonter le moral. Le problème est qu'avec cette nouvelle déconvenue, Faber Lang approche les dix de perdus, aucun de trouvé. Ça dure depuis décembre. C'est un autre coup. Une porte qui claque au nez de Zola. Elle laisse retomber ses épaules, elle est trop lasse pour trouver les mots. Elle finit par demander si Pascal est au courant.

— J'essaye de le joindre mais il ne répond pas, explique Madeleine.

— Et la Semeg ? demande Zola. Ils t'ont dit pourquoi nous n'avons pas été choisis ?

Les yeux de Madeleine grandissent, puis ils sautent d'un bord à l'autre de leurs orbites, comme deux billes de flipper. Madeleine ne sait pas, entrecoupe ses mots de « euh » égarés.

— Pascal n'arrêtait pas de clamer que c'était du tout cuit, ajoute Zola, la voix âpre. Qu'est-ce qui est arrivé aux *fingers in the nose* et *in the pocket* ?

Elle regrette de s'attaquer à Madeleine, dont le seul crime est de se trouver là pour recevoir sa déception.

— Oui, eh bien tu sais, il y a des raisons, finit par articuler Madeleine, le menton dans son col et les yeux dans les chaussures. Le mieux c'est de ne pas se poser trop de questions. Qu'importe, de toute manière, nous devons passer à autre chose.

Zola termine tôt ce vendredi, dans son lit, où elle compte engouffrer sa déception sans délai afin d'atteindre vite le samedi. Le nouveau départ qu'elle se promettait depuis Saint-Jean l'a laissée comme la passagère d'un train qui n'est finalement pas venu.

Demain, elle retournera voir Antoine. La première fois en deux mois. Sa hâte piétine, hésitant entre la joie de le revoir et l'appréhension. Elle ignore dans quel état il sera. Pire, pareil. Pas mieux, elle le sait.

Elle tend le bras pour éteindre sa lampe. Et puis tant pis pour le travail, Zola a d'autres chantiers de toute manière. Quentin, Victoire. Victoire et Quentin. Tout ce qu'elle avait laissé à Paris.

On verra demain.

Son téléphone vibre.

Salut Zola ! C'est Sylvain, à Saint-Jean.
Ton retour à Paris s'est bien passé ?

Sylvain, à Saint-Jean. Elle rit. Lui répond :

Tu n'as pas besoin de préciser, je ne connais qu'un seul Sylvain et qu'un seul Saint-Jean. Ça va.

Hou là. Ça va. C'est tout ?

Pour l'instant, oui. Ça va.

Ni bien, ni mal, un truc entre les deux.

C'est la première fois qu'elle le dit. À tous les autres elle a sorti des « super » et des « ça fait du bien de retrouver ses marques ». Que des mensonges. Elle a le cafard et n'a rien trouvé, pour l'instant, qui lui remonte le moral d'être rentrée à Paris.

Ça viendra petit à petit, répond Sylvain.
C'est comme le sport, il faut commencer
par de petits objectifs, mais réguliers.

Tu fais du sport, toi ?

Oui. De la motocross.

Elle pense qu'il plaisante. Il insiste :

J'ai commencé à treize ans.

En fait je ne te connais pas.

Il propose :

Faisons connaissance.

Elle rit.

Demande-moi ce que tu veux.

Tu es né où ?

Il répond « À Lyon » et l'invite à poursuivre l'interrogatoire.

Jusqu'à 3 heures du matin, ils se *ping-ponguent* leurs messages. Lorsqu'elle cède enfin au sommeil qui lui fermait les paupières depuis plus d'une heure, Zola sait que Sylvain a grandi à Lyon, d'où vient sa mère.

Qu'il a passé l'intégralité de ses vacances scolaires à Saint-Jean, dans les arbres, les champs, près de l'étang qu'elle connaît par cœur. C'est sur les chemins boueux de la Creuse qu'il a découvert la moto. Et la pêche, ce qui a beaucoup intrigué Zola qui n'y connaît rien. Il lui a promis de lui montrer, si elle revient à Saint-Jean en été.

Plusieurs fois, elle a pensé à leur embrasement. Elle s'est demandé si lui aussi.

50

ANTOINE NE PARLE PLUS.

— J'aurais dû revenir plus tôt, soupire Zola à Géraldine, qui agite sa tête en retour.

— Ne vous dites pas des choses comme ça, ordonne l'infirmière d'une voix qui cajole. Vous êtes là aujourd'hui, c'est ce qui compte, vous aviez vos raisons. Vos sœurs sont venues. Mais c'est vrai que, lorsque c'est vous, ce n'est pas pareil.

C'est sans doute pire, pense Zola, *avec toutes mes histoires à la con. Mon faux mec, mes insultes, et tout à coup je lui envoie Yvonne parce que je me suis cassé le bras.* Elle est prête à expliquer à Géraldine que c'est normal, elle est la vilaine. Elle inquiète, creuse des rides dans la jeunesse de ses parents, arrive quand on ne la veut pas, n'en fait qu'à sa tête, monte aux mauvais arbres, ou porte les mauvaises bottes.

— Ça lui fait toujours un petit coup de jeune, continue Géraldine, comme si elle avait deviné les objections de Zola. Alors c'est léger, hein, bien entendu…

— Mais je le fatigue, non ?

— Ah, vraiment pas ! Au contraire ! s'offusque gentiment l'infirmière. Vous lui parlez, vous faites de vraies conversations, dit-elle. Vous riez, ça le stimulait…

Sur ce verbe au passé ses yeux se courbent vers le sol. Pendant qu'elles discutent, Antoine reste assis dans son fauteuil en Skaï vert élimé, son visage est un désert.

— Mais comme vous pouvez le constater, aujourd'hui, ça va moyen, ajoute Géraldine.

Zola regarde Antoine et elle sait qu'aujourd'hui elle ne va rien lui raconter, parce qu'il n'est pas là pour l'entendre. Elle veut fuir ce lieu désolé, et son impatience lui fait honte.

— Je ne sais pas si ça me fait du bien de le voir dans cet état, lâche-t-elle.

— C'est normal, tout à fait normal, murmure Géraldine. Mais c'est bien que vous soyez venue. On ne sait pas ce qu'il comprend, ce qu'il perçoit. Mais nous ici, on sent la différence.

— À quoi la sentez-vous ?

— C'est surtout le soir, répond Géraldine. Il est moins agité au coucher.

Elle soulève une épaule, la rejoint avec son oreille, sourit d'un seul côté de la bouche. « Ici, c'est déjà pas mal. »

Lorsqu'elle décide de quitter Antoine, Zola ne sait même plus si elle peut l'embrasser. Il est si reclus. Elle a peur de le brusquer.

Une fois dehors elle inspire profondément, le cœur en débris, le moral vaincu. Elle se presse sous les érables désormais garnis de feuilles. Ce soir Zola retrouve Yvonne, qui lui a promis de lui raconter la suite de son histoire.

Edmond ne devait monter qu'une fois à Paris. L'épisode aurait été bref, entraîné par les circonstances dramatiques. Compréhensible, donc. Il devait se solder par un retour à l'éloignement qu'ils avaient si bien cultivé pendant quatorze ans.

Pour confirmer la simplicité de cette première rencontre, qu'elle croyait unique, Yvonne en avait même parlé à Robert. Elle s'était contentée de déclarer « Demain j'irai boire un café avec Edmond, il est à Paris en ce moment » comme elle aurait dit qu'elle avait une course à faire.

Robert savait qui était Edmond, et ce qui le liait à Yvonne. Mais cet amour appartenait à leur jeunesse, il n'y voyait aucune menace. Il n'était pas un homme jaloux, au contraire. Yvonne était déchirée par le deuil et Robert vit d'un œil favorable ces retrouvailles simples avec un ami qui pourrait lui apporter, depuis Saint-Jean, un peu du réconfort dont elle avait si cruellement besoin.

Mais Edmond revint. Et Yvonne n'en avertit plus Robert.

Elle se présentait à ces rendez-vous comme on sort d'une apnée prolongée. Elle avait perdu sa terre d'origine et Edmond la lui ramenait. Toujours dans le même café parisien, à la même table du fond à droite. Lorsqu'il se mit à lui parler d'amour, Yvonne eut l'impression, pour la première fois depuis la mort de sa mère, qu'il lui restait juste assez de vie dans le corps pour tenir jusqu'au lendemain.

Mais Edmond lui écrivit soudain qu'il préférait ne plus la revoir, et ce fut la panique d'un monde qui s'effondre. Yvonne songea qu'il n'y avait aucun mal à se caresser la joue, la main, et à se dire beaucoup d'amour, quand on risquait, si l'on s'en empêchait, d'être engloutie par les ténèbres.

Elle demanda donc à Edmond de revenir. Et Edmond revint.

Ils n'avaient plus d'âge, ils n'appartenaient plus au monde, ils n'avaient d'autre réalité qu'eux-mêmes. Ils étaient Yvonne et Edmond, porteurs d'une histoire à eux, faite de littérature, de campagne verdoyante et de poèmes griffonnés sur de petits papiers bleus. Ils étaient, l'un à l'autre, le premier corps. Celui qu'ils avaient découvert si jeunes, le souffle court et impatient. Le contact des mains d'Edmond sur le visage d'Yvonne était une évidence, puisque c'étaient eux.

Et leurs regards qui s'accrochaient l'un à l'autre, deux infinis qui remplaçaient tous les mots de l'amour qu'ils s'étaient déjà dits cent fois.

Et leurs doigts qui s'entrelaçaient sur la table. Et Yvonne qui glissait sur la banquette pour se blottir dans les bras d'Edmond.

Leurs baisers, qui étaient longs, mais qu'ils s'autorisaient car ils leur attribuaient la pureté d'une jeunesse. De leur jeunesse. Il ne fallait rien voir d'autre dans ces lèvres qui se dévoraient. Ces baisers n'annonçaient rien, ils n'iraient nulle part, ils ne changeaient pas le futur. Ils touchaient à peine au présent. Ils étaient une célébration du passé, qu'Edmond et Yvonne pensaient mériter, parce qu'ils s'étaient aimés en premier, et qu'ils s'étaient aimés beaucoup.

Avaient-ils conscience du risque qu'ils prenaient ?

Yvonne, plus tard, se souviendrait qu'elle n'y avait pas pensé.

Il leur fut naturel d'aller chercher l'abri d'une chambre d'hôtel.

Elle n'avait plus que le goût de lui. Tout lui redevenait vivable grâce à ces moments passés avec Edmond. Ils étaient l'échéance qui la hissait jusqu'à la surface des choses. Elle tenait bon grâce à lui.

Alors elle pouvait retourner à ses élèves et à la littérature. Elle pouvait se promener le week-end avec Robert et Margaux. Elle pouvait retrouver le lit de Robert, aussi, et Yvonne ne questionnait même pas ce paradoxe.

Pendant six mois, Yvonne et Edmond ne pensèrent qu'à rassembler leurs corps. C'était une nécessité, comme on remplace la pièce défectueuse d'une machine endommagée. Ils se retrouvaient, et Yvonne y puisait l'impression d'être réparée jusqu'à la fois prochaine.

Six autres mois suivirent, et ils ne virent pas leurs rendez-vous se dépouiller, petit à petit, de la brume qui avait suffi à leur faire oublier le reste, au début.

Leur liaison avait perdu son excuse épisodique et, puisqu'elle durait, ils se mirent à parler. Il y avait Irène à Saint-Jean. Il y avait Robert. Et leurs deux univers séparés par plus de trois cents kilomètres.

Un jour, Yvonne posa enfin la question qu'elle s'était interdite pendant quatorze ans.

— Pourquoi as-tu épousé Irène alors que tu m'aimais ?

D'abord, Edmond ne voulut pas répondre. Il était aussi fâché de devoir se confronter à cet épisode que d'évoquer son épouse depuis la clandestinité de leur chambre d'hôtel. Yvonne insista. Elle avait accepté, elle ne lui avait rien demandé, elle ne l'avait jamais embêté. Pour lui avoir facilité les choses à l'époque, elle exigeait d'être récompensée maintenant, en obtenant quelques explications.

— Irène était quelqu'un de charmant, concéda-t-il enfin. Elle était jolie, elle était gaie, voilà.

Et il quitta leur lit d'un bond pour rejoindre la fenêtre, où il se racla la gorge et ajouta :

— Je ne sais pas quoi dire d'autre, Yvonne, c'était comme ça.

— Je ne te permets pas de m'en vouloir pour cette conversation, Edmond.

Il se retourna, la mâchoire serrée et le regard ardent, mais au bout de quelques secondes, il laissa ses épaules s'avachir et il rejoignit Yvonne.

— Je l'aimais beaucoup, reprit-il. Avec elle, je me sentais bien.

— Et avec moi ? Tu ne te sentais pas bien ? articula Yvonne.

— Si, dit-il. Évidemment, et tu le sais très bien. Mais toi, tu n'étais pas là. Tu étais à Paris, et je savais que tu allais y rester. Avec Irène, j'ai entrevu une vie qui me plaisait, à Saint-Jean.

C'était aussi bête que ça. Il avait eu envie d'épouser Irène parce qu'elle était là. Il n'avait pas réussi à le dire à Yvonne. Il savait que la laisser découvrir qu'il était marié avait été une trahison terrible.

— J'étais incapable de te quitter, conclut-il. Et comme tu peux le constater, je le suis toujours. Face à toi, Yvonne, je me sens à la fois le plus fort et le plus lâche de tous les hommes.

La vérité avait fait irruption dans leur petite chambre d'hôtel, qui ne suffit plus à les protéger du monde réel.

Ils se disputaient.

Ils se réconciliaient avec davantage de passion à chaque fois.

Ils ne savaient pas se dire au revoir.

Ils ne comprenaient pas cet amour, si vrai et pourtant si mauvais, dans lequel le bonheur cohabitait désormais avec mille douleurs inextricables.

Une année s'était écoulée.

Ils devaient prendre une décision. Continuer, et briser deux familles pour s'aimer comme ils s'étaient toujours aimés.

Ou se quitter.

Edmond tenait à Saint-Jean, à la boutique de ses parents. Il y élevait ses enfants. Entouré de campagne, d'arbres, il cueillait les champignons, cultivait son jardin, pêchait, ramassait le bois pour la cheminée, vivait au contact du village, au rythme de ses fêtes et de ses saisons. Il était marié avec une autre.

Yvonne était à Paris et y trouvait tout ce qu'Edmond ne voulait pas. La ville, les foules, les constructions qui remplissaient le ciel et habillaient de gris le paysage bruyant.

Leurs vies ne confluaient pas ailleurs que dans leur cachette.

Fidèles à leur coutumière promesse, ils s'intimèrent l'ordre de ne pas mourir.

Yvonne, cette fois, demanda à Edmond de ne plus revenir.

— Ça me fait une boule dans la gorge, murmure Zola.

— Il ne faut pas, mon petit, la rassure Yvonne. C'est ainsi.

— Vous vous aimiez tellement ! insiste Zola. Avec Edmond, avec Robert.

Yvonne hausse les épaules sans rien ajouter.

Si l'histoire d'Yvonne touche autant Zola, c'est parce qu'elle fait écho à la sienne.

— C'est même étrangement similaire, ajoute Zola.

Dans son histoire, elle n'a pas d'Edmond, mais elle a perdu sa mère. Zola raconte la période d'errance qui a accompagné la maladie d'Aline et sa fin. L'idée de se marier, qu'elle a plantée un soir, sur le canapé du salon, et à laquelle Quentin a adhéré tout de suite.

— Vous savez, tente Yvonne, avec Robert, cela n'a pas été si simple. Cette histoire avec Edmond… J'ai quand même tout fichu en l'air.

— Ah bon ? s'étonne Zola. Vous avez quand même fini par vous marier.

— Ah ! s'exclame Yvonne. C'est que l'histoire n'est pas finie !

Mais Zola ne semble pas l'écouter.

— J'ai l'impression que la vie et les gens tiennent absolument à me mettre des bâtons dans les roues, bougonne-t-elle.

— Ne donnez pas aux autres autant de pouvoir, mon petit !

— …

— Les autres ne sont pas responsables de votre vie, continue Yvonne. On dirait que votre situation est la conséquence des autres. Votre patron est un con, donc si vous l'insultez c'est de sa faute. Votre sœur est chiante, donc c'est à cause d'elle que vous êtes obligée de mentir. Quentin vous a abandonnée et donc ? Vous avez des milliers d'amoureux potentiels qui vous attendent et qui auront envie de rester avec vous !

Yvonne sourit, satisfaite de l'optimisme de ses paroles. Mais Zola la fixe, ses yeux rétrécis et sa bouche pincée au point que ses lèvres blanchissent.

— Vous avez du culot de me parler comme ça, Yvonne, siffle-t-elle.

— Mais pas du tout, tempère sa voisine de sa voix la plus douce. Je ne comprends pas pourquoi vous vous fâchez. Les choses sont entre vos mains, c'est une bonne nouvelle, non ?

Zola claque la langue contre son palais et détourne les yeux. Ses joues ont rougi et elle contracte ses mâchoires.

— Vraiment Zola, ajoute Yvonne, je n'avais pas l'intention de vous contrarier.

— Et pourtant, Yvonne, éclate Zola dans un rictus mauvais, c'est raté !

— Je voulais seulement vous dire que vous pouvez vous fier à vous, rétorque Yvonne qui s'emporte maintenant. Partez de vous et tout sera possible, c'est aussi simple. Là !

— C'est aussi simple, singe Zola. Alors faites-le, vous aussi !

Pendant plusieurs secondes, elles se toisent comme deux bêtes avant de se sauter à la gorge.

— Vous devriez appliquer vos propres conseils, Yvonne. Vous n'avez toujours pas parlé avec Margaux et Edmond. Vous laissez faire, comme vous dites, ça me fait bien rire, crie Zola en propulsant un rire faux du fond de sa gorge. C'est surtout une manière de ne rien faire du tout, et de cacher votre poison mortel dans le dos de tout le monde !

— Je crois qu'il serait plus valable que nous nous calmions, tente Yvonne, le teint rouge et les yeux sévères.

— Je suis très calme, s'offusque Zola. Ce qui vous dérange, c'est que je dis la vérité. Vous tenez les gens à distance, vous vous racontez que c'est ça, la liberté, s'éloigner de l'amour des autres comme s'il était une camisole. Résultat, vous êtes toute seule.

— Bon ! lance Yvonne d'une voix sèche.

Elles se regardent, essoufflées de révolte et déjà encombrées d'un début de regret.

— Je vous dis bonne nuit, déclare Zola en se levant.

51

LE LUNDI, ELLE S'EN VEUT, le mardi aussi, ainsi que tous les autres jours. Le pire c'est le soir, chez elle, quand Zola n'a plus la cohue des rues et les intrigues de bureau pour assourdir son regret. Seule face à ses quatre murs, elle se reproche son insolence en même temps qu'elle remâche les mots d'Yvonne. C'est un mélange discordant, qu'elle a l'idée de faire taire en se penchant sur l'entreprise de chambres d'hôtes d'Edmond, ou en riant avec Sylvain dans des échanges de messages qui n'en finissent plus.

Pour la cueillir à l'issue de cette autre semaine décevante : ses trente-trois ans.

La dernière fois que les trois sœurs se sont retrouvées ensemble dans l'appartement de leurs parents, c'était après l'enterrement d'Aline.

La dernière fois que Zola a vu Marthe, c'était le 1er janvier.

La dernière fois qu'elle a parlé à Victoire, c'était depuis le banc, à Saint-Jean.

Victoire lui a dit qu'elle était folle, a raccroché, elles ne se sont pas adressé la parole depuis.

Lundi dernier. Dans un message sans formules affectueuses, Victoire a donné rendez-vous à ses sœurs ce samedi, chez leurs parents.

Le week-end d'anniversaire était donc maintenu. Zola n'a pas eu le courage de répondre qu'elle n'y avait pas goût. Marthe s'est libérée pour l'occasion, acceptant de rester jusqu'à dimanche. Il est très rare d'obtenir d'elle une telle présence.

Quant à Victoire... Il faudra bien qu'elles s'expliquent un jour. Zola veut bien que ce jour soit celui de son anniversaire, elle n'avait rien de mieux à faire ce week-end, de toute manière.

Victoire leur a demandé d'arriver à 15 heures. Zola arrive au quart, Marthe à quarante-cinq.

— Ça commence mal, bougonne Victoire en les accueillant.

La veille, elle leur a envoyé le programme qu'elle a confectionné pour leurs deux jours ensemble. Une feuille A4 dans laquelle chaque heure, du samedi 15 heures au dimanche 14 h 30, est allouée à une activité.

Pour commencer, elles devaient se rendre ensemble aux Érables. Victoire ne laissant que rarement sa place au hasard, elle a téléphoné à l'Ehpad dans la semaine pour avertir de leur visite groupée. Géraldine l'en a dissuadée. Antoine est trop fatigué, mieux vaut venir une par une, et pas le même jour. C'était un premier coup de pied dans les plans de Victoire, on a frôlé le drame. Un feu vite éteint par Marthe, qui a proposé de donner son tour. En réponse, un désaccord farouche. C'est l'anniversaire de Zola, c'est donc elle qui doit avoir le droit de rendre visite à Antoine. Mais Zola y était déjà samedi dernier, que Marthe y aille. L'affaire les a occupées du mercredi midi au jeudi soir, moyennant quatre-vingts textos. Il a même été envisagé qu'elles n'y aillent pas du tout, une proposition de Zola qui a menacé de relancer le débat pour vingt-quatre heures supplémentaires. Pour couper court, on a décidé que Victoire irait aujourd'hui, Zola, demain après-midi, et que Marthe reviendrait le mois prochain.

La bouche en coin, Victoire les fusille de son regard glacial. Le retard de ses sœurs devient le sien, elle devrait déjà être aux Érables, tout est décalé. Marthe remarque qu'elle aurait pu y aller sans les attendre. Pour toute réponse, Victoire expire furieusement par les narines en rivant sur elle des yeux noirs.

— Tu peux écourter ta visite à Papa, suggère alors Zola qui, depuis qu'elle l'a vu la semaine dernière, ne croit plus qu'Antoine s'attache à la durée de leur présence à ses côtés.

Trop loin, trop malade. Elle ne le précise pas : le dire, c'est admettre quelque chose qu'elle ne veut pas glisser dans son anniversaire.

Après leur avoir récité la liste des instructions à suivre en son absence, Victoire s'envole et leur souhaite de profiter de ce temps à deux pour bien s'entendre :

— Après tout, Marthe, tu n'es jamais là, dit-elle. Zola et toi n'avez pas l'occasion d'être aussi proches que nous le sommes, elle et moi. C'est dommage. Ciao !

Marthe et Zola échangent un sourire et déballent les biscuits sablés préparés par Victoire, qu'elles dégusteront ensemble à son retour : 16 h 30, heure du *tea time* gourmand.

À 19 h 30, elles doivent quitter l'appartement pour se rendre au restaurant. Golosi, un italien dans le 14ᵉ, le préféré de Victoire. D'après le programme, elles doivent le fouler du pied à 20 h 30. Victoire a compté un quart d'heure pour trouver une place où garer la voiture et marcher jusqu'au restaurant.

— Alors ? commence Marthe. Quoi de neuf en ce moment ?

Zola s'attarde, guette dans les gestes de son aînée le signe de ce qu'elle sait. Mais Marthe est penchée sur la boîte en plastique dans laquelle Victoire a disposé les biscuits, les transvase un à un sur un plat en faïence bleu sur lequel ont été exposés tous les gâteaux de leur vie. Le visage de Marthe ne dévoile aucune connaissance, pas de remontrances.

Les mots chatouillent les lèvres de Zola.

« Victoire ne t'a rien dit ? » voudrait-elle demander.

Marthe lève les yeux vers elle, les plisse, fend son visage d'un sourire mutin.

— Victoire m'a appelée, dit-elle, et Zola laisse retomber ses épaules en soupirant. Imagine notre Victoire, continue Marthe, en plein drame. Un jour au milieu de tout, elle me téléphone. J'étais en plein Reiki collectif, je n'ai même pas vu ses appels. Il y en avait eu cinq en une heure. Et je suis tombée dans le piège, à chaque fois c'est pareil : je crois qu'il s'est passé quelque chose, que c'est Papa. Ou toi. Mais non. C'est juste Victoire qui ne supporte pas qu'on ne lui réponde pas. Alors elle insiste, jusqu'à ce qu'on soit au bord de la crise de nerfs et qu'on n'ait pas d'autre choix, pour avoir la paix, que de la rappeler.

La voix étranglée de mystère, Victoire a fait part à Marthe de ses soupçons.

— Elle pensait que ton Maxime était un pervers qui te coupait du monde.

Elle rajoute que ça l'a même inquiétée, elle aussi. Quelques jours plus tard, Victoire rappelle, lui raconte tout. Il n'y a pas de pervers, car il n'y a pas de Maxime, et tout ce qui s'ensuit, Zola est au courant, il s'agit d'elle.

Zola pouffe une brève exaspération.

— Tu veux en parler ? offre Marthe.

— Non ? hésite Zola, qui n'avait pas pensé avoir le choix.

— Parle-moi plutôt de ton séjour dans la Creuse, lance sa sœur. C'était comment ?

Zola lui raconte le paysage, les promenades, l'âne Grande Gueule, Edmond et l'étang.

— C'est un endroit parfait pour méditer, tu aurais adoré.

En discutant, elles grignotent chacune un biscuit et rient, certaines que cette transgression n'échappera pas à Victoire : elle les aura comptés. Elles risquent de se faire gronder.

À son retour, Victoire leur relate l'état pâlissant de leur père, son silence inerte et la main glacée sur laquelle elle a posé la sienne, pour avoir au moins ce contact avec lui. Suit un vide recueilli, pas de commentaires, juste leur tristesse.

Zola dérobe un aperçu de Marthe, puis de Victoire. Le thé est servi, exposé sur la table basse du salon. Elle est assise par terre sur le tapis et ses deux sœurs lui font face dans le canapé. Des pas résonnent dans la cage d'escalier, puis le hall, le déclic de la porte qui s'ouvre fait remonter son écho jusqu'à elles. C'est Yvonne. Zola se demande comment elle va, si elle lui en veut encore, si elles vont se croiser.

Elle profite du silence pour s'adonner à une intérieure délibération. Doit-elle parler la première ? *Oui j'ai menti, d'accord j'ai raconté n'importe quoi, et je me suis cassé le bras par-dessus le marché.* Qu'elles en parlent, se reprochent, se donnent des leçons, mais qu'elles passent enfin à autre chose plutôt que ce malaise qui prend la place de son anniversaire. Et puis, au fond, Zola n'est pas contente.

C'est son anniversaire, en effet.

— Allez Victoire, clame-t-elle enfin. Vas-y !

— Vas-y quoi ? rétorque Victoire.

— Fais-moi la leçon, continue Zola. Allez-y, toutes les deux. Dites-moi ce que vous avez à dire, la vilaine Zola a encore fait des siennes. Je vous écoute.

— Eh bien, j'espère simplement que cette histoire va t'avoir mis du plomb dans la tête et que tu vas te reprendre, assène Victoire en croquant dans son biscuit. Voilà, c'est dit. Ne gâche pas la fête, je te remercie.

— Quelle histoire ? demande Zola. Le faux mec où le bras que je me suis cassé parce que j'ai eu la connerie de grimper dans un arbre ?

— Dis donc, je te prie de descendre d'un ton, je n'aime pas ton insolence.

— Ah, pardon, ricane Zola. C'est vrai, c'est mon anniversaire aujourd'hui. J'ai dû me tromper, je croyais que nous fêtions mes trente-trois ans, mais apparemment je n'en ai que six, et tu te prends pour ma mère.

— Alors là, tu marques un point, s'esclaffe Victoire. Comme tu dis, ma chère Zola : tu te comportes comme une enfant. Et tant que tu persisteras à agir comme telle, tu ne pourras pas nous en vouloir d'être les adultes dans l'histoire.

— Victoire ! la reprend Marthe.

— Quoi, *Victoire* ? Toi, on sait que tu t'en fous, depuis ton Luxembourg, mais ce n'est pas une raison pour fermer les yeux sur tout.

— Le problème, reprend Zola, c'est que toi, Victoire, tu ne fermes les yeux sur rien. Et tu nous emmerdes !

Victoire la toise. Zola ne veut pas lui laisser le temps de répondre.

— Mais je n'ai t'ai pas tant menti que ça, observe-t-elle. Au premier de l'An, j'ai inventé Maxime, c'est vrai. Pour que vous me foutiez la paix…

Elle laisse les mots atteindre Victoire et déformer son visage d'indignation.

— Ensuite, reprend-elle, c'est *toi* qui m'en as reparlé. Imagine, j'avais oublié mon propre mensonge !

Zola rit.

— Mais toi, pour qui rien n'est plus important que le couple, être casée, parfaite, avoir une vie bien comme il faut, ça, tu ne l'avais pas oublié.

— Mais..., balbutie Victoire, les yeux écarquillés.

— Alors tu t'es mise à me parler de Maxime, tout le temps. Je n'ai jamais été aussi intéressante à tes yeux que depuis que je vous l'ai inventé. Quand je suis célibataire, tu me méprises. Quand ça ne marche pas, niveau boulot, tu me méprises. Alors j'ai fait comme tu aimes, Victoire : un mec, un taf, et enfin, j'avais ton respect.

Les yeux de Marthe naviguent d'une sœur à l'autre. Elle, pose le biscuit qu'elle était en train de déguster, comme pour mieux suivre leur duel.

— Non mais laisse, lance Victoire à Marthe, qui n'a pourtant rien dit. Elle projette. Tu n'arrives pas à construire ta vie, poursuit-elle à l'intention de Zola. Tu patauges, il y a un jour où tu devras grandir, il serait temps, l'horloge tourne, si tu vois ce que je veux dire.

À chaque mot qu'elle prononce, ses lèvres se contorsionnent dans un rictus dédaigneux.

Marthe soupire, Victoire le prend mal.

— C'est facile pour toi, aussi ! crache-t-elle. Quand on a sa petite vie bien tranquille, avec son petit mari et ses petits cours de yoga !

— Bon, eh bien voilà ! s'impatiente Marthe. Oui, je vis au Luxembourg ! Oui, je suis prof de yoga ! Il va falloir t'en remettre !

Victoire se tourne à nouveau vers Zola.

— Tu projettes tous tes échecs sur moi, c'est plus facile que de voir en face à quel point tu es inquiétante.

Marthe laisse échapper un rire et s'attire une œillade foudroyante de Victoire.

— C'est la manière que tu as de toujours faire de la psychologie, Victoire. Est-ce bien nécessaire, franchement ?

— C'est vrai, renchérit Zola, tu n'es même pas psy, en plus, alors qu'est-ce que tu as, à nous faire chier avec tes théories de Jung et de je ne sais qui ?

— Je crois que nous devrions toutes nous calmer, propose Marthe. Nous ne nous voyons pas souvent, c'est dommage de tout gâcher.

— Tu n'as qu'à dire ça à Zola, tranche Victoire.

— Moi ? s'insurge Zola. Mais c'est toi qui fais des histoires ! Qu'est-ce que ça peut te faire, si je fais des conneries ? Ce sont *mes* conneries ! Tu n'as pas assez à t'occuper, avec tes deux ados mal lunés et ton mari qui court ? Tiens, parlons-en de ton mari ! ajoute Zola dans un rire mauvais. Même lui, il ne peut pas faire ce qu'il veut ! Il se laisse pousser deux millimètres de moustache et tu nous en fais une jaunisse ! Mais laisse vivre les gens, Victoire, ils auront moins envie de te fuir !

Leurs regards s'envoient des éclairs. Elles reprennent leur souffle.

Victoire se dresse, les joues cramoisies. Du pied elle frappe le sol. Figée, elle ouvre la bouche comme pour reprendre de l'air du fond d'une catastrophe.

Elle se rue vers le couloir et, après quelques secondes, la porte claque dans la chambre d'Aline et Antoine.

— Waouh ! lâche Marthe dans un soupir admiratif. C'est allé loin, dis donc.

— Elle a raison.

— Vraiment Zo, je serais toi, je laisserais filer. D'ailleurs, quand c'est sur moi que ça tombe, c'est ce que je fais. Je la laisse dire. Merci d'avoir pris le relais pour une fois !

Des trois, Marthe est la seule qui a encore envie de rire, ce qu'elle fait, si bien qu'elle ne remarque pas tout de suite que Zola pleure.

— Oh ben non ! s'exclame-t-elle.

Elle glisse jusqu'à Zola sur le tapis et la serre contre elle.

— Elle dit n'importe quoi ! Tu as une jolie carrière, un travail stable, tu payes ton loyer.

Non.

Zola a aujourd'hui trente-trois ans, et si elle observe sa vie avec honnêteté, elle ne voit pas de réussite. Au travail elle ne trouve plus aucune envie, ni perspective.

Côté cœur ? Elle n'est pas assez bien pour qu'un homme la choisisse, elle n'est pas assez bien pour qu'un homme reste, elle se heurte encore une fois à un mur de verre qui la sépare de la vie d'adulte qu'elle désespère de construire.

Pour Marthe, elle résume son désespoir :

— Maman avait raison.

— C'est-à-dire ?

— J'inquiétais tout le temps Maman, explique Zola. Alors que ce qu'elle voulait pour moi, c'était que je réussisse. Elle nous a tant donné pour que nous grandissions bien, pour que nous nous accomplissions, comme elle. Comme toi et comme Victoire. Comme tout le monde, sauf moi.

— Maman ? Nous accomplir comme elle ? répète Marthe. Mais Maman était profondément malheureuse.

Zola recule la tête et l'agite comme pour secouer cette idée étrange.

— Je te jure, insiste Marthe. Maman était triste. Alors si tu crois qu'elle avait raison de s'inquiéter pour toi, tu te trompes. Cette manière qu'elle avait de dire qu'on la tuait à petit feu dès qu'on faisait un pas dans la vie...

— À toi aussi, elle le disait ? s'étonne Zola.

— À tout le monde ! rit Marthe. À Victoire, à Papa. Maman était angoissée de tout, tout le temps.

— Mais tu réussissais tout !

— Eh bien, voilà. Maman s'inquiétait à tort davantage qu'à raison, conclut Marthe. Et ni toi ni moi n'aurions pu y faire quoi que ce soit.

— Je ne crois pas, proteste Zola en secouant la tête. Je lui ai vraiment donné du fil à retordre.

— Pas tant que ça.

— Tu ne te souviens pas.

— Zola, annonce Marthe en rivant ses yeux à ceux de Zola. Je suis l'aînée, je me souviens de tout. Pourquoi crois-tu que je passais tout ce temps avec elle, à parler pendant des heures, enfermée dans la cuisine ?

Zola revoit cette grande sœur comme un coup de vent qui passe les voir alors qu'elle n'habite déjà plus ici, la salue vite, et s'enferme dans la cuisine avec leur mère.

— Je pensais que vous préfériez être entre femmes, murmure Zola.

— Je venais pour la tenir à l'écart de toi, dit Marthe. Maman n'allait pas bien, elle broyait du noir...

Elle s'interrompt et adresse un sourire désolé à ces souvenirs.

— Papa était absent en semaine et je ne voulais pas te laisser seule avec elle.

Une boule grossit dans la gorge de Zola.

— Tu venais pour moi ? parvient-elle à articuler.

— Oui, répond Marthe. Et pour Maman, aussi. Je pensais la soulager. Avec Victoire, nous n'en parlions jamais, continue Marthe. Nous savions, c'est tout. Maman était une lumière et une ombre à la fois. J'avais tout le temps peur qu'elle s'effondre. J'étais là tous les soirs, mais je ne la voyais pas aller mieux non plus. Ni grâce à moi, ni à rien d'autre. Un jour j'ai compris que Maman allait mal, et que c'était comme ça. Quant à moi, j'avais ma vie à faire. Un jour tu as été assez grande. Alors je suis partie.

Zola repense à la photo qu'elle a conservée, dans laquelle on les voit toutes les trois, entourant Aline.

Aline, et cette mélancolie qui lui traversait le regard.

— L'autre jour je me suis regardée dans la glace, dit Zola. J'avais le même regard que Maman.

— Tu n'as pas du tout le regard de Maman, s'exclame Marthe. C'est plutôt l'inverse, je dirais. Tout à l'heure par exemple, lorsque tu m'as parlé de ton séjour dans la Creuse, tu avais les yeux pleins d'étoiles.

— Je croyais que tu étais sa préférée, murmure Zola.

Ça fait sourire Marthe. Aline n'avait pas de préférée. Elle avait besoin de béquilles.

— Tu sais pourquoi je te raconte tout ça ? lui demande Marthe après un silence.

Zola hausse les épaules.

— Même si Maman était encore là, il n'y a rien que tu pourrais faire : elle était inquiète de nature et elle l'aurait été pour autre chose, si ça n'avait pas été pour toi. Ça ne venait pas de toi, et tu n'as pas à essayer de la soigner.

— C'est vrai, entendent-elles du côté du couloir.

Victoire glisse un pas dans le salon et s'immobilise. Ses yeux sont rouges et bordés des coulures noires de son mascara.

— Maman avait peur de tout, renifle-t-elle. Et quant à être une ratée, tu n'as pas d'inquiétude à avoir, Zola… Regarde-moi ! gémit-elle dans un long sanglot.

Marthe et Zola se figent. Elles hésitent à la rejoindre.

— Vous avez raison, hoquette Victoire, la voix lourde de larmes. Je suis chiante, je fais fuir les gens.

— Houlà ! commente Marthe, qui se lève finalement.

Elle attrape Victoire par les épaules et l'attire vers le canapé. Elle s'élance ensuite vers le buffet qui longe la grande table, dans l'autre moitié de la pièce.

— Il nous faut quelque chose de plus fort que ton thé aux fruits des îles, marmonne-t-elle en fouillant.

Elle revient au salon avec une bouteille et trois verres minuscules qu'elle dépose sur la table basse.

— Qu'est-ce que c'est ? demande Zola.

— De la prune, annonce Marthe. La bouteille n'a pas d'étiquette, ça doit être fait maison.

Elles avalent une gorgée de l'alcool qui fait naître des larmes instantanées dans leurs yeux stupéfaits. Elles rient.

— Ça a un goût de désinfectant, déclare Zola, au bord de l'éternuement.

Du côté de Victoire, on n'entend qu'un couinement rythmé par de brèves aspirations.

— J'emmerde tout le monde, déclare-t-elle encore. Je suis coincée, une vieille conne. Stéphane n'a même pas voulu que je l'accompagne pour le marathon, il ne peut plus me supporter. Je ne sais pas me calmer, il faut toujours que tout soit parfait…

— Alors là je t'arrête tout de suite, coupe Marthe, rieuse. C'est donc dans l'ordre des choses.

À ses deux sœurs qui la regardent sans comprendre, elle déclare :

— Tu es qui tu es, Vic, c'est tout. Tu es la parfaite, et je dois dire que je ne connais personne qui a ton talent pour veiller à ce que tout le soit, tout le temps. Enfin regarde ! dit Marthe en saisissant la feuille qui contient le programme détaillé de leur week-end.

— C'est vrai, la rejoint Zola. D'ailleurs, nous tenons toutes nos rôles. Victoire, tu veux que tout soit parfait, et Marthe, ici présente, est notre grand miracle à nous.

Elle te décoince le corps par la force des énergies, te contorsionne dans les postures de yoga les plus improbables, et en plus, malgré son âge, elle n'a que trois cheveux blancs.

— Eh ! s'écrie Marthe en riant.

— Et moi, termine Zola en haussant les épaules, je ne fais jamais ce qu'on attend de moi. Comme une vraie vilaine.

Suit un silence interrompu par les reniflements sporadiques de Victoire.

— Si tu ne voulais pas être toujours parfaite, reprend Zola, tu ne m'aurais pas organisé tout un week-end d'anniversaire avec mes deux grandes sœurs.

— Et tous les Noëls, renchérit Marthe.

— Et les déjeuners du dimanche, ajoute Zola. Alors… C'est vrai que tu es très, très chiante, Victoire. Mais sans toi, on ne se verrait jamais, on ne serait plus une famille. Donc tu n'es pas qu'une emmerdeuse. Tu es notre ciment.

Retardées par leur dispute, les trois sœurs ont perdu le fil de leur agenda. Elles ont essayé d'obtenir une nouvelle table chez Golosi, mais il était trop tard.

Elles ont donc fait livrer des pizzas, qu'elles dégustent alignées sur le tapis du salon, adossées au rebord du canapé.

— Vous vous souvenez de votre chanson ? demande Zola.

Aux visages intrigués de ses deux sœurs, elle rappelle cette chanson qu'elles passaient en boucle, lorsqu'elle était petite.

— Je vous revois, dans le salon de la maison, à Rungis, raconte Zola. Vous vous teniez par les mains et vous sautiez en hurlant les paroles. Et moi, je n'avais qu'une envie, c'était de faire partie de votre joie. En secret, je tentais de mémoriser votre chanson, parce que je savais que c'était votre préférée. Un jour où je me suis sentie prête, j'ai crié à plein poumons « Au nom de tout ce qui nous répare, sans rien qui nous sépare. » J'étais certaine de vous impressionner beaucoup. Mais cette inversion des paroles vous a laissées hilares, rit Zola. Pendant des semaines vous me faisiez sans cesse répéter mon chant erroné. Et j'étais fière que ma chanson vous plaise encore plus que la version originale.

Son cœur se serre, ses sœurs se taisent. Dans le silence, Victoire se lève en riant. « Que fais-tu ? » lui demande Marthe.

— On l'a toujours ce disque, lance Victoire en fouillant dans le meuble en bois miel où Antoine entreposait sa musique.

Elle fourrage cinq minutes, soupire et peste contre son père qui n'a pas daigné classer ses disques par ordre alphabétique. Marthe la rejoint, Zola lui emboîte le pas. Elles se partagent le tas de CD. C'est Marthe qui le trouve. Jil Caplan, *La Charmeuse de serpents*, 1990.

— Je n'étais même pas née ! s'émerveille Zola.

— Eh ben, tu vas nous la chanter, ta chanson, déclare Victoire en se relevant.

Elle presse le bouton et la musique remplit l'appartement. Les bras tendus les unes vers les autres, idiotes et sautillantes, elles chantent, en riant fort, jusqu'à ce que l'essoufflement et le rire les arrêtent.

Au nom de tout ce qui nous répare.

Sans rien qui nous sépare.

52

Un, deux, trois. Le poing serré, Zola tape sur la porte en bois. Trois coups qu'elle enchaîne sans forcer, sa signature. Elle sait qu'Yvonne va la reconnaître. Elle pourra donc choisir de ne pas répondre, alors Zola saura si elles sont vraiment brouillées.

La porte s'ouvre, Zola recule d'un pas, explore le visage d'Yvonne pour y deviner la teneur de son accueil. Yvonne la regarde, sans guerre ni paix, un éclat simple entre les deux.

Elle hoche la tête.

Zola hausse les épaules.

Yvonne pince la bouche.

Zola arrondit ses sourcils.

— Bon, dit Yvonne pour mettre fin à leur dialogue muet, et elle s'écarte pour laisser entrer Zola.

Elles vont dans la cuisine. Au passage, Yvonne tire la chaise habituelle de Zola, comme pour lui indiquer de s'y asseoir. Elle s'installe en face, regarde sa montre.

— Il se trouve que je me suis dégotté une saucisse sèche d'Auvergne, annonce-t-elle. Elle est fameuse, vous allez voir.

Elles ne sont plus fâchées.

Yvonne demande à Zola comment s'est passé son anniversaire, la semaine précédente. « Tumultueux », répond Zola en roulant des yeux sous ses sourcils arqués.

— Je vous ai entendues chanter.

— Curieusement, c'était l'un des meilleurs anniversaires de ma vie, Yvonne.

— C'est heureux !

— Vous l'auriez décrit comme un rendez-vous improbable, ajoute Zola. Rien ne s'est passé comme prévu, mais tout ce qui s'y est passé était bien. Nécessaire. Ça m'a fait penser à vous. Alors, me voilà.

— Alors, si vous pensez à moi… répète Yvonne que la flatterie rosit.

— C'est avec vos histoires de rendez-vous, explique Zola. Je me mets à tout observer sous cet angle. Les choses que je vis, celles qui sont passées, ce qui se présente. Je me demande à quel genre de rendez-vous j'ai affaire, j'observe la manière dont je m'y présente… Ou m'y dérobe.

À ces mots, Yvonne lève son verre et pousse vers Zola le saucisson qu'elle vient de découper en rondelles.

— Yvonne, glisse Zola après plusieurs minutes. J'aimerais connaître la suite.

53

DURANT DEUX ANNÉES les deuils avaient côtoyé la vie, le chagrin avait été cueilli par l'amour, qui, un temps, l'avait amoindri.

À présent, Edmond était parti. Yvonne quitta Robert.

— Crois-moi, tu ferais mieux de trouver quelqu'un de meilleur que moi, dit-elle sans ajouter d'autre détail.

Elle ne voulait pas l'affliger davantage en évoquant Edmond. C'était inutile désormais, tout était fini.

On ne revient pas aisément d'une telle époque.

Yvonne, de nouveau, perdit le sens des choses qui l'avaient faite. Plus rien ne l'éveillait au monde qui avait été le sien. Elle sombra davantage qu'un an plus tôt, juste après la mort de sa mère.

Elle maigrissait, la peine peignait sous ses yeux une ombre perpétuelle. Leur bleu s'était noyé de gris glauque. Robert refusa de la laisser quitter leur appartement.

— Tu partiras et je ne te retiendrai pas, puisque c'est ce que tu souhaites, lui dit-il un jour. Mais lorsque tu iras mieux.

Il lui laissa leur chambre, s'installa dans le bureau où ils avaient installé un canapé convertible, pour les visiteurs. Il la pressait de consulter un médecin. Il avait entendu parler d'un psychiatre dont on louait le travail. Robert pensait trouver comment réparer la femme qu'il aimait. Mais il manquait trop de pièces à Yvonne pour se remettre à fonctionner.

Un matin, elle ne parvint pas à se lever. Robert crut qu'elle avait besoin d'être poussée davantage que les autres jours et il insista. Il ouvrit les volets, les rideaux, pour permettre aux premiers rayons printaniers d'atteindre le visage avachi d'Yvonne. Elle lui ordonna de tout refermer. Renvoya le café qu'il lui avait servi. Cessa de lui adresser la parole.

Le docteur conclut à une dépression.

Yvonne devait garder le lit. Prendre des médicaments. Se reposer beaucoup. Être entourée.

Mais Yvonne ne trouvait plus aucun repos. Son problème n'était pas curable.

Son intérieur s'était détérioré. Son cœur, son âme, tout avait flétri comme une plante meurt, déracinée. Rester au lit était la seule chose dont elle était capable désormais. Même si elle savait que cela ne soignerait plus rien.

Robert allait et venait, et elle ne réagissait pas. Si elle avalait les cachets prescrits pas le médecin, c'était pour que Robert s'en aille et lui rende sa solitude. Elle ne tolérait plus aucun rai de lumière, plus aucun son. Même la voix de Robert, pourtant aussi douce que du velours, lui griffait les oreilles. Enfin, Yvonne ne se supportait plus elle-même, de retenir à son chevet cet homme si bon, qu'elle ne méritait pas. Elle le lui avait dit, mais Robert tenait à rester.

Chaque jour il lui donnait des nouvelles de Margaux et lui remettait les dessins que la petite faisait pour

Yvonne. Cette dernière comprit que Robert gardait sa fille à l'écart de cette chambre lugubre, où l'air sentait le désespoir. Souvent, Yvonne détectait à travers le mur la petite mélodie de la voix de Margaux. Elle les entendait vivre tous les deux, à l'autre bout de cet appartement qu'elle désertait.

Yvonne était certaine que si Robert avait su, pour Edmond, il ne l'aurait pas épaulée autant. Cette pensée accentuait sa peine et l'engloutissait davantage dans ce lit qu'elle ne quitta plus pendant un mois.

Mais un jour, Robert rentra plus tôt et alla chercher Margaux à l'école au lieu de la laisser à la garderie, comme les autres soirs. C'était le 21 juin et il avait pris l'été pour prétexte à cette sortie précoce. Sur le chemin du retour, il lui offrit une glace. Yvonne les entendit passer la porte et remplir le salon de leurs conversations enjouées. Après plusieurs minutes Robert se présenta dans la chambre.

Il s'approcha du lit. Il s'allongea à côté d'Yvonne qui, recroquevillée dans la couette, lui tournait le dos. Son costume sentait le coton de qualité et l'extérieur.

Robert posa une main sur le dos d'Yvonne, la touchant à peine, puis il rabattit son bras.

— Si ça peut te faire du bien, dit-il d'une voix serrée mais calme, je te propose d'appeler Edmond pour lui dire de venir te voir.

Elle ne dit rien, mais à ce nom qu'elle s'était interdit de prononcer jusque dans ses songes, tout son corps se contracta.

— Yvonne, reprit Robert, plus sûr de lui. Tout ce que je veux, c'est que tu retrouves le goût de la vie. Que tu reviennes, que tu ailles mieux. J'ai pensé lui dire de venir, dit-il encore. Si le voir t'aide à te relever.

Il avait arrondi ses mots et ralenti leur cadence. Comme pour laisser place à tous leurs autres sens sans avoir besoin de dire les choses.

Il se racla la gorge et lorsqu'il ajouta « tout ce que tu veux, ma chérie, du moment que ça te rend heureuse », sa voix n'était plus qu'un fil.

Yvonne fut soudain pleinement consciente de sa présence. Robert n'était plus ce fantôme qu'elle apercevait flou dans le décor de sa souffrance. C'était un être humain, de chair, d'os, en costume bleu marine élégant. C'était un homme qui la portait jusqu'à la salle de bains deux fois par semaine pour qu'elle se lave. Pour la soigner avec la tendresse d'un parent. Cet homme qui ne voulait pas la laisser seule dans sa détresse et qui, elle le comprit en entendant l'émotion dans sa voix, avait accepté d'en endosser une part afin de pouvoir rester avec elle.

Elle aimait cet homme, mais Robert était dans la vie et Yvonne s'était égarée. Elle n'avait encore aucun moyen de revenir à lui. Pourtant, elle sut sans douter ce qu'elle voulait lui répondre. Non. Elle ne voulait pas qu'il appelle Edmond.

Il n'était pas la solution au mal d'Yvonne. Il n'en était pas la cause non plus, en vérité. Il avait été là, il ne l'était plus. Comme tous les autres, qu'elle aimait.

Mais Robert, lui, était resté.

Elle ne saurait jamais ce qu'il avait deviné de son année avec Edmond. Chaque jour de sa vie, jusqu'à aujourd'hui, Yvonne penserait que ce jour-là, dans ce dialogue aux connotations multiples, s'était joué le couple qu'elle formerait ensuite avec Robert.

Entendre Robert prononcer ce nom avait été un choc. Comprendre tout l'amour dont témoignait la proposition qu'il lui avait faite, une révélation.

Ce moment fut la première pierre, encore invisible alors, de la rémission d'Yvonne.

Un autre événement, en apparence accidentel et dépourvu d'importance, insuffla une brèche dans la routine confinée à laquelle elle s'abandonnait depuis des semaines. Quelques jours après cette conversation, Robert glissa la tête dans l'entrebâillement de la porte un soir et annonça qu'il allait faire les courses pour le dîner. Margaux jouait dans sa chambre, elle était tranquille, il ne serait pas long. Yvonne répondit par son habituelle immobilité.

Peu de temps après le départ de Robert, la flûte douce de la voix de Margaux cessa. Après quelques secondes, un frottement agita la porte de la chambre d'Yvonne, suivi d'un autre, qu'elle entendait approcher dans son dos. Son lit s'ébranla et la flûte était là, plus nette, qui lui demandait :

— Je peux jouer à côté de toi ?

Yvonne se tourna et découvrit Margaux. Ses cheveux masquaient son visage penché et ses pointes blondes tombaient sur les poupées qu'elle tenait dans ses mains. Elle leur inventa un dialogue, travestissant sa voix pour leur en donner une. Elle ne prêtait aucune attention à Yvonne. Ne mentionna pas le temps long qui s'était écoulé sans qu'elles se voient.

Son indifférence agit sur Yvonne comme un tranquillisant. Elle écouta la petite fille jouer jusqu'à ce que Robert rentre et se fâche de la trouver là. Yvonne lui assura que Margaux ne la dérangeait pas, au contraire.

C'était la première phrase entière qu'elle prononçait depuis le début de sa réclusion.

Margaux eut le droit de revenir, bien que Robert mesurât le temps qu'elle passait à côté d'Yvonne.

La petite s'installait, chaque jour avec une Barbie de plus que la veille, et elle jouait à côté de sa voisine allongée.

Yvonne se tourna, pour mieux observer ces jeux d'enfant.

Les histoires et les voix de Margaux étaient drôles, Yvonne sourit. Puis elle rit. Margaux s'amusa d'amuser Yvonne, elle en rajouta. Un jour elle prêta une poupée à Yvonne, pour qu'elles jouent ensemble.

— Tu as fini tes devoirs ? lui demanda Yvonne un soir où Margaux l'avait rejointe plus tôt que d'habitude.

— Non, non ! chantonna la petite, le nez dans ses poupées. Je préfère jouer avec toi.

— Et si tu les apportais ici ? proposa Yvonne en se redressant sur un coude. Je peux t'aider à les faire.

Yvonne se rhabilla. Yvonne se releva.

Un jour elle eut la force de retourner enseigner.

Robert et Margaux restèrent.

Le chagrin n'avait pas disparu, il s'était calmé.

Lorsque Margaux souriait, et qu'elle improvisait des chansons pour ses poupées, lorsqu'ils se promenaient au parc tous les trois, partaient en vacances, et qu'au retour, Yvonne retrouvait dans les yeux de ses élèves les questions, les doutes, l'envie d'apprendre, et même celle qu'on leur fiche la paix, la peine qu'elle portait faisait place à la vie, autour.

Deux années passèrent, et comme Robert était toujours là, et comme Yvonne était revenue, ils furent d'accord pour se marier.

— J'étais de mauvaise humeur, je suis désolée, annonce Zola, sûre que le long silence qui suit le récit d'Yvonne en annonce la fin pour aujourd'hui.

— Moi aussi. Voilà. Nous étions mal lunées, mon petit. Se disputer n'est pas très heureux, mais dans ces moments on se dit souvent des choses qui ont besoin d'être dites.

— J'ai l'impression d'être à un carrefour, confesse Zola, mais en plein brouillard. Il y a des panneaux pour me dire où vont les routes, et je ne les vois pas. Mais je dois en choisir une, pour avancer. Je ne peux pas rester coincée là.

— Et si vous empruntiez un chemin, pour voir ? D'ailleurs, s'amuse Yvonne, on dit *emprunter* un chemin. C'est bien que si ce n'est pas le bon, vous pourrez toujours le rendre. Et en *emprunter* un autre.

— Et si je me trompe ?

— On n'en meurt pas.

— Mais j'ai tellement peur.

— C'est bon signe. On n'a pas peur si ce n'est pas important, déclare Yvonne.

— …

— Oh, je vous vois, continue-t-elle, me regarder avec vos yeux terrifiés. Faire des erreurs, c'est ce qui se passe quand on vit. Ça n'est pas la chose la plus grave au monde, vous savez. Regardez-moi. Je n'effacerai pas mes bêtises. Mais elles ont fait ma vie, avec tout le reste.

54

PASCAL SILLONNE LA CAPITALE, en quête de nouveaux clients.

Il déborde d'énergie, perdre l'a électrisé. Lorsqu'il est à l'agence il exhibe son engouement dans les couloirs blancs de Faber Lang, attaque le silence studieux des bureaux avec les « bonjour » qu'il distribue en riant.

— Tu n'es pas démoralisé d'avoir perdu la Semeg ? lui a demandé Zola.

Non, Pascal n'a pas envie de s'attarder sur les défaites.

— Il faut rester dans la bataille, dit-il. Tu tombes de cheval, tu te relèves, Zola, le combat n'attend pas.

Ce n'est plus un métier, c'est une guerre.

Cela ne suffit pas à transformer l'amertume de Zola en une fougue semblable à celle de Pascal. L'échec du projet Semeg, c'est un décor en carton qui s'est effondré, laissant apparaître un paysage morne, en forme de point d'interrogation géant.

Alors tous les soirs, c'est à Saint-Jean que Zola trouve refuge.

Le site Internet des chambres d'hôtes d'Edmond contient désormais une présentation en page d'accueil, une biographie, une galerie de photos, les témoignages des visiteurs qu'Edmond lui communique au fur et à mesure, les bonnes images dans les bons endroits, ainsi qu'un module de réservation.

Zola s'est aussi attaquée aux plateformes de location, aux réseaux sociaux, elle a envoyé des communiqués à la presse locale et aux offices de tourisme.

Un soir, elle a eu une idée qui lui semble assez géniale pour attirer l'attention sur la jolie maison d'Edmond et ses chambres à louer.

Il n'était pas si tard, elle a attrapé son téléphone, a retrouvé le numéro, a laissé un message.

Martine Malrodi, à la rédaction du journal de France 3, l'a rappelée le lendemain, dans une exclamation enthousiaste. Depuis le temps qu'elle n'avait pas de nouvelles de Zola. Martine ne couvre que les sujets de santé. C'est *Dr* Martine Malrodi, d'ailleurs. À l'origine, elle était médecin. De là elle est entrée à France Télévisions, et de piges en promotions, elle s'est retrouvée au journal.

Zola lui a parlé de Saint-Jean-de-Lussac, a mis l'accent sur la Creuse, la floraison d'initiatives destinées à planter des points d'attrait dans la désertification des campagnes. Pour illustrer, elle a décrit la maison d'Edmond, les commerces du bourg de Saint-Jean comme on n'en fait plus tant, les vacances en pleine nature qui attirent des visiteurs venus de toute l'Europe. Elle a mentionné les Néerlandais d'Edmond, les chambres rénovées d'Edmond, la bonne d'humeur d'Edmond. Martine a laissé Zola dérouler son sujet, pour voir ce qu'elle pourrait en faire.

— Je connais quelqu'un que ça pourrait intéresser à l'édition régionale, a-t-elle répondu après un court silence.

Il a fallu des coups de téléphone d'un côté, de l'autre, expliquer à Edmond qu'il allait passer à la télévision, mettre tout le monde d'accord, prévoir le déplacement pour le samedi 2 mai, jour du tournage.

— Je retourne à Saint-Jean la semaine prochaine, a annoncé Zola à Yvonne, un samedi de la fin avril. Ça vous dit de m'accompagner ?

55

« Ce qui compte, ce n'est pas ce qui arrive,
c'est ce qu'on fait de ce qui arrive. »
Annie Ernaux, *Les Années*

Lundi 28 avril

Samedi, Zola m'a proposé de retourner à Saint-Jean.

La rapidité avec laquelle j'ai accepté, si facile, un réflexe, m'a montré qu'avant, j'avais traversé les semaines à côté de la vie.

Avril a glissé, cette année, comme une savonnette. Trop occupée à ruminer mes rancœurs, je n'ai rien vu.

C'est que je suis perdue. Tout s'emmêle.

Seules les visites de Zola ont été un rythme de vie. La savoir ici chaque samedi, lui demander des nouvelles de son père – il va mal, si mal, pauvre homme, triste famille, quelle manière imbécile la maladie a de nous faire vieillir.

Je me vois tourner, concentrique, sur une frustration dont je ne viens pas à bout. Je voulais mourir, je vais devoir vivre. Mais vivre comment ?

Ma vie éclate devant moi, et je me recroqueville sur cette bouderie dont je ne sors pas.

J'en veux à la police, j'en veux à ma commode à Saint-Jean, qui s'est avérée une piètre cachette pour ma liberté, j'en voudrais à tout et à n'importe quoi finalement. J'en veux à Edmond, et je sais que ce n'est pour rien, si ce n'est pour le soulagement d'avoir quelqu'un à qui en vouloir et qui ne soit pas moi.

Je suis une vieille ronchonne. Ce qui n'est pas non plus une jolie façon de terminer en ce monde.

Chaque jour je m'ordonne de me secouer. Plutôt que de se fâcher pour ce que l'on ne peut pas, il faut s'accommoder de ce que l'on a.

Margaux pourtant m'a rappelée. Je l'ai laissée faire ce pas vers moi pour ne pas la brusquer.

Je sens dans nos échanges une cordialité propre, pas de dispute, finalement. Elle a voulu savoir comment je me portais. Elle n'a pas évoqué ce qui s'est passé à Saint-Jean, mais j'ai cru déceler un empressement inquiet, dans son appel, qui renvoyait à ce samedi où elle a découvert ce que j'avais prévu de faire. De mon côté, je suis obsédée par le nombre de choses que j'aurais à lui dire. Raconter mon histoire à Zola, récemment, me les rend plus pressantes encore. Mais c'est un mélange, c'est profond, et une fois que j'entends la voix de Margaux tout se tait, je ne trouve pas les mots.

J'aimerais gommer le tourment que je lui ai causé.

Mais parler, c'est se justifier, et je m'en fatigue d'avance. Alors je n'aborde pas le sujet, qui fait grossir entre nous une distance. Chaque jour je me demande comment la franchir et rejoindre Margaux.

Au fond, j'ai eu beaucoup trop d'espace pour penser ces dernières semaines, il n'est pas bon d'occuper son temps à réfléchir.

Avec Zola, nous partons après-demain.

Elle a dit « Saint-Jean », et à ce nom j'ai ouvert les yeux et les oreilles.

J'y vais sans savoir. Mais c'est là-bas que j'ai envie d'être, cette fois.

À bon entendeur,

Yvonne Grabowski-Grall

56

Zola quitte Faber Lang à 17 heures, c'est tôt pour un jeudi, mais les heures sont creuses à l'agence ces temps-ci.

Hier, Chantal Marleix lui a téléphoné. Zola n'a pas répondu, elle n'avait pas le cœur à entendre pourquoi son travail avait tant déplu au comité administratif de la Semeg. Ce qu'elle a trouvé curieux, c'est que Chantal l'appelle, elle.

Elle ne veut plus y penser, maintenant qu'elle propulse son corps entier vers le plaisir immense de retrouver Saint-Jean. Avec Yvonne, elles rentreront dimanche soir. Madeleine a félicité Zola de prendre des jours pour récupérer ses heures supplémentaires. Les bonnes nouvelles se font si rares à l'agence qu'il ne lui reste plus que ça, à Madeleine : se savoir dans la légalité.

Voilà donc Zola, en route vers Yvonne qui l'attend avec son sac et sa vieille bagnole. Pour l'atteindre, Zola ne fait que bondir d'un quai à l'autre du métro, maudissant l'âge des stations parisiennes que l'on n'a jamais équipées d'escaliers mécaniques, les mille marches à franchir, son sac lui sciant l'épaule, les retards, la foule. Elle arrive essoufflée, mais en réalité, sa hâte est à blâmer davantage que son périple. Elle n'avait pas besoin de courir, elle n'a simplement pas pu s'en empêcher.

— Vous êtes rouge, remarque Yvonne.

— J'ai couru, halète Zola. J'ai couru comme une folle, Yvonne, comme si j'avais peur de manquer Saint-Jean.

— L'avantage pourtant, c'est que Saint-Jean ne bouge pas, s'amuse Yvonne. Le village nous attend. Tenez, ajoute-t-elle en tendant ses clefs. Je vous laisse le volant.

Dans la voiture elles s'installent, échangent un sourire, aucun mot, comme si elles devinaient qu'il y a dans ce retour bien plus qu'un simple week-end et un tournage de télévision.

Quelques heures plus tard en traversant les derniers villages avant d'arriver, Zola pose son regard sur cette campagne vers laquelle elle s'est élancée ce soir en quittant Paris. Ses yeux dévorent les champs, les arbres, et sur le bord de la route, des barrières en bois, des fleurs et des couleurs qui n'y étaient pas encore en mars.

Le lendemain, elle renoue avec ses rituels. Elle enfile un jean, les bottes jaunes, qui n'avaient pas quitté le coin où elle les avait laissées dans sa chambre, et se lance dans le matin sans avoir besoin de réfléchir à son itinéraire. Le chemin, le portillon, la route et puis le bois. Elle découvre Saint-Jean-de-Lussac garni de printemps, son air adouci par un soleil plus volontaire. Les fleurs peignent le paysage de leur éclat rose et blanc. Elles sont dans l'herbe et dans les buissons, sur les arbres et aux fenêtres, partout, mouchetant de couleur la végétation plus épaisse, qui remplit le point du jour d'arômes acidulés.

Près du banc de pierre à l'entrée du bois, elle s'arrête et se tourne pour humer de tout son corps ces retrouvailles avec la verdure à perte de vue. Avec les collines lointaines, qui courbent le dos sous la caresse diagonale des premiers rayons du soleil. Le récital décousu des oiseaux lui remplit les oreilles.

De l'autre côté du bois, Zola accélère le pas. Lorsqu'elle aperçoit un bout d'étang, elle se met même à courir jusqu'à son bord, qu'elle atteint en riant de son propre empressement. Immobile, elle reprend son souffle en admirant les arbres denses qui projettent leurs reflets dans l'eau verdie par la lumière printanière.

— Bonjour, annonce-t-elle à l'étang, heureuse d'être aussi idiote.

L'équipe de télévision arrive le samedi en fin de matinée. On filme l'intérieur de la maison d'Edmond, son jardin, et pour chaque plan on lui demande d'adopter les gestes de la vie normale afin d'illustrer le propos. Ici, il fait semblant de faire un café dans sa cuisine, là, il prétend désherber un parterre de fleurs du bout des doigts. Et on recommence une fois, deux fois, parce que son visage était trop tourné, parce qu'il a regardé la caméra. Reinhold et Zita, deux vacanciers allemands qui sont arrivés le samedi précédent, acceptent de témoigner. Véra, la journaliste, veut terminer les prises de vues par une interview d'Edmond. Il sourit, articule, il est à l'aise.

— On dirait que vous avez fait ça toute votre vie ! le complimente Véra, et Edmond plisse ses yeux de fierté.

Avant que l'équipe range son matériel, il insiste pour que Zola dise quelques mots, il tient à ce qu'elle soit dans le reportage.

57

« *Le doute est une porte qui s'ouvre sur la vérité.* »
André Gide, *La Symphonie pastorale*

Dans la nuit, à cheval sur le 2 et le 3 mai

J'évite Edmond. Edmond m'évite.

Jeudi j'ai fait semblant, vendredi j'ai fait autre chose.

J'ignore encore comment le rencontrer. Car depuis notre arrivée, je me promets d'aller lui parler, pour, la minute d'après, me demander quelle raison j'aurais à le faire.

C'est vrai après tout : pourquoi irais-je parler à Edmond ?

Je ne lui dois rien.

Or, je constate qu'il n'est pas question de devoir, ni de bienséance. Hélas, et c'est pire : je crois que j'en ai envie. Je m'étais promis d'oser samedi, mais samedi c'était aujourd'hui. La nuit est tombée et a emporté cette journée. À cette heure, nous sommes déjà dimanche et je devrais dormir. Mais j'avais besoin d'écrire ces lignes, comme pour donner forme à mon indécision.

Je l'ai guetté de ma fenêtre. Je l'avoue, c'était pour calculer ses allées et venues afin de ne pas le croiser.

Ce matin, il m'a semblé qu'il se dirigeait vers chez moi. J'ai d'abord cru qu'il contemplait les fleurs de son allée et qu'il nettoyait le sol des mauvaises herbes qui encerclaient les tiges – les fleurs n'aiment pas qu'on les étouffe au printemps. Mais il a continué jusqu'au milieu de la route, et je suis presque certaine qu'il a levé le nez vers la fenêtre de la salle à manger, comme s'il pouvait deviner que je m'y cachais, derrière le rideau. Mon cœur s'est emballé, je ne voulais pas être vue. J'ai vite retrouvé mon calme : entre sa myopie et son âge, Edmond n'y voit rien. À cette distance il n'aurait pas deviné mon espionnage.

Cet après-midi, il est venu pour de bon. Zola était partie se promener, j'ai pris peur. S'il sonnait ici, j'allais devoir lui ouvrir.

Pourtant, il s'est arrêté à la boîte aux lettres, s'est incliné sur sa canne, a sorti quelque chose de sa poche qu'il a glissé dans la fente, et il a fait volte-face.

Alors je le dis, il n'y a pas que moi qui évite Edmond.

Je ne suis pas allée voir ce qu'il avait laissé dans ma boîte aux lettres.

S'il a quelque chose à me dire, il n'a qu'à le dire de vive voix.

À bon entendeur,

Yvonne Grabowski-Grall

58

Elle observe ce reflet de femme jeune aux boucles folles. Le regard est clair, soutenu par les taches de rousseur que le soleil de ses promenades d'hier à redessinées sur ses joues.

Dans le miroir de la salle de bains d'Yvonne, Zola n'a plus les yeux d'Aline. Ils ont la même forme, cet ovale asymétrique, plus rond sur le bord inférieur. Zola a toujours pensé que ça faisait tomber son regard, comme pour sa mère, lui donnant cet air inquiet et morne. Résigné. Mais ce matin l'arrondi évase ses yeux, et plutôt que de les éteindre il en révèle les mélanges de marron et d'or, les filets de kaki et la ligne plus nette qui entoure l'iris. Zola ne reconnaît plus Aline dans ses yeux, car ce matin ils lui montrent un éclat qui n'est qu'à elle.

À la table du petit déjeuner, Yvonne lui trouve bonne mine.

— Je me sens comme une femme amoureuse qui retrouve son grand amour, plaisante Zola. Et mon amoureux du moment, c'est cette campagne. C'est Saint-Jean.

Oui, Zola est éprise de ce lieu dont elle se régale. Et lorsqu'elle s'en est fait l'aveu hier, face à l'étang, une paix joyeuse lui a détendu les épaules, le cœur et le reste de ses amertumes.

— L'interview d'Edmond passe au journal régional ce soir, annonce-t-elle à Yvonne. On a organisé une fête de dernière minute pour la regarder tous ensemble.

Elle rit à l'idée de rassembler le village pour à peine plus de deux minutes de reportage. Mais hier, avec Edmond, ils ont passé des coups de téléphone, invité chacun et chacune à relayer l'invitation, à apporter à manger et à boire, à se joindre à l'événement. La mairesse leur ouvre, pour l'occasion, la salle des fêtes. En vingt-quatre heures l'affaire a pris des allures de célébration.

Yvonne, plus tard, récupère les clefs de la salle et ouvre à Zola et Adèle, la bouchère, qui porte à bout de bras l'assortiment de pâté de tête, de saucisse sèche et de pâté en croûte qu'elle a préparé pour l'occasion.

En fin d'après-midi, les Lussacois se présentent par petits groupes jusqu'à ce que la salle soit pleine. C'est un mélange de têtes blanches et de jeunesse, une panoplie de visages souriants et de bras chargés de nourriture et de bouteilles. Il reste une heure avant la diffusion du journal. On installe les tables en les collant les unes aux autres pour qu'elles forment une chenille rectangulaire qui occupe tout l'espace. Devant l'un des murs, l'écran géant est allumé sur la troisième chaîne, sans le son, en attendant le journal.

À 18 h 45 tout est en place. La mairesse se dresse devant l'écran et prononce un discours. Les Lussacois savent transformer les petites choses en grand événement, s'amuse Zola face à tant de cérémonie.

Le 19/20 commence, on fait taire l'assemblée, on monte le son. Le village suit, dans un silence religieux, l'enchaînement des nouvelles internationales, puis européennes, puis nationales. Même une église n'abriterait pas un tel recueillement.

« Et maintenant, je vous emmène dans un petit village au cœur de la France, annonce la journaliste, en Nouvelle-Aquitaine, et plus précisément dans le département de la Creuse. Ce petit coin de paradis s'appelle Saint-Jean-de-Lussac, et notre équipe y a rencontré Edmond Giroix, un octogénaire qui reçoit dans sa charmante maison d'hôtes des visiteurs venus de toute l'Europe. »

Dans la salle des fêtes, c'est une tempête d'applaudissements. À la mention d'Edmond, la clameur des vivats fait trembler les tables, l'écran géant menace de chavirer. Puis on lance des « chut ! » furieux de toute part, pour mieux voir et mieux entendre les deux minutes quarante-huit de gloire Lussacoise. Un succès. On y voit Edmond préparant un café, qu'il sert à Zola. Edmond qui montre ses chambres et son jardin. Zola qui agrémente le tout d'explications enthousiastes, et annonce que les réservations sont possibles sur le site Internet. Au même moment, en bas de l'image, un bandeau indique « Zola Prioux, responsable de la communication », et l'adresse du site qu'elle a créé pour Edmond. Véra, la journaliste, a décidé d'ajouter quelques vues de Saint-Jean. La mairie, l'école, le monument aux morts et Chez Nénette. Le rendu est flatteur, car hier, le soleil brillait haut. Une ovation clôt le reportage, avalant les commentaires de la présentatrice que plus personne n'écoute. On se serre la main, on se tape sur l'épaule, les verres se lèvent et tintent les uns contre les autres. Zola contemple l'effusion qui se forme autour d'Edmond. Yvonne se réjouit autant que tout le monde.

Sylvain est avec son grand-père et, dans la distance, il accroche le regard de Zola. D'un hochement de tête, il lui donne rendez-vous dehors.

— C'est pour toi, dit-il en lui tendant un paquet. J'y ai pensé au moment de ton anniversaire. C'est loin maintenant, mais puisque tu es ici.

Zola saisit le présent et déchire le papier. À la forme, elle avait deviné que c'était un livre.

Nous devrions vivre dans les arbres, sous-titre : *Connaître les arbres pour mieux cohabiter avec eux.*

Surprise, elle laisse échapper un soupir.

— C'est le meilleur des cadeaux ! parvient-elle à articuler.

Elle lui dépose un baiser sur chaque joue et lorsqu'elle s'écarte, elle jurerait qu'il rosit. Il lui fait promettre de lui dire ce qu'elle pense du livre, une fois qu'elle l'aura parcouru. Ils s'échangent quelques nouvelles, puis il lui souhaite un bon retour à Paris.

Zola s'élance seule dans les rues de Saint-Jean.

Elle n'a pas besoin de réfléchir, elle sait où elle va.

Au bord de l'étang, le tumulte de la salle des fêtes résonne encore à ses oreilles. Son écho s'éteint dans la quiétude d'ici. Le soir tombant dessine des coulées roses dans le ciel, c'est beau. Elle a besoin de le dire à quelqu'un.

— Ma petite Zozo ! répond Marthe après trois sonneries.

— Salut !

— Tout va bien ?

— Oui, vraiment bien, même ! répond Zola.

Elle raconte son week-end à rebours. La salle des fêtes, le journal télévisé, les deux minutes quarante-huit.

— Je suis passée à la télévision ! rit-elle, et elle décrit les retrouvailles, la respiration, le printemps, la campagne.

— Ça me fait rêver, commente Marthe. Tu as l'air de te régaler ! Je savais que cet endroit était ton petit paradis. Ça se voyait dans tes yeux quand tu m'en as parlé, à ton anniversaire.

— Ici, ajoute Zola, je pense beaucoup à Maman. La Creuse me rappelle nos vacances à Beaune, quand j'étais petite. Tu te souviens ?

— Tu sais quand tu es née ça faisait dix ans que je passais mes vacances là-bas, moi ! rappelle Marthe, hilare.

— Ah oui c'est vrai, glousse Zola en écho. Pour moi Beaune, c'est le sourire de Maman. Ses yeux étaient moins tristes, lorsqu'elle était là-bas.

— Ah, chante Marthe, pensive. Oui, tu as peut-être raison. C'est vrai qu'elle adorait Beaune.

— Elle était si belle, Marthe. Je me souviens que je voulais devenir comme elle, ce qui est comique, car je lui ressemble si peu.

— Oui, mais tu as quelque chose d'elle, tu sais. On a toutes un peu de Maman. Et un peu de Papa. Ça me fait encore une boule dans la gorge quand je parle d'eux.

— Moi aussi…

— Maman avait un sourire magnifique.

C'est Victoire qui a hérité du sourire d'Aline. Pour le reste, Zola se dit que son héritage, c'est peut-être d'aimer autant être ici. Comme sa mère, qui n'était jamais aussi radieuse que lorsqu'elle était chez elle en Bourgogne, Zola a Saint-Jean, qui drape ses yeux de vie et colore ses pommettes de satisfaction.

59

— COMMENT AVEZ-VOUS SU que Robert était une bonne idée, Yvonne ?

— Eh bien, mon petit... On ne sait pas absolument. Disons que j'y ai cru, surtout. Robert était un homme qui me convenait à merveille, et je crois que j'étais la femme qu'il lui fallait. Nous avons été infiniment heureux.

— Ça, vous le savez maintenant, parce que ça a fonctionné. Mais à l'époque, comment avez-vous pu savoir ? Quand tous les éléments auraient pu vous hurler de prendre une autre direction ?

— Vous avez raison, on ne sait qu'après coup. Au terme de ces épreuves, Robert et moi nous sommes rendu compte que nous voulions rester ensemble. L'amour, ce n'est peut-être que ça, mon petit. Savoir, en se réveillant le matin, que l'on veut rester avec cet autre, que l'on aime. Et continuer, tant que les matins nous livrent le même désir... Cela n'a peut-être rien à voir avec la logique. Parfois on sait ailleurs que dans la tête.

— Justement, glousse Zola. Ma sœur Victoire a ce livre qu'elle veut refourguer à tout le monde, qui dit que nos intestins sont pleins de neurones. Ils sont notre deuxième cerveau, dit-elle en contorsionnant les mots d'ironie.

— C'est amusant.

— Et vous savez le plus drôle ?

— Non ?

— Eh bien, déclare Zola les yeux écarquillés d'excitation, c'est que je me suis renseigné. Notre cœur contient des neurones lui aussi. Plein.

— Vraiment ?

— Yvonne, je vous promets. Il y en a quarante mille ! Alors, conclut Zola dans un soupir, on peut tout à fait croire que l'on sait avec le cœur. Et que ce n'est pas qu'une formule jolie pour les poètes.

— Ça alors ! s'étonne Yvonne. Vous m'en apprenez de belles !

— C'est de la science. Mais, se rembrunit Zola, ce n'est pas si simple, dans la réalité. De voir au-delà du bazar qu'on a juste sous les yeux.

— Vous n'avez pas tort, s'exclame Yvonne en riant. À une certaine époque ma vie était un beau tas de ruines, je suis obligée de l'admettre. Mais mon cœur n'avait pas dit son dernier mot peut-être, finit-elle avec un clin d'œil.

— Et Edmond ?

— J'ai voulu aimer deux hommes, commence Yvonne après un long soupir. Et j'ai aimé deux hommes. Robert n'a pas remplacé Edmond, il n'était pas mon lot de consolation. Pas davantage qu'Edmond ne pouvait remplacer Robert. Seulement, la vie nous propose constamment des options qui semblent contredire la logique, ou ce qui est exigé de nous. Et parfois, c'est exactement là que l'on trouve ce qui nous attend de meilleur.

— Et c'est tout ? demande Zola. Maintenant qu'il est là, juste en face. Veuf. Et vous aussi… Enfin…

— Ah ça…, répond Yvonne. Ça n'est pas si simple, vous savez…

— Ah bon ?

Elles terminent, l'une son whisky et l'autre sa tisane, dans un silence recueilli. Au moment où Zola se lève pour aller se coucher, Yvonne l'arrête et annonce :

— Seriez-vous d'accord de rentrer seule demain ? J'aimerais rester à Saint-Jean quelques jours de plus.

60

S*I JE ME METTAIS À NE RÉFLÉCHIR qu'avec mes neurones du cœur ?* envisage Zola depuis quelques jours.

Elle s'imagine, l'oreille tendue sur le langage intérieur de sa poitrine.

Eh ! Tu dis quoi, toi, là-dedans ?

Cette idée la redresse. C'est un jeu qui l'amuse, penser avec son cœur.

Elle voudrait commencer tout de suite, regarde autour d'elle, ne voit que des meubles gris, l'entassement de dossiers, le vide des bureaux d'Éric et Fadila, tous deux en rendez-vous.

Alors elle pose les yeux sur l'écran de son ordinateur. Il affiche le contenu de sa boîte mail. Un entassement de lignes fines dont l'une ressort, en caractères gras.

« Bonjour Zola, comment allez-vous ? J'ai essayé de vous appeler il y a quelque temps, seriez-vous disponible pour déjeuner ces temps-ci ? À très vite, Chantal Marleix. »

Zola avait oublié l'appel de Chantal, le jour de son départ pour Saint-Jean, il y a deux semaines.

Son cœur, qui ne se pose pas les mêmes questions que sa tête, décide de dire oui. C'est une envie mêlée de curiosité. Zola se demande pourquoi Chantal veut la voir, elle, sans Pascal ni Margaret.

Elles se retrouvent dans le restaurant d'un hôtel cossu du 9e arrondissement. Un espace décoré de sculptures indéchiffrables et fluo, de l'art moderne et cher, distribué sur une moquette noire, ornée de chaises noires et de tables noires parées de vaisselle et de serviettes noires.

— Vous connaissez, ici ? lui demande Chantal en s'installant. C'est très bon, vous allez voir.

Sans transition elle ajoute :

— Laure Marcher m'a chargée de vous passer le bonjour. Je sais que vous étiez bonnes amies.

— Laure ? répète Zola.

Sanizeca, Pascal, congrès, flirt et, un matin de décembre, trois « sac à merde ». Une association de termes que Zola regrette de devoir associer les uns aux autres. Prise de court, elle ne prête pas attention à la lèvre qu'elle s'est mise à mordiller.

— Zola, on peut se parler, je suis au courant de tout, annonce Chantal en voyant son expression.

Tout avait commencé en mai dernier.

Zola devait accompagner une équipe de Sanizeca à Cannes, pour un congrès international dédié à la grippe. Le laboratoire avait publié les résultats précoces d'une étude concernant un nouveau vaccin, qu'il présenterait, pour la première fois, à cette occasion. C'était un moment important, jalonné de conférences et de rendez-vous avec les médias. Laure Marcher, en sa qualité de responsable du marketing, accompagnait les deux éminents professeurs missionnés par Sanizeca. Une soirée était organisée pour clore les trois jours et Pascal, qui avait tenu à faire partie du voyage, leur avait obtenu des entrées.

— Tout le gratin de la pharma y sera, avait-il déclaré. Je vais serrer quelques pinces, sourire à ces dames, et s'il faut sucer, je le ferai, du moment que je rentre les poches pleines de cartes de visite !

Sur quoi, il avait éclaté de rire.

Après avoir fait le tour des convives, il avait rejoint Laure et Zola du côté du buffet.

Il avait adressé à Laure un premier sourire chargé d'autosatisfaction éthylique. Avait suivi un bouquet de questions, de compliments et de quelques blagues qu'il avait offert, la tête penchée plus près de son interlocutrice à chacune de ses phrases.

Laure avait répondu, ri, rougi. Lorsque Zola les avait laissés, la bouche de Pascal se nichait presque au creux du cou de cette dernière.

Le lendemain, elle était rentrée seule à Paris, où l'attendait son appartement vide.

Quentin était parti. Il ne l'avait pas appelée, n'avait laissé aucun message.

Zola en avait oublié Cannes, et tout ce qui s'y était passé.

Elle n'avait revu Laure qu'en juillet. Elles avaient prévu de boire un verre pour fêter l'approche de leurs vacances respectives. Très vite, Laure avait mentionné Pascal.

Ils s'étaient envoyé des messages.

Pascal la « dragouillait », disait-elle. Elle trouvait ça plus attendrissant qu'autre chose. Elle ne l'encourageait pas, mais elle entrait dans son jeu, histoire de s'amuser, juste un peu, rien de grave.

La fois d'après, en septembre, lorsque Zola lui avait demandé, avec l'appréhension de trop en entendre, si Laure appréciait toujours autant Pascal, le ton avait changé. Son visage n'exprimait plus aucun amusement, ses yeux s'étaient abaissés, elle avait joué avec son verre et annoncé à Zola qu'elle préférait parler d'autre chose. Et cette dernière considérait qu'il valait mieux, en effet, qu'elle en sût le moins possible, alors elle n'avait pas insisté.

Un matin d'octobre, Pascal avait passé la tête dans le bureau que Zola partageait avec Éric et Fadila, et avait déclaré qu'il reprenait les rênes de Sanizeca. Zola avait objecté qu'elle était justement en train de préparer le bilan de fin d'année.

— Tu laisses, avait-t-il insisté. Je m'occupe de tout à partir de maintenant.

— Mais, j'ai tout vu avec Laure, je ne…

— Zola, avait soupiré Pascal. Laure est partie, elle ne travaille plus chez eux.

Zola était restée muette. Laure ne lui avait rien dit. À la réflexion, ça faisait longtemps qu'elles ne s'étaient pas parlé.

Elle lui avait téléphoné, mais Laure n'avait pas répondu. Zola avait laissé un message et essayé encore, le lendemain.

Toutes ses tentatives étaient restées vaines. Zola avait fini par se résigner. Peut-être qu'elles n'étaient pas si proches, finalement. Zola était vexée et essayait d'y songer le moins possible – voire, si elle y parvenait, pas du tout. Elle attendait qu'on lui dise quand elle pourrait reprendre le suivi de Sanizeca et préparer leur plan de communication pour l'année à venir. Le client était satisfait, ce ne devait être qu'une formalité.

Le temps passant, Zola avait interrogé plusieurs fois Pascal, qui l'avait renvoyée à d'autres considérations.

— Je te l'ai déjà dit, je m'en occupe en solo pour l'instant. Je te tiendrai au courant.

Ce qu'il n'avait pas fait.

Décembre était arrivé, ainsi que ce fameux vendredi. Une dernière réunion, avec tous les membres de l'agence, juste avant les fêtes.

Pascal s'était présenté avec trois quarts d'heure de retard, hilare et reniflant. Sans introduction, presque joyeux, il avait annoncé :

— Bon, gros changement l'année prochaine, ça vient de tomber : Sanizeca a décidé de changer d'agence.

Puis il avait tapé dans ses mains, déjà prêt à changer de sujet.

Zola avait tout de suite pensé qu'il y avait un rapport entre ce retrait brutal, le mystérieux départ de Laure, et les messages que cette dernière avait échangés avec Pascal après Cannes.

Pascal ne pouvait pas se défiler encore.

Elle lui avait demandé des explications.

S'obstinant à sourire, il lui avait répondu que c'était comme ça, et qu'il fallait passer à autre chose.

Elle avait insisté, il l'avait interrompue, elle l'avait questionné, il avait cessé de sourire.

— Bon, Zola, écoute. Je ne voulais pas remuer le couteau, mais puisque tu y tiens... J'aime penser que nous formons une belle famille. Or *famille*, ce n'est pas la même chose que *baby-sitter*, Zola. Nous avons tous été très compréhensifs quand tu as perdu ta mère, et quand tu t'es retrouvée célibataire. On est là pour se serrer les coudes, mais pas pour assumer tes petits drames personnels. Les clients, encore moins.

Il avait marqué une pause.

— Je ne vais pas m'étendre, avait-il terminé. Mais voilà : tu t'es ramollie, ils n'étaient pas satisfaits, ils sont partis.

Le reste était un flou implosif. La seconde d'après, elle hurlait à Pascal, à trois reprises, qu'il n'était qu'un sac à merde.

« Les gens savent », lui dit maintenant Chantal Marleix, les yeux plongés dans ceux de Zola, qui peine à établir le lien entre la directrice de la Semeg et Laure Marcher.

— Je connais très bien Laure, ajoute Chantal, comme si elle avait deviné son interrogation. C'est avec moi qu'elle a fait son stage de fin d'études. Ça remonte à quelques années, mais nous sommes restées proches.

Chantal confirme ensuite ce que Zola avait deviné. Et pire encore.

Après quelques messages légers, Pascal en avait voulu davantage. Laure l'avait gentiment éconduit. C'était amusant, à prendre comme un jeu, mais pour le bien de leur travail, ainsi que de leurs vies personnelles, elle ne souhaitait pas aller plus loin. Il avait insisté, elle avait affermi le ton de ses réponses. Face à l'obstination de Pascal, Laure avait proposé de se retrouver autour d'un verre. Elle se disait qu'elle parviendrait mieux, en personne, à lui faire entendre qu'il devait cesser de la poursuivre. Il avait compris vite, en effet. Il s'était montré humble, la soirée avait été aimable. Elle l'avait trouvé élégant. Au moment de se quitter, sur le trottoir qui longeait le bar, Laure allait se contenter de le saluer de la main. Mais Pascal lui avait saisi le bras et l'avait attirée contre lui, si près qu'elle pouvait sentir son haleine avinée contre ses pommettes. Si fort qu'elle ne respirait plus. Il avait forcé ses lèvres sur les siennes. Profitant ensuite de son hébétude, il l'avait attirée à l'angle ombragé de la rue la plus proche, là où personne ne leur prêtait attention. De tout son corps il avait plaqué Laure contre la façade de l'immeuble, l'avait embrassée à nouveau, glissant une main entre ses jambes et sa langue dans sa bouche. Lorsque enfin il s'était écarté, il lui avait adressé un sourire carnassier.

— Tu vois, lui avait-il lancé, c'est plus facile quand on se met d'accord !

Et il l'avait laissée ainsi, pétrifiée, contre le mur sur lequel il l'écrasait quelques secondes plus tôt.

Laure lui avait écrit à la première heure le lendemain, pour lui ordonner de ne plus jamais la contacter. Ce à quoi Pascal avait répondu qu'elle n'était qu'une salope, une allumeuse, qu'elle jouait avec lui, une sale pétasse. Pendant plusieurs jours, il l'avait bombardée de ses messages fielleux. Il y promettait de tout dire à ses patrons, à son mari. De la détruire. Sauf si elle lui concédait un nouveau rendez-vous.

Laure avait refusé. Mais elle s'était effondrée.

— Burn-out, précise Chantal à présent. Elle a plaqué son travail, est restée cloîtrée chez elle des semaines durant. Mais un jour, elle a raconté ce qui s'était passé. Et personne n'a été étonné.

— Ah bon ? s'étonne Zola, sidérée par ce qu'elle vient d'entendre.

— C'est que l'animal procède ainsi avec tout ce qui porte des jupons dans le monde de la santé, à Paris. Et c'est un petit monde…

Chantal a eu vent de l'affaire quelques jours après la présentation de Faber Lang pour la Semeg.

— Je suis désolée que vous ayez tous été punis à sa place, continue Chantal. Votre proposition tenait la route, mais le comité administratif ne peut pas accorder sa confiance à l'agence tant que Pascal la dirige.

Zola abat son dos contre sa chaise, c'est trop.

— Laure a entamé une action en justice en fin d'année, ajoute Chantal. Ce que je viens de vous raconter, vous l'auriez appris bien assez vite, Zola. Je suis désolée.

Zola est incapable du moindre commentaire. Elle avait raison.

Deux fois raison.

Pascal sabote les chances de l'agence.

Et c'est un sac à merde.

Elle ravale à grand-peine le dégoût qui lui aigrit la bouche. Son cœur bat des coups sourds qui résonnent à ses tempes et l'empêchent de saisir ce que Chantal vient de dire. Le ton a changé, pourtant. Un sourire d'expectative a lavé le courroux plissé qui, quelques secondes plus tôt, empourprait les traits de sa voisine.

— Zola ? demande Chantal, vous m'avez entendue ? Je voudrais savoir si le poste vous intéresse.

— Le poste ? demande Zola, égarée.

— Oui, comme je vous le disais, nous devons renforcer l'équipe et vous êtes la personne idéale. Je vous connais et j'apprécie beaucoup votre travail.

— Pascal ne s'est jamais comporté comme ça avec moi, répond Zola.

Chantal perd un instant son sourire. Zola entend sa propre phrase. Chantal va s'imaginer qu'elle défend Pascal.

— Ce que je veux dire, s'empresse-t-elle d'ajouter, c'est que… C'est pour vous rassurer, je crois ?

Elle sourit.

— Zola, si vous souhaitez rester loyale à Pascal, je comprendrais.

— Loyale à Pascal ?

Zola est hilare, mais ce n'est pas un rire joyeux. Il grince. Elle est en colère. Chantal, qui semble lire ce chahut dans son regard, glisse sa main vers Zola.

— Prenez le temps de réfléchir, dit-elle. Ma proposition est sérieuse. Nous sommes prêts à discuter de votre salaire et à faire un petit effort si ce n'est pas assez.

— J'ai combien de temps pour y penser ? articule Zola.

Chantal lui répond qu'ils ont besoin d'avoir quelqu'un en poste en juin, et que Zola peut la recontacter quand elle veut si elle a des questions. Ou une réponse.

— Mais j'espère que la prochaine fois que vous m'appellerez, ce sera pour me dire oui, conclut-elle avec entrain.

61

ELLE A RENDEZ-VOUS AVEC PASCAL.

Il l'accueille avec son habituelle bonne humeur. C'est vendredi, il a été absent presque toute la semaine. Le haut de sa chemise est ouvert, ses manches sont retroussées. Sous son bureau, il a ôté ses chaussures.

— Tu m'excuseras, mais avec cette chaleur, dit-il.

Zola l'observe, comme si elle pouvait trouver sur son visage ce qu'elle est vraiment venue lui dire.

— Quel bon vent t'amène, Zola ?

Les mots qu'il a eus, ce jour-là.

« Tu t'es ramollie, Zola. »

« Nous formons une belle famille. Mais *famille*, ce n'est pas la même chose que *baby-sitter.* »

Elle avait imaginé le confondre. Lui dire « Chantal m'a dit ceci, je suis au courant pour Laure, cela. » Zola pensait qu'il y avait un intérêt à mettre Pascal face à ses actes. Pour remplacer son sourire perpétuel. Mais pour le remplacer par quoi ? Qu'espère-t-elle ? Qu'il s'excuse ? Qu'il s'en aille ?

— J'ai une proposition d'embauche, dit-elle finalement.

Pascal lève et descend la tête dans un hochement ralenti, comme pour se donner le temps de peser les mots qu'il vient d'entendre. Il racle le fond de son nez. Une fois. Deux. Avance le haut de son corps et dépose les coudes sur son bureau.

— Tu sais, Zola, je nous ai toujours considérés comme une famille, dit-il pour commencer.

« Famille », encore ce mot. La famille, c'est l'argument favori. Au nom de la famille on peut tout dire, tout exiger. Mentir. Tromper les gens. Et se rassurer autant qu'il le faut en se disant que tout ça, c'est pour la famille.

— Nous sommes entre nous, continue Pascal, nous pouvons nous dire les choses. Qui veut te débaucher ? Si c'est une question d'argent, je suis prêt à en discuter.

Depuis qu'elle a vu Chantal Marleix, Zola ne peut s'empêcher de repenser à la gêne dans le regard de Madeleine, le jour où elle leur a annoncé qu'ils avaient perdu la Semeg. Madeleine sait. Lorsque Chantal l'a appelée ce jour-là, elle a été directe. La Semeg ne souhaitait pas explorer davantage la candidature de Faber Lang parce que des informations leur étaient parvenues, qui concernaient Pascal et la plainte déposée contre lui par une ancienne employée des laboratoires Sanizeca.

Madeleine doit se débattre, depuis, pour que l'agence ne coule pas avec lui.

Zola se dit que ses mensonges à elle, au moins, ne font de mal à personne. Ils ne volent aucun rêve, ils ne mettent pas au chômage, ils déçoivent à peine. Ses mensonges sont idiots, c'est tout.

Étaient.

C'est vrai qu'elle n'a pas menti depuis longtemps.

Elle sent les neurones de son cœur qui s'agitent. Ils en accélèrent le battement, un tambour opaque qui soulève sa poitrine et fait monter à ses joues une brûlure énergisante. Elle comprend le message. Elle sourit. Pascal, qui croit que c'est pour lui, lui renvoie une connivence ravie. Il lui demande encore qui veut l'embaucher et combien on lui propose.

Le visage de Zola s'éclaire davantage.

— Quoi ? s'impatiente Pascal. J'ai dit quelque chose de drôle ?

— Non, non.

Elle lui en veut plus que jamais, maintenant qu'elle connaît l'étendue de son abjection.

Mais tout est différent.

Elle ne l'insultera pas.

Les cris, c'était avant. Ses trois « sac à merde » étaient bruyants, mais ils n'étaient pas le sésame qu'elle croyait. Elle s'avoue maintenant qu'elle espérait qu'il la vire après ça, c'était une opportunité. Pour partir. Pour changer.

— Franchement, Pascal, dit-elle, qu'importe qui veut m'embaucher, et combien ils veulent me payer. Le vent a tourné, et tu le sais très bien. Et moi aussi, Pascal, je sais.

Elle soutient son regard. Longtemps.

— Ah oui ? lance-t-il, et son visage blêmit.

— C'est marrant, je n'ai rien besoin d'ajouter. Tu as tout de suite deviné que je parlais de Laure Marcher.

Il déglutit.

Zola criait lorsqu'elle était immobile. Mais elle n'a plus besoin de fracas pour avoir le droit de quitter les lieux où elle n'a pas sa place. Elle peut trouver la porte de sortie par elle-même. Elle n'a qu'à choisir sa route, et y aller. Qu'importe si personne n'approuve, si on ne la comprend pas.

Il n'y a que moi qui doive être d'accord avec mes décisions.

— Je n'ai plus du tout envie de travailler avec toi, dit-elle. Je crois que ça fait longtemps que je ne peux plus te supporter. Et maintenant, ça me semble plus impensable que jamais.

Elle se lève.

— Je vais prévenir Madeleine, dit-elle.

Et elle quitte le bureau.

62

Margaux, ma chérie,

Moi qui ai passé ma vie dans les mots, je suis idiote maintenant, de ne pas savoir par où commencer.

Ces derniers mois, j'ai compris que j'avais conservé pour toi beaucoup de mots. Des paroles que je ne t'ai jamais dites et que j'ai l'impression de te devoir. Mais d'abord tu étais trop petite pour tout ce sérieux. Ensuite, j'étais trop occupée à admirer la jeune fille et la femme que tu devenais pour venir t'embêter avec mon sentimentalisme de vieille prof.

Le problème, c'est qu'à force de tout remettre à plus tard parce que le moment n'est pas le bon, ce moment risque de nous échapper pour toujours. Je me maudirais de laisser filer l'occasion de te dire ce que mon cœur garde pour toi depuis que tu es entrée dans ma vie. Cela ne changera pas le cours de tes jours, je m'en doute. Cela ne renversera pas le monde.

Mais ces mots t'appartiennent autant qu'à moi et tu mérites de les recevoir.

Je ne sais pas te dire tout ça lorsque je te vois, au téléphone non plus. Le seul moyen pour moi est cette lettre. Écrire, c'est être seule avec soi-même pour être enfin tout entière avec l'autre.

Lorsque je me suis penchée sur cette page, tout à l'heure, j'étais persuadée que ce serait pour t'expliquer mon choix de mourir à ma guise. Désormais, je ne sais plus si j'ai besoin de te livrer ces justifications.

Cette lettre a pris une autre tournure, parce que je ne pense qu'à toi.

Me reviennent les images de notre première rencontre, aussi vives que si c'était hier. Je te revois, blondinette joufflue, et tes grands yeux qui pouvaient passer du soleil à la tempête en une seconde. Tu savais ce que tu voulais, tu riais de tout, tu boudais pour chaque chose qui t'échappait. Tu n'avais pas quatre ans et pourtant, dans le premier regard que tu m'as donné, j'ai vu une telle intelligence que j'ai tout de suite eu envie de te connaître.

Ce jour-là, je ne sais pas si tu peux t'en souvenir. Ton père m'avait donné rendez-vous au Jardin d'acclimatation. C'était l'hiver et l'air glacial arrachait à nos lèvres des nuages flous. Tu étais emmitouflée dans un manteau bleu marine et tu portais une cagoule rouge à grosses fleurs bleues. On ne voyait que tes joues et tes yeux. Robert m'a désignée et t'a dit : « Margaux, je te présente mon amie Yvonne. » Tu m'as souri, tu as glissé une moufle dans ma main, et tu m'as attirée vers les manèges. Il n'y a rien eu d'autre, tu m'avais adoptée comme ça, au premier regard.

Tu ne voulais plus me lâcher. Ton père a dû te mentir parfois, lorsqu'il m'emmenait dîner en tête à tête, car si tu apprenais qu'il venait me voir, tu insistais pour l'accompagner, jusqu'aux pleurs s'il le fallait. Il y a eu un ou deux repas pour lesquels nous avons dû demander au restaurant de te faire une place à notre table.

Tu m'as adorée tout de suite. Mais tu sais, Margaux, moi aussi je t'adorais. C'était comme ça. Je ne peux pas l'expliquer. Ce fut immédiat. Tu étais une gamine adorable.

Des choses se sont passées ensuite que tu ignores peut-être. Tu étais trop jeune pour que nous t'impliquions. Mais cela fait partie de ton histoire aussi, et je veux t'en dire quelques mots, enfin.

J'ai traversé des années difficiles. En réalité, nous les avons traversées ensemble, ton père, toi, et moi.

Comme tu le sais, j'ai perdu mes deux parents la même année, et ce fut une épreuve plus terrible que ce que j'aurais pu prévoir.

Je n'étais plus moi-même.

Je n'étais plus vraiment là.

Cette période aurait pu me coûter l'amour de ton père, avoir raison de nous, du moins je l'ai cru sur le moment. Il a même été question de séparation. Ça, tu ne l'as pas su, bien sûr. Tu étais trop petite. J'ignore ce que tu pouvais comprendre à l'époque.

Et je pense que tu ne sais pas ce que je dois à ton amitié.

Dans ces heures sombres qui m'ôtaient le goût de tout, Margaux, tu étais là. Quand je ne savais plus saisir la main que Robert me tendait, tu as posé la tienne à côté de la mienne. Tu ne me demandais rien, tu voulais simplement être avec moi. Tu comblais les minutes de jeux de poupées. Le chant de ta voix aiguë, ton indifférence d'enfant, ta simplicité m'intéressaient autant qu'ils m'enveloppaient. Tu inventais des histoires dans lesquelles tout le monde finissait par s'aimer. Et par aller manger au McDonald's, c'était l'époque où les fast-foods exerçaient sur toi une fascination sans bornes.

C'est ta voix fine, inventant des histoires de vie, d'amour, et de gens qui vivaient bien ensemble.

C'est ta présence sans exigences.

Ce sont tes yeux purs, qui ne voyaient pas en moi une femme malade, mais Yvonne, avec qui tu voulais être pour jouer à la poupée.

Qui m'ont réveillée.

Ton amitié libre du poids des adultes, ta candeur, ton amour tout court, qui ne demandait rien.

Je n'avais plus personne, Margaux, et durant ces semaines d'obscurité, en t'asseyant à mes côtés tous les soirs après l'école, tu es devenue ma famille.

Robert est devenu ma famille.

Tous les trois, nous sommes devenus notre famille.

Margaux, ma chérie, je te présente mes excuses pour mon secret. Je regrette que tu l'aies appris ainsi. Je voulais te protéger de mes choix, te protéger de moi. Je ne voulais pas peser sur ton bonheur.

Lorsque je vous observe, toi, Rafael et Yanis, mon cœur enfle de joie. Vous avez encore toute une vie à mener. J'ai eu peur de vous la gâcher à cause du choix que j'ai fait pour la mienne. Ma liberté. Je voulais vous laisser tranquilles.

Mais je me rends compte aujourd'hui que je te tenais à l'écart. Tu n'es plus cette petite fille de huit ans qu'il faut protéger. Tu es une femme. Une femme merveilleuse.

Je ne voulais pas d'enfant mais toi, je t'ai voulue tout de suite.

Le deuil et le drame nous ont offertes l'une à l'autre. Tu avais perdu ta mère, j'avais perdu tous les miens.

Margaux, tu es ma famille.

J'espère que nous pourrons discuter. Nous pouvons parler de tout. Je ne veux plus rien te cacher.

Et si tu m'en veux, je peux l'entendre.

Je peux tout entendre, ma chérie.

Tout simplement.

Parce que je t'aime.

Yvonne

63

Elle a proposé à Quentin qu'ils se voient dans un café. Zola se dit qu'il y a peu de chances qu'ils se retrouvent l'un sur l'autre, l'un dans l'autre, nus et muets, après tout ce temps. Mais on ne sait jamais. Dans un lieu public, ils pourront se regarder, ils devront se parler.

Elle a apporté les pellicules photo qu'il n'avait jamais pensé à emporter, son dernier tee-shirt, qu'elle s'était mise à utiliser comme pyjama, un slip. Et la vérité.

Il entre dans la salle, beau et propre. Ils se sourient, sincères, elle se lève pour l'embrasser.

Les pellicules et le tee-shirt délavé des Rolling Stones sont vite enfouis dans le sac à dos de Quentin. Ils vont partir avec lui, pour toujours, et Zola n'a plus ni peine, ni colère. Juste des souvenirs.

Quentin lui demande comment elle va. On décèle, à ses yeux qui fuient et au timbre voilé de sa voix, qu'il avance avec prudence dans ce tête-à-tête qui porte peut-être encore les stigmates de leur dernière rencontre.

— Très bien, répond Zola.

— Vraiment ? insiste-t-il.

— Tu te souviens de mon espèce d'asthme ? l'interroge Zola.

— Ah oui ? répond-il, surpris que la conversation s'engage sur un sujet si périphérique.

— Il est parti ! déclare Zola, triomphante.

Il est content pour elle. Car il y en a eu beaucoup, des soirs où Zola s'est accrochée au bras de Quentin pour inspirer plus fort l'air qui ne voulait plus pénétrer dans ses poumons. Il se rappelle les fois, nombreuses, où il lui a conseillé de consulter un médecin, d'aller trouver dans des parcs l'oxygène dont elle semblait manquer, de se reposer, de se confier.

Elle l'observe en silence et les yeux de Quentin se déposent dans les siens. Zola aussi, se souvient. Depuis l'étang de Saint-Jean elle ne fait pas que respirer, elle a aussi retrouvé la vue.

— Je te demande pardon, dit-elle d'une voix sûre, presque joyeuse.

Il écarquille ses beaux yeux noirs.

— Tu avais raison, ajoute Zola. J'étais partie bien avant toi.

— Non, Zola, je…

— Si, Quentin, murmure-t-elle en posant sa main sur la sienne.

Ce contact la surprend, mais il est juste et Quentin, qui n'a pas cillé, doit ressentir le même naturel.

— Je ne m'en rendais pas compte, mais je te mentais.

— Tu étais malheureuse, argue-t-il.

— Oui, sourit-elle en baissant les yeux. Et je t'aimais, je t'aimais vraiment. Mais je ne voulais pas les mêmes choses que toi, et je ne le savais pas. Je te mentais autant qu'à moi-même et j'ai eu envie de te le dire, voilà.

— Je suis parti comme un connard, commente Quentin.

— Ça, en revanche, c'est vrai !

Ça les fait rire.

Ils se disent qu'ils étaient le couple parfait. Les parents de Quentin aimaient Zola. Les parents de Zola avaient accueilli Quentin comme un fils. Le plan était clair. S'aimer, s'installer, se marier, avoir des enfants, une maison en banlieue.

Mais les plans, c'est pour Victoire.

— J'ai l'impression que ce n'est pas avec moi que tu avais rendez-vous, lui dit-elle.

Il fronce les sourcils. Zola lui explique.

— Enfin si, ajoute-t-elle. Toi et moi, c'était un rendez-vous que j'ai beaucoup aimé, je t'assure. Mais j'ai d'autres projets, dit-elle, et je crois que tu n'aurais pas voulu me suivre. Quand tu es parti j'ai été vexée, je n'ai pas compris. Mais j'ai été soulagée.

Quentin hoche la tête, les yeux rivés sur ses mains.

— Je me dis que tu mérites d'être avec quelqu'un qui ne serait pas soulagé si tu partais, déclare Zola.

Elle ajoute, pour conclure :

— Quant à moi, je ne veux plus d'endroits que je serais soulagée de quitter.

Zola a trouvé sans mal le numéro.

Des Grabowski, dans la Creuse, il n'y en a que deux. Ironie du sort, celui qui n'est pas Yvonne s'appelle Maxime.

Il est minuit moins le quart et Zola ne dormait pas.

— Yvonne, ça vous dit qu'on se fasse notre whisky-saucisson à distance ?

— Vous avez ce qu'il faut ?

— J'ai du pain, du beurre, et une dernière tranche de jambon que je ferais mieux de manger sans trop attendre, répond Zola.

Yvonne dépose son téléphone le temps d'assortir leur conversation de sa saucisse aux noisettes et d'un fond de whisky.

— Je voulais vous dire que je vous comprends, Yvonne, commence Zola. Pour la mort en bouteille.

— Eh bien… Merci, mon petit !

— Tout prend une étonnante tournure en ce moment, Yvonne, explique Zola. Et… je ne sais pas. Ça me fait réfléchir peut-être, rit-elle. Ce soir j'ai eu envie de vous dire que je vous comprenais. Il y a eu ma mère, et maintenant mon père. Finir de cette manière serait une offense à votre manière de vivre, je le sais.

— Ma manière de vivre ? s'amuse Yvonne.

— Oui, vous n'écoutez que vous-même, vous savez qui vous êtes, ce que vous voulez, énumère Zola.

Dans son oreille, Yvonne aspire une gorgée de whisky et attend.

— Yvonne ? demande Zola après un silence. J'aimerais vous rejoindre à Saint-Jean, si vous êtes d'accord.

64

Ce soir Yvonne s'est attardée dans le jardin, où elle avait tiré la vieille table en métal si rouillée qu'on en oublie qu'elle a un jour été blanche. Elle a écouté le chant des grillons escortant le déclin du soleil dans les arbres du bois, derrière la maison. Elle s'est fait un repas léger, le reste d'une soupe et trois tranches de pain qu'elle a tartinées de grattons, ça lui a fait penser à son cardiologue. *Oui, mais j'ai mangé de la soupe,* s'est-elle dédouanée, *ça annule.*

Lorsque l'ombre a fini de lui cacher les arbres du jardin, et que la nuit a déposé des frissons sur ses épaules, elle est rentrée se réchauffer. Mais Yvonne n'a pas envie de terminer ce jour. Un vendredi, à la fin du mois de mai, un jour sans événement qu'elle ne veut pourtant pas quitter encore. Il y a quelque chose qui lui pique la plante des pieds, une impatience qui lui agite les mains. Les grattons, peut-être, sa tension trop haute.

Ou autre chose.

Elle pense à la boîte aux lettres, qu'elle évite comme une enfant qui ne veut pas regarder sous son lit de peur d'y trouver un monstre. *Ridicule, Yvonne,* s'accuse-t-elle en attrapant la petite clé. Il est temps qu'elle aille voir ce qu'Edmond y a glissé. Au moins, ça lui occupera les mains, car elle n'a pas envie de se coucher tout de suite.

De retour dans la cuisine, elle est tentée d'allumer la radio, très fort, mais pour une fois le bruit lui semble trop encombrant.

Elle se sert un whisky, tant pis pour son cœur, qui a déjà fait un bond lorsqu'elle a découvert dans la boîte aux lettres le tas de feuillets bleus pliés en deux.

C'est qu'Edmond a le sens de la mise en scène !

Du bout de l'index, elle pousse les petites notes. Rien n'indique dans quel ordre elle doit les ouvrir. Elle en attrape une première au hasard et lit sous le premier pli : « Mon Edmonde ».

Elle repose la feuille et, de la paume, se presse le cœur. Elle se fâche, maudit Edmond, se reprend, ne comprend déjà plus pourquoi elle lui en veut, c'est un mélange de décennies, de souvenirs, de chagrins, d'aigreurs.

Tant d'émois, pour un prénom qui a le goût de ses quinze ans et du grand amour.

Elle prend un autre papier, et encore un autre. Chacun commence par « Mon Edmonde ».

Yvonne avale une gorgée et laisse la brûlure de l'alcool calmer l'instant. Elle retourne un feuillet au hasard et lit : « autour de moi ».

Elle devine immédiatement.

En saisit un autre.

Mes rêves.

Elle sait où cela va. Soulève chacun des papiers quand même, puisqu'elle y est.

Mon Edmonde,

Dans la nuit vivante.

Mon Edmonde,

Clairs et perpétuels.

Lorsqu'elle les a tous ouverts, elle range les feuillets dans le bon ordre. Elle parvient ainsi à former douze paquets de notes bleues. Chacun lui récite le même poème.

Leur poème, qu'Edmond a recopié douze fois et découpé par vers, de son écriture tremblotante et brune. Yvonne s'évade, traverse soixante-dix années d'un voyage qui la dépose en plein été 1957.

Edmond la serre dans ses bras et elle enfouit contre sa poitrine le désespoir de leurs adieux.

— Tu ferais mieux de te souvenir, déclare-t-il après avoir déclamé leur poésie. Ce poème, je me le réciterai chaque jour. Et toi, mon Edmonde, tu en feras autant. À chaque fois que tu prononceras ces mots, à chaque fois que tu les liras, tu te souviendras qu'il y a quelque part ton Edmond qui t'aime. Et que cet amour est pour toujours.

Yvonne rit, de bon cœur, au souvenir des grandes promesses de la jeunesse et du cérémonial de leurs transports. Elle s'amuse de se revoir emmitouflée dans l'amour d'Edmond, le cœur brisé de son départ pour l'Algérie.

Edmond, les yeux baignés d'un océan de tristesse, son visage frôlant le sien, lui récitant ce poème qu'il lui réécrit maintenant, douze fois, comme s'il n'y avait pas meilleure façon pour eux de se dire les choses.

Mon amour pour avoir figuré mes désirs
Mis tes lèvres au ciel de tes mots comme un astre
Tes baisers dans la nuit vivante
Et le sillage de tes bras autour de moi

Comme une flamme en signe de conquête
Mes rêves sont au monde
Clairs et perpétuels.
Et quand tu n'es pas là
Je rêve que je dors je rêve que je rêve.

Dans la petite cuisine de Saint-Jean réduite au silence, on est en 1957, tous les mois de 1958 et de 1959. C'est 1960, 1961 et Paris, 1976. C'est la distance, et la déconvenue, toutes les occasions qu'Yvonne a eues de poser à nouveau ses yeux sur ce poème qui les a remplis de larmes à chaque fois. Ces vers de l'amour qui lui arrachaient le cœur, et qu'elle avait décidé de ne plus jamais lire, ni écrire.

Ce soir, ses mains tiennent ces papiers bleus qui lui rendent tous ses âges.

Yvonne a quatre-vingts ans, bientôt quatre-vingt-un. Et elle pleure.

65

« *On transforme sa main en la mettant dans une autre.* »
Paul Éluard, *Nuits partagées*

Samedi 1er juin

Ce matin à l'aube, je me suis rendue chez Edmond. Je n'avais pas bu de café, pas arrangé mes cheveux. J'y suis allée vite pour ne pas hésiter. J'ai frappé, j'ai sonné, j'ai cru qu'il n'était pas là et j'étais prête à m'en accommoder.

Après quelques secondes il est venu m'ouvrir, froissé de la tête aux pieds. Il m'a reproché en souriant de réveiller ses hôtes. Mais je les ai vus, ses Allemands, ils se lèvent avant le soleil, les chaussettes remontées jusqu'au short, et s'élancent dans la campagne, armés de leurs sacs à dos et de leurs bâtons de marche. Ils n'étaient déjà plus là.

Je veux relater ici ce que nous nous sommes dit, je crois que cela m'aidera à calmer la bousculade de mes pensées et la panique, dans ma poitrine.

— J'ai lu tes papiers, lui ai-je annoncé, et son visage s'est éclairé de jubilation.

Je voyais qu'il était content de lui, on aurait dit qu'il venait de remporter la loterie.

Je ne savais pas quoi ajouter, alors je lui ai demandé de me préparer un café.

Nous nous sommes installés dans la salle à manger, et lorsqu'il nous a servi le café j'ai attendu qu'il parle, je pensais qu'il évoquerait le poème.

— Il ne reste que nous deux, a-t-il dit plutôt. Et nous n'avons plus tant d'années devant nous.

Il a levé les yeux en biais, puis les a ramenés complètement sur moi.

Il m'a alors adressé ces paroles, que Zola me disait elle aussi l'autre jour :

— Yvonne, je comprends. Et même, a-t-il ajouté, je sais.

On aurait cru qu'ils s'étaient passé le mot.

Je lui ai demandé ce qu'il croyait savoir.

Il m'a fait cette réponse, du Edmond tout craché :

— Je pense que tu ne sais pas quoi faire de notre amour.

Je croyais entendre ce jeune homme de dix-huit ans que la vie avait tenu à distance de moi.

— Je te connais, Yvonne, a-t-il continué. Tu es la femme la plus libre que cette terre ait portée. Tu penses que la solitude que t'offre ton grand âge est une liberté. Plus personne ne dépend de toi. Margaux est comme toi. Libre et têtue.

Il a ri, mais moi pas. Mon grand âge, vraiment, il peut parler.

— Il ne reste plus que toi et moi, a-t-il ajouté. Et la vie nous a fait ce cadeau. Quelques années, que nous pourrions vivre ensemble, si tu le veux.

— Nous sommes trop vieux, il est trop tard, ai-je dit. À tout instant, la vie, comme tu dis, va nous rappeler à l'ordre. Et je n'ai pas voulu la laisser choisir à ma place. Je voulais m'octroyer cette dernière liberté.

Je bafouillais, j'aurais préféré me taire parce qu'il me prenait de court. C'est-à-dire que je m'attendais à tout ce qu'il disait, mais il y venait tout de suite, si direct, sans sourciller. Soudain c'était réel.

— Tout ça je le sais, Yvonne, je te l'ai dit. Tu voulais n'en faire qu'à ta tête, comme toujours. Et c'est pour ça que je t'aime.

Et ça le faisait rire, en plus.

Il a répété qu'il me comprenait. Et qu'il ne me proposerait pas de prolonger ma vie, bafouant mon désir d'en finir, lorsque je jugerais que le moment serait venu pour moi.

— Tu as raison, a-t-il fini. Nous sommes trop vieux pour ignorer le temps qu'il nous reste. Je veux le passer avec toi, mais tout ça tu le sais déjà, c'est pour ça que tu me fuis. Parce que tu crains qu'en m'aimant, tu te refuses la liberté à laquelle ta solitude t'a habituée.

Ses mots me coupaient la parole.

Quand il a dit qu'il comprenait, il n'avait pas tort, je dois l'admettre.

Dans ses yeux il n'y avait que du calme et des certitudes. C'en était trop, j'ai dû partir.

Pour l'instant, je ne sais pas quoi faire de notre rencontre de ce matin.

De ses papiers bleus.

De notre poème, de toutes les poésies du monde.

De la vie.

J'écris, ce soir, pour m'aider à penser comme la femme que je suis.

Car depuis hier, je frissonne comme la jeune fille que j'ai été il y a si longtemps.

J'arrive au bout de ce que j'avais à dire et je n'ai rien trouvé d'autre que le sommeil qui pèse à présent sur mes paupières.

On dit que la nuit porte conseil...

À bon entendeur,

Yvonne Grabowski-Grall

66

C'ÉTAIT UNE BONNE JOURNÉE.

Zola attrape son téléphone, la main prête à envoyer un message à Sylvain pour lui raconter tout. Mais elle suspend son geste. Rien ne presse.

Elle respire l'air chaud à sa fenêtre en écoutant Paris lui chanter sa rumeur incessante.

Son téléphone vibre. C'est Sylvain. Tiens, c'est drôle. Elle lui dit qu'elle pensait justement à lui.

Il veut savoir comment elle va, si elle a aimé le livre sur les arbres.

J'ai appris des choses
Tu connais la timidité des cimes ?

Non. Il veut bien qu'elle lui raconte.

Alors Zola lui envoie un chapelet de messages.

La timidité des cimes est ce phénomène que l'on observe souvent dans les lieux boisés. La majorité des arbres entremêlent leurs feuillages, à l'exception de certaines espèces, qui maintiennent entre leurs branches une distance de quelques dizaines de centimètre.

Il y a une forêt à côté de chez mes parents. J'y suis allée pour regarder si les cimes étaient timides.

Et ?

Et j'en ai vu !

Elle lui confie la poésie que lui a inspirée l'observation de ces arbres, si proches sans pour autant se toucher. *On peut vivre imbriqués, ou vivre côte à côte,* a-t-elle songé. Comme les êtres humains, finalement. Nous n'avons pas la même façon d'être ensemble, mais c'est être ensemble, tout de même.

Quelques minutes passent, Sylvain ne répond pas. Elle attend.

Son téléphone finit par bourdonner.

Tu n'es pas réelle, Zola.

Ah bon ?

Elle va lui demander ce qu'il veut dire, mais elle voit des points sinuer sur son écran.

Il est en train d'écrire. C'est long. Le message arrive, enfin.

Je ne sais plus quoi penser ces temps-ci, Zola.
Quand je t'ai proposé qu'on se donne des nouvelles, je croyais vraiment que nous pourrions être copains, toi et moi. Mais plus je te parle, et plus j'ai envie de te parler. Dans la journée, je fais un truc, n'importe quoi, et je me demande quel commentaire farfelu tu ferais,

là, comme tu viens de le faire avec cette histoire d'arbres timides et poétiques. J'ai envie de te dire tout, tout le temps. Mais il n'y a pas que ça.

Une autre pause, et sur l'écran de Zola, trois points qui dansent.

Tu es dans ma tête. Je vois tes yeux très grands, et tes cheveux. Ton rire, tes fossettes, et l'écart adorable entre tes dents de devant. Je pense à ta bouche, à ta peau, je pense, te concernant, à beaucoup de choses que ne font pas les copains. En fait, je ne pense plus qu'à toi et maintenant que je te l'ai dit, je vais aller me cacher, mourir de honte, me faire ermite. Mais au moins ce sera dit.

Zola termine de lire. Dans sa poitrine son cœur tape, elle sourit.

Merci, pense-t-elle.

Merci de me dire tout ça maintenant. Après.

Car elle a déjà pris sa décision. Alors, lorsqu'elle a fait son choix, elle ne l'a fait que pour elle-même. Si elle avait reçu ces messages plus tôt, elle aurait peut-être été troublée, influencée.

Zola ne peut plus décider pour les autres.

Aujourd'hui, elle a brûlé des ponts et demain, elle ira où bon lui semblera.

67

YVONNE EST VENUE LA CHERCHER au train de 18 h 10.

Sur la route vers Saint-Jean, Zola sent parfois son regard se poser sur elle. Il y a une semaine, elle a téléphoné à Yvonne. Elle lui a demandé si elle pouvait la rejoindre. Pour tout l'été.

Yvonne a dit oui sans lui poser de questions. Elle pourrait le faire, maintenant. Pourtant, elles se taisent. Elles ont tout leur temps.

Zola sature ses yeux du paysage vert et vallonné, baisse sa fenêtre pour que lui parviennent les senteurs d'herbe coupée, de foin et de goudron fondu. Ce ne sont pas que des retrouvailles, c'est un accueil. Un défilé de campagne qui lui souhaite la bienvenue.

Victoire a crié lorsque Zola lui a dit qu'elle quittait Paris.

« Personne ne refuse un CDI ! » hurlait Victoire, rouge et les yeux fous.

« Personne ne part s'enterrer dans la Creuse ! »

« Personne ne quitte toute sa famille pour aller vivre à des centaines de kilomètres ! »

— Ça tombe bien, a répondu Zola. Je ne veux être comme personne.

Ça n'a pas fait rire Victoire, qui lui a promis qu'elle ne risquait pas de trouver un mari comme ça, a prononcé les mots « trou du cul du monde », et c'était le signe que la nouvelle passait mal. Victoire jure rarement, et si elle s'y égare, c'est que l'heure est grave.

Zola sourit aux champs fleuris. Victoire se calmera. Et elle s'y fera.

À Saint-Jean, Yvonne lui demande ce qu'elle aimerait manger pour le dîner.

— Si nous allions nous promener un peu, d'abord, propose Zola. J'ai envie d'admirer le paysage.

Elles montent jusqu'au banc, à l'entrée du bois. À cette heure, la journée glisse vers le soir et la campagne semble pousser un immense soupir de soulagement pour chaque degré de fraîcheur qu'elle récupère dans le déclin du soleil.

Zola et Yvonne s'installent. De là elles peuvent voir tout Saint-Jean, et même des morceaux des villages alentour, au milieu des arbres qui couvrent les collines.

— Que s'est-il passé à Paris ? demande Yvonne.

— J'ai donné mon préavis et j'ai posé tous mes congés ainsi que toutes mes heures supplémentaires, annonce Zola.

— Oui, rit Yvonne. Mais que s'est-il passé ?

Zola est partie.

Elle a pris sa décision face à l'étang de Saint-Jean, lorsqu'elle est venue pour l'émission de France 3, en mai.

Elle a pris sa décision avant ça, même, peut-être.

Lorsqu'elle a trouvé le silence et la verdure. Les gens de Saint-Jean.

Elle a pris sa décision en tombant d'un arbre, ou en criant trois fois « sac à merde ».

Elle a pris sa décision lorsque Chantal Marleix lui a offert le travail de ses rêves.

Mais de ses rêves d'avant.

Zola n'a pas dit non à Chantal. Elle lui a proposé un second rendez-vous, et elle lui a demandé si la Semeg accepterait de l'embaucher en free-lance. Chantal est repartie avec cette idée, sans promesse, mais intéressée. Entre-temps, un hôtelier et deux autres offices de tourisme ont contacté Zola, parce qu'ils l'avaient vue à la télévision. On voulait être mis en valeur comme Edmond et Sain-Jean-de-Lussac.

— Pour l'instant j'ai créé une micro-entreprise, explique-t-elle à Yvonne. Et si la Semeg me dit non, il faudra que je trouve autre chose. Mais j'ai déjà ces quelques demandes et…

Elle s'arrête, cherche la suite de ses pensées dans les champs dorés par le soleil de la fin d'après-midi. S'égare un instant dans le cri lointain des enfants qui s'ébrouent à l'étang pour se rafraîchir de cette journée brûlante.

— J'aurais trouvé n'importe quoi, conclut-elle enfin. Parfois on part parce qu'on y est obligé. Pour un travail par exemple. Moi, dit Zola, j'ai commencé à assembler un nouveau travail, parce que je voulais partir.

Et elle répète :

— J'ai su que c'était ce que je voulais, et je crois que je n'avais jamais rien su avec autant de clarté.

Elle évoque ses dernières visites à Antoine.

— J'étais contente de le voir. Mais en le regardant j'étais agacée, comme si quelque chose avait besoin de sortir de moi ; une idée, une pensée. La vérité. Et la dernière fois que j'ai quitté les Érables, j'ai compris.

C'est fini, a-t-elle pensé ce jour-là.

J'ai perdu mon père.

J'ai perdu ma mère.

C'est fini.

Ses songes lui serinaient ces mots. Ils lui rappelaient la phrase d'Aline, que Zola trouvait si tristement fatale quand elle était plus jeune.

« Toutes les bonnes choses ont une fin. »

Et toutes, elles étaient bonnes. Mais elles étaient finies.

— Tout à coup j'ai eu l'impression de me réveiller d'un long sommeil, raconte-t-elle. Comme si j'étais restée enfermée dans la fin des choses. Et ça dure depuis quoi ? Deux ans ? Plus que ça ? Comme lorsque j'étais enfant, je ne voulais pas que les choses finissent. Je préférais rester avec elles tous les jours. Je gardais ma mère, mon père, mes sœurs, Quentin. Je ne respirais plus, Yvonne. Je dormais mal, j'étais bloquée avec les absents.

Mais un soir d'hiver, dans une voiture vétuste, Zola a suivi Yvonne jusque dans un petit village creusois. Des choses ont commencé. Des premières fois, des rencontres, Saint-Jean et tout un monde où Zola, même le bras cassé, a repris son souffle.

— J'ai compris que si tout est fini mais que moi, je suis encore là, c'est donc que la vie continue. C'est donc que d'autres bonnes choses vont arriver, et que je peux en décider moi-même. C'est donc que maintenant, tout peut être nouveau, si je le veux.

— C'est une très jolie révélation ! s'exclame Yvonne.

— Oui, confirme Zola en riant. Et vous savez, vous y êtes pour quelque chose !

— Moi ?

— Oui, Yvonne. Je n'ai jamais vu quelqu'un d'aussi libre que vous.

Elles se regardent et se sourient.

— Et alors ? demande Yvonne. Qu'allez-vous faire maintenant ?

— Un jour, répond Zola, nous venions de nous rencontrer vous et moi. Je me plaignais, je me torturais, je croulais sous les questions. Et vous m'avez dit que la vie était une constante réponse aux décisions que nous avions prises. Alors il fallait faire, au présent, les choix qui nous ressemblaient, afin d'arriver, dans un an, dans les endroits qui nous convenaient le mieux.

— Ah oui, j'ai dit ça ? C'est pas mal, dites donc !

— Oui Yvonne, très marquant, rit Zola.

Une nuit dans son canapé, Zola a voulu combler son absence de sommeil en s'amusant à imaginer où elle serait dans un an. Mais un an, c'était loin, alors elle a pensé à Noël. Puis septembre. Rien de ce qu'elle envisageait ne correspondait à cet appartement, à son travail, aux rendez-vous que lui proposait sa vie telle qu'elle la connaissait.

Car, dans tous les cas, elle n'a vu qu'une chose.

Saint-Jean-de-Lussac.

— C'est comme si j'avais modifié le cours de mon existence le jour où j'ai mis le pied ici, ajoute-t-elle. Il y avait toute cette nature, ce calme, et puis le reste… Cet endroit, c'est idiot comme je l'aime.

Il y a ce que l'on sait avec la tête, mais pour le plus important, le plus vrai, c'est dans le corps qu'on le sait. À Saint-Jean, Zola a senti son cœur se reposer dans sa poitrine. Il a su des choses évidentes, même si elle ne peut pas entièrement les expliquer pour l'instant.

Où qu'elle aille elle portera sa mère, son père, et là où elle les emmène, ils ont des sourires francs. Ceux de leur jeunesse, de leur rencontre, de l'amour et des jours heureux.

— Je crois que j'ai compris ma mère pour la première fois de ma vie, ajoute-t-elle. Lorsqu'on accepte la fin, on ne se quitte pas, on reprend la vie, avec l'absence des gens. Mais c'est la vie quand même.

Elle se tait, puis reprend :

— Ces derniers jours étaient intenses. Dire au revoir, pleurer, m'impatienter, me demander tous les jours si j'étais en train de faire une connerie, et vouloir la faire coûte que coûte.

— Ça en est peut-être une, sourit Yvonne.

— Oui, approuve Zola, le sourire si grand qu'il semble rejoindre ses deux oreilles. Mais je préfère faire une connerie qu'avoir des regrets !

Zola laisse défiler les secondes en écoutant ce paysage lui chanter la mélodie râpeuse des grillons.

— Et vous, Yvonne ?

— Et moi quoi ?

— Vous, tout ! s'esclaffe Zola.

Yvonne inspire, le regard tourné vers la campagne.

— Eh bien moi, mon petit, c'est comme vous dites. Si je suis encore là pour vivre des choses, je peux peut-être en tester de nouvelles.

— Lesquelles ? s'enthousiasme Zola.

— Aimer les gens de près, répond Yvonne. Et voir ce que ça fait, lorsque je les laisse m'aimer.

Elle sourit et ajoute que Margaux et Rafael viendront durant l'été.

Après avoir reçu la lettre d'Yvonne, Margaux lui a téléphoné. Elles ont parlé pendant trois heures. Une conversation nécessaire qui a dessiné un sourire tenace sur le visage d'Yvonne.

— Et pour votre… projet ? demande Zola. Qu'allez-vous faire ?

— Je vais chercher, répond Yvonne. Margaux m'a proposé de m'aider. Nous verrons bien.

— Elle n'est pas contre alors ?

— Non, sourit Yvonne. Elle est comme vous, et comme Edmond. Elle me comprend.

— Elle vous aime, complète Zola.

Yvonne demande à Zola si Sylvain est au courant de sa décision de rester.

Zola est heureuse de ne pas avoir choisi Saint-Jean pour Sylvain. Mais à Saint-Jean, il y a Sylvain. Et maintenant, elle y est, elle aussi. Et c'est à lui qu'elle veut parler tout le temps. C'est avec lui qu'elle veut se promener sous les arbres, boire des verres, jouer au billard, découvrir la pêche. Lui. Elle veut dévorer ses lèvres, le toucher, trouver refuge dans son odeur de pin frais.

Aux messages qu'il lui a envoyés, l'autre soir, elle a répondu par des aveux similaires. Euphoriques et étourdis, ils se sont promis de se voir bientôt, tout en admettant qu'ils craignaient déjà d'être timides et à court de mots une fois qu'ils se retrouveraient l'un en face de l'autre. « Prenons notre temps, laissons passer quelques jours », ont-ils décidé en se souhaitant bonne nuit. Mais dès le lendemain, au réveil, ils ont eu besoin de tout redire, comme pour se confirmer qu'ils n'avaient pas rêvé.

Zola était certaine que son premier geste, une fois arrivée à Saint-Jean, serait de le rejoindre.

Sylvain ignore encore qu'elle a l'intention de rester.

Et elle ne s'est finalement pas précipitée vers lui. Elle a, devant elle, la soirée.

Tout le temps qu'elle veut. Rien ne presse, quand on sait.

— Yvonne ?

— Oui ?

— Vous savez, les rendez-vous ?

— Oui ?

— Moi, je crois que j'avais rendez-vous avec vous.

Zola voit un sourire se dessiner sur le visage d'Yvonne.

— Ça devait être écrit, poursuit-elle. Je suis tombée sur vous ce soir-là, et ensuite, toutes les lignes qui composaient ma vie ont bougé. J'ai l'impression que vous m'avez prise par la main et que vous m'avez emmenée jusqu'à moi-même.

— Je crois que je pourrais vous dire la même chose, répond Yvonne après un silence.

Elle n'a pas cherché à dissimuler le tremblement, dans sa voix.

— Maintenant, j'ai rendez-vous avec Saint-Jean, déclare Zola.

— Et moi, avec Edmond.

Yvonne ajoute qu'Edmond est son éternel rendez-vous manqué, mais que cette fois-ci, il pourrait bien l'emmener jusqu'à l'éternité.

Zola éclate d'un rire qui persiste et s'envole vers Yvonne, qu'il contamine.

Elles croisent leurs yeux hilares et bientôt pleins de larmes.

C'est un rire qui dépasse ce qu'Yvonne vient de dire.

Elles rient aussi de la vue splendide et du soir qui esquisse des flammes dans le ciel de Saint-Jean-de-Lussac.

Et de l'amour, et de la campagne.

Elles rient d'être l'une à côté de l'autre pour cette contemplation.

Et si elles rient si fort, c'est surtout de s'être trouvées.

Toutes les bonnes choses ont une fin, et dans quelques minutes cet instant trouvera la sienne. Elles ne pourront jamais le revivre. Tout passe.

Mais elles s'en souviendront.

Yvonne tend le bras et glisse sa main sur celle de Zola, qui la saisit et la serre dans sa paume.

Remerciements

Chères lectrices, chers lecteurs, je vous adresse mon premier et continuel merci.

Écrire des romans n'aurait aucun intérêt sans vous.

À Tristan, plus que jamais, pour tout. En particulier pour cette phrase, prononcée dans un pub de Manchester et qui, à elle seule, résume toutes les raisons que j'ai de te dire merci.

À Axel et à Anna, mes préférés du monde entier.

À mes amies. De Brest à Toulon, en passant par Limoges, Paris, Montréal, à longueur d'année, je puise ma joie, ma force, ma foi et beaucoup d'amour dans votre soutien, votre écoute, votre intelligence, vos encouragements et vos célébrations.

Un merci spécial à Muriel Simon et à Me Laura Simon, pour avoir été là, à un moment crucial dans la vie de ce livre.

À Agathe Mathéus, première lectrice des moutures successives de ce roman. Pour sa douceur qui a offert, tout du long, un refuge récurrent à mes tourments. Et pour ses coups de pied au cul, qui n'en ont jamais l'allure, mais dont l'efficacité est surprenante.

À Hélène Fiamma, pour son enthousiasme et ses conseils avisés.

Merci à toutes les deux pour le soutien que vous m'apportez depuis deux ans et qui a mené, entre autres, à ce livre.

Merci à Anne-Sophie Monglon et à Violaine Chivot, qui vous êtes penchées sur ce texte, à des étapes bien différentes de sa genèse, lui permettant de voir le jour.

Enfin, je remercie du fond du cœur Jeanne Pois-Fournier et Danaé Tourrand-Viciana.

Pour m'avoir accueillie à bras ouverts, deux fois. Pour m'avoir écoutée, beaucoup. Pour m'avoir entendue. Et pour avoir osé la folie de cette dernière ligne droite.

Merci à toute l'équipe des éditions Charleston, de me faire une place parmi vous pour cette première aventure dont je me réjouis !

Je dédie ce roman à Janine Mériguet, à Jacqueline Merien, et à Annick Féat.

Vous étiez avec moi tout au long de l'écriture. J'ai l'impression d'avoir attrapé des bouts de vos lumières, pour en saupoudrer quelques éclats dans l'histoire de Zola et d'Yvonne.

À chaque souffle, où que j'aille, j'ai le très grand honneur d'être, moi aussi, un petit bout de vos étincelles.

La communauté Charleston a aimé !

Chez Charleston, nous sommes convaincus que loin d'être une aventure solitaire, la lecture est une invitation au partage. Nous échangeons constamment avec nos lecteurs et lectrices, et nous sommes fiers de la belle communauté d'amoureux des livres que nous formons tous ensemble. Chaque année, nous choisissons au sein de cette communauté vingt lectrices et lecteurs qui nous accompagnent tout au long de l'année et découvrent nos romans en avant-première. Voici leurs avis !

Un roman doux, empli de bienveillance et de sentiments partagés.

@mariellepassionlivres

J'ai adoré ce récit empreint de poésie et de nostalgie. J'ai été traversée par une multitude d'émotions.

@lucioleinbooks

Une ode à la vie, aux liens amicaux, aux hasards et à la liberté.

@lavieenlivresdefrancoise

Ce roman aussi doux qu'émouvant nous parle d'espoir. Une écriture sensible et pleine de tendresse.

@folle_delivres

Un roman poétique, réel, ancré dans la vie. Un coup de cœur !

@paauline_books

Ce livre est un rendez-vous à ne pas manquer ! Une magnifique ode à la vie qui fait des pas de côté, de jolis bonheurs réconfortants !

@les_lectures_de_manoon

Une plume saisissante, simple et douce.

@meslecturescosy

Une histoire qui m'a transportée du début à la fin, parfaite pour se réconforter.

@laplumedelau

Un condensé de douceur, une ode à la vie et à l'amour.

@petitsinstantsdelecture

Un livre à la fois tendre et douloureux. C'est une histoire d'amitié, d'amour et de deuil.

@trenditch_

Cet ouvrage a été imprimé en utilisant des papiers composés de fibres naturelles, renouvelables, recyclables et fabriquées à partir de bois issus de forêts qui adoptent un système d'aménagement durable. En outre, les fournisseurs de papier s'inscrivent dans une démarche de certification environnementale reconnue.

IMPRIM'VERT®

Achevé d'imprimer sur Roto-Page en février 2025
par l'Imprimerie Floch
53100 Mayenne
Dépôt légal : mars 2025
N° d'impression : 106407

Imprimé en France